LEONIE LASTELLA

SEASIDE
HIDEAWAY

unsafe

ROMAN

dtv

Von Leonie Lastella sind bei dtv außerdem lieferbar:

Das Licht von tausend Sternen

Wenn Liebe eine Farbe hätte

So leise wie ein Sommerregen

Carry me through the night

MIX
Papier | Fördert gute Waldnutzung
FSC® C083411

Originalausgabe

Umschlaggestaltung: Sandra Taufer, München
Umschlagmotive: shutterstock.com; Creativemarket/Lisima
Gesetzt aus der Sabon LT Pro 10,5/14,5'
Satz: C.H.Beck.Media.Solutions, Nördlingen
Druck und Bindung: CPI books GmbH, Leck
Printed in Germany · ISBN 978-3-423-74099-9

Linus.
Trust me.
You are special.

prolog

Ich kann die Kälte der Steine in meinem Rücken fühlen. Als würde sie vom Mauerwerk aus Besitz von mir ergreifen. Raue Fugen unter meinen Fingerkuppen. Jede kleine Unebenheit bohrt sich in meine Haut. Genau wie sein kalter Blick, als er unbeirrt auf mich zuhält.

Die Welt steht still. Ich stehe still. Dabei sollte ich rennen. Um mein Leben. Doch die Angst lähmt mich, ich verharre vollkommen bewegungslos. Nur mein Herz rast.

Seine Haare sind dunkel. Die Kleidung, seine Augen, alles an ihm. Er kommt näher. Immer näher. Die Finsternis, die ihn umgibt, macht mein Hirn leicht. So sehr, dass ich den Halt verliere, falle.

Ich schrecke zusammen, kurz bevor mein Kopf auf die Tischplatte vor mir knallt. Verzweifelt fahre ich mir durch die Haare, versuche mich zu orientieren. Nur langsam verdrängt die Realität den Albtraum und bringt mich aus dem schmuddeligen Apartmentkomplex in Queens zurück in den unpersönlichen Raum, in dem meine Familie und ich seit Tagen ausharren. Mein Bruder ist auf der Couch eingeschlafen, einen Arm locker an der Seite baumelnd. Er ist vollkommen entspannt. Ein Zustand, den ich vermutlich nie wieder erreichen werde. Nicht wach. Und erst recht nicht, wenn ich meine Augen schließe. Nicht nach allem, was ich gesehen habe.

Mom und Dad sind in einem Zimmer nebenan, besprechen, wie genau es weitergehen wird. Seit Stunden schon.

Ich stehe auf, schlinge die Arme um meine Mitte und trete an das Fenster. Auf gar keinen Fall will ich noch mal einschlafen.

In der Ferne sind Sirenen zu hören. Das Hupen von Autos. Die typischen Geräusche der Stadt, die niemals schläft. In einem spektakulären Farbenspiel klettert die Sonne über New Yorks Skyline und ich lege meine Hand an die Scheibe, als könnte ich mich so an der Stadt festklammern. Das ist meine Heimat. Meine Freunde sind hier. Meine Zukunft.

Mein Herz zieht sich so fest zusammen, dass nur Leere in meiner Brust zurückbleibt. Ich will nirgendwo anders leben. Doch dies ist mein letzter Sonnenaufgang zu Hause.

1
nevah

Das Ortsschild von Rockaway Beach fliegt an der Seitenscheibe des Wagens vorbei, während ein altmodischer Countrysong durch den Innenraum des Familien-Volvos dudelt.

Steine haben dieser gottverdammten Stadt ihren Namen gegeben. Steine, die Menschen in den Ozean werfen, weil das angeblich Glück bringt.

Ich bin einer dieser Steine. Hineingeworfen in mein neues Leben. Haltlos. So verwaschen, dass ich mich selbst nicht mehr erkenne. Das Glas der Fensterscheibe beschlägt von meinem Atem, als ich mich vorbeuge. Dad hält unseren Wagen vor einem kleinen Holzhaus mit vielen Erkern und Winkeln.

Sieht nicht so aus, als würde es hierhergehören. Auf dieses Grundstück, das ausschließlich aus einer sterilen, weitläufigen Rasenfläche besteht, die sich mit der Gemütlichkeit des Hauses beißt wie Pink mit Signalrot. Es passt nicht hierher. Ich passe nicht hierher. Verzweifelt versuche ich, nicht an mein altes Zuhause zu denken, in dem jetzt fremde Menschen wohnen. An meine Freunde, von denen ich mich nicht einmal verabschieden durfte. Oder an die Dinge, die ich nie werde vergessen können.

»Home, sweet home«, sagt Dad und schaltet den Motor aus. Mom lächelt, als würde sie sich auf diesen Neuanfang freuen. Als wären wir freiwillig hier.

Mein Bruder verdreht die Augen, öffnet die Tür und schält sich aus dem Auto. Mit seinen Kopfhörern um den Hals, der Sweatjacke, die er sich locker über die Schulter gelegt hat, und einem breiten Grinsen scheint er sich mühelos in dieser miesen Situation zurechtzufinden. Keine Ahnung, wie er das macht. Ich sollte mich für ihn freuen. Aber ich bin einfach nur neidisch. Garniert mit einer guten Portion Wut. Das alles ist nicht fair.

»Fuck«, stößt Miller aus und sieht sich um. »Hier ist ja nicht mal der Hund begraben. Der hat sich mit Sicherheit 'nen aufregenderen Ort gesucht, um vor sich hinzumodern.«

Mom und Dad sind ebenfalls ausgestiegen. Mom zieht die Augenbrauen hoch. Ihn wegen seiner Wortwahl zurechtzuweisen, spart sie sich. Einundzwanzig Jahre lang sind alle Versuche gescheitert, ihn vom Fluchen abzuhalten.

»Kommst du, Nevah?«, fordert sie mich sanft auf. Beim Klang meines Namens zucke ich zusammen. Nevah. Ich schnalle mich ab und klettere als Letzte aus dem Auto. Hauptsächlich um nicht mit meinem Namen allein zu bleiben. Das ist also unser neues Leben. Steine, Sand und Einsamkeit.

»In diesem Kaff gibt es ja doch mehr als nur Rentner und Familien mit Kleinkindern.« Miller hebt seine Hand und grüßt einen Typen in unserem Alter, der gerade aus dem einzigen anderen Haus in der Seaside Lane tritt.

Der Typ winkt knapp zurück. Er ist braun gebrannt, hat von der Sonne ausgeblichenes blondes Haar und trägt ein luftiges Muskelshirt zu kurzen Hosen und Flipflops. Das Abziehbild eines California Surferboys. Wir befinden uns aber verdammt noch mal in Oregon.

»Sieht locker aus, saucooles Haus in erster Strandlage, vielversprechend«, fasst Miller zusammen, macht eine Siegerpose wie nach einem gelungenen Touchdown und wackelt mit den Augenbrauen.

»Hör auf, Fred Astaire zu spielen. Hilf mir lieber, die Sachen reinzuschaffen«, sagt Dad und klopft ihm gegen die Brust, bevor er sich die ersten Taschen auf den Arm lädt und sie ins Haus bringt.

»Dein Ernst?«, zische ich Miller zu. Wir haben noch nicht mal ausgepackt und mein Bruder denkt schon daran, wo er Party machen und sein Leben auf dieselbe Weise gegen die Wand fahren kann wie in New York. Genau dieses rücksichtslose Verhalten hat mein Leben zerstört.

»Entspann dich, Nev.« Er bedenkt mich mit einem Blick, der sagt, dass alles leichter wäre, wenn ich nur etwas mehr wie er wäre und weniger wie ich.

Ich glaube, ich brauche eine Kotztüte.

»Kommst du jetzt, oder was?« Miller stößt mich an. Völlig überladen mit zwei Taschen, seiner Gitarre und Kleinkram wankt er zur Tür.

Ich blicke zurück auf die andere Straßenseite, wo der Typ aus dem Nachbarhaus in seinen Wagen gestiegen ist und gerade den Motor startet. Dann folge ich meinem Bruder, klemme mir aber nur meinen Rucksack und Moms Reisetasche unter den Arm.

Dad und Miller gehen noch zweimal, dann ist es geschafft. Alles, was von unserem früheren Leben übrig geblieben ist, häuft sich als trauriger Berg hinter der Haustür im Flur auf. Sechs Taschen, Moms Kisten mit Fotoalben, etwas Hausrat, Millers Playstation, sein über und über mit Aufklebern versehener Gitarrenkoffer, Dads Platten und eine Kiste mit den Büchern, die mir am wichtigsten waren. Mein Herz zieht sich schmerzhaft zusammen, wenn ich an die vielen Schätze denke, die ich zurücklassen musste. Und Bücher waren bei Weitem nicht das Schlimmste.

Mom streicht mir über den Rücken. »Wir schaffen das.«

Ich bin nicht überzeugt, aber es bringt nichts, ihr zu widersprechen. Mit einem Schnauben blinzle ich die Tränen fort, schnappe mir mein Zeug und gehe die Treppe in den ersten Stock hinauf, um mir mein Zimmer anzusehen.

»Wer zuerst oben ist, kriegt das große Schlafzimmer.« Miller überholt mich und erwartet mich mit einem breiten Eroberergrinsen gegen den Türrahmen des lichtdurchfluteten Hauptschlafzimmers gelehnt.

Mom und Dad werden unten schlafen. Die obere Etage gehört meinem Bruder und mir. Neben diesem Raum mit eigenem Bad gibt es noch ein kleineres Zimmer, das nicht zum Ozean zeigt, und ein winziges, nicht damit verbundenes Bad.

Das wird reichen. Statistisch gesehen wird das hier sowieso nicht von Dauer sein. Die Wahrscheinlichkeit, dass wir hierbleiben, liegt bei lächerlichen siebzehn Prozent. Und damit ist es wahrscheinlicher, dass ich mich an einem Getränkeautomaten verletze. Ich wende mich ab, um meine Sachen in das kleinere Zimmer zu bringen, aber Miller hält mich zurück. Die Lässigkeit ist aus seinem Blick verschwunden.

»Vergiss es. Nimm du das Größere.« Er fährt sich mit einer unsicheren Handbewegung durch die Haare. »Ich meine, scheiße, Ha… Nev«, verbessert er sich. Er starrt auf den Boden, blickt dann mich an und in seinen Augen sehe ich das Es-tut-mir-Leid. Nicht, dass er es ernst genug meint, um wirklich etwas zu ändern, aber in diesem Moment ist er wieder mein großer Bruder. Mit dem ich früher zusammen unter der Bettdecke gelesen habe. Der mir Lieder auf der Gitarre vorgespielt hat, wenn ich nicht schlafen konnte, und in unserem Garten so lange mit mir Trampolin gesprungen ist, bis ich Schluckauf bekam. Er war immer für mich da. Selbst als ich ihn gebeten habe, mit Hanna und mir eine Choreografie für die Aufnahme in das Cheerleader-Team zu einem Calvin-Harris-Song einzuüben. Ich liebe diesen Menschen. Aber genauso schnell wird er wieder zu Miller. Und der Typ ist ein Arsch, den ich am liebsten im Ozean ertränken würde.

Er zuckt die Schultern. »Im Gegensatz zu dir Nerd werde ich ja sowieso kaum hier sein. Hab nicht vor, mehr in dem Zimmer zu tun als gelegentlich zu pennen. Ich brauch also nicht viel Platz.« Er verwuschelt meine Haare, weil er weiß, wie sehr ich das hasse, und pfeffert seine Tasche und den Rucksack mit einem gezielten Wurf auf den Boden des kleineren Zimmers. Die Gitarre schiebt er mit dem Fuß unter das Bett, wo sie vermutlich die nächsten Jahre Staub ansetzen wird. Er hat ewig nicht mehr gespielt und ich glaube kaum, dass er vorhat, wieder anzufangen. Keine Ahnung, warum er darauf bestanden hat, ausgerechnet das Monsterding aus seinem alten Leben mitzunehmen. »Fernseher für die Konsole passt rein. Mehr brauch ich nicht«, reißt mich seine Stimme aus den Gedanken. Auffordernd schiebt er mich ins große Schlafzimmer. Auch wenn ich eigentlich dankbar sein sollte, dass er es mir überlässt, habe ich das dringende Bedürfnis, ihn zu schütteln. Weil ich zwar weiß, dass ihm leidtut, was passiert ist, es aber trotzdem nichts ändert. Alles, was mir bleibt, ist wütend zu sein. Das ist einfacher als all die anderen Gefühle. Und Miller ist die beste Adresse dafür. Verdammt, nur er schafft es, mir mit dem Überlassen des Zimmers ein Geschenk zu machen und mich im selben Atemzug zu beleidigen.

Sekundenlang legt er mir seine Hand auf die Schulter und sieht mich eindringlich an. Ich bin sicher, er weiß, was ich denke. Und es gefällt ihm nicht. Aber anstatt etwas zu sagen, wendet er sich ab und springt ohne ein weiteres Wort die Treppe hinab.

Ich betrete mein neues Reich, vermeide den Blick durch die Glasfront oder auf das einladende Boxspringbrett, das den hellen Raum dominiert. Stattdessen stelle ich die Reisetasche unausgepackt in den weißen Einbauschrank, schließe die Tür und folge Miller, um Mom und Dad unten zu helfen.

2
jackson

Es gibt ätzende Tage. Beschissene. Und dann gibt es ätzende, beschissene, allerletzte Scheißtage.

Ich komme heute Mittag vorbei. Sei da. Wir müssen reden.

Es ist elf und ich bin erst seit gefühlten drei Atemzügen wach, als die Nachricht von Dad diesen Tag zu einem solchen degradiert. Muss er wirklich das brüchige Gleichgewicht zwischen uns ins Wanken bringen, indem er herkommt?

Zu allem Überfluss entdecke ich über seiner Mitteilung auch noch eine meines Chefs, Pete. Er will mich dringend sprechen. Und ich weiß, warum.

Es geht um gestern. Ich bin bei der Arbeit mit dem alten Henderson aneinandergeraten. Das kostet mich, wenn's übel läuft, meinen Job. Auch wenn ich es mir eigentlich nicht leisten kann, bereue ich es nicht, dem Idioten die Stirn geboten zu haben. Egal wie meine finanzielle Lage aussieht, ich bin kein Fußabtreter für Typen wie ihn.

Stöhnend wühle ich mich unter Maddisons Körper hervor und streife mir Shorts und das Muskelshirt über, das sie mir gestern direkt hinter der Tür vom Körper gezerrt hat.

Ich würde gern duschen. Den Sex von der Haut waschen und mit ihm das schlechte Gewissen, Maddie als Ablenkung von all dem Mist in meinem Leben zu benutzen. Aber wenn ich nicht verschwinde, laufe ich Gefahr, Dad in die Arme zu rennen, und das werde ich nicht riskieren. Meine Eltern haben mir beigebracht, Dinge anzusprechen, nach Lösungen zu suchen und Kompromisse zu finden. Vor einem Jahr hätte ich deswegen auf Dads Bitte definitiv anders reagiert. Aber es gibt nichts mehr zu reden. Kein Kompromiss wird wieder kitten, was zwischen uns zerbrochen ist. Kein Gespräch den Grand Canyon zuschütten, den meine Eltern zwischen uns geschlagen haben.

Lautlos schlüpfe ich aus dem Zimmer und schiebe die bodentiefen Glastüren des Strandhauses auf. Der Blick auf den Ozean lockert den Druck auf meinen Brustkorb zumindest so weit, dass ich das Gefühl habe, wieder atmen zu können. Am liebsten würde ich mich einfach in den Sand setzen und die nächsten zwei Stunden nichts weiter tun, als dem Rollen der Wellen zuzusehen, doch dann würde Dad sich irgendwann zu mir setzen. Für einen Moment wäre es wie früher. Nur um sich danach noch schlimmer anzufühlen.

Also wende ich der Wasserlinie den Rücken zu und gehe zu meinem Wagen. Gegenüber ziehen irgendwelche Leute ein. Wahrscheinlich Feriengäste, so wenig Kram, wie sie dabeihaben. Ich dachte, dass Grayson nicht an Urlauber vermietet. Deswegen stand der Kasten ewig leer. Anscheinend hat er seine Meinung geändert, damit das Haus nicht länger unbewohnt bleibt. Der junge Typ neben der geöffneten Kofferraumklappe hebt die Hand und ich grüße zurück. Er ist tätowiert und zu blass, um von der Küste zu stammen. Allerdings bemüht er sich im Gegensatz zu dem Mädchen, zumindest den Look des Easy-way-of-beach-Life der Einheimischen zu kopieren, indem er seine Jacke nur lässig über die Schulter wirft, dazu ein Shirt trägt, eine Cap und eine verspiegelte Fliegerbrille. Sie dagegen hat die Haare zu einem strengen Knoten hochgebunden und kneift die Lippen so fest zusammen, als gäbe es dafür einen Preis. Scheint, als hätte noch jemand den weltschlechtesten Tag seines Lebens.

Ich steige in meinen Wagen, fahre los und konzentriere mich auf wichtigere Dinge als meine neuen Nachbarn. Mit

Pete treffe ich mich erst in zwei Stunden. Bis dahin muss ich etwas in den Magen bekommen. Und ich sollte mein Hirn dringend dazu bringen, irgendetwas Unterwürfiges zu formulieren, das mir vielleicht doch meinen Job und damit den Hintern rettet.

Keine zehn Minuten später parke ich den Wagen direkt am Strand vor Marshas Diner. Obwohl es erst kurz vor zwölf ist, sind bereits alle Außenplätze belegt. Schon vor der Tür empfängt mich der betörende Duft nach Meeresfrüchten, Fritten und Burgern, der nicht nur Menschen, sondern auch jede Menge Möwen anlockt. Mein Magen zieht sich vor Hunger zusammen.

Ich öffne die Tür und ein helles Vintage-Klingeln ertönt. Manchmal denke ich, das Geräusch löst bei mir den Pawlow'schen Reflex aus. Auf jeden Fall läuft mir das Wasser im Mund zusammen, während ich mich im klimatisierten Inneren auf einen der Sechzigerjahre-Barhocker am Tresen schiebe. »Hi, Marsha«, begrüße ich die kleine, rundliche Wirtin.

»Jackson, was für eine schöne Überraschung. Hab dich viel zu lange nicht mehr gesehen.«

Ich bin ständig hier, aber es entlockt mir ein Grinsen, dass Marsha es dennoch für nicht ausreichend hält und mich gern öfter um sich haben will. Sie kommt um den Tresen herum. Obwohl das aufgeregte Klingeln der Küchenglocke fertiges Essen in der Durchreiche ankündigt und ihre zwei Angestellten gerade draußen beschäftigt sind, nimmt sie sich die Zeit, mich in ihre Arme zu schließen. »Wie geht es dir, mein Lieber?«

»Gut.« Ich grinse. Die Übertreibung des Jahrhunderts, aber wen kümmert schon die verfluchte Wahrheit. »Noch besser würde es mir allerdings mit deinem Spezialburger im Magen gehen.«

»Kommt sofort.« Sie tätschelt meinen Oberarm, flitzt los und heftet meinen Zettel mit der Bestellung an das Rad über der Durchreiche zu den vielen anderen, die in der Hitze des Grills flattern. Ganz nach vorn. »Was willst du dazu trinken?«

»Ein Wasser reicht mir.«

Sie füllt ein mörderisch großes Glas mit Eiswürfeln und Coke. »Wasser«, schnaubt sie und schüttelt den Kopf. Mit einem »Geht aufs Haus« erstickt sie meinen Protest. Wie jedes Mal.

»Danke«, murmle ich und ertränke das Wort im selben Moment. Die Coke strömt kalt durch mein Inneres. Marshas Großzügigkeit ist mir unangenehm. Aber sie weiß als eine der wenigen, dass ich ständig knapp bei Kasse bin, insbesondere zum Ende des Monats, bevor Petes Gehaltsscheck kommt. Und sie hat nun mal ein Herz für Streuner. Früher, als meine Welt noch in Ordnung war, habe ich es als liebenswerte Macke abgetan. Heute rettet mich ihre Art. Denn ich bin genau das. Ein Streuner. Ohne Wurzeln. Ohne Ziel. Der in einer Luxushütte am Strand lebt.

* * *

Marshas Burger und die Coke haben meine Lebensgeister wieder geweckt. Das ist auch nötig. Sonst würde ich das Gespräch mit Pete in dem Büro seiner Ferienhaus-Firma sicher nicht überstehen. »Hast du den Verstand verloren?«, brüllt er mich gerade an. »Henderson hat sechs Anwesen. Sechs!« Pete fächelt sich Luft zu. Seine Gesichtsfarbe ist rot mit einem Stich Violett. Sieht nach Herzinfarkt in den nächsten zehn Sekunden aus. Was auch an den Temperaturen in dem kleinen Kabuff liegen könnte, das Pete Büro nennt. »Wenn er mir den Auftrag entzieht, kann ich dichtmachen.«

»Tut mir leid«, presse ich durch zusammengebissene Zähne. Henderson hatte es verdammt noch mal verdient. Ich mag den Job, die harte Arbeit. Weniger gut komme ich allerdings mit Menschen klar, die mich behandeln wie Dreck, weil ich ihre Regenrinnen sauber mache. Ich hätte nie gedacht, dass ich mich einmal dafür entschuldigen müsste, mir das nicht gefallen zu lassen. So sollte die Welt nicht sein.

»'n Scheiß tut dir leid.« Pete steht auf und läuft zum Fenster. Dann wieder zurück. »Du konntest noch nie gut lügen, Jackson Scott.« Mit einem Ächzen lässt er sich auf den zerschlissenen Drehstuhl fallen.

Ich sollte ihm vermutlich versprechen, dass ich mich ab jetzt zusammenreißen werde und so etwas nie wieder passiert. Aber das wäre die nächste Lüge. Und wenn es eins gibt, was ich noch mehr hasse, als keinen Job mehr zu haben, sind es Lügen. Also halte ich meine Klappe und sehe Pete stumm an.

»Könntest du wenigstens so tun, als wäre es dir nicht egal?« Pete rauft sich die Haare.

»Es ist mir nicht egal.« Ich halte seinem Blick stand und drehe den schwarzen Casinochip, der immer in meiner Hosentasche steckt. »Henderson ist ein Idiot, aber ich brauche diesen Job. Und ich arbeite gern für dich.« Ich brauche vor allem das Geld. Und vielleicht sogar Pete. Er ist eine meiner wenigen Konstanten in Rockaway Beach. Ansonsten würde ich nur Marsha und Maddie dazuzählen. Wobei Maddie im Grunde ihre eigene Konstante ist. Ich bin nur etwas Unverbindliches für sie. Genau wie sie für mich. Spaß, der trotzdem regelmäßig mein schlechtes Gewissen triggert.

»Ich werde versuchen, mich zusammenzureißen«, versichere ich. Ein Friedensangebot. Mehr kann ich ihm nicht geben.

Pete nickt ergeben und schiebt mir einen Zettel mit der Liste an Grundstücken zu, die ich morgen abfahren soll. »Weißt du, Menschen wie die Hendersons sichern das Überleben von Typen wie mir. Ich kann es mir nicht leisten, sie zu verärgern.«

Ich schon. Das ist, was Pete nicht sagt, was aber in seiner Aussage mitschwingt. Er hat keine Ahnung. »Hast du noch mal darüber nachgedacht, ob ich während der Ferien einen

Tag mehr kriegen kann?« Mein Timing ist mies, aber ich brauche die Kohle. Während der Uni arbeite ich dreimal die Woche für Pete. Mehr ist neben den Kursen einfach nicht drin. Aber in den Semesterferien sieht das anders aus. Allerdings sind die fast vorbei und er ist noch immer nicht auf meine Bitte nach mehr Stunden eingegangen.

»Du hast echt Nerven. Sei froh, dass ich dich nicht direkt gefeuert habe.« Pete sieht mich streng an, zwinkert mir aber zu, als ich resigniert die Luft ausstoße. »Ich schau mal, was sich machen lässt. Und jetzt verschwinde, bevor ich es mir anders überlege.«

»Okay.« Mit einem Seufzen rapple ich mich auf, schnappe mir den Zettel und trete mit einem knappen »Wir sehen uns« aus dem Kabuff-Büro. Meine Klamotten sind völlig durchgeschwitzt und kleben an meinem Körper. Am Wagen angekommen werfe ich die Papiere ins Handschuhfach und schnappe mir mein Surfboard und den Neopren-Shorty von der Ladefläche des Pick-ups.

All die Dinge, die ich gerade nicht ausgesprochen habe, kleben an meinem Gaumen. Wie die Klamotten an meinem Körper. Und wenn das überhaupt möglich ist, bin ich noch weniger bereit als heute Morgen, Dad zu begegnen. Und da er sicher noch nicht aufgegeben hat, werde ich noch etwas Zeit totschlagen müssen. Ich folge der leicht abfallenden Straße zwei Blocks, bis sie in einen Strandzugang mündet. Die Wärme des feinpulvrigen Sands dringt durch die dünnen Sohlen meiner Flipflops. Über mir schwingen sich Austernfischer zeternd über dem Ozean auf. Nachdem ich mich umgezogen habe, tauche ich mit dem Board ins Meer ein. Als ich die ruhige Stelle hinter dem Peak erreiche, an dem sich die Wellen brechen, setze ich mich auf das Surfbrett und warte. Das Wasser schlägt gluckernd gegen die Unterseite. Ansonsten ist es ruhig. Absolut still, aber mein Kopf verliert sich trotzdem nicht in den immer gleichen Gedanken. Der Ozean wäscht alles aus meinem System, was mich sonst vergiftet. Adrenalin lässt meine Muskeln vibrieren, als das perfekte Wellenset vom Horizont auf mich zurollt. Ich mache mich bereit, paddle, werde eins mit dem Wasser, der Strömung. Werde schneller und schneller, bis ich die Geschwindigkeit erreiche, die es mir erlaubt, mich aufzurichten. Ich finde meine Balance, verliere mich in dem Rausch, den nur das Surfen in mir auslöst. Ich bin glücklich, frei, vollkommen losgelöst von all den Problemen, die ich mit den verschwitzten Klamotten am Strand zurückgelassen habe.

Die Welle trägt mich, erlaubt mir einige Tricks, bis sie mich gurgelnd verschluckt. Wieder und wieder tauche ich durch die Brecher, verharre still in der Wartezone, bis ein geeignetes Set kommt, lege mich auf das Board, paddle und reite die Welle, solange sie es zulässt. Die Sonne steht bereits tief über dem Ozean, als ich schließlich vollkommen erledigt, aber zufrieden zum Auto zurückkehre. Zeit, nach Hause zu fahren. Die Luft sollte rein sein.

3
nevah

Miller hat das Abendessen eingeatmet. Wie ein Höhlenmensch. Er steht bereits auf und stellt seinen Teller in den Geschirrspüler, da habe ich noch nicht mal richtig begonnen.

»Ich bin dann mal weg«, sagt er und schlüpft in seine ausgetretenen Chucks.

Dad legt seine Gabel auf den Tellerrand und wischt sich den Mund ab. »Wo willst du denn hin? Du kennst hier doch niemanden.«

»Ich gucke mir das Nest mal an, sonst ändert sich das ja nicht.« Miller weicht Dads Blick aus. Er will hier raus, um sich nicht mit dem beschäftigen zu müssen, was passiert ist. Er ist der Typ, der Dinge abhakt und weitermacht.

Dad nickt bedächtig. »Bestechende Logik.« Ich sehe die Besorgnis in seinen Augen, Miller könnte erneut in Schwierigkeiten geraten. Aber anstatt ihn zurückzuhalten, steht er auf, zieht meinen Bruder in seine Arme und gibt ihm einen Kuss auf die Schläfe. Auf genau die Art, wie er es schon getan hat, als Miller noch ein Kleinkind war. »Pass auf dich auf, Großer. Und vergiss die Schlüssel und den Code für die Alarmanlage nicht.«

Miller hält den Schlüsselbund hoch und rattert den Code runter, bevor er sich umdreht und durch die Tür verschwindet.

Für einen Moment denke ich, Dad wird ihm nachlaufen, doch er tut es nicht. Ich kann sehen, wie schwer ihm das fällt. Aber er kommt zurück zum Tisch, setzt sich und drückt Moms Hand.

Dad hat uns immer vertraut, unseren Entscheidungen und Fähigkeiten. Das ist kaputtgegangen, auch wenn er sich dazu zwingt, so zu tun, als wäre es anders.

Schweigend essen wir zu Ende. »Was haltet ihr von einem guten Film und ungesund viel Popcorn an unserem ersten Abend?« Dad schiebt seinen leeren Teller von sich und klopft sich auf die Oberschenkel.

Mom lächelt. Ich lächle. Und ich weiß, wir beide würden lieber weinen.

»Klingt super, Dad«, murmle ich und beginne den Tisch abzuräumen. Mom macht Popcorn und Dad schließt in der Zeit den Fernseher ans Internet an.

Eigentlich bin ich zu müde, um mich auf einen Film zu konzentrieren. Ich will duschen, mich ins Bett legen und am besten morgen in New York wieder aufwachen. Miller dürfte sogar Witze über meine bescheuerten Albträume machen, wenn es bedeuten würde, das alles hier wäre nur das. Ein böser Traum.

Dad schläft schon nach dem Intro völlig erledigt von der langen Fahrt ein und auch Mom schafft es bloß bis zur Hälfte des Films, ehe ihr die Augen zufallen. Obwohl es noch früh am Abend ist, stelle ich den Fernseher aus und wecke meine Eltern, damit sie ins Bett gehen und sich den Rücken nicht auf dem Sofa ruinieren. Sie geben mir einen Kuss und ziehen sich ins Schlafzimmer zurück. Nach einigen Minuten verklingen die Geräusche. Die Stille fühlt sich an wie ein Fremdkörper. Ich schlinge fröstelnd die Arme um meine Mitte und gehe zur Tür. Drei wuchtige Schlösser dominieren das Holz. Dad hat sie einbauen lassen, bevor wir hergekommen sind. Sie sollen uns Sicherheit vermitteln. Ich schließe sie ab und aktiviere den Alarm, aber die Angst verschwindet nicht. Trotzdem zwinge ich mich, ruhig zu bleiben, die Wolldecken auf dem Sofa zusammenzulegen, die Kissen drum herum zu drapieren und die

Popcornschüssel abzuwaschen. Alltägliche Dinge. Als wäre irgendetwas hieran normal. Als es nichts mehr zu tun gibt, gehe ich duschen. In ein Handtuch gewickelt lasse ich mich eine halbe Stunde später auf das Bett fallen. Miller ist noch immer nicht zurück. Ich werde mir keine Sorgen um ihn machen. Werde ich nicht. Verdammt.

Das Boxspringbett ist supergemütlich. Für einen Moment presse ich meine verspannten Muskeln in die Matratze und sehe mich in dem Zimmer um. Der dunkle Boden passt in seinem warmen Kontrast perfekt zum Bett und den hellen Wänden. Die wenigen Bücher, die ich mitnehmen konnte, habe ich auf der Kommode gestapelt. Sie sind das einzig Persönliche in diesem Raum, der größer ist als mein altes Zimmer und sogar über ein eigenes Bad verfügt. Ich werde also nie wieder über Millers schmutzige Wäsche stolpern. Ein echter Pluspunkt.

Ich schüttele den Kopf über diesen Gedanken. Als würde ein Badezimmer dafür sorgen, dass irgendetwas hieran gut ist. Mit einem Ruck setze ich mich auf, streife mir saubere Sweatshorts und ein luftiges Shirt über und gehe zum verglasten Giebel. Gar nichts ist gut.

Na ja, außer dem Ausblick vielleicht. Ich atme tief ein, nehme das Bild in mich auf. Der Ozean liegt direkt hinter dem Haus des Muskelshirt-Typen. Nur durch einen muschelgesäumten Sandstrand davon getrennt. Im glitzernden Wasser ragen zwei Felsen dunkel gegen das Licht der untergehenden Sonne auf. Das müssen die Twin Rocks sein. Ich lehne meine Stirn an die kühle Fensterscheibe, die Hand gegen das Glas, als könnte ich die Felsformationen so berühren. Es gibt mir ein trügerisches Gefühl von Halt. Ich atme tief durch. Und zucke urplötzlich zurück.

Unser Nachbar steht auf der breiten Veranda des modernen Strandhauses und winkt mir zu. Erst jetzt wird mir bewusst, dass meine Hand an der Scheibe so wirken muss, als hätte ich ihn gegrüßt. Für einen Moment sehen wir uns an und Wärme breitet sich in mir aus. Dabei sind sein Lächeln und die erhobene Hand nicht sein erstes Willkommen an diesem Ort. So darauf zu reagieren, ist absurd. Er ist nur höflich. Und tut, was man im Allgemeinen tut, wenn man gegrüßt wird. Man grüßt zurück. Und das ist es auch schon.

Ein Mädchen taucht hinter ihm auf, schlingt ihre Arme um seine Mitte und lenkt seinen Blick von mir ab. Sie sagt irgendetwas zu ihm, schmiegt ihre Wange an seine und versucht ihn zu küssen. Halbherzig wehrt er sie ab, lacht und zieht sie im nächsten Moment doch in seine Arme.

Er hat eine Freundin. Und sie wirken so glücklich, so unbeschwert. Ich schaffe es nicht, meinen Blick von ihnen zu lösen, so sehr beneide ich sie darum. Unverwandt sehe ich sie an. Früher war ich genau wie die beiden – fröhlich, sorglos. Ohne Angst, die heute jede meiner Zellen ummantelt.

Obwohl seine Freundin mit allen Mitteln um seine Aufmerksamkeit kämpft, sieht unser Nachbar erneut zu mir hoch.

Hastig weiche ich zurück, aber natürlich hat er mitbekommen, wie ich ihn total Norman-Bates-psychomäßig angestarrt habe. In einem Reflex fasse ich meine Haare zu einem engen Knoten auf dem Kopf zusammen und stoße die Luft aus. Es sollte mir egal sein, was irgendein Typ von mir denkt. Ich kenne den Kerl ja nicht mal. Es gibt definitiv wichtigere Dinge, um die ich mich kümmern sollte. Zum Beispiel meine noch immer volle Tasche, die mich anklagend ansieht, als ich die Schranktüren öffne. Ich gebe ihr einen unmotivierten Tritt. Dazu durchringen, sie auszupacken, kann ich mich jedoch nicht. Nur den Laptop und die zerlesene Ausgabe von ›Little Women‹, die nicht bei den anderen Büchern in der Kiste war, einfach weil dieses Buch etwas Besonderes ist, ziehe ich aus dem Seitenfach. Das Buch lege ich auf meinen Nachttisch. Den Laptop ziehe ich mit mir aufs Bett. Ich könnte lernen oder zum ungefähr hundertsten Mal in die Welt von Meg, Jo, Beth und Amy abtauchen, aber für beides bin ich zu erledigt. Und obwohl ich todmüde bin, bin ich gleichzeitig hellwach. Das ist die Angst vor den Träumen.

Seufzend öffne ich den Laptop und starre die Startseite an. Normalerweise würde ich die Zeit totschlagen, indem ich durch die sozialen Medien surfe oder eine Buchbesprechung auf meinen Blog hochlade. Aber ich habe seit Wochen keinen Roman mehr zu Ende gelesen, den ich besprechen könnte. Außerdem sind meine Accounts und mein Blog gelöscht. Nicht deaktiviert, sondern unwiederbringlich gelöscht. Und die Ansage war klar, keiner von uns darf einen neuen einrichten. Aus Mangel an Alternativen starte ich Netflix, wähle den Film aus, den ich unten mit Mom und Dad begonnen habe, und kuschle mich unter die Wolldecke, die schon in meinem alten Zimmer lag. Ein Geschenk von Hanna, meiner besten Freundin. Aber die Geborgenheit, die der Stoff sonst in mir auslöst, wird von der Ungewissheit überschattet, wie lange es wohl dauert, bis sie mich vergessen hat.

4
jackson

Das Mädchen am Fenster des Grayson-Hauses hebt die Hand und automatisch tue ich dasselbe. Es gibt keinen Grund, das bedeutungsvoll zu finden. Aber da ist etwas in ihrem Blick. Er ist ernst. Zu ernst. Weswegen ich unwillkürlich so etwas wie Verbundenheit fühle. Ich schüttle den Kopf. Weil mein Hirn Zeug zusammenwirft, das nicht zusammengehört. Ich sollte zur Party zurückgehen, die hinter dem Haus steigt, anstatt hier zu stehen und zu denken, sie könnte ebenso kaputt sein wie ich. Hübsch, ohne Zweifel, aber zerbrochen. Ich sollte mich nicht fragen, welche Art von Sturm ihr Leben dem Erdboden gleichgemacht hat. Es sollte mich nicht interessieren. Immerhin habe ich mit meinem eigenen Kram genug zu tun.

»Was machst du hier so ganz allein?«, flüstert plötzlich eine Stimme an meinem Ohr und Sekunden später schlingt Maddie mit einem hellen Lachen ihre Arme um mich. Ihre Wange eng an meine geschmiegt nimmt sie mir den Casinochip ab, den ich gedankenverloren über meine Fingerknöchel habe rollen lassen. »Was hast du nur immer mit diesem Ding?«

Ich erobere ihn wortlos zurück und lasse ihn in meiner Hosentasche verschwinden. Wieso er mir so viel bedeutet, geht sie nichts an. Das ist ein Teil meines Lebens, der nicht zwischen uns passt. Wie so vieles.

Sie nimmt meine abweisende Art nicht persönlich und beschreibt mir tornadogleich, was ich gerade alles verpasse, weil ich vor dem Haus Trübsal blase. Ich mag Maddies unbeschwerte Art. Sie reißt mich mit. Und das ist genau, was ich brauche, auch wenn es oft anstrengend ist. Ich brauche jemanden, der dafür sorgt, dass ich nicht auf Scherben stehen bleibe. Und dennoch wehre ich sie in diesem Moment ab und schenke ihr ein schiefes Grinsen, um die Abfuhr abzumildern.

Aber Maddie wäre nicht Maddie, würde sie meinen Widerstand ernst nehmen. »Komm schon«, stößt sie lachend hervor und schlägt mir gegen die Schulter. »Du schuldest mir ein bisschen Spaß, nachdem du mich den ganzen Tag allein gelassen hast.«

Ich war nicht freiwillig so lange unterwegs. Und sie wird sich glänzend mit ihren Freundinnen am Strand amüsiert haben, aber ich gebe mich geschlagen. Bevor ich ihr jedoch folge, werfe ich einen letzten Blick auf den verglasten Giebel des Hauses gegenüber und ertappe meine neue Nachbarin dabei, wie sie Maddie und mich anstarrt. Als wären wir Cream filled Churros mit Sahne drauf. Sie bemerkt, dass ich sie gesehen habe, und verschwindet hastig in der Tiefe des Zimmers.

»Was ist jetzt?« Maddie zerrt an mir wie ein Kleinkind an einem überdimensionalen Teddybären. »Ich will Spaß haben, also tausch endlich die geheimnisvolle, deprimierte Version gegen dein Party-Ich aus.«

Sonst wird sie sich mit jemand anderem amüsieren. Heute wäre es mir sogar ganz recht, wenn sie ihre Drohung wahr macht. Ich bin kaputt, hungrig und ein pochender Kopfschmerz erinnert mich daran, dass mein Hirn Ruhe braucht. Eine Ruhe, die ich ihm zu selten gönne. Denn der entstandene Raum füllt sich dann mit Fragen. Auf die ich nie Antworten bekommen werde.

Ich folge Maddie, halte sie aber auf Höhe des Lagerfeuers zurück. Ganz sicher werde ich mit meinem dröhnenden Schädel nicht im Epizentrum der Party herumhüpfen. »Ich trink erst mal was«, sage ich und deute auf die Kühlbox, die neben dem Feuer im Sand steht.

»Dein Ernst?« Sie schiebt die Unterlippe vor und verdreht die Augen. »Ziehst du diese melancholisch-unnahbare Rolle jetzt echt durch?« Sie küsst mich und zupft verführerisch an meinem Hoodie. »Wäre es nicht viel besser, stattdessen mit mir die Sau rauszulassen?« Aufreizend bewegt sie ihre Hüfte an meiner.

Sie lacht und für einen Moment bin ich geneigt nachzugeben. Weil es das ist, was unsere Freundschaft ausmacht. Und das Plus, das ich vor einigen Monaten dahinter gesetzt habe. Als sie mich aber in Richtung der Tanzenden ziehen will, mache ich mich los. »Heute echt nicht, Maddie. Ich bleib hier und mache einen auf unnahbar. Du magst doch Rollenspiele.« Ich grinse anzüglich. Was nicht so verdammt anstrengend sein sollte.

»Selbst schuld.« Maddie streckt mir die Zunge raus und verschwindet zwischen den Tanzenden, während ich mich neben die Kühlbox fallen lasse und eine Coke herausziehe. Ich sehe ihr zu, wie sie ihre Hüften schwingt, lacht und die Jungs damit um den Verstand bringt. Sie tut das nicht, um ihnen zu gefallen oder mich eifersüchtig zu machen. Maddie tanzt, weil sie tanzen möchte. Fertig.

»Hey.« Ein Typ schiebt sich in mein Blickfeld. »Kann ich mich zu dir setzen? Die Jungs dahinten meinten, es wäre deine Party.« Er deutet unbestimmt hinter sich. »Ich bin neu und wollte mal checken, was hier so los ist.«

Ich blinzle und erkenne meinen neuen Nachbarn wieder. Er trägt eine Sonnenbrille, was nach Sonnenuntergang weniger cool als verzweifelt wirkt. Die Cap ist einer Beanie gewichen. Das Muskelshirt zeigt eine Vielzahl von Tattoos, die fast jeden Inch seiner Arme bedecken. »Du bist heute drüben eingezogen, oder?« Ich nehme ein Bier und eine Coke aus der Kühltasche und halte sie ihm hin. Er wählt das Bier und setzt sich neben mich.

»Ja. Fuck, ist ziemlich verschlafen, der Ort, aber wie es aussieht, machst du das Beste draus.«

Ein Grinsen breitet sich auf meinem Gesicht aus. Ich mag seine raue Art. »Ich bemühe mich. Jax«, stelle ich mich vor.

Kurz zögert er. »Miller. Freut mich.« Er schlägt mit mir ein. »Du glaubst gar nicht, wie sehr. Das hier ist verdammt noch mal ein echter Lichtblick.« Er macht eine Handbewegung, die das Haus, den Strand und die Party umfasst.

Miller hat recht. Wer weiß das besser als ich? Könnte ich nicht hier sein, weiß ich nicht, was aus mir geworden wäre. Ich stoße mit ihm an und sehe zu, wie er das Bier in einem Zug leert.

Wortlos reiche ich ihm eine weitere Dose. Eine Weile sehen wir ins Feuer. Miller schippt Sand mit dem Schuh auf die Ausläufer der Flammen. Muss heiß sein, aber er zuckt nicht zurück. »Von wo kommt ihr?«

»Illinois.« Miller sieht mich nicht an und ich höre die Dunkelheit in seiner Stimme. Heimweh oder schlechte Erinnerungen. Er führt es nicht weiter aus. Und ich hake nicht nach. Geht mich nichts an.

»Und du? Lebst du schon immer hier?«

Ich lasse den schwarzen Casinochip über meine Finger wandern, fange ihn auf und beginne von vorn. »Erst seit einem halben Jahr. Ursprünglich komme ich aus Portland. Ist das Haus meiner Eltern. Musste mal raus und hier bin ich.« Ich lasse offen, wieso ich aus Portland weggezogen bin.

Miller deutet auf meinen Hoodie. »Du gehst auf das Tillamook Bay Community College?«

Ich nicke.

Er zerdrückt die leere Dose Bier in seiner Hand. »Meine Schwester und ich auch. Sobald das Semester anfängt. Wir sollten uns fahrtechnisch zusammentun. Spart Benzin, schont die Umwelt und ist spaßiger, als allein mit meiner Schwester im Auto zu sitzen.« Er grinst schief.

Meine neuen Nachbarn sind also keine Feriengäste. Sie werden dauerhaft hier wohnen. Noch bin ich mir nicht sicher, ob das gut ist. Bisher war es vollkommen egal, wie laut und exzessiv die Feiern im Strandhaus waren. Es gab niemanden, den wir damit gestört hätten. Jetzt schon. Die Sache mit der Fahrgemeinschaft hat allerdings etwas. Jemand, der sich an den Benzinkosten beteiligt, wäre ein echter Glücksfall. Ich nicke. »Gern. Ich bin zwar nur dreimal die Woche am College, aber dann können wir auf jeden Fall zusammen fahren.« Bevor ich ihn fragen kann, was er studiert und wieso sie hergezogen sind, wirft sich Maddie atemlos neben mich in den Sand und schnappt japsend und lachend nach Luft.

»Ich bin Maddie«, stellt sie sich Miller vor, dreht sich auf den Bauch und mustert ihn interessiert. Dann schüttelt sie ihm die Hand wie auf einem hochoffiziellen Empfang und klaut mir meine mittlerweile warme Coke.

»Das ist Miller«, stelle ich meinen Nachbarn vor. »Er ist heute ins Grayson-Haus eingezogen.«

Sie nimmt einen Schluck, verzieht das Gesicht und spuckt die Flüssigkeit in den Sand. »Das ist echt widerlich.« Sie kippt auch die restliche Coke aus und nimmt sich eine frische aus der Kühlbox. »Damit meinte ich nicht dich oder das Haus«, stellt sie an Miller gewandt klar und sieht ihn mit diesem Augenaufschlag an, den sie für heiße Typen reserviert hat. Aber er reagiert gar nicht darauf.

Maddie schüttelt den Kopf, schnaubt und steht auf. Sie ist es nicht gewohnt, dass man sie ignoriert. »Entwickelt sich langsam zu einem Club, das hier.« Sie umkreist Miller und mich mit dem Finger und verdreht die Augen. »Wenn ihr noch keinen Namen habt, hätte ich einen Vorschlag. Wie wäre es mit: Der Club der melancholischen Beachboys?«

Ich lache. Gefällt mir.

Maddie verdreht die Augen. »Ich gehe lieber wieder tanzen, nur falls es einen von euch interessiert.« Mit wiegenden Hüften bewegt sie sich zurück zu dem Platz weiter unten am Strand, wo die Musik am lautesten ist.

»Deine Freundin?« Miller ist bei seinem dritten Bier. In nicht mal zehn Minuten. Und ich ertappe mich dabei, ihm sagen zu wollen, dass er halblang machen sollte, sonst schießt er sich am Ende komplett ab. Aber ich bin nicht seine Mom.

»Nein.« Ich grinse. »Maddie ist eine gute Freundin und wenn wir Spaß haben wollen, ist sie manchmal auch etwas mehr, aber wir sind nicht zusammen. Im Grunde bin ich nicht mal ihr Typ.« Miller schon.

»Okay.« Er sagt es so, dass vollkommen klar ist, er wird den Bro-Code trotzdem respektieren. Ich mag ihn. Und das nicht nur deswegen.

5
nevah

Das anhaltende Vibrieren meines Handys weckt mich. Der Film ist zu Ende. Der Abspann eingefroren. Schlaftrunken taste ich nach meinem Telefon und kontrolliere die Uhrzeit – zwei Uhr morgens. Verflucht. Millers Name blinkt im Rhythmus des Vibrationsalarms auf dem Display auf. Natürlich ist er es.

»Hey«, lallt er, bevor ich etwas sagen kann. »Bin drüb'n ...« Er stöhnt, sucht nach Worten. »Schaffs nich nach Hause.« Etwas poltert, dann folgen Stille und ein schweres Seufzen.

»Miller?«

»Penn bei Jax ... Bis morgen.«

Wow. Es hat sage und schreibe einen halben Tag gedauert. Ich habe nicht einmal meinen Koffer ausgepackt und Miller hat es schon hingekriegt, sich in Schwierigkeiten zu bringen.

»Von wegen bis morgen«, fahre ich ihn an. »Du schläfst auf keinen Fall bei irgendwem, den du kaum kennst.« Ich stehe auf und sehe zum Haus unseres Nachbarn hinüber. Dort brennt noch immer Licht. Musik dringt gedämpft durch die Fenster. Leiser, aber es ist derselbe Elektrosound, der auch durchs Handy sickert. Miller ist dort. »Ich komm dich holen.« Mom und Dad sollen sich keine Sorgen machen, nur weil er nicht mehr in der Lage ist, die paar Yards nach Hause zu kriechen.

»Muss du nich. Ich komm klar.« Seine Stimme klingt verwaschen und fremd.

»Ja, ist nicht zu überhören. Bleib, wo du bist, ich bin gleich da.« Wütend lege ich auf und horche ins Erdgeschoss. Mom und Dad scheinen zu schlafen. Gut.

Leise schleiche ich mich die Treppe hinunter und schalte die Alarmanlage aus. Die Schließmechanismen dröhnen durch die nächtliche Stille, als ich die Schlösser aufsperre. Mit einem letzten Blick auf Moms und Dads Schlafzimmertür schlüpfe ich aus dem Haus.

Auf der Veranda werfe ich mir meine Sweatjacke über. Obwohl es noch immer warm ist, lässt mich die Brise vom Ozean frösteln. Schatten begleiten mich, als ich aus dem Lichtkegel unserer Verandabeleuchtung trete. Es sind nur knapp hundert Yards bis zu dem Haus auf der anderen Straßenseite der Seaside Lane. Ich hole Luft. Das schaffe ich. Ich muss nur losgehen. Hundert Yards. Vielleicht etwas mehr.

Nach nicht mal fünf Schritten umschließt mich die Dunkelheit, drückt mir die Luft ab. Mein Herz beginnt zu rasen. Umrisse schälen sich aus der Finsternis. Der Wind wird zu Atemzügen, die meine Haut streifen. Ich blinzle, kämpfe mit der Panik, Millers Mist wäre uns bis hierher gefolgt und würde nach mir greifen. Das ist nicht real. Ich weiß das. Ich bin nicht dumm. Aber es zu wissen und es zu fühlen, sind zwei vollkommen unterschiedliche Dinge. Ich beginne zu laufen. Schneller. Immer schneller. Bis ich die Veranda auf der anderen Straßenseite erreiche. Das Blut rauscht in meinen Ohren und die Angst kribbelt in meinem Nacken. Ohne zu klingeln, reiße ich die Haustür auf und stolpere ins Innere. In eine Welt voll Musik und Licht, in der ich mir kindisch vorkomme, weil ich mich mit neunzehn Jahren wieder im Dunkeln fürchte.

Mit pochendem Herzen sehe ich mich um, versuche meinen Atem zu kontrollieren. Immerhin hat niemand meinen peinlichen Auftritt gesehen, denn ich stehe allein in der riesigen Eingangshalle. Vermutlich passt unser komplettes Haus in diesen Teil des Gebäudes. Die Halle öffnet sich in ein Wohnzimmer mit angeschlossener Küche. Die ist geradlinig und modern eingerichtet, genau wie der Rest des Hauses. Und ohne Frage teuer.

Aber nicht so unbezahlbar wie der Blick von hier auf den Ozean, in dem sich der Mond spiegelt. Die Party, die ich erwartet hatte, ist schon vorbei. Die Musik dröhnt zwar immer noch aus zwei tragbaren Partyboxen, die jemand achtlos in den Sand gestellt hat, aber nur mein Bruder sitzt völlig dicht auf einem der exklusiven Rattansofas der Veranda. Sonst ist niemand zu sehen. Nicht mal der Muskelshirt-Typ.

Eilig durchquere ich den Wohnraum und laufe nach draußen. »Dein Taxi ist da«, sage ich und stupse Miller an. »Lass uns gehen.«

Er versucht sich aufzurichten, ist aber nicht besonders erfolgreich damit. Er kippt hintenüber und bevor er seine Augen schließt, sehe ich, dass seine Pupillen unnatürlich vergrößert sind. Da war definitiv nicht nur Alkohol im Spiel. »Jetzt komm schon«, stoße ich zwischen zusammengepressten Zähnen hervor.

»Du bist sauer«, nuschelt er überrascht.

Wundert ihn das jetzt echt? »Vielleicht kann ich mir etwas Besseres vorstellen, als dich nachts um zwei von der Straße zu kratzen.«

Er lacht, aber es klingt hohl. »Keine Straße, 'n verdammtes Strandhaus. Und fuck, ich hab dich nicht gebeten. Außerdem …« Er hebt den Zeigefinger, die Augen noch immer geschlossen. »… würd ich dasselbe tun, wenn du …« Er stöhnt leise und tippt sich gegen die Brust. »Wenn du … mal so bist.«

Um mich zu retten, müsste er zu dem Zeitpunkt nüchtern sein. Eher unwahrscheinlich. Und noch unwahrscheinlicher ist es, dass ich je in so eine Situation geraten werde.

Ich packe seinen Arm und lege ihn mir um die Schultern, sodass er sein Gewicht auf mich stützen kann. Als ich ihn hochhieve, geraten wir jedoch ins Straucheln. Es gelingt mir gerade noch, meinen Bruder aufs Sofa zurückzubugsieren, bevor wir gemeinsam zu Boden krachen. »So wird das nichts.«

»Sorry«, nuschelt Miller und streckt seinen Arm nach mir aus, aber ich reagiere nicht darauf und er lässt ihn zurück auf seine Brust fallen.

Wenn es ihm wirklich leidtäte, würde er nicht total betrunken vor mir liegen und damit exakt das tun, was überhaupt erst die Lawine ausgelöst hat, die unser Leben unter sich begraben hat. »Wo ist der Typ, der hier wohnt?«

»Jax?«, nuschelt Miller schläfrig. »Ist mit Maddie aufs Zimmer. Rummachen.«

Na großartig, dann werde ich ihn wohl stören müssen. Die absolute Traumvorstellung für meinen ersten Abend hier. Aber ich habe keine Alternative. Also gehe ich ins Haus und suche nach unserem Nachbarn. Am Ende des Flurs werde ich fündig. Das ist eindeutig ein ... Stöhnen.

Ich beiße mir auf die Lippen und verfluche Miller. Ich verfluche, verfluche, verfluche ihn.

»Maddie«, höre ich eine heisere Männerstimme. Dunkel und rau. Dann folgt ein Lachen, das unverhofft meine Zellen auf links bürstet. Dabei gilt es nicht mir, sondern seiner Freundin, mit der er ganz offensichtlich gerade Sex hat. Ich werde sicher nicht hier stehen, ihnen dabei zuhören und damit eine weitere psychomäßige Norman-Bates-Vorstellung hinlegen.

So lange neben meinem schlafenden Bruder zu warten, bis sie fertig sind, scheidet ebenso aus. Wenn Mom und Dad mitkriegen, dass wir beide um diese Uhrzeit nicht zu Hause sind, kriegen sie einen Herzinfarkt. Es bleibt mir also nichts anderes übrig, Augen zu und durch. Ich klopfe.

Hinter der Tür ist ein Fluchen zu hören, dann eine weibliche Stimme. »Mach nicht auf«, gurrt sie.

»Warte eben, okay?« Der Typ.

Es dauert zwei Sekunden, dann wird die Tür einen Spalt breit aufgezogen und Jax' verwuschelter Haarschopf erscheint im Türrahmen. Er trägt nichts außer einer Boardshorts, die seine Erregung null verdeckt. Und er bemüht sich auch kein Stück, sie zu verbergen. »Was?«, knurrt er beim Öffnen der Tür, gefolgt von einem überraschten Lächeln, als er sieht, dass der Störenfried weiblich ist. Vermutlich ein Reflex.

»Sorry, dass ich euch unterbrechen muss.« Ich führe nicht aus, wobei. Ist ja eindeutig. »Aber du hast Miller abgefüllt. Er ist mein Bruder«, füge ich erklärend hinzu. »Und da ich nicht Hulk bin, bräuchte ich Hilfe, um ihn nach Hause zu schaffen.«

»Als ich ihn zuletzt gesehen habe, lag er bequem. Lass ihn einfach auf dem Sofa pennen. Zum Frühstück ist er zurück. Oder vielleicht rechnest du lieber erst zum Lunch mit ihm.« Er lacht.

Nicht witzig. »Nein«, sage ich knapp, aber mit so viel Nachdruck, dass er zumindest die Tür nicht wieder verschließt. »Ich werde ihn nach Hause bringen«, füge ich hinzu. »Entweder du hilfst mir dabei oder ich versuche es allein. Könnte aber sein, dass ich mir bei der Aktion den Hals breche. Und in dem Fall wird das mit dem Sex heute gar nichts mehr, weil Rettungssanitäter durch dein Haus turnen. Dürfte schneller gehen, wenn du mir kurz hilfst.«

Er mustert mich zweifelnd und grinst dann. »Wenn du mich so nett bittest, habe ich wohl keine Wahl.« Er verschwindet kurz im Zimmer und ich höre ihn leise mit seiner Freundin sprechen. Wenig später taucht er wieder auf. Ein Shirt in der Hand, das er sich irritierenderweise nicht überzieht. Er drängt sich an mir vorbei und mein Blick bleibt automatisch an seinem Rücken haften. Ein muskulöser Rücken, sonnengebräunt und definiert genug, um mich für einen Moment aus dem Gleichgewicht zu bringen. Als müsste er maximal viel von diesem Killerbody zur Schau stellen, sitzen die Boardshorts eine Spur zu tief auf seinen Hüften.

»Starrst du mir gerade auf den Hintern?« Er dreht sich im Laufen um, grinst und geht dann weiter zu Miller, der noch immer unbeweglich auf dem Sofa liegt.

»Ich ... Nein!« Eingebildeter Mistkerl. »Hab mich nur gefragt, ob ich dir zeigen muss, wie man sich anzieht.«

Er ist vor meinem Bruder stehen geblieben, streift sich lässig das Shirt über und wirft mir dann ein Hundert-Kilowatt-Lächeln zu. »Hilfe brauche ich eigentlich nur beim Ausziehen.«

Vor nicht einmal zwei Minuten wollte er noch mit seiner Freundin schlafen. Und jetzt flirtet er mit mir. Typen wie er sind das Allerletzte. Da kann er so heiß sein, wie er will. »Google es einfach. Gibt bestimmt eine Anleitung.«

Er lacht leise und deutet dann auf Miller, der tief und fest schläft. »Sicher, dass du Dornröschen wecken willst?«

Ich nicke.

»Na gut, dann wollen wir mal.« Er schlingt genau wie ich vorher Millers Arm über seine Schultern und wuchtet ihn hoch. »Na, komm, Kumpel, hilf ein bisschen mit.«

Miller blinzelt, während ich an seine andere Seite eile und ihn ebenfalls stütze.

»Bin ein Arschloch«, lallt er und sieht mich dabei an. »Tut mir ... leid.«

Ich nicke, presse die Lippen aufeinander, konzentriere mich auf das Gewicht meines Bruders, das mich fast zu Boden zwingt. Wie sinnbildlich.

»Schon tausend Mal gesagt«, nuschelt er. »Aber du glaubst mir ja nicht.« Er stolpert und nur dank Jax' Hilfe schlägt er nicht der Länge nach hin.

Ich antworte nicht. Was soll ich auch sagen? Dass Taten wichtiger sind als leere Worte? Dass ich wünschte, er hätte mit seinen Entscheidungen nicht unser Leben gegen die Wand gefahren? Dann wären wir nicht gezwungen, hier zu sein.

»Ach, fuck«, stößt er leise hervor und sein Kopf sackt auf meine Schulter.

Ich keuche und beiße die Zähne zusammen. Wenigstens hält Jax sich mit Kommentaren zurück, während ich versuche, möglichst viel Gewicht meines Bruders selbst zu tragen. Weil er nun mal mein Problem ist, nicht das anderer Leute. Verbissen starre ich auf die tiefschwarzen Buchstaben LOL, die drei seiner Finger zieren. Von dort bildet der Handrücken einen blassen Graben unberührter Haut, bevor sich eine Vielzahl von Tattoos aneinanderreihen und fast seinen gesamten rechten Arm bedecken. Als wir endlich unser Haus erreichen, bin ich nassgeschwitzt und meine Lungen brennen. Vielleicht sind es aber auch die Tränen, die wie ein Klumpen in meiner Brust sitzen. Ich werde nicht heulen. Nicht hier. Nicht jetzt. Am besten nie.

»Mach auf, ich halte ihn so lange.« Jax wuchtet Millers gesamtes Gewicht auf seine Seite und ich lasse meinen Bruder los, um die Tür aufzudrücken.

Aber bevor ich zulasse, dass er ihn ins Haus schiebt, bleibe ich kurz stehen. »Könntest du versuchen, leise zu sein? Ist unser erster Tag hier und … meine Eltern machen sich schon genug Sorgen.« Damit sage ich eigentlich zu viel, aber ich will nicht, dass Miller ihre Pläne kaputt macht. Denn das wird er, wenn sie mitkriegen, wie er drauf ist. Sie wollen eine Chance in diesem erzwungenen Auf-Null-Setzen sehen und ihr Leben noch mal komplett neu ordnen.

»Und ich dachte, Eltern stehen drauf, die eigene Brut vollkommen zugedröhnt zu erleben.« Er verdreht mit einem leisen Lachen die Augen und nickt. »Ich geb mir Mühe. Können wir dann? Dein Bruder ist echt schwer. Trainiert er?«

Ich schlüpfe wieder unter Millers anderen Arm. Gemeinsam zerren wir ihn ins Haus.

»Boxen«, murmelt Miller und ächzt, weil er sich das Knie anstößt. »Vor tausend Jahren … in New York.«

Mir wird erst kalt und dann heiß. »Chicago«, versuche ich Millers Versprecher geradezubiegen. »Ich meine, er hat es das erste Mal in New York probiert, als wir bei Verwandten zu Besuch waren. Aber trainiert hat er in Chicago. Bis vor zwei Jahren.« Dann hat er aufgehört. Genau wie mit allem anderen, das ihm etwas bedeutet hat, und ist stattdessen mit Austin um die Häuser gezogen.

Jax' Blick schweift über die Schlösser, die im Grunde zu wuchtig sind für die Haustür, dann zu der Alarmanlage, die Safe-House-Niveau hat. Mir ist klar, wie übertrieben ihm dieses Sicherheitssystem vorkommen muss. Er hat nicht mal seine Tür hinter uns zugezogen. Er zieht die Augenbrauen hoch, sagt aber nichts, während wir Miller gemeinsam die Treppe hinaufschleppen.

»Chicago«, stößt er schließlich hervor, nachdem er Miller auf das Bett fallen lassen hat, und lockert vorsichtig die Muskeln seiner Schultern. Dabei stößt er einen leisen Pfiff aus. »Da ist ziemlich was los. Im Gegensatz zu hier. Was verschlägt euch ausgerechnet in so eine winzige Stadt wie Rockaway Beach?«

Miller schnarcht leise und erinnert mich daran, dass unsere Mission erfolgreich beendet ist. Jax kann jetzt zu seiner Freundin gehen. »Danke«, flüstere ich, anstatt seine Frage zu beantworten. Keine Ahnung, warum ich leise rede. Miller ist so weit weg, dass er selbst eine Zombie-Apokalypse verschlafen würde.

»Keine Ursache.« Er reicht mir die Hand und als ich sie ergreife, fühlt sich das seltsam vertraut an. »Ich bin übrigens Jax.« Seine Stimme und die Berührung bewegen all die winzigen Atome in meinem Blut. Bloß eine physikalische Reaktion …

»Nevah«, murmle ich und entziehe ihm meine Hand, weil er sie nicht sofort wieder freigibt. »Wie gesagt, danke. Ich bring dich noch raus.« Und versetze dann das Haus zurück in den Fort-Knox-Zustand, der uns ein Gefühl von Sicherheit geben soll.

»Oder du kommst noch mit rüber und wir feiern, dass wir den schweren Sack unterm Radar die Treppe hochbekommen haben.« Er macht einen Schritt auf mich zu und kommt mir dabei so nah, dass ich die Wärme seines Körpers wahrnehme.

Mein Atem stolpert. Dabei kann ich es mir nicht leisten zu straucheln. Ich schließe die Augen. Schlucke. Ihn nicht anzusehen, bringt rein gar nichts. Ich reagiere trotzdem auf ihn. »Drüben wartet jemand auf dich«, krächze ich und versuche die Gänsehaut zu vertreiben, die seine Nähe auslöst. Mein Körper ist ein verdammter Verräter.

Er fährt sich über den Nacken. »Maddie ist längst nach Hause gegangen. Sie wartet nicht. Ist nicht ihr Ding.«

Seine Worte bringen zumindest mein Hirn wieder zur Vernunft. »Ein schlagendes Argument, wirklich«, schnaube ich und schlüpfe an ihm vorbei auf den Flur. »Aber ich werde ganz sicher nicht als Ersatz für dein verpatztes Date herhalten. Außerdem reicht es, dass du einen aus unserer Familie abgefüllt hast.«

Er steigt die Treppe hinab und bewegt dabei einen schwarzen Casinochip über seine Fingerknöchel. Auf halbem Weg zur Tür hält er inne und dreht sich noch einmal zu mir um. »Nur fürs Protokoll: Ich mag deinen Bruder, wir hatten Spaß, aber abgefüllt hab ich ihn nicht.«

6
jackson

Ich habe jede Lampe im gesamten Haus angeknipst. Aber die Helligkeit hält das abrupte Geräuschvakuum nicht auf, das sich durch die Räume frisst, seitdem ich die Musik ausgestellt habe.

Maddie ist weg. Ich hatte nichts anderes erwartet. Sie hat mir eine Nachricht geschrieben, dass ich mich die Tage melden soll, wenn ich mit dem Pfadfinderspielen durch bin und stattdessen Lust habe, mit ihr abzuhängen. Sie ist toll. Unkompliziert. Nicht nachtragend. Und am wichtigsten, sie sieht nicht mehr in mir als eine nette Ablenkung, bevor sie am Ende des Sommers für ein Semester nach Frankreich geht. Das ist gut. Denn ich kann derzeit niemanden gebrauchen, der mir so nah kommt, dass es mir den Boden unter den Füßen wegzieht, wenn es schiefgeht. Maddie ist wie die Musik, die die halbe Nacht durchs Haus gedröhnt hat. Nicht mehr. Meine Ablenkung von der Stille, die ich einfach nicht ertrage. Weil sie diesen ätzenden Gedanken Platz einräumt. Gedanken von der Sorte Was-wäre-Wenn, die noch nie irgendwen weitergebracht haben. Ich fülle ein Glas mit Leitungswasser und stürze es herunter. Im Fenster spiegelt sich die Tür zu Dads Arbeitszimmer. Sie steht offen.

Es gibt nicht viele Regeln in diesem Haus. Im Grunde ist es mir egal, was die Leute treiben, wenn sie hier sind. Hauptsache, sie haben eine gute Zeit. Nur mein Zimmer und dieser Raum sind tabu. Die Türen sind deswegen immer verschlossen. Eigentlich.

Ich stelle das Glas in die Spüle und nähere mich Dads Büro. Sieht nicht so aus, als hätte jemand hier drin gefeiert. Keine Kippen auf dem Boden. Keine Plastikbecher oder Flaschen. Penible Ordnung auf dem Schreibtisch.

Wesentlich wahrscheinlicher ist, dass Dad die Tür offen stehen lassen hat. Er war heute hier und auch wenn ich wünschte, er hätte das Haus nicht betreten, es gehört ihm. Er hat jedes Recht hineinzugehen, obwohl ich hier wohne und es sich anfühlt, als würde er damit eine Grenze übertreten. Ich atme tief durch. Mitten auf dem Schreibtisch liegt der Schlüssel für die Tür.

»Scheiße, Dad«, murmle ich leise. Früher gab es für mich nichts Größeres, als in diesem Zimmer zu sein. Dad bei der Arbeit zuzusehen und ihm zu helfen. Ich wollte so sein wie er, seitdem ich denken kann. Jetzt bin ich nicht sicher, wer zum Henker ich überhaupt sein will. Wer ich bin.

Alles, was ich weiß, ist, dass sich jede Körperzelle von mir sträubt, den Raum zu betreten. Und Dad hat mit Sicherheit gewusst, dass es mir so gehen würde. Deswegen hat er den Schlüssel so platziert, dass ich gar nicht anders kann.

Mit der Zungenspitze fahre ich mir über die Lippen, löse mich schließlich vom Türrahmen und fische den Schlüssel von der Tischplatte. Es ist nur ein Raum. Ein Schlüssel – und darunter ein Scheck. Er ist fertig ausgefüllt mit Dads schnörkelloser Schrift. Das Ausstellungsdatum ist von heute. Daran haftet eine Notiz.

Nimm das Geld, Jackson. Du musst von irgendetwas leben.

Dad

Ich starre auf die Buchstaben. Durch sie hindurch. Bis zum Kern dieser Nachricht.

Er denkt, ich käme nicht klar ohne ihn. Er nimmt mir die Entscheidung ab, auf welche Art ich leben will. Von welchem Geld. So wie er mir jede Entscheidung abgenommen hat.

Ich schließe meine Finger um das Papier, zerknülle den Scheck und werfe ihn in den Papierkorb unter dem Tisch. Ich bin so wütend, dass das Blut in meinen Adern rauscht.

Erst der rhythmische Klang der Wellen draußen auf der Veranda beruhigt mich etwas. Ich atme tief durch, streife mir die Laufschuhe über, die ich gestern achtlos von den Füßen gestrampelt habe, und renne los. Hinunter zum Wasser und dann immer am Ufer entlang. Mein Herzschlag stößt hart gegen die Rippen und mein Hirn ist ab einem bestimmten Punkt allein damit beschäftigt, Luft in meine Lungen zu pumpen. Ich laufe zu dem entwurzelten und von den Gezeiten gezeichneten Baumstamm, der immer mein Ziel ist. Aber ich setze mich nicht und belohne mich vor dem Rückweg mit dem Blick auf die Twin Rocks, sondern powere mich mit Kraftübungen aus, bis mein Magen rebelliert und meine Muskeln brennen. Erst dann schleppe ich mich erschöpft zurück nach Hause.

Die Klamotten ziehe ich auf dem Weg ins Bad aus, sodass sich ein Pfad aus Schmutzwäsche durch das Erdgeschoss zieht, und lasse das heiße Wasser meine verspannten Muskeln massieren. Als die Temperatur merklich abkühlt, trockne ich mich notdürftig ab, werfe mir frische Kleidung über und setze mich auf eines der ausladenden Sofas hinterm Haus, auf denen vorhin noch Miller gelegen hat. Ich mag ihn und er hat die Party definitiv auf ein neues Level gehoben. Auch wenn er am Ende vollkommen hinüber war. So hinüber, dass ihn seine Schwester einsammeln musste.

Nevah. Ich schnaube. Sie hat mich wie einen Mistkerl behandelt, den man dringend auf Abstand halten sollte. Dabei habe ich ihr nichts getan. Im Gegenteil. Ich habe ihr geholfen und war so nett, dass ich dafür ein Pfadfinderabzeichen verdient hätte.

Seufzend lehne ich meinen Kopf zurück. Es ist bereits nach vier Uhr morgens. Um acht muss ich beim ersten von Petes Kunden sein und mir ist klar, dass es sich rächen wird, wenn ich nicht endlich die Kurve bekomme und schlafen gehe. Aber statt die Augen zu schließen, sehe ich lieber zu, wie sich der Himmel blassrosa verfärbt. Mit dem Handy mache ich ein Foto und lade es auf Instagram hoch.

7
nevah

Fünf Tage sind wir jetzt hier. Fünf Tage, in denen Mom und ich den Costco Wholesale in Portland unsicher gemacht und das Wichtigste erstanden haben, was uns nach der übereilten Abreise aus New York gefehlt hat. Fünf Tage, in denen wir nach einer Therapeutin gesucht haben. Für mich. Und für Miller, der nichts davon wissen will. Er war kaum zu Hause, obwohl er hoch und heilig versprochen hat, nicht noch einmal so abzustürzen wie in unserer ersten Nacht in Rockaway Beach. An jedem einzelnen der fünf Tage hat er dieses Versprechen gebrochen, während ich gelesen, Bücherlisten erstellt, Netflix von vorn bis hinten durchgeschaut und mich dabei gefragt habe, ob es wirklich zu viel verlangt ist, dass er Rücksicht nimmt und wenigstens zum Befeuchten der Zahnbürste und dem Zerwühlen des Betts nach Hause kommt. Zum Glück konnte ich Mom und Dad überreden, dass wir klarkommen und sie zu dem Treffen mit den Marshals, die den Zeugenschutz betreuen, fahren können, um mit deren Hilfe den Verkauf ihrer Firma abzuwickeln. Meine Eltern sollten sich wirklich nicht noch mehr Sorgen machen müssen.

Auch heute hat Miller direkt nach dem Aufstehen und einer halben Tasse Kaffee noch mit zerwühltem Haar das Haus verlassen und ist bis jetzt nicht zurückgekehrt. Drüben im Strandhaus steigt keine Pre-Work-Party, dort ist er also nicht. Ich will mir nicht länger den Kopf darüber zerbrechen, was zum Teufel Miller treibt. Deswegen lenke ich mich ab, indem ich ein wenig fürs College vorarbeite und danach einen Roman weiterlese, den ich vor zwei Tagen begonnen habe und der thematisch so leicht ist, dass er mich nicht überfordert, aber wortgewaltig genug, um meine Gedanken von Miller loszueisen.

Als ich ihn beende, ist immer noch zu viel vom Tag übrig. Aus purer Verzweiflung putze ich das Haus. Nicht nur mein Zimmer, sondern auch die Bäder und das Wohnzimmer. Dabei hasse ich Hausarbeit. Nachdem ich fertig bin, lege ich mich auf mein Bett und starre auf den schwarzen Bildschirm meines Laptops. Eine Berührung und er erwacht zum Leben. Ich klicke auf den Internetbrowser, zögere. Ich sollte das nicht tun. Aber meine Finger entwickeln ein Eigenleben. Sie tippen neun Buchstaben ein und drücken dann auf die Entertaste. Instagram öffnet sich und lockt mich, Teil seiner bunten, fröhlichen Welt zu werden. Und ich will genau das. Mein altes Leben wenigstens durch die Bilder meiner Freunde sehen. Egal ob es verboten ist. Als würde das Heimweh weniger wehtun, wenn ich noch mehr von mir aufgebe und aufhöre, mich wie sonst an die Regeln zu halten. Ich halte mich immer an die Regeln. Miller ist derjenige, der sie bricht.

Noch kann ich den Laptop einfach zuklappen. Noch ist nichts passiert. Aber im nächsten Moment streifen meine Finger das Touchpad. Meine. Nicht die meines Katastrophen-Bruders.

Obwohl es uns alle in Gefahr bringen könnte. Der trotzige Part von mir hält dagegen, dass ich mich nicht unter meinem richtigen Namen anmelde. Niemand wird den Account, den ich anlege, mit meinem alten Leben in Verbindung bringen.

Die Aussicht, Hanna vielleicht eine versteckte Nachricht zukommen lassen zu können, treibt mich vorwärts. Sie zu sehen. Und sei es nur auf einem Bild, ausgelassen, unbeschwert und wild. So, wie ich war. Bevor das alles passiert ist.

Als Profilbild wähle ich eines aus meiner spärlichen Galerie. Mom hat das Foto von mir am Pier geschossen. Vor einem kleinen Laden in Rockaway Beach, in dem wir Bücher für mich gekauft haben. Es zeigt mich von hinten, gegen die untergehende Sonne fotografiert. Ich bin darauf so gut wie nicht erkennbar. Als Benutzernamen entscheide ich mich für @donttrustanybody. Der Name ist Programm. Schließlich kann ich niemandem trauen. Die Profilbeschreibung lasse ich leer.

Vor meinen Augen öffnet sich ein nie enden wollender Feed aus Bildern, Emotionen und Meinungen zu allem und jedem. Früher habe ich mir gar nicht so viel aus dieser Instagram-Blase gemacht. Sie bildet sowieso nicht das richtige Leben ab. Aber näher komme ich meinem alten Leben derzeit nicht.

Hannas Profil ist zum Glück öffentlich. @hannalovesnyc zeigt einen wilden Mischmasch aus Mode, besonderen Locations in und um New York sowie Kunst und Lifestyle der Metropole. Tränen rinnen über meine Wangen. Ich berühre das Haar meiner besten Freundin und doch nur das Display des Computers. In ihrem letzten Post sitzt sie auf dem Geländer der Brooklyn Bridge und sieht in die Ferne. Die Sonne leuchtet ihr ins Gesicht. Sie wirkt nachdenklich, traurig und feenhaft zerbrechlich. Nicht stark und voll überschäumender Lebensfreude, wie ich sie in Erinnerung habe. So verletzlich habe ich sie nur einmal gesehen. Als ihr Dad die Familie für eine andere Frau verlassen und Hanna das Gefühl gegeben hat, sie wäre ihm nicht wichtig genug, um zu bleiben. Oder es ihr zumindest zu erklären.

#allgoodthingscometoanend #newbeginnings #almostafreshman steht unter dem Foto. Für fremde Personen ist dies nur ein poetischer Post, der das Ende der Highschoolzeit einläutet und den Start ihres Studiums an der Columbia. Aber das war unser Traum. Wir wollten diesen Lebensabschnitt gemeinsam beginnen. Und jetzt sitzt sie stattdessen allein auf der Brücke und in ihren Augen liegt Traurigkeit.

Sie denkt bestimmt, ich wäre wie ihr Dad, sie wäre mir nicht wichtig genug gewesen, um zu bleiben oder ihr zu sagen, warum ich gehen musste. Wahrscheinlich hasst sie mich. Meine Finger schweben über der Tastatur. Es muss doch irgendetwas geben, das ich schreiben kann. Etwas, das mich nicht verrät und die Dinge zwischen uns trotzdem besser macht. Mein Herz pocht. Das Risiko ist zu hoch. Der Wunsch, Hanna die Wahrheit zu sagen, liegt allerdings nur eine knappe Nasenlänge dahinter. Ich öffne das Nachrichtenfenster, gebe Hannas Accountnamen ein, zögere wieder. Nur Hanna wird diese Nachricht sehen. Deswegen heißen die Dinger doch persönliche Nachrichten. Ich presse mir die Hände vors Gesicht, schließe meine brennenden Augen. Online ist nichts wirklich sicher. Das ist mir klar. Und es ist genau diese Art von Fehlern, die am Ende eine Katastrophe nach sich ziehen. Unter Tränen klappe ich den Laptop zu, atme. Es tut weh. Fast so, als würde ich Hanna noch einmal zurücklassen. Ich begrabe den Laptop unter einem Kissen. Er ist eine Versuchung. Die Art Versuchung, die mich lockt, etwas zu tun, was uns den Kopf kosten könnte. Ich muss hier raus, bevor die Sehnsucht das Rennen gewinnt. Mühsam rapple ich mich auf. Mein Blick fällt auf den Ozean, der stoisch ruhig gegen den Sandstrand rollt. Ein wenig frische Luft wird mir guttun. Ich verlasse das Zimmer und laufe die Treppe hinab.

Auf halber Höhe lässt mich ein Geräusch zusammenfahren. Ein Knacken, das ich nicht zuordnen kann. Eines, das nicht in das leere Haus passt. Panisch schießt mein Blick zur Tür. Sie ist abgeschlossen. Die Alarmanlage scharf. Den Körper gegen die Wand gepresst lausche ich. Aber da ist nichts. Nur Stille. Und die Wand in meinem Rücken, die mich zurück in den schäbigen Apartmentkomplex in Queens katapultiert.

Die Kälte der Steine dringt durch mein Shirt. Ich bin unfähig, mich zu bewegen, wegzurennen, Hilfe zu holen. Ich stehe einfach nur da, sehe ihn auf mich zukommen. Und mein Hirn wird leicht, als wollte es ohne mich davonfliegen.

Mir ist schwindelig. Ich sinke auf die Treppe, kippe nach vorn, umschlinge meine Knie mit den Armen. Und in dem Moment, in dem mein Rücken den Kontakt zur Steinmauer verliert, verblasst das Bild. Nur der Geruch nach Pfefferminz und Orangen brennt noch in meiner Nase, als wäre er real. Ich ziehe die Beine an, umschlinge die Knie mit den Armen. Den Kopf presse ich in den Stoff meiner Jeans. Atmen. Ich muss atmen.

Aber dann werden all meine Bemühungen von einem energischen Klopfen an der Haustür zerfetzt. Mein Herz springt zurück in seinen hektischen Rhythmus. Niemand weiß, dass wir hier wohnen. Niemand kommt uns hier besuchen. Wir kennen keine Menschenseele in diesem Nest. Angst schießt durch mein System, durchdringt Körperzelle für Körperzelle. Ich rühre mich nicht, halte die Luft an, mache mich klein.

Wieder klopft es. »Hey, Miller, ich bin es, Jax. Du hast dein Cap bei mir liegen lassen.«

Jax. Seine Stimme streicht die Panik in mir glatt. Einfach so. Ich schüttle den Kopf. Nein, nicht er. Was mich zurückholt, ist die Tatsache, dass er kein verfluchter Psychopath ist, der mich umbringen will. Noch einmal ruft er. Durch das schmale Sicherheitsmilchglas in der Mitte der Tür sehe ich, wie er ungeduldig die Kappe gegen seine Hand schlägt.

Ich kann ihm nicht antworten. Nicht aufstehen und wie ein normaler Mensch die Tür öffnen. Weil er dann sehen würde, dass etwas nicht stimmt. Weil ich es ihm erklären müsste und das nicht geht. Und weil ich mich noch immer nicht rühren kann.

Er wartet noch einige Sekunden, schüttelt dann den Kopf, hängt das Cap an die Tür und geht. Ich würde ihm am liebsten nachlaufen, um nicht allein mit der Erinnerung zurückzubleiben. Aber das ist absurd. Jax ist ein arroganter Mistkerl. Der Typ, der Miller ermuntert, weiter so selbstzerstörerisch zu sein. Und damit wahrscheinlich der letzte Mensch, dem ich nachrennen sollte.

8
jackson

Ich sehe Umrisse durch das Glas der Haustür. Eine schmale Person, was definitiv gegen Miller spricht. Wahrscheinlich Nevah. Ihre Eltern sind nicht zu Hause. Das hat Miller mir gestern zwischen Bier vier und sechs erzählt. Irgendein Geschäftstermin.

Ich schlage das Cap gegen meine Hand, warte. Aber sie rührt sich nicht. Ausgeschlossen, dass sie mich nicht gehört hat. Uns trennt nur eine verdammte Tür. Und drei vollkommen überdimensionierte Schlösser. Ihre Eltern müssen echte Sicherheitsfanatiker sein. Ich rufe noch einmal. Nicht dass ich wirklich erwartet habe, dieses Mal eine Reaktion von der Queen of Ice zu bekommen. Trotzdem frage ich mich, was zum Henker sie mit diesem Verhalten bezweckt? Immerhin bin ich nicht hier, um noch einmal den Fehler zu begehen, nett zu ihr zu sein. Genervt stoße ich die Luft aus und hänge Millers Cap an den Türknauf. Soll sie mich ruhig weiter ignorieren. Ist ja nicht so, dass mein Lebensglück davon abhängt, von ihr ein handelsübliches Guten Morgen zu bekommen.

Allmählich verstehe ich, wieso Miller sich bei jeder Gelegenheit zu mir ins Strandhaus verdrückt. Seine ganze Familie scheint ein Haufen merkwürdiger Vögel zu sein.

Ich springe die Stufen der Veranda hinab, laufe zu meinem Wagen und ziehe die Fahrertür auf. Brütend heiße Luft schlägt mir entgegen, aber ich schiebe mich trotzdem hinter das Steuer, reiße sämtliche Fenster auf und starte den Motor. Die Klimaanlage ist kaputt, bleibt also nur der Fahrtwind.

Aber das ist nicht der einzige Grund, aus dem ich den Pick-up nach dem Zurücksetzen hart beschleunige.

Mein erster Stopp ist die Sterling Savings Bank, um den Gehaltscheck von Pete einzulösen. Das bisschen, das ich bei ihm verdiene, ist ein Witz gegen die Summe, die auf Dads Scheck stand. Aber es ist mein Geld. Ich habe dafür gearbeitet. Dafür bin ich niemandem etwas schuldig.

Von dem klimatisierten, gedämpften Schalterraum bis zu Marshas Diner sind es knapp fünf Meilen. Nach rund zwei Drittel der Strecke entdecke ich Miller. Er joggt. Oder tut zumindest etwas, das entfernte Ähnlichkeit damit hat. Mit einem knallroten Gesicht und schweißnassen Haaren taumelt er vor mir über die Fahrbahn.

Ich bremse ab und rolle im Schneckentempo neben ihm her. »Hey, was wird das?« Ich deute mit dem Zeigefinger von den tropfenden Haarspitzen zu seinen absolut nicht laufkompatiblen, ausgeleierten Chucks.

»Dachte, Sport wär 'ne gute Idee.« Er japst und bleibt stehen. Mit dem Arm stützt er sich in meinen Fensterrahmen und ich stoppe den Wagen. »Laufen soll laut dem Internet das neue Yoga sein.« Er holt keuchend Luft. »Keine Ahnung, ob das Verknoten auch so fucking anstrengend ist.« Er fasst sich in die Seite, als müsse er Seitenstiche wegkneten, und saugt mehrmals gierig Luft in seine Lungen. »Mir tun Muskeln weh, die es gar nicht geben dürfte.«

Sein Gejammere bringt mich zum Lachen.

»Ich dachte echt, wir könnten Freunde werden, Jackson Scott.« Er wedelt mit der Hand und legt sich dann einfach neben meinem Auto auf den Asphalt. Sein Glück, dass um diese Uhrzeit kaum Verkehr herrscht. »Aber wenn du dich in meiner Not über mich lustig machst, hasse ich dich ab sofort, verdammte Scheiße. Und Sport hasse ich noch mehr. Sport ist der Antichrist.«

Um Beherrschung bemüht klettere ich aus dem Wagen und halte ihm meine Hand hin. »Ich mache mich nicht lustig.«

Er betrachtet mich skeptisch, nimmt mein Angebot, ihm aufzuhelfen, nicht an und deutet stattdessen auf meine zuckenden Mundwinkel.

»Okay, vielleicht ein bisschen«, gebe ich zu. »Aber ich bin deine beste Option. Mit den Tretern schaffst du es nie im Leben zurück nach Hause.«

Er zögert, schnauft. »Okay, aber nur, weil ich echt nicht mehr kann. Außerdem ist von dir ausgelacht zu werden immer noch besser als ein erniedrigender Anruf bei meiner Schwester.«

Ich helfe ihm hoch, warte, bis er humpelnd den Pick-up umrundet und einsteigt.

Stöhnend lehnt Miller sich in den Sitz und schließt die Augen, während ich losfahre. Erst nachdem ich in die Pacific Avenue abgebogen bin, öffnet er sie wieder. »Hast du dich verfahren?«

»Ich muss noch kurz was erledigen. Dachte, du hilfst mir vielleicht.« Ich parke den Wagen hinter dem Diner und boxe ihm gegen den Oberarm.

Miller mustert mich zweifelnd. »Du raubst den Laden jetzt aber nicht aus, oder?«

Wir kennen uns erst wenige Tage, die Hälfte der Zeit war Miller vollkommen zu und ich habe mit keinem Wort erwähnt, dass ich kaum über die Runden komme, aber er hat es trotzdem bemerkt. »Idiot.« Ich lache. »Kommst du jetzt?« Ich knalle die Fahrertür zu und ziehe eine von Petes Leitern von der Ladefläche. Mit der noch freien Hand schnappe ich mir den Werkzeugkoffer und steuere auf die Seite des Gebäudes zu, die dem Ozean zugewandt ist. »Kannst du den Eimer vom Truckbett mitbringen?«

Miller zieht ihn wortlos herunter und folgt mir. Langsam und seine Muskeln verfluchend.

Marsha entdeckt uns und kommt nach draußen. »Jackson.« Sie schließt mich in ihre Arme. »Und wen hast du mir da mitgebracht?«

»Das ist Miller. Er wohnt jetzt im Haus vom alten Grayson«, stelle ich meine Begleitung vor. »Ich bin hier, um die Regenrinne in Ordnung zu bringen.« Die wollte ich schon vor Wochen repariert haben, aber immer kam was dazwischen.

»Das ist großartig. Ich hatte schon Sorge, das morsche Teil könnte einem der Gäste auf den Kopf fallen, aber es ist so gut wie unmöglich, einen Handwerker zu bekommen, und ich auf einer Leiter ...« Sie winkt ab und lacht ihr typisches Marsha-Lachen. Dann gleitet ihr Blick zu Miller und ich sehe die Art von Mitleid darin, die meistens ein kühles Getränk und ein Gratis-Essen nach sich zieht. »Was hast du nur mit ihm angestellt, Jackson?«

»Ich? Das hat er sich ganz allein eingebrockt. Hat versucht, seine sportliche Seite zu entdecken.«

»Konnte ja keiner ahnen, dass es heute so verdammt warm wird«, mault Miller und schmeißt sich stöhnend auf eine der Sitzbänke im Sand. »Und die Strecke sah auf dem Handy auch irgendwie kürzer aus.«

Marsha lacht. »Dich kriegen wir schon wieder hin.« Sie wendet sich an mich. »Danke, dass du dich darum kümmerst.« Sie deutet mit einer Kopfbewegung zum Dach.

Ich nicke nur, weil es keine große Sache ist, die Regenrinne zu reparieren, und lehne die Leiter gegen das Dach. Miller reicht mir den Eimer und ich klettere vorsichtig nach oben. Zuerst entferne ich die Kiefernnadeln und den Dreck, der sich in den letzten Jahren angesammelt hat. Dann reiche ich Miller den halb vollen Eimer und lasse mir von ihm das Werkzeug geben, um die marode Stelle auszubessern.

Marshas Milchshake belebt Millers Lebensgeister wieder und er entpuppt sich als echt hilfreich. Nicht nur weil er mir immer genau das richtige Werkzeug gibt, schon bevor ich ihn darum bitte, die Arbeit macht auch deutlich mehr Spaß, wenn man mit ihm herumblödeln kann. Nachdem wir fertig sind, gehe ich nach drinnen, um mich von Marsha zu verabschieden. Miller verstaut währenddessen die Sachen auf der Ladefläche des Pick-ups.

Marsha presst mich an sich und drückt mir eine Papiertüte mit Burgern und Pommes in die Hand.

»Der Junge sollte mehr essen«, flüstert sie mir verschwörerisch zu. »Und für dich gilt das Gleiche.«

»Ich passe schon auf mich auf.« Mit dem Daumen deute ich über meine Schulter. »Und wenn es nicht ums Joggen geht, kriegt Miller das auch hin. Trotzdem danke.« Ich hebe die Tüte an, nicke Marsha noch mal zu und laufe zum Wagen, in dem Miller schon auf mich wartet.

Mit Blick auf die Burgertüte in meiner Hand meint er: »In unserem Kühlschrank müsste noch Bier stehen. Was sagst du zu einer improvisierten Einweihungsfeier bei uns?« Er hebt sein Shirt an, schnüffelt daran und verzieht das Gesicht. »Nachdem ich geduscht habe.«

Ich steige in den Pick-up und starte den Motor. »Klingt nach einem Plan.«

Das Meer blitzt auf unserem Rückweg durch Lücken der weißen Holzhäuser und die Wimpel der Uferpromenade, später durch Dünen und Pinienhaine. Miller schirmt seine Augen ab und sieht unverwandt aus dem Fenster.

»Kann Chicago da mithalten?«

Millers Gesicht verdunkelt sich für den Bruchteil einer Sekunde, aber dann grinst er und ich denke, es waren vielleicht nur die Schatten der Bäume, die am Fenster vorbeirauschen.

»Der Lake Michigan kommt nah ran, aber, scheiße, mithalten kann er hiermit auf keinen Fall«, sagt er.

»Habt ihr direkt am Wasser gewohnt?«

»Westlich vom Millenium Park, nicht direkt am See. Oak Park, ein Stadtteil Chicagos. Sind alle ganz irre aufs Fahrradfahren dort. Ansonsten gibt es nicht besonders viel zu sehen. Aber man ist schnell im Zentrum.«

Er rattert das alles herunter, als hätte er es schon hundertmal erzählt. Und wirkt dabei irgendwie emotionslos. Er scheint nicht wirklich an seiner alten Heimat zu hängen. »Fehlt dir die Großstadt?«

»Hm.« Miller zuckt die Schultern. »Eigentlich nicht. Was ist mit dir?« Er deutet auf meinen altersschwachen Truck. »Du lebst in diesem irre großen Protzhaus und fährst so eine Karre.«

Ich versteife mich. Miller ist echt gut darin, zum unschönen Kern durchzudringen. Keine Ahnung, wie er das anstellt. In der Regel fällt es mir leicht, Menschen etwas vorzuspielen, sie auf Abstand zu halten. »Ist das eine Frage?«

»Nicht wirklich.« Miller schlägt mir leicht gegen den Arm. Es ist klar, dass sich Dinge in meinem Leben in Schräglage befinden, aber offenbar hat er nicht das Bedürfnis, mich zu therapieren oder mir ungefragt wertvolle Ratschläge zu geben, die am Ende sowieso nichts verändern. Er sieht nur aus dem Fenster. Als würde er mich ohne Worte bestens verstehen.

Dad sagt immer, die Definition von Freundschaft wäre, mit jemandem schweigen zu können, ohne die Stille füllen zu müssen. Genau so fühlt sich das hier an.

9
nevah

Es geht mir besser. Gut wäre definitiv übertrieben, aber es reicht, um mich von der Treppe aufzurappeln und mich in die Küche zu schleppen. Die Bilder folgen mir wie Spinnweben, die sich in meinem Hirn verfangen haben.

Die Einkäufe, die Miller hätte wegräumen sollen, stehen noch immer auf der Arbeitsplatte. Ein wildes Sammelsurium aus Verpackungen. Einige hat er aufgerissen. Vermutlich ein Snack für den Weg. Der Müll ist achtlos in die Tüten gestopft. So etwas regt mich sonst kolossal auf, aber gerade ist es ein Segen. Dinge zu ordnen hilft mir. Und sei es nur das Chaos meines Bruders.

Ich bin gerade fertig und ziehe zwei Scheiben Toastbrot aus der Tüte, um mir ein Sandwich zu machen, als ein Wagen vor dem Haus hält. Türen klappen. Aber dieses Mal springt mein Alarmsystem nicht an. Keine irrationale Angst verwischt die Realität. Panik ist nicht logisch. Sie ist unberechenbar und hockt wie ein Monster in der Dunkelheit, um in den unpassendsten Momenten die Klauen in mein Herz zu schlagen.

Miller schließt auf, poltert ins Haus und macht sich an der Alarmanlage zu schaffen, ehe sie anspringen kann. Er ist nicht allein. Jax ist bei ihm. Im Gegensatz zu meinem Bruder entdeckt er mich sofort und wirft mir einen langen fragenden Blick zu. Einen, der sagt: Ich sehe genau, dass etwas nicht stimmt. Verdammt. Warum muss mein Bruder ihn mit hierherbringen? Ausgerechnet ihn. Ausgerechnet jetzt. Wo ich mich wie ein Kartenhaus fühle, das beim leisesten Windhauch einstürzen wird. Wie soll ich Mister Sorgloser-Beachboy-das-ganze-Leben-ist-eine-Party erklären, was mit mir los ist, sollte das passieren. Ich beiße mir auf die Lippen. Wenn ich meine gesamte Konzentration auf die Brotscheiben vor mir richte, kann ich ein Gespräch mit ihm hoffentlich vermeiden.

»Klar sind Burger bewusste Ernährung, du Sportnerd. Bewusstlos kann man ja schließlich nicht kauen«, sagt Miller lachend und Jax stimmt ein.

Sie kommen in die Küche und ich schlucke auf bitter schmeckendem Neid herum. Darauf, wie unbeschwert sie sind. Darauf, dass Miller scheinbar keine Probleme hat, Freunde zu finden, neu anzufangen und die Bilder beiseitezuschieben, die mich regelmäßig unter sich begraben. Dabei ist all das seine Schuld.

»Hi, Schwesterherz.« Mein Bruder zieht sich auf die Kücheninsel und stößt mich an. Er ist total verschwitzt, was die Berührung echt widerlich macht.

Ich verziehe das Gesicht. »Was hast du gemacht?« Normalerweise verbringt er seine Tage vor der Konsole und die Nächte auf Jax' Partys. Beides erklärt nicht, warum er aussieht, als hätte ihn eine Horde Zombies quer durchs Land gejagt.

»Ich war joggen.« Er grinst breit.

»Okay«, sage ich gedehnt. Vielleicht hat er Drogen genommen. Das würde erklären, warum er plötzlich seine sportliche Seite wiederentdeckt hat.

Jax spielt mit dem Casinochip, den er schon bei unserer ersten Begegnung dabeihatte, und seine Mundwinkel zucken. Ich starre auf diese winzige Bewegung und dann auf seine Hände. Große, sonnengebräunte Hände, die Ruhe ausstrahlen.

Miller schiebt sich in mein Blickfeld. Er lehnt sich zu mir herüber und nimmt mir die Brotscheiben weg. »Das Zeug brauchst du nicht. Wir haben die verdammt leckersten Burger der Westküste mitgebracht. Zumindest behauptet Jax das.« Er zieht die Tüte zwischen uns, die Jax auf die Arbeitsplatte gestellt hat. »Wenn du nett Bitte sagst, geben wir dir was ab, Beauvoir.«

Ich hasse es, wenn er mich so nennt. Weil es eigentlich ein Kompliment wäre, mit der Ikone der Frauenrechte verglichen zu werden, mein Bruder es aber als Beleidigung meint. »Bitte.« Ich erobere mein Brot zurück. »Dafür, dass ich dein Chaos beseitigt habe. Und nein, danke, ich bin sehr zufrieden mit meinem Sandwich.«

Miller steckt sich ein paar Fritten in den Mund, die er aus dem Inneren der Tüte gezogen hat. »Was 'n für ein Chaos?«, fragt er kauend. »Da standen vielleicht zwei winzige Tüten rum. Hätt ich noch weggeräumt. Jetzt nimm mal den Stock aus dem Arsch, Nev.«

Ich vermeide den Blick zu Jax, der sich lässig gegen die Kücheninsel lehnt und wortlos unserem Schlagabtausch zusieht. Es ärgert mich, dass Miller so tut, als wäre ich unentspannt. Ich bin nicht unentspannt. War ich nie. »Manchmal bist du echt ein Vollidiot, Miller.«

»Autsch.« Er fasst sich an die Brust, als hätte ich ihn mit einem Mordwerkzeug getroffen, lacht und rutscht von der Kücheninsel. »Ich geh schnell duschen. Und dann wird gegessen. Gib mir zwei Minuten«, wendet er sich an Jax. »Und du, versuch ihn in der Zwischenzeit nicht mit irgendwelchem Nerdkram zu Tode zu langweilen.«

Ich werfe die Packung Toastbrot in Millers Richtung. Allerdings habe ich nicht gut genug gezielt. Anstatt ihn am Kopf zu treffen, fängt er sie lässig und verstaut sie im Küchenschrank. »Du wirfst wie jemand, der zu viele Bücher liest.«

Ich hätte einen Kochlöffel nehmen sollen. Oder das schwere Holzbrett. Irgendetwas, das wehtut. Bevor ich kontern kann, verschwindet Miller ins Obergeschoss und Jax und ich bleiben allein in der Küche zurück.

Er sieht mich eindringlich an und dieser Blick ist mehr als nur ein Windstoß.

»Was?«, frage ich. Angriff ist die beste Verteidigung. Was für ein bescheuerter Spruch. Niemand würde einem Kaninchen raten, einen Berglöwen anzugreifen. »Hab ich was im Gesicht?«

Er sieht aus, als wollte er etwas sagen, lächelt aber nur. Wieso lächelt er? Ich brauche sicher keine mitleidige Freundlichkeit von ihm. Weder weil er denkt, mit mir stimmt etwas nicht, noch weil Miller eben Miller ist.

»Wieso hast du vorhin nicht aufgemacht?«

Der urplötzliche Themenwechsel bringt mich aus dem Gleichgewicht. »Äh ... was?« Sehr eloquent.

Er deutet auf die Haustür. »Du warst da, das konnte ich sehen. Hab geklopft, aber du hast nicht reagiert. Und ich frage mich, wieso?« Er runzelt die Stirn und scheint wirklich zu versuchen, dahinterzukommen.

Verfluchte Milchglastür. Hitze kriecht mir unter die Haut. »Hab dich wohl nicht gehört«, murmle ich. Jeder andere Mensch wäre höflich genug, nicht weiter nachzuhaken. Aber Jax gehört offenbar nicht zu dieser Bevölkerungsgruppe.

»Ich war nicht gerade dezent, du musst mich gehört haben. Also, warum?« Sein Blick ist ruhig, aber unerbittlich auf mich gerichtet. Den sollte er sich patentieren lassen. Dafür gibt es sicher effektive Einsatzmöglichkeiten. Bei der CIA zum Beispiel. Ich schließe die Augen, nehme sein Aftershave wahr, den Geruch seiner Haut nach Sonne, Sand und Ozean. Ich sollte mir vielleicht weniger Gedanken darüber machen, wie er riecht, und dafür mehr, was ich antworten kann. »Ist dir schon mal die Idee gekommen, dass ich einfach keine Lust hatte aufzumachen? Dir aufzumachen?« Frustriert knalle ich Käse, ein Salatblatt und dann die zweite Scheibe Toast auf das Sandwich. Das klang unfreundlicher als beabsichtigt.

»Kein Grund, gleich dein Mittagessen zu töten.« Meine kratzbürstige Art scheint ihn kein Stück zu beeindrucken. Er lacht. So wie neulich Nacht im Flur. Leise. Ein wenig spöttisch. Und rau wie der Ozean. »Ich wollte nur das Cap abgeben, nicht deinen Tag entern, Prosecco-Bruderschaft trinken oder 'ne Kissenschlacht veranstalten.«

Wieso denke ich jetzt bitte daran, wie es wäre, mit ihm durch die Laken zu toben? Jax in meinem Bett ist keine Vorstellung, der ich auch nur eine Millisekunde gönnen sollte. »Nur weil du Angst hättest, gegen mich zu verlieren.« Oh, mein Gott, das habe ich nicht wirklich gesagt.

Er grinst und in seinen Augen blitzt ein »Herausforderung angenommen« auf, bevor er wieder ernst wird. »Wir sind Nachbarn. Dein Bruder und ich hängen zusammen ab. Anscheinend habe ich irgendetwas getan, was dich so sehr verärgert, dass du mir nicht mal die Tür öffnest und, wenn ich dich darauf anspreche, dein Sandwich malträtierst. Also, sorry. Was auch immer es war.« Er macht einen Schritt auf mich zu. »Vielleicht starten wir einfach noch mal neu. Ich bin Jackson Scott – Jax. Dein freundlicher Nachbar von nebenan.« Er hält mir auffordernd seine Hand hin, aber ich ergreife sie nicht. Ich habe genug von Neustarts. Genug von Menschen, die mein Leben durcheinanderbringen.

»Gib dir keine Mühe.« Miller taucht hinter mir auf. Die noch tropfnassen Haare rubbelt er mit einem Handtuch trocken, das er im nächsten Moment über die Lehne eines Stuhls schmeißt. Er hat in Rekordzeit geduscht und zieht jetzt zwei Bier aus dem Kühlschrank, öffnet die Flaschen und reicht Jax eine. Dann packt er die Burger aus und legt sie auf Teller. Die Pommes schüttet er einfach drüber. Das Ergebnis erinnert an moderne Kunst. »Ich liebe Nev echt, aber eins solltest du über meine kleine Schwester wissen. Sie ist 'ne verkappte Streberin und ein Nerd. Wenn sie lernt oder mit ihrer Nase in ihren Büchern steckt …« Er macht eine Bewegung mit der Hand, als würde etwas verpuffen. »… verschwindet der fucking Rest der Welt um sie. Das darf man nicht persönlich nehmen.«

Stalkerin, Pedantin und jetzt auch noch Streberin und Nerd. Vielen Dank auch, Miller. Ich beiße die Zähne zusammen und sage nichts. Ganz bestimmt werde ich der Aufzählung kein »durchgeknallt« hinzufügen, indem ich die Wahrheit darüber sage, was mich auf der Treppe festgepinnt hat. Störrisch blinzle ich die Tränen weg, die sich in meine Augen drängen.

»Hey«, sagt Miller sanft, weil er bemerkt, dass ich kurz vorm Heulen bin. »Fuck, war nicht so gemeint, okay?«

Jax sieht ihn stirnrunzelnd an. Dann mich. Und ich kann sehen, wie es hinter seiner Stirn arbeitet. Er fragt sich sicher, wieso Miller vom Konfrontationskurs abgebogen und plötzlich so fürsorglich ist.

Es ist zu spät. Zu wenig.

»Lass mich einfach in Ruhe, Miller.« Ich verschränke die Arme vor der Brust, blocke seinen Versuch einer Umarmung ab. Wenn ich es nicht tue, werde ich losheulen. Vor Jax. Mitten in dieser verfluchten Küche. Mit einer wütenden Kopfbewegung deute ich auf die Verpackung der Burger und die Papiertüte. »Und wenn du dem Zeug kein Superheldenkostüm nähst, wird es sicher nicht von allein in den Papierkorb fliegen.«

Jax lacht und für einen Moment denke ich, er wird mir ein High five geben, aber Millers Stimme knallt dazwischen.

»Verdammte Scheiße! Hat jemand eine Seite aus deinem Lieblingsbuch gerissen oder was?« Seine Besorgnis ist verschwunden. Mit Nachdruck befördert er den Müll in die Tonne und reißt dabei fast den Deckel ab. »Ich versuche wirklich, nett zu sein, aber …« Er bläht die Wangen auf und stößt geräuschvoll die Luft aus.

»Drei Sekunden lang. Eine echte Leistung.« Ich schnaube sarkastisch.

»Wieso kannst du es nicht mal gut sein lassen? Einfach mal so tun, als wärst du normal?«

Weil nichts gut ist. Und ich nicht normal. Nichts hieran ist normal oder auch nur in Ordnung.

»Du tickst doch nicht mehr richtig.«

Er hat recht. »Und wer bitte ist schuld daran?«

Jax verlagert das Gewicht und die winzige Bewegung erinnert mich daran, dass wir nicht allein sind. Er bekommt jedes Wort mit.

Mit zusammengepressten Lippen schlucke ich alles hinunter, was ich Miller noch an den Kopf werfen möchte, und starre ihn stumm an. Und er mich. Ein Blickduell, das wir schon als Kinder ausgetragen haben, wenn Dad uns ermahnt hatte, uns auf langen Fahrten nicht zu streiten. Er hat dieses Spiel schon immer gewonnen.

»Hey, ihr beiden«, versucht Jax zu beschwichtigen, aber ich ignoriere ihn. Miller ignoriert ihn. Das Dunkle baut eine Mauer zwischen meinen Bruder und mich und ich weiß nicht, ob ich sie je wieder einreißen will. Auf jeden Fall will ich es nicht, solange er nicht zugibt, dass ihn das alles genauso sehr auffrisst wie mich. Solange er nicht zugibt, dass es ihm schlecht geht und er einen Fehler gemacht hat, der uns in die Scheiße geritten hat und den er bereut. Solange er nichts ändert. Und vor allem werde ich keine Mauern einreißen, solange Jax danebensteht. Mit einem Ruck stoße ich den Teller mit meinem Sandwich von mir, schnappe mir meine Jacke und laufe zur Haustür.

Miller schnaubt frustriert. Aber er folgt mir nicht. Stattdessen sagt er etwas zu Jax und lacht. Er lacht, während ich schreien möchte.

10
jackson

»Du warst gerade echt ein Arsch.« Ich deute auf die Tür, die Nevah Sekunden zuvor zugeschlagen hat. »War das wirklich nötig?« Sie jetzt zu verteidigen, wo es zu spät ist. Das ist der Stoff, aus dem wahre Helden gemacht sind.

Andererseits ist meine schrullige Nachbarin genau genommen nicht mein Problem. Schrullig. Das hört sich an, als wäre sie neunzig und hätte jede Menge Katzen. Dabei ist sie eher schlagfertig. Tough. Und auf eine Art faszinierend, die ich nicht einordnen kann. Ich stoppe den Gedanken, wende mich Miller zu und ziehe die Augenbraue hoch.

»Ach, die beruhigt sich schon wieder.« Miller zuckt mit den Schultern, was nicht lässig wirkt, sondern resigniert, und sieht mich stirnrunzelnd an. »Machst du dir jetzt ernsthaft 'nen Kopf wegen meiner Schwester?«

»Ich bin so viel greifbare Geschwisterliebe eben nicht gewohnt«, erwidere ich zerknirscht. Tatsächlich habe ich mich noch nie mit irgendwem so offensiv gestritten. Außer mit Mom und Dad. Und dieser Streit setzt mir auch ein halbes Jahr später noch zu. Dabei wünschte ich, ich könnte damit so umgehen wie Miller. Es einfach mit einem Schulterzucken abtun. Aber so bin ich nicht. Nicht einmal wenn ich es versuche.

»Einzelkind?«, quetscht Miller an der Hälfte seines Burgers vorbei.

Ich nicke. Keine Geschwister. Nicht mal mehr Eltern, wenn man es genau nimmt.

Miller setzt sich auf die Arbeitsfläche, anstatt sich einen

Stuhl zu nehmen. »Sei froh. Aber wenn du mal Sehnsucht nach apokalyptischem Geschwistergenerve hast …« Mit einer Pommes deutet er aus dem Fenster. »Deine Bude ist so was von der Hammer. Würde jederzeit tauschen.«

»Wenn es dir hier mal zu ungemütlich wird, kannst du gern bei mir pennen, aber das mit dem Tauschen lassen wir lieber. Mit deiner Schwester unter einem Dach zu sein, würde meine Überlebenschancen sicher drastisch reduzieren.« Ich zucke mit den Schultern. »Sie verrät mir nicht, warum, aber sie kann mich nicht leiden.« Mittlerweile bin ich echt neugierig, was genau sie gegen mich hat.

Für einen Moment verschwindet Millers Unbeschwertheit. »Sie ist …« Er überlegt. »… manchmal einfach Arthur-Fleck-Joker-mäßig schräg.« Er zwingt ein Lächeln auf sein Gesicht.

Psychologisch gesehen geht die Figur von Batmans Joker weit über einfach nur schräg hinaus. Und der Vergleich ist alles andere als schmeichelhaft. »Ist das euer Ding? Euch gegenseitig das Leben schwer zu machen?«

Miller nickt und macht sich über einen zweiten Burger her. Ich habe noch nicht einmal den ersten verdrückt.

»Ist der einzig verfluchte Weg, damit sie überhaupt mit mir spricht. Früher war das anders, aber …« Seine Stimme verrät, wie sehr dieser Umstand an ihm kratzt, während seine Augen scheinbar unbeschwert mit dem Bacon auf seinem Burger flirten. »So langsam fühle ich mich wieder wie ein Mensch. Also, was machen wir heute Abend?«, wechselt er das Thema.

Er feiert genau wie ich, um etwas zu verdrängen. Womit wir uns vermutlich deutlich näher an der Definition von irre befinden als Nevah.

»Party. Drüben. Um halb acht.«

Miller nickt erleichtert und ich stoße meine Bierflasche gegen seine. »Bevor das Semester beginnt, geht es noch mal ab.« Zumindest die anderen lassen es krachen und ich hoffe, die Geräuschkulisse wird so ohrenbetäubend laut sein, dass ich darin abtauchen kann. »Weißt du eigentlich schon, welche Fächer du belegen willst?«

Miller zuckt die Schultern. »Keine Ahnung. Ich hab mich nur eingeschrieben, damit meine Eltern keinen Anfall bekommen. Nevah ist bei uns die Streberin. Sie wusste immer, was sie studieren wollte, hat Listen für ihre Kurse, Bücherlisten, Listen zum Lernen und was weiß ich für was noch. Ich lasse mich einfach inspirieren und sehe, was kommt. Wenn mir die Kurse nicht gefallen, wechsle ich so lange, bis ich etwas Gutes gefunden habe und mich festlegen kann.« Er seufzt. »So weit der Plan.«

Ich drehe die Flasche in meiner Hand und grinse. »Das College hat auf jeden Fall ein sehr gutes Sportprogramm, falls du noch ein wenig an deiner Fitness arbeiten willst.«

»Arsch.« Das Lachen, das über seine Lippen bricht, neutralisiert seinen Todesblick. »Was studierst du eigentlich?« Er kneift die Augen zusammen. »Und jetzt sag nicht Sport. Dann war es das mit uns. Egal wie cool, das verkraftet selbst die beste Freundschaft nicht.«

Sind wir das? Freunde? Wir kennen uns erst drei Atemzüge, aber dafür habe ich mich tatsächlich schon sehr an den seltsamen Typen gewöhnt. Wir haben Spaß zusammen und er ist einer der wenigen Menschen, die ich nicht nach drei Minuten wieder loswerden will. »Kein Sport.« Ich schüttle den Kopf. »Wirtschaft.«

Miller mustert mich skeptisch. »Weil dich das Ellbogengeschubse in den großen Konzernen, in denen du später arbeiten wirst, und all die knochentrockenen Seminare so reizen?« Er wartet meine Antwort nicht ab. »Sag bitte, dass dich jemand gezwungen hat.«

Das nicht. Auch wenn Mom und Dad durchaus die Erwartungshaltung hatten, dass ich in Dads Fußstapfen treten werde.

Ich selbst hatte diesen Anspruch an mich, bis ich erkannt habe, dass ich einem Ideal hinterhergerannt bin, das nie existiert hat. »Ich hab das angefangen, weil meine Eltern es wollten.« Ich stelle die leere Bierflasche auf die Arbeitsplatte. »Lange dachte ich, es wäre das, was ich auch will. Aber jetzt …« Ich verziehe das Gesicht. »Bin ich mir nicht mehr so sicher.« Ich habe absolut keinen Plan, was ich will. Ob ich alles hinschmeißen und mich neu orientieren sollte. Oder ob ich das nur aus Trotz tun und später bereuen würde.

»Du kannst dich frei entscheiden. Wechsel einfach. Wenn du mich fragst, immer dasselbe machen ist doch langweilig.« Miller schnappt sich meine Flasche und entsorgt sie im Mülleimer. »Und du siehst für mich nicht aus wie ein Krawattentyp, der sein Leben lang Zahlen von links nach rechts schiebt.«

Genau genommen bin ich genau das. Ein Zahlen-Nerd. Es macht mir Spaß, komplexe betriebswirtschaftliche Probleme zu lösen. Aber vielleicht ist das nur so, weil das immer mein und Dads Ding war. Ganz sicher ist das nichts, was ich Miller stecken werde, damit er mich damit aufziehen kann. Ich zucke die Schultern. »Keine Ahnung. Vielleicht probiere ich wirklich mal was aus. Sport wäre eine gute Wahl.« Ich sehe ihn unschuldig an und lache, als er auf der Kücheninsel zusammenbricht.

Seine Stimme wird von der Granitplatte gedämpft. »In deiner Hütte steigt heute Abend eine Party. Wenn ich nicht schlappmachen will und verdauen soll, dass du überlegst, Captain America Konkurrenz zu machen, muss ich mich noch ein bisschen hinhauen.«

Captain America war bei der Army, nicht in einem College-Sport-Team. Sieht so aus, als wären Millers popkulturelle Vergleiche generell schlecht. Die Idee, ein wenig zu schlafen, ist allerdings gut. Aber anstatt es Miller gleichzutun, rufe ich auf dem Weg nach drüben Maddie an, damit sie meine Gedanken zerstreut, bis die Beats der Party diesen Job übernehmen.

11
nevah

Aufgebracht renne ich über den Strand zum Ozean und boxe in die Luft, die mir natürlich total unbeeindruckt die Haare aus der Stirn weht. Ich atme tief durch. Einmal. Zweimal. Dreimal. Mein Herzschlag beruhigt sich. Meine Wut auf Miller verliert sich etwas in dem steten Rauschen der Wellen, während ich am Ufer entlang in Richtung Rockaway Beach gehe. Das Wasser umspült meine Füße und als die ersten Häuser in der Ferne auftauchen, tobt zumindest kein Hurrikan mehr in mir. Ein paar Yards weiter liegt ein toter Baumstamm am Strand. Seine kahlen Äste ragen in den Himmel und rahmen den glitzernden Ozean ein, die Twin Rocks und ein Stück Sandstrand. Ich mache ein Foto und überlege umzukehren, aber ich glaube kaum, dass Miller schon weg ist. Doch nicht nur deshalb gehe ich weiter in Richtung Stadt. Rockaway Beach ist mein neues Zuhause und vielleicht sollte ich beginnen, diesem Ort eine Chance zu geben.

Die weiß leuchtende Strandpromenade wird von liebevoll hergerichteten Läden gesäumt, die Mode, Surfboards, Kunsthandwerk und Souvenirs verkaufen. Bunte Wimpel wehen im Wind und üppige Blumenampeln sorgen für Farbkleckse. Ein Café schmiegt sich zwischen die Geschäfte, dessen Name mich grinsen lässt. *Grumpy Pie*. Und es hat nicht nur einen lustigen Namen, es sieht auch unglaublich gemütlich aus. Mit Kuchen, die kleinen Kunstwerken gleichen. Der Laden hat definitiv das Potenzial, eine Ich-will-Miller-nicht-sehen-Insel zu werden. Vor allem weil er sich direkt neben dem einzigen Laden befindet, der neben regionalem Handwerk und Vintagezeug auch Bücher verkauft. Am Ende der Promenade befindet sich ein Diner. Hanna würde durchdrehen, wenn sie hier einen Burger mit den Füßen im Sand verdrücken und dabei den Sonnenuntergang ansehen könnte. Aber Hanna weiß nichts von diesem Ort. Sie weiß nicht mal, dass ich hier bin. Und ich fühle mich fremd und wie hineingeklebt in dieses Postkartenflair, egal wie sehr ich mich bemühe und anerkenne, wie schön alles ist. Ich gehöre nicht hierher.

Bevor sich das Gefühl ausbreiten kann, betrete ich den Laden, vor dem ich stehe, nicke der Verkäuferin hinter der Kasse zu und gehe zielstrebig zu der Bücherecke im hinteren Teil des Raums. Dort lese ich mich durch Klappentexte, streiche an Buchrücken entlang und atme den Geruch nach Druckertinte ein. Bücher geben mir immer das Gefühl von Zuhause. Deswegen zupfe ich meinen Notfall-zwanzig-Dollar-Schein, der zwischen Handy und Hülle steckt, heraus und entscheide mich für einen aktuellen Roman und zwei preisreduzierte Klassiker. Bleiben noch fünf Dollar, um nicht zu verhungern. Ich hätte nicht ohne mein Sandwich aus dem Haus stürmen sollen. Das war dumm. Und ein bisschen kindisch. Aber Miller ist nun mal Meister darin, mich auf die Palme zu bringen.

Mit einer Papiertüte des Little Crow trete ich in den Sonnenschein hinaus und sehe mich suchend um. Ich bezweifle, dass ich eine Notration für unter fünf Dollar mit Meerblick bekommen werde. Ein buntes Schild weist auf einen Farmers' Market im Zentrum des Küstenstädtchens hin. Hört sich vielversprechend und vor allem erschwinglich an.

Auf dem Weg komme ich an Dr. Laura Turners Praxis vorbei. Bisher kannte ich nur die Website der Therapeutin. Ein niedliches Messingschild an der Tür fordert die Patienten auf einzutreten. Bunte Blumen in riesigen Kübeln flankieren die Tür. Sieht einladend aus. Gut. Wenn die Fassade den Inhalt widerspiegelt, gibt es Hoffnung. Ich lache tonlos. Nächste Woche habe ich meinen ersten Termin bei ihr. Ich will unbedingt, dass es klappt. Einen anderen Therapeuten zu suchen, würde Wartezeit bedeuten. Zeit, die ich nicht habe.

Ich hoffe wirklich, dass mein Bruder diesen Kennenlerntermin nicht in ein Miller-Geddon verwandelt. Mom und Dad haben noch nicht mit ihm geredet, weil sie ihm nicht zu viel Vorlaufzeit dafür geben wollen, kreative Argumente zu finden, nicht hinzugehen. Ich verstehe nicht, wieso er sich so dagegen sträubt.

Ich habe das Zentrum erreicht, dessen Mitte ein großer weißer Pavillon ziert. Auf der Rasenfläche drum herum verteilen sich die Stände des Farmers' Market mit frischem Gemüse, Obst, Fleisch- und Milchprodukten. Und einige Foodtrucks. Es riecht himmlisch. Ich lasse mich von der Menge bis vor einen der Essensstände treiben, der Burger und warme Sandwiches anbietet und denselben Namen trägt wie der Diner auf der Promenade. *Marsha's Burger*. Das Tagesspecial inklusive Getränk kann ich mir gerade so leisten.

Mein Magen knurrt laut. Also stelle ich mich an und komme dem lecker aussehenden Essen schrittweise näher.

Das Mädchen vor mir dreht sich um. Sie presst ihre Hand auf den Bauch und verzieht das Gesicht. »Dachte erst, das sei ich gewesen. Aber ich bin wohl nicht die Einzige, die hungrig ist?« Sie lacht. »Ich freue mich schon den ganzen Tag auf einen von Marshas Burgern. Heute ist echt die Hölle los.« Sie legt den Kopf leicht schief und grinst. »Aber eigentlich erinnert jeder Markttag an eine Heuschreckeninvasion.«

Erst jetzt bemerke ich, dass sie eine Schürze über dem verwaschenen Shirt und einer einfachen Jeans trägt. Darauf sind ein Logo und der Schriftzug *Tillamook County Ranch* zu sehen. Zwischen dem Namen der Region und dem Wort Ranch prangt ein stilisierter Stierkopf.

Wir rücken etwas vor. »Machst du hier Urlaub? Oder bist du neu in der Stadt? Hab dich noch nie gesehen. Ich bin übrigens Blake«, sprudelt es fröhlich aus meiner Leidensgenossin heraus. Sie erinnert mich an eine Hanna-Naturgewalt, die mir wie meine Freundin keine Chance lässt, ihre Fragen zu beantworten.

»Hi, ich bin Nevah«, beschränke ich mich deswegen auf das Wesentliche. Ich verlagere mein Gewicht von einem Fuß auf den anderen und versuche die Hitze aus meinen Wangen zu vertreiben. Wann wird es endlich normal werden, diesen Namen zu nennen?

Sie zieht die Augenbrauen hoch und schüttelt meine Hand. »Schöner Name. Selten. Deine Mom war auf jeden Fall kreativer als meine und kein Fan von Blake Shelton.« Sie lacht, als könnte sie ihrer Mutter nicht böse sein, auch wenn sie es offenbar als Körperverletzung einstuft, wie ein Country-Schnulzensänger zu heißen. »Seitdem er mit Gwen Stefani zusammen ist, ist es zumindest nicht mehr ganz so uncool.« Sie streicht sich eine Strähne ihres blonden, lose zu einem Zopf geflochtenen Haars hinters Ohr und zuckt die Schultern.

Unsicher lächle ich sie an, weil ich nicht weiß, was ich sagen soll. Sie scheint nett und in meinem Alter zu sein. Beides dürfte man in diesem winzigen Ort nicht allzu häufig finden. Früher wäre ich bestimmt ihre Freundin geworden. Jetzt sehe ich lauter Warnschilder, die in meinem Kopf aufploppen. Erleichtert atme ich aus, als sich die Schlange vorwärts bewegt und das Gespräch abrupt endet, weil Blake an der Reihe ist.

»Hi, Hugh.« Sie bestellt und nimmt nach Rekordzeit ihr Essen entgegen. Bevor sie geht, wendet sie sich noch einmal an mich. »Egal was du bestellst, lass dir bloß nicht die hauseigene Honey-Mustard-Sauce entgehen.« Sie winkt dem älteren Mann hinterm Tresen zum Abschied fröhlich zu.

Hugh wedelt mit dem Pattywender und verscheucht Blake

von seinem Stand. Aber in dem Blitzen seiner Augen sieht man, wie gern er sie hat und dass sie sich schon ewig kennen müssen. Small-town-Vibes.

Im nächsten Moment ist Blake in einem der anderen Verkaufswagen verschwunden und Hugh fragt mich nach meiner Bestellung.

Ich halte mich an die Empfehlung und ordere dasselbe wie Blake. Kurz darauf schlendere ich mit dem Burger und einer eisgekühlten Coke zu einem der Tische. Die Sonne kitzelt meine Nase, während ich esse und an dem Getränk nippe. Ich schließe die Augen und tauche in den Geräuschen um mich herum ab. Sie klingen so alltäglich. So normal, so anders als mein Leben, dass ich mich inmitten all dieser Menschen plötzlich unendlich allein fühle.

Ich rolle die kühle Aluminiumhaut der Dose über meine Wange und entsperre mein Telefon, um mich abzulenken. Automatisch rufe ich Hannas Account auf, scrolle durch ihre Bilder. Sie ist der Rettungsring, an den ich mich klammere. Dabei ist das einfach nur masochistisch. Und führt nirgendwohin. Außer an diesen Ort in mir, wo mich das Heimweh umbringt. Population: Eins. Ich. Nein, das stimmt nicht. Er wohnt auch dort. Mein Albtraum. Weil er mir folgt wie ein finsterer Schatten.

Das Bild tiefschwarzer Augen schiebt sich vor das Gewusel um mich herum. Mir ist plötzlich eiskalt. Das Handy rutscht mir aus der Hand. Mit einem dumpfen Laut landet es auf der Tischplatte. Instinktiv mache ich mich klein, ziehe die Beine auf die Bank und umschlinge sie mit den Armen. Als würde ich der Panik so weniger Angriffsfläche bieten. Das hat noch nie funktioniert. Trotzdem bete ich, dass es nicht hier passiert. Nicht jetzt. Atmen. Ich muss atmen. Sam Vaughler kann uns hier nicht finden. Und solange ich Hanna nicht schreibe, wird das auch so bleiben. Trotzdem irrt mein Blick durch die Menschenmenge. Und bleibt an einem Typen hängen, der die Kapuze trotz der drückenden Temperaturen tief in die Stirn gezogen hat. Ich kriege keine Luft mehr. Er ist hier! Wie ist das möglich? Unzusammenhängende Gedankenfetzen prallen in meinem Hirn gegeneinander. Das kann nicht sein. Ich muss weg. Aber mein Kopf schafft es nicht, den Befehl an meine Beine weiterzugeben. Ich zittere, starre den Kerl an. Er kommt näher. Bitte, bitte nicht. Ich presse mir die Hand auf den Mund. Mein Puls stagniert. Zehn Schritte – er ist nur zehn Schritte entfernt. Und in dem Moment schiebt der Mann die Kapuze herunter und … begrüßt ein junges Mädchen. Er hat blonde Haare. Ein nettes Lächeln. Keine raspelkurzen dunklen Haare. Keine Narbe unter dem rechten Auge, die das ansonsten attraktive Gesicht aus dem Gleichgewicht bringt. Er ist es nicht. Ich schluchze erleichtert. Aber erst Blakes Lächeln, das sie mir aus dem Verkaufswagen zuwirft, lässt die Welt wieder vollständig einrasten.

Mit den Lippen formt sie ein »Alles klar?«. Wahrscheinlich weil ich wie ein Reh im Scheinwerferlicht aussehe. Obwohl ich Blake kaum kenne, bin ich sicher, sie würde ihre Arbeit sofort liegen lassen, wenn ich auch nur andeuten würde, dass tatsächlich etwas nicht stimmt. Aber stattdessen nicke ich und fake ein Lächeln. Ich bin gut darin geworden, Menschen zu täuschen. Ihnen vorzuspielen, dass ich okay bin. Selbst wenn ich so weit entfernt davon bin wie Miller davon, ein Musterstudent zu sein.

Mein Puls beruhigt sich langsam. Mit zittrigen Fingern werfe ich die Reste meines Burgers in den Mülleimer neben mir. Auf dem Deckel ist ein Spruch ins Metall gestanzt.

Deine Mom macht dir Kartoffelbrei, wenn du artig deinen Müll wegräumst.

Ich lächle schwach, aber es ist ein Lächeln, ein echtes, und dafür könnte ich den Mülleimer umarmen. Um der Panik keine Chance auf ein Revival zu geben, nehme ich mein Handy und scrolle zittrig durch die Aufnahmen, die ich vorhin gemacht habe. Die Fotos vom Strand sind unglaublich geworden. Ich klicke das schönste an und bearbeite es. Das lenkt mich ab. Die Handgriffe, die ich Hunderte Male für meinen Blog verrichtet habe, geben mir Sicherheit. Als ich fertig bin, zögere ich kurz, lade das Bild dann aber auf meinem neuen Account hoch. Ohne Text. Nur das Foto und eine Handvoll wenig aussagekräftiger Hashtags. #beach #ocean #sun #treibgut.

Vermutlich wird niemand je dieses Foto sehen, aber es gibt mir ein Stück Normalität zurück, einen Teil meines Lebens mit der Welt zu teilen. Als würde ich selbst dadurch wieder zu einem Teil davon.

Was für ein bescheuerter Gedanke. Ich will die App gerade schließen, da fällt mir ein Account zwischen all den anderen vorgeschlagenen auf. @Jaxscott. Das Profilbild ist eindeutig.

Warum schlägt mir Instagram ausgerechnet unseren Nachbarn vor? Springt der Algorithmus nicht bei gleichen Interessen an? Oder wenn man ähnliche Dinge likt und dieselben Hashtags nutzt? Also, wie kommt Social Media auf die absurde Idee, Jackson Scott und ich hätten etwas gemeinsam?

Neugierig klicke ich auf den Account und erwarte, auf einen ähnlichen Feed zu stoßen wie früher bei Miller. Partyfotos, Momente, die das Leben voll ausreizen, Spaß, bis es wehtut. Aber stattdessen reiht sich ein Naturbild an das nächste. Und jedes strahlt eine Eindringlichkeit aus, die mein noch immer aufgewühltes Ich berührt und mir das irre Gefühl gibt, den Menschen dahinter könnte ich mögen. Wirklich mögen. Und er könnte mir ähnlicher sein, als ich dachte. Ich sollte es besser wissen. Im Netz zeigt jeder nur so viel, wie er will. Mein Account ist der beste Beweis dafür. Aber ich habe Jax im wahren Leben kennengelernt. Er ist der Typ, der jeden Abend mit

Miller feiert, der eine Freundin hat und trotzdem fremdflirtet. Er ist jemand, der nichts ernst nimmt. Nichts, bis auf diese Fotos. Doch die bewegen so viel in mir wie ein gutes Buch oder der Geruch des Ozeans. Und das macht es unmöglich, das Handy einfach auszumachen und es dabei zu belassen. Es macht mich neugierig genug, um ihm als @donttrustanybody eine Nachricht zu schicken. Obwohl das ganz sicher das Letzte ist, was ich tun sollte.

Es vergehen genau drei Sekunden, in denen ich denke, es wäre doch irgendwie okay. Bis mein Verstand wieder einsetzt und mich anbrüllt, dass das hier alles ist, aber nicht in Ordnung. Dieses einfache »Hi« bringt uns alle in Gefahr. Ich muss die Nachricht zurückholen, sie löschen, aber er hat sie bereits gelesen und die Punkte zeigen, dass er antwortet.

Hi, dein Foto ist der Hammer. Genau wie dieser Platz am Strand. Ist irgendwie magisch, oder?

Mein Foto. Ein Lächeln huscht über mein Gesicht und erstirbt, als mir bewusst wird, dass ich ihm nicht antworten kann. Dass ich stattdessen dringend diesen Account löschen sollte. Hastig stopfe ich das Telefon in meine Hosentasche und springe auf. Sobald ich zu Hause bin, wird es das Erste sein, das ich tue. Ich winke Blake zu und mache mich am Highway entlang auf den Heimweg. Das ist kürzer als die Strecke am Wasser. Die Bücher unter den Arm geklemmt laufe ich über den flirrenden Asphalt. Ich kicke einen Tannenzapfen vor mir her und bin total darauf konzentriert. Sonst hätte ich den Wagen, der mir folgt, sicher eher bemerkt. Nicht erst als ich mich außerhalb von Rockaway Beach komplett allein auf der Straße befinde. Er fährt ein gutes Stück hinter mir. Viel zu langsam dafür, dass er sich außerhalb des City Speedlimits befindet. Das muss nichts bedeuten. Er verfolgt mich nicht. Ich konzentriere mich auf meine Schuhspitzen, laufe so ruhig es geht weiter. Doch die Gegenwart des Wagens sorgt für ein heißes Brennen in meinem Rücken. Ich bleibe stehen. Atme. Drehe mich um. Und der Wagen ... Er stoppt ebenfalls, hält den gleichen Abstand. Ich beginne zu schwitzen. Mein Herz hämmert unkontrolliert gegen meine Rippen. Ich will die Panik in den Griff kriegen. Wirklich, aber das ist kein Zufall. Nichts, was ich mir einbilde. Scheiße. Ich presse die Bücher so eng an meinen Körper, dass die Ecken in meine Haut drücken und schmerzhafte Kerben hinterlassen. Das Nummernschild. Ich sollte es mir einprägen. Als würde das einen Unterschied machen. Wenn ich etwas tun sollte, dann weglaufen. Ich setze mich in Bewegung. Der Wagen auch. Das Motorengeräusch kommt näher. Der Tannenzapfen, den ich zurückgelassen habe, zerbirst unter den Reifen und zeigt, wie nah mir das Auto bereits ist. Bis zum Abzweig in die Seaside Lane ist es noch rund eine halbe Meile. Von da aus knappe anderthalb bis zum Haus. Viel zu weit. Trotzdem beschleunige ich meine Schritte. Ich laufe, werde schneller und schneller. Mein Atem pfeift. Ich renne. Mein Herz rast. Aber ich habe keine Chance. Der Schatten des Autos erfasst mich. Ich bleibe stehen und schließe die Augen. Gebe auf.

12
jackson

Maddie hat mich versetzt. Sie hat noch einen Termin mit ihrem Professor, um die letzten Dinge für das Auslandssemester zu klären, und das ist wichtiger, als mich zu treffen.

In einer Woche bricht sie nach Frankreich auf. Sie hat den Kopf voll mit Sachen, die sie noch erledigen oder besorgen muss. Da stehe ich nicht auf Platz eins der Prioritätenliste. Das ist okay.

Das rede ich mir zumindest ein. Ich will mich verdammt noch mal für sie freuen und nicht wie ein Kleinkind schmollen, weil ich irgendwelche Ansprüche erhebe, die nichts zwischen uns zu suchen haben. Nach Europa zu gehen, war schon immer ihr Traum. Wir sind Freunde. Und Freunde unterstützen einander. Selbst dann, wenn es schwerfällt, weil ich keinen Plan habe, wie ich ab nächster Woche allein klarkommen soll. Die heutige Abfuhr sollte ich als das sehen, was sie ist. Eine nette Übung, bevor Maddie ganz weg ist.

Im Haus ist es still. Zu still. Den halb leer getrunkenen Kaffeebecher kippe ich ins Spülbecken und bin für das kurze gurgelnde Geräusch im Ausguss dankbar. Alles ist besser als diese ohrenbetäubende Stille. Ich reibe mir über die Schläfen, ignoriere das Bett, obwohl ich todmüde bin, und gehe mit einem Müllbeutel in der Hand an den Strand. Der Sand hat die Wärme des Tages gespeichert und verschluckt meine nackten Füße. Ich sammle einige Flaschen, Kippen und eine Chipsverpackung mit aufgeweichtem Inhalt ein, die irgendwelche Vollidioten bei der letzten Party in die Natur geschmissen haben.

Angewidert befördere ich sie in die Tüte. Wie kann man so ignorant sein und seinen Müll einfach fallen lassen. In der heutigen Zeit müsste doch jedem Menschen mit drei Gehirnzellen klar sein, was das mit unserer Umwelt macht. Das Telefon in meiner Hosentasche vibriert und lenkt mich von meinem Ärger ab. Eine Nachricht. Vielleicht hat Maddies Termin nicht so lange gedauert wie befürchtet und sie kommt vor der Party doch noch vorbei. Aber die Nachricht ist nicht von ihr. Es ist eine Anfrage in meinem Instagram-Postfach. In der Regel landet Werbung darin, irgendwelche Fake-Accounts oder Clickbaits, die ich kommentarlos lösche. Ich will genau das tun. Das schlichte »Hi« löschen und den Absender blockieren, aber dann runzle ich die Stirn und ziehe das Profilbild groß. Es zeigt die dunkle Silhouette eines Mädchens, von hinten aufgenommen, halb von der Dunkelheit verschluckt, halb von der Sonne überbelichtet. Man erkennt nur vage ihre Körperlinie. Mehr nicht. Aber im oberen Rand des Bildes kann ich einen Teil des Shop-Logos des Little Crow am Pier ausmachen. Es wurde hier in Rockaway Beach aufgenommen. Was mein Interesse weckt. Denn weder der Profilname, @donttrustanybody, noch das Foto kommen mir bekannt vor. Und ich kenne so gut wie jeden, der hier lebt und im partyfähigen Alter ist. Könnte natürlich sein, dass es sich um jemanden handelt, der im Urlaub hier war. Ich klicke das Profil an, aber das lässt mich noch ratloser zurück. Denn die Profilbeschreibung ist leer und es wird nur ein einziges Bild in ihrem Feed angezeigt. Darauf ist ein toter Baumstamm am Strand zu sehen. Mein toter Baumstamm. Dorthin renne ich, wenn nichts anderes mehr hilft als Sport. Die Intensität der Aufnahme zeigt, dass es ihr auch etwas bedeutet, und kurz kommt mir der Gedanke, dass uns das verbindet. Wieso denke ich so etwas? Es ist nur ein verdammtes Foto.

@donttrustanybody folgt niemandem und hat auch keine Follower. Die Mülltüte zwischen die Beine geklemmt starre ich auf das Display meines Telefons. Vielleicht ein Fake-Profil. Aber niemand, nicht mal ein Scammer, legt sich ein Social-Media-Profil zu, um unsichtbar zu bleiben und null Reichweite zu haben. Vielleicht tut das tatsächlich nur jemand, der niemandem traut.

Aber mich hat sie angeschrieben. Ich ziehe das Baumstammbild groß und je länger ich das Foto ansehe, umso mehr glättet sich etwas in mir, steht still. Ein Gefühl, das ich sonst nur erreiche, wenn ich so lange renne, dass mir die Lunge aus dem Brustkorb springt. Vielleicht tue ich deswegen etwas vollkommen Idiotisches und schreibe ihr zurück.

Hi, dein Foto ist der Hammer. Genau wie dieser Platz am Strand. Ist irgendwie magisch, oder?

Ich stöhne innerlich. Klingt wie die schlechteste Pick-up-Line in der Geschichte schlechter Anmachen. Aber ich habe schon auf Senden gedrückt und sie hat die Nachricht gelesen. Einen Moment lang warte ich und hoffe, sie wird mir antworten, obwohl ich so etwas Bescheuertes geschrieben habe. Vielleicht weil ich denke, ihre Worte könnten eine ähnliche Wirkung haben wie ihr Bild. Da sieht man mal, wie sehr es mich aus der Bahn wirft, wenn ich mit meinen Gedanken allein bin. Ich stopfe das Telefon in meine Hosentasche, weil keine weitere Nachricht kommt, und stehe auf, um den Abfall zum Auto zu bringen.

Ist sowieso irre anzunehmen, Worte könnten irgendetwas bewirken. Irgendetwas verändern. Tun sie nicht. Dad hat viel geredet, verdammt viel. Aber die Tatsache, dass Mom und er Lügner sind, konnte er dadurch nicht ändern.

Frustriert stoße ich die Luft aus und pfeffere den Müllbeutel mit einem Knall auf die Ladefläche des Pick-ups.

Nachdem ich auch die anderen Säcke mit Abfall aus der Garage geholt und auf die Ladefläche verfrachtet habe, fahre ich zu den öffentlichen Müllcontainern an der Pacific Avenue. Die

Seaside Lane, die zu meinem Haus und dem der Hewitts führt, ist zu schmal für die Wagen der Stadtreinigung. Den Abfall selbst entsorgen zu müssen, ist manchmal lästig, aber das nehme ich für die abgelegene Lage, die definitiv mehr Vorteile als Nachteile hat, gern in Kauf.

Auf dem Rückweg hole ich mir einen Slushy und lasse meine Speiseröhre von den Eiskristallen des himbeerroten Getränks schockgefrieren. Es schmeckt nicht wirklich nach Himbeere. Oder irgendeiner anderen Frucht. Mehr nach kiloweise Farbstoff. Aber ich liebe das Zeug trotzdem.

Als ich vom Highway in die Seaside Lane einbiege, entdecke ich Nevah. Über dem rissigen Asphalt flirrt noch immer die Hitze des Tages. Sie steht vornübergebeugt und ringt nach Atem. Ganz offensichtlich ist sie gerannt. Mit einem Stapel Bücher unter dem Arm. Ich schüttle den Kopf. Die Hewitts scheinen ein Faible für unmögliche Sportoutfits zu haben. Nevah ist vollkommen verschwitzt und am Ende. Sieht echt fertig aus und von hier ist es immer noch knapp eine Meile bis zu den Häusern am Ende der Sackgasse. Nicht nur deswegen halte ich neben ihr. Ich will mein Nicht-Eingreifen bei dem Streit zwischen ihr und Miller vorhin wiedergutmachen.

»Ich kann dich mitnehmen«, schlage ich vor, nachdem ich das Fenster heruntergelassen habe. Sie sieht mich vollkommen entgeistert an. Als wollte ich sie kidnappen oder etwas ähnlich Schräges. Im ersten Moment bin ich besorgt und will schon aussteigen und mich kümmern, aber dann trifft mich ihr Blick und brüllt mir ein »Verschwinde« inklusive Stinkefinger entgegen.

Wie sie will. Soll sie doch weiter schwitzend durch die Gegend laufen, wenn sie sich dann besser fühlt. »War nur ein Angebot«, murmle ich, zucke mit den Schultern und will anfahren, aber in dem Moment reißt sie zu meiner Verwunderung die Beifahrertür auf.

»Nein, danke, wäre toll.« Sie räuspert sich. »Wenn du mich mitnimmst.« Umständlich klettert sie auf den Sitz und schenkt mir etwas Ähnliches wie ein Lächeln. Ein verkrampftes, das in hartem Wettbewerb mit ihren Händen steht, die die Bücher in ihrem Schoß umklammern. So fest, dass das Weiß ihrer Knöchel hervortritt.

Keine Ahnung, was mit ihr los ist. Aber sie hat definitiv keinen guten Tag. Was nicht mein Problem ist. Und doch will ich ihr helfen. »Du hast Bücher gekauft?«, versuche ich es mit Small Talk. Vielleicht kann ich sie davon überzeugen, dass ich nicht der Feind bin. Warum auch immer sie das annimmt.

Sie nickt nur und boykottiert damit meinen Versuch, Konversation zu betreiben. Stumm und seltsam forschend sieht sie mich an.

»Alles okay?« Wieder bekomme ich nur ein Nicken. Was habe ich erwartet? Dass sie aufgrund dieser geistreichen Frage ihr Seelenheil vor mir ausbreitet? Ich verdrehe die Augen. Weil das vollkommen bescheuert ist.

Die Boxen des Wagens sind kaputt, was den Countrysong, der gerade läuft, ins Unkenntliche verzerrt.

Nevah runzelt die Stirn und tippt gegen den Lautstärkeregler. Normalerweise lache ich über Leute, die technische Geräte »reparieren«, indem sie dagegenschlagen. Aber bei ihr lache ich nicht. Weil sie mich noch immer ansieht und das Hitze durch meine Adern kriechen lässt. Das ist so dämlich. Dass sie nicht aufhört, mich anzustarren. Und vor allem meine Reaktion darauf. Zum Glück erreichen wir kurze Zeit später das Strandhaus. Ich parke den Wagen und schalte den Motor aus. »Da wären wir«, erkläre ich unnötigerweise. Das hat sie vermutlich selbst gesehen.

Sie löst den Sicherheitsgurt, steigt jedoch nicht aus. »Danke noch mal.«

»Gern. Bald fahren wir ja sowieso öfter zusammen.«

Ihr verwunderter Blick zeigt, dass Miller ihr noch nichts von unserer geplanten Fahrgemeinschaft erzählt hat. Im Gegensatz zu ihrem Bruder sieht sie nicht halb so begeistert aus.

Und ich frage mich, wie Geschwister so unterschiedlich sein können. Und wieso sie so tut, als wäre es eine Zumutung, zukünftig mehrmals die Woche mit mir in einem Wagen zu sitzen. »Bietet sich an, zusammen zum College zu fahren, wenn es von den Stundenplänen passt«, sage ich unbestimmt. »Spart Geld, Benzin und Zeit.« Millers Argumente. Und sie stimmen.

»Du studierst? Auf dem Tillamook Bay Community College?« Es ist, bis auf das Danke, das Erste, was sie zu mir sagt, seitdem sie in das Auto gestiegen ist. Und es klingt wie eine verfluchte Beleidigung. »Was dagegen?«, frage ich schnippisch. Sehr erwachsen, Scott, ehrlich.

Hilflos deutet sie auf das Haus. »Nein, natürlich nicht. Ich dachte nur …« Sie führt den Satz nicht zu Ende, aber ich kann mir in etwa vorstellen, was für ein Bild sie von mir hat. Reicher, verwöhnter Typ, der nur Partys im Kopf hat, auf Kosten seiner Eltern in deren Strandhaus lebt und nichts im Leben ernst nimmt. Vor allem kein Studium. Sie hat verdammt noch mal keine Ahnung.

Ich öffne die Fahrertür und springe auf die Auffahrt. »Denke, man sieht sich«, stoße ich knapp hervor. Aber ich lege keinen filmreifen Abgang hin, sondern stehe wie ein Idiot neben dem Wagen, die Hand noch immer an der Karosserie. »Fang mit ›The last thing he told me‹ an«, sage ich kühl. »Ist wenigstens keine Schnulze.« Mit hochgezogenen Augenbrauen mache ich klar, dass ich überzeugt bin, das Buch könnte gerade deswegen ihren Horizont übersteigen. Halt. Deine. Fresse. Jackson. Doch ich bin wütend, weil sie ein vollkommen falsches Bild von mir hat. Und weil ich einen Scheiß darauf geben sollte, es aber aus irgendwelchen Gründen nicht kann. Und wenn ich sauer bin, werde ich eklig. Ich knalle die Tür zu und gehe mit langen Schritten zum Haus. Ohne mich noch einmal umzusehen. Nevah steigt ebenfalls aus und als ich die Veranda erreiche, höre ich, wie sie leise flucht.

13
nevah

Wie kann ein und derselbe Typ das Wort »magisch« in Bezug auf einen einsamen Strandabschnitt benutzen und gleichzeitig so ein Idiot sein? Ich gebe ja zu, dass mein Kommentar über ihn und die Uni nicht gerade schmeichelhaft war. Ich habe ihn in eine Schublade gesteckt und das, obwohl ich Menschen hasse, die so etwas tun. Und nicht nur das. Ich lag auch noch meilenweit daneben. Jax studiert. Er liest Bücher. Ich bremse mein Herz, das deswegen ganz verzückt ist. Denn er ist auch ein sarkastischer Mistkerl, der sehr wohl ständig Party macht und an dem Bild, das ich von ihm habe, auf keinen Fall unschuldig ist. Außerdem war seine Reaktion echt daneben.

Ich öffne die Haustür und laufe prompt Mom in die Arme, die mich vor lauter Wiedersehensfreude fast zerquetscht.

»Wie geht es dir?«

»Kriege keine Luft«, japse ich und lächle, als sie mich loslässt und endlich wieder Sauerstoff in meine Lungen strömt.

»Ich meine es ernst.« Mit einem prüfenden Blick sieht sie mich von oben bis unten an, um sicherzugehen, dass ich auch wirklich keine lebensgefährlichen Verletzungen erlitten habe, während sie mit Dad weg war. »Wie waren die letzten Tage, Sweetiepie? War alles okay?« So nennt sie mich schon immer. Und es pflanzt Wärme in meine Brust. »Ich finde es furchtbar, dass wir euch ausgerechnet jetzt ständig allein lassen müssen. Die Auflösung der Firma schreitet durch die Sicherheitsvorkehrungen so langsam voran.«

Ich wünschte auch, sie müssten nicht weg, aber das ist

nichts, was sich ändern lässt. »Schon gut«, beruhige ich sie. »Wir sind ja nicht mehr klein, Mom. Hier war alles okay. Mach dir keine Sorgen.« Ich zucke die Schultern, hieve die Bücher, die noch immer unter meinem Arm klemmen, auf das Sideboard neben der Tür und grinse schief. Am liebsten würde ich ihr erzählen, dass ich mich vor jedem Schatten fürchte und mir gerade beinahe vor Angst in die Hosen gemacht hätte, weil Jax seinen Pick-up neben mir gehalten hat und ich dachte, es wäre der Wagen, der mich verfolgt hat. Der Wagen, der viel wahrscheinlicher Touristen gehört hat, die den Highway hochgeschlichen sind, um Fotos zu schießen. Aber was würde das ändern?

»Wenn der Verkauf der Firma erst einmal durch ist, können wir uns endlich ganz auf den Neuanfang hier konzentrieren. Auf euch. Darauf, dass es uns allen besser geht.« Ihre Stimme wankt und zeigt, wie sehr ihr das alles zusetzt, auch wenn sie genau wie Dad versucht, es vor uns zu verbergen.

»Miller und ich kommen klar.« Eine gewagte Aussage. Aber wenn ich es nur genug will, wird sie vielleicht wahr. Normalerweise würde ich nicht mal mehr zu Hause wohnen, sondern mit Hanna auf dem Campus, und Mom und Dad nur in den Semesterferien sehen. Da werde ich es ja wohl schaffen, einige Tage ohne sie auszukommen, damit sie ihren Verpflichtungen nachkommen können. »Ich war heute in der Stadt und hab mir die Praxis von Dr. Turner angesehen«, wechsle ich das Thema. »Sah ganz okay aus. Sie kann bestimmt helfen.« Damit ich nicht mehr lügen muss, wenn Mom mich fragt, wie es mir geht.

Mom nickt und streicht mir eine Haarsträhne hinters Ohr. »Ich bin sehr stolz auf dich. Du hältst dich wirklich gut, Nevah.« Für einen Moment schließt sie die Augen, atmet durch und lächelt mich dann an. »Sich helfen zu lassen, zeugt von Stärke, weißt du.«

Da bin ich mir nicht so sicher. Fühlt sich nicht so an. Aber wenigstens bemühe ich mich, etwas zu verändern. Im Gegensatz zu Miller.

»Ich wünschte, dein Bruder wäre nur halb so offen dafür«, spricht Mom genau meine Gedanken aus. Sie drückt mich an sich. »Vielleicht nimmt er sich ja ein Beispiel an seiner kleinen Schwester.«

Ich verziehe das Gesicht. Miller würde sich eher in einem Tutu in den Hörsaal setzen, als mich zum Vorbild zu nehmen. Und Mom weiß das.

»Heute ist auf jeden Fall ein guter Tag«, fährt sie fort. »Er ist nicht ganz so sarkastisch wie sonst, die Anzahl der Flüche befindet sich noch im zweistelligen Bereich und er hat für uns alle gekocht.« Sie zuckt unsicher die Schultern. »Wir wollen die Gelegenheit nutzen und nach dem Essen mit ihm über die Therapie reden. Es wäre schön, wenn du dabei wärst.«

Eigentlich wollte ich so schnell wie möglich nach oben verschwinden und mich um den Account kümmern, aber Mom hat recht. Um Miller von einer Therapie zu überzeugen, braucht es mindestens die ganze Familie, lebenslange Gratis-Burger oder ein Wunder …

Das Geklapper von Pfannen und Töpfen mischt sich mit Musik und Millers und Dads Blödeleien, als Mom die Tür aufstößt.

»Möge die Macht mit uns sein.« Mom lächelt, aber ich sehe die Anspannung in ihrem Gesicht. Sie weiß, dass selbst Darth Vaders vereinigte Truppen Miller kaum zu einer Therapie bewegen könnten.

Auf dem Herd köchelt ein Curry, das Miller mit verschiedenen Gewürzen abschmeckt. Dad will ihm helfen. Aber mein Bruder verteidigt das Curry mit seinem Leben. Eines von Dads Talenten ist es, innerhalb von Sekunden ein komplettes Gericht ungenießbar zu machen. Ich weiß das, weil ich diese fragwürdige Fähigkeit geerbt habe. Ich darf nicht mal kochendem Wasser zu nahe kommen. Lächelnd angle ich mir ein Stück Paprika aus der Pfanne.

»Ernsthaft?« Miller legt einen Mitleid heischenden Blick auf. »Mom, tu etwas, verfluchte Scheiße. Gegen zwei von der Sorte hab ich keine Chance.«

»Ich klaue nur«, erwidere ich unschuldig und versuche, mir nicht den Mund an meiner Beute zu verbrennen.

Miller sieht mich streng an, lächelt dann aber. Es ist kein Kampf ohne Worte wie vorhin. Eher eine Verständigung auf einen Waffenstillstand, solange Mom und Dad zu Hause sind.

»Dann erzählt mal, was hier in den letzten Tagen so los war.« Dad schließt mich in seine Arme und gibt mir einen Kuss auf die Schläfe. »Habt ihr euch etwas eingelebt?« Als keiner von uns etwas sagt, zieht er die Augenbrauen hoch. »Ihr wisst, dass ihr ausseht wie das personifizierte schlechte Gewissen. Was mir sagt, dass ihr mindestens eine Einweihungsfeier geschmissen habt, während wir gearbeitet haben. Habe ich recht?«

»Keine Party, Dad.« Miller tut so, als würde das Essen all seine Konzentration fordern. Aber er hat keinen Erfolg. Dad richtet sein ganzes inquisitorisches Geschick auf ihn.

»Wenn es keine Party war, was war es dann? Deinem Dad kannst du es erzählen.« Er nimmt Miller in den Schwitzkasten und grinst verschwörerisch. »Hast du vielleicht ein nettes Mädchen kennengelernt?«

»Dad.« Mein Bruder macht sich los und verdreht die Augen. Er wird unseren Eltern kein Wort erzählen.

Dad kennt ihn gut genug, um zu wissen, dass er auf verlorenem Posten kämpft. Und er weiß, wer einfacher zu knacken ist. Lächelnd wendet er sich an mich. »Nevah?«

»Ich habe gelernt«, erwidere ich eilig und hangle mich damit an der Wahrheit entlang. »Und ich war noch mal in dem Buchladen im Zentrum.«

»Nerd.« Miller schüttelt den Kopf.

»Blödmann«, erwidere ich automatisch. »Ich habe ein paar neue Bücher gekauft.« Und bin mit dem Nachbarsjungen mitgefahren. Hab festgestellt, dass er ein Idiot ist. Ein ziemlich vielschichtiger, aber durchaus gut riechender Idiot. »Mehr nicht.« Ich beiße die Zähne zusammen. Gut riechend. Pfft.

»Sieht aus, als hätten wir verdammt brave Kinder. Und sie können kochen.«

»Zumindest fünfzig Prozent von uns«, unterbricht Miller ihn und lacht dreckig.

Ich werfe ihm die halbe Zwiebel an den Kopf, die auf dem Schneidebrett liegt. Die ist auf jeden Fall effektiver als das Toastbrot vorhin.

Noch vor wenigen Stunden wäre die Situation eskaliert, aber jetzt gerade ist er der alte Miller. Vor all dem Mist. Und mit dem kann man echt Spaß haben.

Dad schnappt sich Mom, zieht sie eng an sich und tanzt mit ihr zu ›Slow Dancing in a Burning Room‹, das aus dem Küchenradio plärrt. »Die beiden haben wir ziemlich gut hinbekommen«, flüstert er ihr zu.

Miller gibt Würgelaute von sich, dreht aber die Musik lauter und singt den Song mit. Allerdings tauscht er die Lyrics aus, sodass der Lovesong extrem zweideutig und schimpfwortlastig wird. Dad lässt Mom los, wirft ihm ein Küchentuch an den Kopf und singt gegen ihn an.

»Das ist wirklich schrecklich«, brülle ich über das Miller-Dad-Inferno hinweg und lache. Nicht weil es irgendwer von mir erwartet, sondern tief aus dem Bauch heraus.

Mom stellt sich neben mich und streicht mir über den Rücken. In kleinen Kreisen, wie sie es schon immer getan hat. Und ich fühle mich fast wie mein altes Ich. Fast.

Beim Essen erzählen Mom und Dad von den Meetings für den Verkauf der Firma und wie streng die Sicherheitsvorkehrungen waren.

Miller unterhält uns mit Geschichten von den weltbesten Burgern und wie er sie sich verdient hat. Was uns zu Jax bringt.

»Und er wohnt ganz allein in dem großen Haus? So weit draußen? Was ist mit seinen Eltern?« Dad runzelt die Stirn. »Es ist schließlich ein Unterschied, ob man vom Elternhaus in ein Wohnheim zieht, wo man von anderen Studenten umgeben und dadurch nie allein ist, oder ob man in einem einsam gelegenen Strandhaus lebt.«

»Sie arbeiten viel«, antwortet Miller. »Irgendwas Megawichtiges in Portland. Er wollte ans Tillamook. Und da sie das Haus hier haben, ist es eben günstiger als eine Wohnung in der Nähe der Uni oder eines von diesen winzigen Zimmern im Studentenwohnheim.«

»Und es macht auch mehr Eindruck auf die Mädchen.« Das konnte ich mir nicht verkneifen. Es ist ja wohl klar, warum er jeden Abend Partys in seinem Luxusbunker schmeißt. Oh Mann, ich tue es schon wieder. Ich mache die Schublade des reichen Muttersöhnchens ohne echte Sorgen auf. Werfe Jax hinein. Und dann knalle ich sie mit einem lauten Rums zu. So fest, dass er nie wieder rausklettert. Nur passen die Fotos auf seinem Account oder die Tatsache, dass er nicht wie Miller nur daran interessiert ist zu feiern, so schlecht in diese Schublade, dass sie sich verkantet und ich sie einfach nicht ganz zubekomme.

»Sprichst du aus Erfahrung?« Miller grinst mich breit an.

»Es gibt einen Grund, warum ihr euch so gut versteht«, sage ich spitz. »Er ist wie du. Nur in sportlich.« Das musste sein. »Und damit ist er absolut nicht mein Typ. Also nein, er würde mich nicht mal beeindrucken, wenn ihm ganz Rockaway Beach gehören würde.«

Dad klatscht in die Hände, um unseren Schlagabtausch zu stoppen. »Ich sehe schon, der Junge sorgt für Zündstoff bei euch beiden. Aber ich bin ehrlich froh, dass du einen Freund gefunden hast, Miller.«

»Ja, das ist wirklich schön.« Mom lächelt und wird dann ernst. Sie legt ihren Löffel beiseite und sieht meinen Bruder an. »Freunde sind wichtig, aber wir sind der Meinung, dass du trotzdem Hilfe brauchen wirst, um mit allem klarzukommen.«

Ich sehe, wie Miller sich versteift. Die Lockerheit des Abends kippt.

»Eine Therapie«, fährt Mom fort. »Was passiert ist, kannst du nicht allein verarbeiten. Niemand könnte das. Deswegen haben wir uns umgesehen und hier in Rockaway Beach eine sehr gute Psychologin gefunden. Dr. Turner hat einen erstklassigen Ruf. Und ihr hättet kurze Wege. Nächsten Dienstag ist der erste Kennenlerntermin. Um zwölf Uhr in ihrer Praxis am Pier. Ganz unverbindlich. Ihr könnt es euch ansehen und entscheidet dann, ob es passt oder wir weitersuchen.«

Miller lässt seinen Löffel geräuschvoll auf den Tellerrand fallen. Er verschwindet in dem gelblichen Curry. »Du wusstest davon?«, fragt er mich. Miller ist nicht dumm. So wie das Gespräch läuft, checkt er natürlich, dass Mom und Dad mir längst von dem Termin erzählt haben. Er fühlt sich verraten. Und ein Stück weit verstehe ich das. Aber er macht es einem auch echt schwer.

Dad legt ihm die Hand auf den Arm. »Gib dem Ganzen eine Chance, Carver.« Er fährt sich über die Augen und schüttelt den Kopf, als ihm bewusst wird, dass er meinen Bruder bei seinem alten Namen genannt hat.

Es wird leichter, wenn wir uns an die neuen Namen halten, haben sie gesagt. Auch wenn wir unter uns sind. Dann werden diese fremden Namen irgendwann zur Normalität. Aber es ist nicht leicht. Nie normal.

»Wir möchten, dass du da hingehst und es zumindest versuchst«, sagt Dad. »Es geht dir nicht gut, auch wenn du gern so tust.«

»Es geht mir verdammt noch mal fantastisch!« Mit einem Ruck schiebt Miller seinen Stuhl zurück. »Ich war auf dem Markt, habe eingekauft, für euch gekocht. Alles war super, bis ihr anfangen musstet, diesen Mist wieder hervorzukramen.« Er gibt dem fast leeren Topf einen Schubs, sodass er eine halbe Umdrehung macht und dann zum Stillstand kommt. »Fuck!« Er fährt sich über die Augen.

»Es geht dir nicht gut.« Dad sieht ihn eindringlich an. »Sonst würdest du nicht so wütend werden, nur weil wir dich bitten, zu einem simplen Termin zu gehen. Wir sind deine Eltern und werden bestimmt nicht untätig zusehen, wie du dich quälst. Sprich mit Dr. Turner. Das ist alles, was wir wollen. Eine Stunde deines Lebens. Das ist nicht zu viel verlangt, oder, Miller?«

Dem kann Miller kaum etwas entgegensetzen. Immerhin haben seine Entscheidungen dazu geführt, dass unser ganzes Leben in Schutt und Asche liegt. Was ist da schon eine Stunde? Es ist nicht fair, ihm die ganze Schuld zu geben. Er ist von dieser Sache genauso überrollt worden wie wir. Er wollte das nicht. Und ich weiß, es tut ihm leid, aber ich kann nicht aufhören, wütend zu sein. Weil er zu stur ist, um sich helfen zu lassen. Weil alles, was er tut, wie ein Brandbeschleuniger wirkt. Und er nie, wirklich nie das Feuer austritt.

»'nen Scheiß werd ich.« Er verschränkt die Arme vor der Brust. »Ihr könnt mich nicht zwingen. Ich bin erwachsen, verflucht noch mal.«

»Du lebst in unserem Haus. Und als ich es das letzte Mal gecheckt habe, warst du noch unser Sohn. Also wirst du tun, worum wir dich bitten«, erwidert Dad energischer als sonst. »Wir sitzen alle zusammen in diesem Boot und es ist für keinen von uns leicht. Aber ich sehe nicht dabei zu, wie du deine Gefühle ignorierst und vor die Hunde gehst.« Er atmet tief ein und spricht sanft weiter. »Wir alle brauchen Hilfe, um die Ereignisse zu bewältigen. Nimm sie an.«

Sekundenlang starrt mein Bruder ihn an. Ich erkenne, wie die Wut in ihm vibriert. Wie sich Worte in seinem Kopf bilden, die Flammenwerferniveau haben.

»Miller«, flüstere ich bittend, erreiche aber das genaue Gegenteil.

»Halt dich da raus, Nev.« Mit einem frostigen Lächeln schiebt er den Unterkiefer vor. »Euer Haus, eure Regeln. Verstanden«, wendet er sich an Mom und Dad, nickt. Eine abgehackte Bewegung. »Dann gehe ich wohl besser. Die Scheiße tue ich mir echt nicht an.« Er schnappt sich seine Jacke vom Küchentresen und stürmt nach draußen. Die Tür kracht hinter ihm zu und dann ist Miller weg.

Mom springt auf und will ihm folgen, aber Dad hält sie zurück. »Lass ihn. Gib ihm Zeit, sich zu beruhigen. Wir bleiben einfach dran, wie es uns Dr. Turner geraten hat.«

Tränen glitzern in Moms Augen. Sie blinzelt sie mit einem angestrengten Lächeln fort und schmiegt sich in Dads Arme, nachdem sie sich neben ihn auf den Stuhl geschoben hat.

Tröstend redet Dad auf sie ein. Versichert ihr, dass Miller sicher nur zu Jax geht, um Dampf abzulassen. Dass wir immer noch uns haben, uns als Familie, und dass das niemand zerstören kann. Nicht mal Millers Sturkopf. Er verspricht ihr, dass der Neuanfang hier klappen wird, auch wenn es niemals ersetzen kann, was wir in New York zurückgelassen haben.

Ich bin überflüssig, verblasse neben der Sorge meiner Eltern um Miller. Und das, obwohl ich sowieso kaum noch existiere. Ich sollte verständnisvoll sein. Aber ich bin einfach so verdammt zornig. Und ich hasse dieses Gefühl. Weil es vielleicht zu Nevah passt. Aber nicht zu mir. Und wenn ich sie werden will, muss ich ihre verdammte Einstellung ändern. Morgen. Heute will ich nur noch ins Bett. Leise stehe ich auf und gehe nach oben. Ich will mir die Decke über den Kopf ziehen und hoffen, dass morgen alles besser sein wird. Allerdings bedeutet das zu schlafen. Und im Schlaf kommen die Träume. Ich lege mich auf mein Bett und schließe die Augen. Der Account. Ich muss ihn löschen. Denn ich werde ganz sicher nicht der Grund sein, der den Neuanfang, auf den Dad seine ganze Hoffnung setzt, am Ende zu einem Zwischenstopp macht. Zu etwas, das wir wieder aufgeben müssen, weil es nicht mehr sicher ist.

Umständlich befördere ich das Handy aus meiner Hosentasche und entsperre es. Einfach in die Einstellungen gehen, ein paar Klicks und schon ist das Profil stillgelegt. So einfach. So unmöglich. Denn ich will ihm schreiben. Irgendwem schreiben. Sonst platze ich.

Ein wenig Magie könnte ich gerade wirklich gebrauchen.

Ich drücke auf Senden und lege mir den Arm über die Augen. Ich fühle mich besser. Als wäre mit jedem Buchstaben ein wenig Druck von meiner Brust gewichen. Egal wie falsch das ist.

14
jackson

Die Boxen verteilen die Bässe eines DJ-Remixes über den Strand. Es ist voll. Im Haus, aber vor allem draußen. Die Veranda ächzt unter dem Gewicht der Leute. Die halbe Uni ist hier. Die Jungs aus dem Ort, mit denen ich mich sonst zum Surfen treffe. Und Miller, der Stress mit seinen Eltern hat und sich gerade episch abschießt. Die Augen hinter einer Sonnenbrille verborgen, obwohl es längst dunkel ist, und die Cap tief ins Gesicht gezogen.

Auf halbem Weg zum Wasser lodert ein Feuer, dem langsam die Puste ausgeht, weil niemand Holz nachlegt. Ich stehe mit ein paar der Surf-Jungs zusammen und unterhalte mich über die Wellenvorhersage für die nächsten Tage, als mein Telefon in der Hosentasche vibriert. Ich ziehe es hervor. Eine Nachricht von @donttrustanybody.

Ich hätte nicht gedacht, dass ich noch mal was von ihr hören würde. Und erst recht hätte ich nicht damit gerechnet, dass ich so darauf reagieren würde. Mit einem fetten Grinsen, was absolut dämlich ist und meinen Surfkumpel Aidan dazu bringt, mir gegen den Oberarm zu schlagen.

»Hey, Internationale Raumstation an Jax?« Seine Sprüche waren auch schon mal lustiger. Mit einer Kopfbewegung deutet er auf mein Handy. »Maddie?«

Ich wische mir das Lächeln aus dem Gesicht und stecke das Telefon weg. »Nein.« Und es ist definitiv bedenklich, dass ich mich mehr darüber freue, eine Nachricht von einer mir vollkommen unbekannten Person zu bekommen als von dem

Mädchen, mit dem ich seit einer Ewigkeit befreundet bin. Ich schlafe mit ihr, Herrgott noch mal. »Sorry, ist nicht wichtig.«

Ich warte noch, bis die Jungs sich auf ein Treffen am nächsten Tag geeinigt haben, dann gehe ich nach drinnen. Angeblich, um irgendein Problem zu lösen. Die Privilegien des Gastgebers. Bloß dass es kein Problem gibt und ich nur eine Ausrede brauchte, um mich von der anderen Hausseite ungesehen ans Meer zu stehlen. Ich muss einfach wissen, wieso ich bei ihrem Foto zur Ruhe gekommen bin. Ob mit ihr zu chatten dasselbe auslöst? Oder mein Hirn in der Situation vorhin einfach nur zu wenig Sauerstoff hatte. Am Fuß einer Düne setze ich mich in die Dunkelheit und öffne ihre Nachricht.

Ein wenig Magie könnte ich gerade wirklich gebrauchen.

Es geht ihr nicht gut. Und der soziale Teil von mir will das ändern. Weil man eben Menschen hilft, denen es scheiße geht. Auch wenn man selbst ein Wrack ist.

Mit Magie kann ich vielleicht nicht dienen. Aber bei mir findet eine Party statt. Wenn du magst, komm vorbei. Ist eine gute Ablenkung. Oder wir reden einfach nur. Immer vorausgesetzt, sie kommt überhaupt von hier.

Ungeduldig warte ich, sehe über das Wasser, atme. Dann endlich. Ein leiser Signalton begleitet ihre Nachricht ins Postfach.

Danke für die Einladung. Ich würde gern Ja sagen, aber ich kann nicht. Eine Party mit so vielen Leuten ist gerade nicht so mein Ding. Ich bräuchte eher Ruhe, Stille.

Ich lese die Nachricht, gebe dem Impuls nach und antworte, ohne lange nachzudenken.

Ruhe oder Stille? Das ist nicht dasselbe, oder? Ich brauche Ruhe. Aber die Stille zu ertragen ist … Das ist einfach sauschwer.

Ich muss den Verstand verloren haben. Wieso schreibe ich so etwas? Es ist zu spät, die Nachricht zurückzuholen, weil sie sie bereits gelesen hat. Und ich muss mir selbst eingestehen, ich will es auch gar nicht. Weil ich gerade ehrlich war. So ehrlich, wie ich sonst nie bin, weil es Menschen erschrecken würde, wenn sie wüssten, wie es in mir aussieht. Weil sie mich vermutlich für nicht zurechnungsfähig oder total labil halten würden, für jemanden, der sich von einer verdammten Kleinigkeit in einem ansonsten ziemlich brauchbaren Leben vollkommen aus der Bahn werfen lässt. Ich habe mehr als viele andere. Das weiß ich. Und trotzdem würde ich das alles eintauschen. Für diese eine Sache, die ich eben nicht haben kann.

Und wie löst du dieses Problem?

Ich höre auf, das Handy in meiner Hand zu würgen, und konzentriere mich auf eine Antwort, die nicht so armselig klingt, wie ich mich fühle. Manchmal stelle ich mir vor, die Erde wäre eine Scheibe und ich könnte über den Rand kotzen. Das hilft.

Sarkasmus. Großartig, Scott. Ich fahre mir über das Gesicht. Das hier ist vollkommen anonym. Ich könnte ihr gestehen, dass ich 'ne abgedrehte Form von Superheldenfetisch habe, und die Erde würde sich trotzdem weiterdrehen. Wie schwer kann es also sein, ihr zu gestehen, dass ich das Wasser anheule, wenn nichts mehr geht? Ich gebe mir einen Ruck.

Wenn es mir richtig dreckig geht, setze ich mich an den Ozean. Der ist nie leise. Und doch schenkt er mir Millionen Kubikkilometer Ruhe.

Heute ist es jedoch nicht das Wasser, das mir hilft. Sondern der Austausch mit ihr.

Könnte sein, dass alle Ozeane zusammen nicht ausreichen, um den Mist in meinem Leben auszugleichen, aber ein Versuch wäre es wert. Ätzender als jetzt kann es nicht werden. Sie hat einen Grinsesmiley dahintergesetzt.

Der Wunsch, es für sie besser machen zu wollen, hilft mir, meine eigenen Gefühle dahin zurückzubefördern, wo sie hingehören. In den stillen, selbstmitleidsgetränkten Teil von mir, den ich meistens erfolgreich einkerkere. Weil ich ihn nicht ausstehen kann. Es gibt Menschen, die haben echte Probleme. Sich mit einundzwanzig nach seiner Mutter zu sehnen, gehört nicht dazu. Möchtest du darüber reden? Killt auch die Stille. Du würdest mir also quasi einen Gefallen tun. Das ist erbärmlich, aber nicht gelogen.

Ich kann nicht. Tut mir leid.

Ich will gerade antworten, dass es ihr nicht leidtun muss. Nur weil ich heute ein ungesundes Mitteilungsbedürfnis habe, muss es ihr nicht genauso gehen. Doch bevor ich dazu komme, stolpert Maddie lachend um die Düne. Die Taschenlampe ihres Handys blendet mich.

»Da bist du ja.« Sie bleibt direkt vor mir stehen. Das Licht noch immer auf mich gerichtet, sodass ich die Hand vor meine Augen halten muss. »Darf ich das Clubhaus betreten, melancholischer Beachboy?« Sie lässt sich neben mich in den Sand plumpsen, ohne meine Antwort abzuwarten. Bin ich bescheuert, weil ich wünschte, die Frage wäre nicht nur rhetorisch gewesen und sie hätte wirklich was auf meine Antwort gegeben? Weil ich daran zweifle, ob ich sie um mich haben will, anstatt die verbleibende Zeit mit Maddie einfach zu genießen. Weil ich ehrlich unsicher bin, was ich geantwortet hätte. »Kannst du das Scheißlicht ausmachen?« Ich schiebe ein kratziges »Bitte« hinterher.

Maddie tippt auf ihr Handy und die Taschenlampe erlischt. Die Nacht umhüllt uns. Ich kann kaum die Hand vor Augen sehen. Gut so. Vielleicht verhindert es, dass Maddie bemerkt, wie vollkommen neben der Spur ich bin.

»Na, mit wem flirtest du hier so ganz allein?« Sie stupst mich an.

»Mit niemandem.«

Sie klaut mir das Handy, kontrolliert aber nicht, ob stimmt, was ich sage, sondern legt beide Telefone auf einen Stein, der neben uns im Sand liegt.

»Niemand, ja?« Sie grinst. »Warum siehst du dann so schuldbewusst aus?« Sie schiebt sich auf meinen Schoß. »Ist irgendwie heiß, auch wenn es total unnötig ist.« Weil wir nichts Exklusives miteinander haben. Weil sie bald in Frankreich sein wird. Weil wir einander nicht genug bedeuten, um eifersüchtig zu sein. Ihr Atem streift meine Lippen, bevor sie mich wild und ohne Zurückhaltung küsst.

Ich lege ihr meinen Arm um die Taille, ziehe sie näher, versuche mich in dem Spiel unserer Zungen zu verlieren, aber es gelingt mir nicht. Vielleicht weil Maddie immer nur meine Ablenkung war, nie meine Ruhe. Vielleicht weil sie nichts über mich weiß und es sie auch nicht zu interessieren scheint. Sie hat mich nie gefragt, welche Probleme ich mit mir rumtrage, die mich so melancholisch machen, dass sie diesen blöden Spitznamen für mich erfunden hat.

»Alles okay?« Maddie hält inne und rutscht auf meinem Schoß etwas nach hinten, damit sie mich im schwachen Mondlicht betrachten kann, das durch die Wolken bricht. »Hast du dich etwa verknallt oder was ist los? Ich meine …« Sie deutet auf mich, auf sich und das fehlende Feuerwerk dazwischen.

»Nein.« Ich schiebe meine Hand in ihr Haar und küsse sie sanft. »Ist nur komisch, dass du bald weg bist.«

Sie lacht leise. »Nicht nur melancholisch, sondern auch noch ein Romantiker. Bieg nicht falsch ab, Jax. Das passt nicht zu uns.« Sie drückt mich auf den Boden und öffnet meine Hose, um mich daran zu erinnern, was zwischen uns passt.

Sie berührt mich und fuck, selbst wenn ich bis eben nicht bei der Sache war – jetzt bin ich es. Das Blut rauscht in meinen Ohren und schwemmt all die bescheuerten Gefühle fort. Und das ist gut. Das ist exakt, was ich brauche. Maddie streift mir ein Kondom über, zieht mit einer aufreizenden Geste ihren Rock hoch und senkt sich auf mich herab. Meine Hände liegen an ihren Hüften, aber ich überlasse es ihr, den Rhythmus zu bestimmen. Schnell und hart bringt sie uns zum Höhepunkt. Mit einem leisen Seufzen gleitet sie danach von mir herunter. Wir richten unsere Kleidung und bleiben noch eine Weile schwer atmend nebeneinander im Sand liegen. Kein Händchenhalten. Kein Kuscheln. Auch das sind wir nicht. Maddie ist das nicht. Ich eigentlich schon. Ich habe mir immer eine Beziehung wie die meiner Eltern gewünscht. Aber wahrscheinlich war selbst die eine Lüge. Also ist das hier vielleicht ehrlicher als all die verdammten Disneygefühle, die am Ende doch nur Heuchelei sind.

15
nevah

Ich stehe am Fenster, das Buch, das Jax mir empfohlen hat, liegt ungelesen vor mir auf der Fensterbank, während ich auf den Teil der Party hinter seinem Haus herunterschaue, den ich von meinem Zimmer aus sehen kann. Er hat nicht mehr geantwortet. Was hätte er auch schreiben sollen, nachdem ich dichtgemacht und ihn abgewiesen habe?

Menschen drängen sich auf dem Stück Strand zwischen Haus und Ozean. Viele Menschen.

Ich stelle mir vor, er wäre nicht mitten im Gedränge, sondern würde im Dunkeln stehen und den Ozean die Stille vertreiben lassen. Dabei ist es wesentlich wahrscheinlicher, dass er sich im Zentrum der Party befindet und die Sau rauslässt. Ich wünschte, ich könnte einfach rübergehen. Bei ihm sein. Das Gefühl zurückholen, das seine Worte in mir ausgelöst haben. Ich habe mich verstanden gefühlt. Als wüsste er genau, wie es sich anfühlt, wenn das ganze Leben um einen herum in tausend Teile zerbricht, bis man sich selbst darin nicht mehr erkennt. Als wäre er jemand, an dem man sich in diesem Fall orientieren könnte.

Dabei weiß ich, dass er nicht dieser Fels ist. Sein Leben ist eine nie endende Party, voller Spaß und Ausgelassenheit. Er hat eine Freundin, Geld und musste nie seine Wurzeln aufgeben. Wir haben absolut nichts gemeinsam. Uns verbindet rein gar nichts.

Miller taucht vor dem Haus auf und beginnt mit zwei anderen Typen Basketball zu spielen. Sie sind so betrunken, dass sie öfter hinfallen als den Ball auch nur in die Nähe des Korbs zu platzieren.

Jax ist der Typ, der es Miller ermöglicht, sich jeden Abend so abzuschießen. Und selbst wenn er ihn nicht, wie zunächst vermutet, ermutigt, abhalten tut er ihn auch nicht. Jax ist ein reicher Idiot, ohne Sorgen. Ich lösche das Licht und schlüpfe unter die Bettdecke. Dort liege ich und versuche zu schlafen, aber jedes Mal, wenn der Mond hinter einer Wolkenwand verschwindet und das Zimmer in Dunkelheit taucht, schnellt mein Puls in die Höhe.

Ich atme gegen den Druck in meinem Magen an, versuche die Finsternis zu durchdringen, all die beruhigenden Details auszumachen, die mir zeigen, dass es einfach nur mein Zimmer ist. Nichts, wovor man Angst haben muss, nur weil sich das Mondlicht verdrückt hat.

War das da gerade eine Bewegung? Ein Schatten, der vor meiner Zimmertür entlanggehuscht ist? Ich kralle mich am Laken fest. Sauerstoff. Ich brauche Sauerstoff. Aber mein Körper sieht das anders und hat Atmen zu den Körperfunktionen deklariert, auf die er in Gefahrensituationen lieber verzichtet. Ich starre an die Zimmerdecke. Tränen sickern in den Bezug meines Kissens, während ich panisch nach Luft ringe. Das Ausatmen funktioniert nicht. Ich will aufstehen, das Licht anmachen und zu Mom und Dad gehen. Es ist mir egal, dass ich mit neunzehn nichts mehr in ihrem Bett zu suchen habe. Gerade würde ich alles geben, um die Besucherritze zwischen ihren Matratzen in meinem Rücken zu spüren – und die Gewissheit, dass uns das Böse nicht hierher gefolgt ist. Aber schon die rechte Hand über das Laken zu bewegen, treibt mir den Schweiß auf die Stirn. Irgendwann spüre ich die weiche, pelzige Oberfläche der Silikonhülle, drehe das Handy mit klammen Fingern um und entsperre es. Hell flammt das Fenster mit Jax' Nachrichten auf und verscheucht die Schatten, die mein Kopf heraufbeschworen hat. Ich schluchze leise, erleichtert, dass die Gefahr nur in meinem Kopf existiert. Ich halte mich an Jax' Worten fest, an seinem Profilbild. Es zeigt ihn auf einem Surfboard sitzend inmitten des Ozeans. Die Haare nass und verwuschelt, die Haut sonnengebräunt. Sein Gesicht wird von einem Lachen erhellt, das meiner Dunkelheit trotzt. Ich wünschte, ich könnte jetzt mit ihm dort sein. Auf dem Ozean. Wo es niemals still ist, aber ruhig. Ruhig genug, um meinen rasenden Herzschlag zu verlangsamen. Die Angst fortzuwaschen. Nicht einfach nur zu atmen, sondern wieder richtig Luft zu bekommen.

Wenn es mir richtig scheiße geht und der Ozean keine Option ist, hilft mir Musik.

Jax. Als hätte er gespürt, wie ich mich gerade fühle. Ich zittere noch immer und klicke den Link zu der Playlist an, die er mir geschickt hat. Darauf befinden sich zwölf Lieder. Ich kenne nur eins davon. Leise und auf wackligen Beinen schleiche ich zu meinem Schreibtisch und hole meine Kopfhörer. Nachdem ich wieder unter die Decke gerutscht bin und sie mit dem Telefon verbunden habe, klicke ich den ersten Song an. ›Loving and Hating You‹. Die Stimme des Sängers ist dunkel, rau, und ich bin sicher, dass er die Person, für die er diesen Songtext geschrieben hat, sehr geliebt haben muss. Aber die Lyrics passen ebenso gut zu Miller und mir. Ich kann mich nicht entscheiden, ob ich ihn festhalten oder ihm lieber den Kopf abreißen will. Während ich der Melodie lausche, schließe ich die Augen und frage mich unwillkürlich, wer diese Person für Jax ist. Seine Freundin? Diese Maddie? Ein feiner Stich Eifersucht bohrt sich durch meine Brust, bevor ich sie bestimmt von mir schiebe. Ich habe weder das Recht noch die Ressourcen, mich mit solchen Gefühlen rumzuschlagen. Stöhnend wechsle ich zum nächsten Song. Dieses Mal ist es keine melancholische Akkustikversion eines Countrysongs, sondern die Remix-Version von ›Astronaut In the Ocean‹. Dieses Lied habe ich auf dem Weg von New York hierher in Dauerschleife gehört. Weil ich mich total mit dem Songtext identifizieren kann. Schräg ist, dass es Jax genauso zu gehen scheint. Ob er ernsthaft sein wahres Gesicht vor anderen verbirgt? Hat er wirklich Dinge, die er seinen Freunden vorenthält? Und fühlt er sich tatsächlich so fremd in seinem Leben wie ein Astronaut am Meeresgrund? Ich sollte mich lieber darauf konzentrieren, mein Leben wieder auf die Reihe zu bekommen, statt mir Gedanken über Jax zu machen. Aber ich tue es trotzdem.

Ich schicke ihm ein Danke für den Link und wünsche ihm noch viel Spaß auf der Party. Dann schalte ich die Lampe auf dem Nachttisch an und klicke mich weiter durch die Playlist. Es ist ein einnehmender Mix aus sanften, melancholischen Liedern und solchen, die den Kopf freipusten und die Stimmung heben. Ich mag beides. Aber vor allem mag ich, dass die Beats die Angst aussperren und ich tatsächlich ruhiger werde. Der Therapeut in New York hat gemeint, ich solle beim Einschlafen positive Bilder heraufbeschwören. Das würde die Albträume in Schach halten. Dass Jax auf seinem Surfboard seit heute zu diesen Bildern gehört, ist bedenklich. Aber ich bin verzweifelt genug, mich daran festzuklammern, um schlafen zu können.

16
jackson

Es ist bereits kurz nach zehn. Ich stehe in der Küche und versuche meine Lebensgeister zu wecken, indem ich den zweiten Becher Kaffee in mich hineinschütte und den Casinochip über meinen Handrücken balanciere.

Miller liegt auf dem Boden und pennt. Er trägt nicht wie sonst immer ein Cap. Nur die Sonnenbrille liegt neben ihm. Er wird eine neue brauchen. Sieht nicht so aus, als hätte das Teil die Nacht überstanden. Ich habe ihm eines der Gästezimmer gegeben, aber meistens schläft er einfach auf dem Sofa oder wie heute auf dem Boden. Ich vermute, dass er sich so abgeschossen hat, dass der Weg ins Bett zu weit für ihn gewesen ist.

Er hat kein Wort darüber verloren, warum er mein halb ernst gemeintes Angebot angenommen hat, er könnte vorübergehend bei mir einziehen, wenn es ihm drüben zu viel wird. Er war ziemlich geladen, hat ein Bier nach dem anderen gekippt und noch gefeiert, als ich längst im Bett lag. Sein Allheilmittel. Und allmählich beginne ich zu verstehen, wieso Nevah sich Gedanken um ihn macht. Nicht dass wir deswegen irgendetwas gemeinsam hätten. Aber ich mache mir echt Sorgen um den Typen.

Unerbittlich stoße ich ihn mit dem Fuß an und ignoriere sein abwehrendes Grunzen. »Steh auf, Dornröschen.«

»Fuck, lass mich in Ruhe«, jammert Miller und dreht sich auf den Rücken. Mit dem Arm über den Augen sperrt er das Sonnenlicht aus. »Warum weckst du Idiot mich, verdammte Scheiße?«

Ich grinse. Für Schimpfworte ist er also wach genug »Weil es schon nach zehn ist.« Ich stoße ihn noch mal an und halte ihm einen Becher Kaffee vor die Nase.

Er nimmt ihn entgegen, trinkt aber nicht, sondern stellt ihn lediglich neben sich ab. »Zehn Uhr ist mitten in der Nacht. Also, lass mich einfach weiterschlafen.«

»Geht nicht«, erwidere ich fröhlich. Dabei tobt ein Kopfschmerz in meinem Schädel, als hätte ich mich an Millers Stelle in die Besinnungslosigkeit getrunken. »Zeit für Sport. Der hilft immer.« Gegen Gedanken, Kopfschmerzen – und in Millers Fall gegen den Kater von der Größe einer Raubkatze.

Er öffnet blinzelnd ein Auge und sieht mich an wie jemand, der den Verstand verloren hat. »In deiner Welt vielleicht. Aber in meiner bestimmt nicht. Du erinnerst dich? Sport, der Antichrist und so?«

»Da ich keine Dämonenaustreibung draufhabe, wirst du dich wohl mit dem Antichristen arrangieren müssen. Komm, los geht's.« Ich stelle ihm ein Paar von Dads Laufschuhen auf die Brust. »Damit du nicht wieder am Equipment scheiterst. Die Größe müsste passen.«

»Du bist ein Sadist. Mein Blut legt von ganz allein drei Meilen in einer Stunde zurück. Das reicht ja wohl an Sport. Vielleicht sollte ich einfach zu meinen Eltern zurückgehen«, mault Miller.

»Das wollte ich dir sowieso raten. Du kannst natürlich so lange hier pennen, wie du willst, aber vielleicht solltest du klären, was auch immer zwischen euch vorgefallen ist. Allerdings ...« Lächelnd trinke ich einen Schluck Kaffee. »... erst nachdem wir laufen waren und du mir geholfen hast, dieses Chaos zu beseitigen, denn du bist viel zu nett, um mich mit dem Mist allein zu lassen.«

Er verdreht die Augen. »Nett?«

»Du versuchst verzweifelt, allen das Gegenteil zu beweisen,

aber du bist ziemlich schlecht darin. Und weil du in echt ein wahrer Sonnenschein bist, lässt du mich nicht hängen, sondern hilfst mir nach dem Sport voller Enthusiasmus beim Aufräumen.« Ich trete gegen eine Chipstüte, die Miller im Schlaf an der Couch zermatscht hat, und sehe ihn erwartungsvoll an.

»Du bist megamäßig manipulativ, das weißt du, oder?«

»Jepp. Und ich habe kein schlechtes Gewissen deswegen. Null«, sage ich und sehe ihn unerbittlich an, sodass Miller sich schließlich mit einem Stöhnen aufrichtet und sich übellaunig die Schuhe überstreift.

»Okay, willst du Sportklamotten von mir haben?« Ich deute auf seine Boardshorts und den Hoodie, den er trägt und der eigentlich zu warm ist, um damit den Strand entlangzurennen.

»Ich will nicht mal Sport machen, also nein, danke.« Er stürzt den Kaffee hinunter. Wahrscheinlich, um genügend Energie zum Aufstehen aufzubringen. Wenig später treten wir auf die Veranda hinaus, wo Miller Dads Schuhe zuschnürt und kurz auf der Stelle trippelt.

»Du hast früher geboxt, oder?«

Er runzelt die Stirn. Ganz offensichtlich erinnert er sich nicht daran, mir das erzählt zu haben.

»Du hast so was gesagt, an deinem ersten Tag hier. Warst ziemlich hinüber«, erkläre ich.

Er fährt sich durch die Haare. »Klingt nach mir. Und ja, ich habe geboxt, früher mal. Aber das ist ewig her.«

»Damals war Sport also noch nicht der Antichrist?« Ich wackle mit den Augenbrauen. »Dein Körper weiß, wie es ist, fit zu sein. Da kommst du bestimmt schnell wieder hin und kannst mir ein paar Tricks beibringen.« Nicht dass ich darauf stehen würde, eine reingehauen zu bekommen, aber wenn das sein Ding ist …

Miller packt mein Kinn und dreht es nach rechts und links.

Dann schüttelt er den Kopf. »So ein hübsches Gesicht lassen wir lieber heil.« Er gibt mich frei und geht die Treppe zum Strand hinunter. »Beim Boxen geht es ausschließlich darum, andere zu verletzen«, sagt er so leise, dass es über das Rauschen des Ozeans nur mit Mühe zu verstehen ist. »Das mache ich nicht mehr.«

Und ich frage nicht nach, was passiert sein muss, dass er diesen Sport so ablehnt. Es ist klar, dass er nicht darüber reden will. Ich klopfe ihm auf die Schulter und laufe los. Miller verabscheut Mitleid genauso sehr wie ich. Deswegen schone ich ihn nicht, sondern halte mich an mein übliches Tempo.

Eine Zeit lang hält er erstaunlich gut mit, aber dann fällt er immer weiter zurück. Ich erreiche den ausgewaschenen Baumstamm, während Miller sich noch rund eine halbe Meile hinter mir über den Strand kämpft. Sieht aus, als würde er sich jeden Moment übergeben.

Ich warte, bis er keuchend und mit rotem Gesicht an unserem Etappenziel ankommt und sich neben mir in den Sand wirft. Warum zieht er nicht endlich diesen Hoodie aus? Kein Wunder, dass er sich totschwitzt. »Siehst scheiße aus.«

»Und du wie das fucking blühende Leben, was echt nicht fair ist. Kannst du wenigstens so tun, als hätte dich das angestrengt?« Sein rasselnder Atem zerhackt die Worte. »Ich hasse dich.«

»Du wirst mich gleich noch mehr hassen.« Ich helfe ihm auf und deute auf den Baumstamm, dessen Äste perfekt sind, um Pull-ups daran zu machen.

»Dein Ernst? Ich sollte einfach warten, bis dir das Karma in die Fresse haut und du nicht mehr in der Lage bist, mich weiter zu quälen.«

Mein Karma hat das längst erledigt. »Solange du noch Energie hast, dich zu beschweren, war mein Training nicht hart genug«, erwidere ich ungerührt. Ich zwinkere ihm zu und ziehe mich an einem der Äste nach oben. Widerwillig macht Miller es mir nach und schlägt sich besser als erwartet. Auch bei allen folgenden Übungen.

Nach der letzten Runde Planks klopfe ich mir den Sand von den Händen und deute auf den Baumstamm. »Kurze Pause?«

»Kurz? Was zur Hölle stimmt mit dir nicht?« Miller stöhnt und hievt sich neben mich auf den Baumstamm wie ein alter Mann. Gemeinsam schauen wir auf den Ozean und die Twin Rocks, an denen sich in der Vormittagssonne die Wellen brechen.

»Fuck, ist das postkartenkitschig schön«, murmelt Miller. Ich bin nicht sicher, ob er es zu sich selbst oder zu mir gesagt hat. Deswegen nicke ich nur und springe dann vom Stamm in den Sand. »Zeit für den Rückweg, Dornröschen.«

»Sadist«, kommentiert Miller meine Aufforderung, setzt sich aber sofort in Bewegung. Auch wenn er es nicht zugibt, der Sport hat ihm gutgetan.

***

Keine Ahnung, was gestern passiert ist, aber das Haus sieht echt schlimm aus. Ich sollte wohl nicht während der Partys schlafen. Dann würde ich mitbekommen, wenn die Leute mein Haus auseinandernehmen. Nach dem Duschen haben Miller und ich uns direkt ans Aufräumen gemacht, aber es sieht noch immer katastrophal aus. Das Erdgeschoss liegt voll mit benutzten Pappbechern und Flaschen, leeren Zigarettenschachteln, Chipstüten und Drehverschlüssen. Es scheint den Großteil der Leute überfordert zu haben, den Müll in die dafür vorgesehenen Müllsäcke zu schmeißen. Auf dem Küchenboden habe ich sogar einen Slip gefunden. Mir fallen etliche Erklärungen dafür ein, weshalb sich jemand mitten auf einer Party in der überfüllten Küche seiner Unterwäsche entledigt.

Aber keine davon gefällt mir. Mit einem Stock, an dem noch Reste von Marshmallows kleben, befördere ich das Kleidungsstück in den Müllbeutel, als es an der Haustür klingelt.

»Vielleicht Verstärkung«, brumme ich in der Hoffnung, dass es noch Menschen mit Gewissen gibt. Aber hinter der Tür steht Nevah. Nevah, die eine hautenge kurze Jeans trägt, was mich so weit aus dem Gleichgewicht befördert, dass sie es schafft, sich mit einem »Ist er da?« an mir vorbeizudrücken.

Ihr Shirt hat sie vor dem Bauch verknotet, sodass man einen schmalen Streifen Haut ausmachen kann. Wenn ich denn hinsehen würde. Was ich nicht tue. Denn Nevahs Bauch anzustarren, gehört ganz sicher nicht zu meinen heimlichen Fantasien. Sie wirkt nicht, als wolle sie uns helfen. Eher als wäre sie auf hundertachtzig, was irgendwie süß ist.

Moment – süß? Ernsthaft, Scott?

»Hi«, erinnere ich sie daran, dass das die adäquate Begrüßung wäre, aber sie ignoriert mich einfach und geht stattdessen wie ein Ninja-Kampfzwerg auf ihren Bruder los.

»Komm doch rein.« Ich mache eine einladende Geste, die natürlich vollkommen überflüssig ist, weil sie bereits den Wohnraum durchquert hat.

»Du weißt, was für ein Tag heute ist?« Die Frage klingt rhetorisch und wird von Nevahs Finger untermalt, der sich auf Brusthöhe in Millers Shirt bohrt.

»Dienstag«, erwidert er gleichmütig.

»Dienstag«, bestätigt sie. »Heute ist unser Termin bei Dr. Turner. Mom und Dad bitten dich vielleicht nett, hinzugehen. Ich nicht. Also, beweg deinen Hintern.« Obwohl sie halb so viel wiegt wie Miller und ihm nur bis zum Kinn reicht, schafft sie es, ihn zurückzudrängen, bis ihn die Glasscheibe der Verandatür stoppt. »Steig in das verdammte Auto!«

»Ich habe weder die Zeit noch die passenden Buntstifte, um es dir besser zu erklären als so: Nur. Über. Meine. Leiche.«

»Keine Ahnung, worum es geht.« Ich sehe mich um. »Aber wenn du wegmusst …« Ich zucke die Schultern, um zu signalisieren, dass ich den Rest auch allein schaffe. Was gelogen ist, weil es sich bei dem Rest um eine verdammte Post-Party-Apokalypse handelt.

»Nicht nötig. Nevah geht allein.« Er fährt sich durchs Haar und wendet sich wieder seiner Schwester zu. »Ich komme nicht mit. Vorher müsstest du mich nämlich umbringen.«

»Wenn du nicht endlich deinen verfluchten Hintern in den Volvo bewegst, lässt sich das sicher einrichten.« Sie funkelt ihn kampflustig an.

Miller hält dem Blickduell stand. Das haben sie schon mal gemacht. Drüben in der Küche des Grayson-Hauses. Und wieder siegt Miller. Nevahs Entschlossenheit fällt irgendwann einfach in sich zusammen. In ihren Augen schimmern Tränen. Hilfesuchend starrt sie mich an. Als wäre ich ihr Anker oder so etwas. Aber das bin ich nicht und außerdem ist das Familiensache. Ich werde den Teufel tun und mich da einmischen.

Ich mache einen halben Schritt zur Seite und gebe damit den Weg zur Haustür frei. Diese Geste scheint Nevah zurück in die Realität zu katapultieren. Eine Realität, in der sie es offensichtlich bereut, hergekommen zu sein und ausgerechnet von mir Unterstützung erwartet zu haben. Fühlt sich scheiße an.

Sie strafft die Schultern und verlässt mit durchgedrücktem Rücken das Haus. Kurz darauf knallt eine Wagentür, dann heult der Motor auf.

Erst nachdem sich das Geräusch entfernt hat, löst Miller die Anspannung seiner Muskeln. Er sackt in sich zusammen und fällt auf die Couch. Das Gesicht verbirgt er in seinen Händen.

Ich setze mich ihm gegenüber auf den niedrigen Tisch. Weint er etwa? Keine Ahnung, wie ich damit umgehen soll. Nicht weil ich der Meinung wäre, Jungs dürften nicht emotional werden. Aber ich bin schon mit meinen eigenen Gefühlen vollkommen überfordert. »Geht's?«, frage ich und versuche so viel Leichtigkeit in meine Stimme zu legen, wie ich kann.

Er nickt, wirkt aber überhaupt nicht wie der Gewinner dieses Konflikts oder als käme er auch nur annähernd zurecht.

»Was war das gerade eben?« So viel zum Thema Familiensache, in die ich mich nicht einmischen werde. Ich bin ein Vollidiot.

Er schüttelt den Kopf. »Ich bin emotional verdammt nah am Mittelfinger gebaut. Und wenn Nev mich so unter Druck setzt, passiert es irgendwie automatisch, dass ich ihr wehtue.« Er seufzt.

Ist mir aufgefallen. Wortlos warte ich darauf, dass er weiterspricht.

»Bevor wir hergekommen sind, sind ein paar echt üble Sachen passiert. Ich will … Ich kann nicht drüber reden, aber meine Eltern meinen, wir bräuchten deswegen einen Seelenklempner. Der Kennenlerntermin ist heute.«

»Und was meinst du?«

Er wischt sich über die Augen und sieht mich an. »Dass ich dir verflucht noch mal eine reinhaue, wenn du jemandem erzählst, dass ich wegen meiner kleinen Schwester geheult habe.« Er zwingt ein schiefes Grinsen in sein Gesicht. »Dass der Antichrist mehr geholfen hat als irgendeine Therapeutin. Und dass Chuck Norris im Vergleich zu SpongeBob einpacken kann.«

Ich sage nichts zu den ersten beiden Dingen. Was auch? Dass ich ihn verstehe, weil Dad mich auch zu einem Therapeuten geschleift hat. Sicher nicht. Wäre ich weiter hingegangen und hätte die Hilfe annehmen können, wäre ich vielleicht nie ausgezogen. Ich hätte vielleicht noch Kontakt zu meinen Eltern. »SpongeBob?«, frage ich rau.

Miller grinst schief. »Grillt unter Wasser. Das soll Norris ihm erst mal nachmachen.« Er verschränkt die Arme vor der

Brust, weil ich ernst bleibe. »Jetzt sag schon«, brummt Miller. »Sonst verschluckst du dich am Ende noch an deiner Meinung.«

»Sie ist deine Schwester«, erwidere ich ruhig. Und ich weiß nur zu gut, wie es sich anfühlt, wenn Familie wegbricht. Ich schlucke. »Ich würde nicht riskieren, das zu verlieren. Du liebst sie. Und aus irgendeinem Grund bemüht sie sich um deinen traurigen Hintern. Wenn also noch irgendwas zu retten ist, solltest du es zumindest versuchen.«

Miller stimmt mir nicht zu, aber er widerspricht auch nicht.

»Jetzt gib dir einen Ruck, verdammt noch mal. Ich muss sowieso noch den Müll wegbringen. Ich kann dich am Pier rausschmeißen.«

17
nevah

Das Zimmer in Dr. Turners Praxis ist lichtdurchflutet und weiß. Wirklich alles ist weiß. In verschiedenen Abstufungen. Der weiche Teppichboden, der die Schritte schluckt, die Gardinen, das Sofa, die anderen Möbel, die Regalwand, in der sich Fachbücher stapeln. Sie sind mit dem Buchschnitt nach vorn angeordnet und dadurch ebenfalls weiß. Sogar Dr. Turner selbst ist in Creme und Weiß gehüllt. Ich bin der einzige Farbklecks, der das Bild stört. Wie in einem abstrakten Gemälde.

Nervös knibble ich an einem Faden meiner Jeansshorts herum und wünschte, ich hätte ein Buch, an dem ich mich festklammern, in dessen Seiten ich mich zurückziehen könnte. Aber das würde mich nicht weiterbringen. Auch wenn ich Angst habe, es ist mein Leben, um das es hier geht. Und wenn ich es zurückwill, muss ich mich dem stellen.

»So, Nevah, bitte sehr.« Dr. Turner stellt ein Glas Wasser vor mir auf den Tisch, um das ich sie gebeten habe. Das Weiß der Platte wird von der Flüssigkeit reflektiert. »Schön, dass du hier bist.«

Ich nicke und nehme direkt einen Schluck. Das erspart mir, etwas erwidern zu müssen.

Die Therapeutin setzt sich mir gegenüber in einen cremeweißen Sessel, von dem sie sich farblich kaum abhebt. Auch wenn mich dieses Ton-in-Ton-Ding langsam wahnsinnig macht, mag ich Dr. Turners Lächeln und ihre ruhige, unerschütterliche Art.

»Was ist mit deinem Bruder? Konnte er nicht kommen?«

Unbehaglich verändere ich die Position. Ich mag es nicht, Menschen zu enttäuschen und ich fühle mich stellvertretend für Miller schuldig. »Es fällt ihm schwer, sich hierauf einzulassen.« Das ist neutral. Hoffe ich. Ich nehme noch einen Schluck Wasser.

Sie macht sich eine Notiz auf ihrem Tablet. »Das ist auch wirklich ein großer Schritt«, erklärt sie verständnisvoll. »Aber du bist da. Und ich bin sehr froh, dass du so mutig warst. Kannst du mir ein wenig über dich erzählen? Warum du hier bist?« Sie schlägt die Beine übereinander. »Und darüber, was du dir von unseren Sitzungen erhoffst, solltest du mit mir zusammenarbeiten wollen?«

Ich sehe aus dem Fenster und erkenne ein Stück Ozean, das gegen den Strand schlägt. Ruhe breitet sich in mir aus. Nicht vollständig, aber doch genug, um das Gesicht anheben und die Therapeutin direkt anblicken zu können. »Ich möchte wieder ich sein.« So simpel. So aussichtslos.

Wieder nickt Dr. Turner und kritzelt etwas mit einem Spezialstift auf ihr Tablet. »Das hier ist ein sicherer Ort. Egal worüber wir reden, es bleibt unter uns. Nicht mal deine Eltern erfahren von unseren Gesprächen, es sei denn, du möchtest es. Wir können demnach über alles reden. Über das, was in New York passiert ist. Über den Abend, der alles verändert hat.«

Der Abend, der mein altes Leben dem Erdboden gleichgemacht hat. Und mich zu Nevah, einem Kiesel, der an Rockaways Ufer gespült wurde.

»Viele Menschen, die ihr altes Leben hinter sich lassen müssen, kämpfen mit Isolation, Heimweh und Identitätsproblemen. Du warst gezwungen ein neuer Mensch zu werden, Nevah. Das schafft niemand ohne ein wenig Hilfe. Und das hat nichts mit Schwäche zu tun. Es zeugt im Gegenteil eher von Stärke, wieder die Kontrolle übernehmen zu wollen.« Sie nickt mir aufmunternd zu. »Aber heute lernen wir uns erst mal ein wenig kennen. Ich schreibe mir auf, wie die Situation derzeit ist und woran du arbeiten möchtest. Also, wie fühlst du dich hier in Rockaway Beach?«

Verloren. Ich überlege einen Moment, suche nach einem nicht so destruktiven Wort, das die Situation umreißt, aber bevor ich eins finden kann, klopft es an der Tür.

Dr. Turner wirkt überrascht. »Tut mir leid. Eigentlich sollte so eine Störung nicht passieren.« Sie steht auf und durchquert den Raum. »Ich kümmere mich kurz darum und dann bin ich wieder ganz bei dir.«

Sie öffnet die Tür – und vor ihr steht Miller. Mit zerzaustem Haar und verschlossenem Gesichtsausdruck. Aber er ist hier.

Wie? Ich habe den Volvo genommen und zu Fuß hätte er die Strecke niemals in der Zeit geschafft. Aber vor allem, wieso? Vor einer Viertelstunde war seine Weigerung noch in Beton gemeißelt.

»Sie sind bestimmt Miller.«

Er nickt wortlos.

Dr. Turner macht eine einladende Geste. »Immer hereinspaziert.« Sie wartet, bis er eintritt, und schließt die Tür hinter ihm.

»Ich bin Dr. Turner. Ist es in Ordnung, wenn ich Miller sage?«

Mein Bruder zuckt die Schultern. Als wäre ihm sowohl das Duzen als auch die Tatsache egal, dass das nicht sein richtiger Name ist. »Ist okay.« Er lässt sich auf die Couch neben mich sinken. Obwohl ich Sorge habe, dass er mir die Sitzung versauen könnte, würde ich ihm am liebsten um den Hals fallen, weil er hier ist. Und wir jetzt zwei Farbkleckse in dieser weißen Welt sind.

»Wir wollten gerade klären, wobei ich euch helfen kann. Die folgenden Therapiestunden, in denen wir dann auch ins

Detail gehen, finden selbstverständlich in Einzelgesprächen statt, um euch die nötige Privatsphäre zu geben.«

Miller brummt, während ich nicke.

»Du bist hier«, sage ich leise, während Dr. Turner sich noch einige Notizen macht. Wahrscheinlich darüber, dass Miller doch die Kurve gekriegt hat. Ich ziehe die Augenbrauen nach oben.

»Jetzt mach keine Staatsaffäre draus, Beauvoir«, knurrt er. »Jax meinte, ich sollte dabei sein. Weil es dir so scheißwichtig ist.«

Er verdreht die Augen und die Erklärung macht mich fassungslos. Er müsste sich selbst genug bedeuten, um herzukommen. Und es nicht für mich oder irgendjemand anderes tun.

»Er hat mich gefahren.«

Der letzte Satz hingegen füllt meine Brust mit Wärme. Ich lächle. Das erste Mal, seitdem ich die Praxis betreten habe. Jax hat meinen Bruder überredet. Das ist nett. Wirklich nett. Es passt zu dem, wie er ist, wenn wir schreiben. Nicht so sehr zu dem, wie er ist, wenn ich ihm gegenüberstehe. Vielleicht sind das Anzeichen einer gespaltenen Persönlichkeit. Oder dafür, dass er ein Astronaut am Meeresboden ist.

»Wir waren bei der Frage, wie es euch geht.« Dr. Turner gibt mir zu verstehen, dass ich beginnen soll.

»Ich komme nicht so gut zurecht«, gestehe ich und räuspere mich, bevor ich weiterspreche. »Die meiste Zeit habe ich Angst, dass wir hier nicht sicher sind. Und wenn ich keine habe, bin ich wütend.«

Sie lächelt. »Wütend zu sein, kann helfen, ungewöhnliche Situationen wie eure zu überstehen. Ein Mechanismus, der erst mal nichts Schlechtes bedeutet, sondern ein guter Motor für Veränderung sein kann.« Wieder gleitet der Stift über das blanke Display des Tablets.

»Wie ist es bei dir, Miller?«

Er reagiert nicht. Die Arme hat er vor der Brust verschränkt und starrt die Therapeutin an. Dann zuckt er langsam die Schultern. »Alles gut.«

Ja, klar. Mit einem sarkastischen Schnauben stoße ich die Luft aus, aber Dr. Turner geht nicht darauf ein.

»Wie ist es mit körperlichen Beschwerden? Könnt ihr schlafen? Wie sieht es mit Albträumen aus, Panikattacken, Konzentrationsschwächen?« Sie holt leise Luft. »Schuldgefühlen?«

Ich nicke bei jedem einzelnen Punkt, den Dr. Turner aufzählt. Sie notiert sich alles und sieht dann meinen Bruder an. Eine zarte Aufforderung schwingt in ihrem Blick mit.

»Hast du irgendwelche der genannten Anzeichen?«

»Mir geht es super.«

Warum ist er hergekommen, wenn er sowieso dichtmacht? Das ergibt keinen Sinn. Wie soll Dr. Turner ihm denn helfen, wenn er ihr nicht sagt, was los ist, sondern so tut, als wäre das alles ein riesengroßer Spaß? Als wäre der Tod seines besten Freundes keine große Sache. Als würde es ihn nicht fertigmachen, dass wir in Gefahr schweben und alles verloren haben. »So super, dass du jeden Tag trinkst«, werfe ich ein. »Und einfach von zu Hause abhaust, um bei unserem Nachbarn auf der Couch zu schlafen.«

»Er hat ein Gästezimmer«, presst Miller angestrengt hervor. »Und ich trinke nicht, weil ich ein Problem habe. Ich habe Spaß. Das tun Menschen, Nevah. Sie feiern und analysieren das Leben nicht zu Tode.«

Dr. Turner beugt sich vor. »Du sagst, du fühlst dich gut, Miller, aber deine Körpersprache zeigt etwas anderes. Es scheint dich mitzunehmen, wenn deine Schwester angibt, dass sie unter Schlafstörungen und Panikattacken leidet.«

Sekundenlang ist es totenstill im Raum. Dann lacht Miller. Es klingt hohl. »Verdammt, natürlich tut es das.« Er umschlingt seinen Oberkörper mit den Armen und es vergehen einige Sekunden, bevor er weiterspricht. Durch zusammengebissene Zähne. »Ich fühle mich verantwortlich. Ich *bin* verantwortlich. Aber ich kann es nicht ungeschehen machen, oder?« Er sieht sie wütend an.

»Das stimmt, aber wir können ändern, wie wir damit umgehen.« Dr. Turner bleibt ruhig. Ich bewundere sie dafür. »Wir können beeinflussen, wie schwer die Dinge auf uns lasten.«

Miller grunzt und verdreht die Augen. »Keine Ahnung, Nev, ob dir das hier was bringt. Ich hab's versucht, weil es dir wichtig ist, aber scheiße, das ist echt nicht mein Ding. Dieses Reden verändert doch nichts. Wahrscheinlich sollen wir uns gleich noch an den Händen nehmen und unsere bescheuerten Namen tanzen.«

Der Puls schlägt laut in meinen Ohren. Ich will Miller schütteln, weil er das hier gerade versaut. Weil ich mich für sein Verhalten schäme, obwohl das sein Job wäre. Warum kann er nicht einmal im Leben etwas ernst nehmen und das hier nur ein Stück erwachsener betrachten? Ich versuche mir ein Beispiel an Dr. Turner zu nehmen, die sich überhaupt nicht provozieren lässt, aber seine passiv-aggressive Art bringt mich auf die Palme.

»Würdest du denn gern die Hand deiner Schwester nehmen und ihr etwas sagen?«, fragt sie in diesem Moment und bringt Miller damit völlig aus dem Konzept. Sein Blick irrt zu mir, verengt sich und wird stumpf. Seine Abwehr zerfällt. Und ich kann sehen, dass er um die Worte ringt, die seit jener Nacht unausgesprochen zwischen uns hängen. Stumm sieht er mich an.

Tränen treten mir in die Augen und als ich die erste mit dem Handrücken auffange, springt Miller auf und verlässt fluchtartig den Raum. Alles, was zurückbleibt, ist das Knallen der Zimmertür, das sich an dem Weiß um mich herum bricht.

»Was macht das mit dir, Nevah? Dass er sich dem nicht stellt und geht?«

Ich atme tief durch, blinzle die Tränen fort. »Es macht mich traurig. Nein. Eigentlich macht es mich wütend. Unsagbar wütend.« Denn Wut ist das Einzige, woran ich mich derzeit klammern kann. Der Motor, der dafür sorgt, dass ich überhaupt irgendwie weitermache.

18
jackson

Miller schläft nicht mehr im Strandhaus. Seitdem ich ihn vor zwei Tagen bei der Therapeutin abgesetzt habe, ist er nicht mehr bei mir aufgetaucht. Und ich kaue seitdem auf der Frage herum, ob er mir übel nimmt, mich in seine Angelegenheiten eingemischt zu haben. Oder ob er einfach nur dabei ist, den Kram mit seiner Familie zu klären und deswegen nicht mehr mit mir abhängt. Was gut wäre. Aber ich glaube es nicht. Denn seine Eltern sind heute Morgen mit einem Taxi weggefahren. Und er hat sich bloß mit einer knappen Geste von ihnen verabschiedet, bevor er zurück ins Haus ist. Sah nicht unbedingt danach aus, als hätte er einen entscheidenden Schritt auf sie oder Nevah zu gemacht.

Maddie reißt mich aus meinen Gedanken, weil sie ihre Position auf dem Beifahrersitz verändert und einen Schluck ihres Slushys nimmt. Meiner schmilzt langsam in der Mittelkonsole vor sich hin. In zwei Stunden geht ihr Flieger und vor uns taucht der Portland International Airport auf. Maddie scheint vor Vorfreude zu vibrieren. Ein ganzes Semester in Frankreich liegt vor ihr. Neues Land, neue Sprache, neue Leute. Das Abenteuer, auf das sie schon ewig gewartet hat.

»Wir sind fast da.« Sie hört sich an wie ein kleines Mädchen, dem man Zuckerwatte versprochen hat. Ich lächle, obwohl mir kotzübel ist. Ich will nicht, dass sie geht. »Du bist wie ein Flummi auf Koks«, ziehe ich sie auf. Ich will unsere letzten Momente nicht kaputt machen, weil ich aus den falschen Gründen klammere.

Langsam lenke ich den Pick-up in die Haltebucht neben dem Terminal. Maddie möchte nicht, dass ich sie hineinbegleite, und sie hat recht. Ein schneller, unkomplizierter Abschied auf dem Parkplatz passt besser zu uns als ein tränenreicher am Abfluggate. Ich steige aus, atme tief die warme, abgasgeschwängerte Luft ein und werfe dann die Fahrertür zu.

Maddie ist ebenfalls ausgestiegen und streckt sich. Die zwei Stunden Fahrt zum Flughafen waren Folter für sie. Keine Ahnung, wie sie den Zehn-Stunden-Flug aushalten will.

Ich hebe ihre Tasche von der Ladefläche. Ein Monstrum, das sie ins Wanken bringt, als ich es ihr übergebe. »Soll ich dir nicht doch tragen helfen?«

Sie berührt meine Wange. »Nicht nötig, aber danke.« Sie lächelt und gibt mir einen sanften Kuss. Er schmeckt nach Freundschaft und Abschied.

»Also, hab Spaß, lass Europa stehen und nichts anbrennen, okay?« Wir waren nie wirklich zusammen, haben uns zu nichts verpflichtet und doch ist es mir wichtig, dass sie weiß, es ist in Ordnung, sollte sie jemand anderen kennenlernen. Sie soll die Zeit genießen, ohne auf etwas Rücksicht zu nehmen, das ohnehin nie zwischen uns gepasst hat.

Sie lacht. »Ich bin zwar umwerfend, aber ganz Europa umzuschubsen schaffe selbst ich nicht.« Sie boxt mir sanft gegen den Oberarm. »Danke, dass du mich gefahren hast. Und du, zergrübel das Leben nicht. Genieß es lieber.«

Ich salutiere, auch wenn ich keinen verdammten Plan habe, wie zum Henker ich das anstellen soll.

»Ich habe noch ein kleines Abschiedsgeschenk für dich, wenn du zum Strandhaus zurückkommst.« Sie grinst so breit, dass ich Angst bekomme.

»Muss ich mir Sorgen machen?«

Sie schüttelt den Kopf, stellt sich auf die Zehenspitzen und gibt mir einen Kuss. Dieses Mal auf die Wange. »Man sieht sich, melancholischer Beachboy.«

Meine Mundwinkel zucken, schaffen es aber nicht zu einem Grinsen. Ich gebe ihr einen Schubs. »Jetzt hau schon ab. Und danke für was auch immer.« Mit der Hand fahre ich mir über den Nacken, lasse sekundenlang den Kopf hängen, bevor ich ihr nachsehe, wie sie ihr Gepäck ins Flughafengebäude zerrt. Die Türen schließen sich hinter ihr und ich stehe immer noch wie ein Idiot neben dem Wagen. Seufzend steige ich ein und presse den Daumen gegen den Chip in meiner Hosentasche. Es setzt mir zu, dass sie weg ist. Was im Grunde nicht fair ist, weil es dabei weniger um sie geht. Mehr um mein krankes Hirn, das jetzt freie Bahn hat, mir das Leben schwer zu machen.

Ich nehme das Handy von der Mittelkonsole und öffne den Chat mit @donttrustanybody.

Verdammt. Kennst du das Gefühl, wenn alle weitergehen? Nur du bleibst stehen. Allein in dieser verfluchten Welt.

Ich starre die Worte an und lösche sie wieder. Ich höre mich an wie ein depressiver Vollidiot. Und es ist ganz sicher nicht gesund, mich bei jeder kleinsten emotionalen Bodenwelle an eine anonyme Internetfreundschaft zu hängen, von der ich nicht einmal den richtigen Namen kenne. Ich feuere das Telefon in die Ablage und starte den Motor, um den Parkplatz für einen genervten Taxifahrer frei zu machen. Auch wenn es noch nicht lange her ist, dass ich Arthur besucht habe, und die Abstände sonst größer sind, fahre ich, da ich schon mal in der Gegend bin, nicht nach Hause, sondern zum Parkview.

Das Seniorenheim ist ein verwinkelter sandfarbener Gebäudekomplex, der von üppigen Beeten und einem künstlich angelegten Teich umgeben ist. Jedes Mal, wenn ich auf die Besucherparkfläche einbiege, denke ich, der Bunker wirkt wie aus einer Werbebroschüre für schneller und schöner sterben.

Ich lenke den Pick-up in eine freie Parklücke. Von hier sind es rund dreihundert Yards bis zum Hauptgebäude. Ich lasse den modernen Empfangstresen und die daneben liegenden Fahrstühle hinter mir und nehme die Treppe in die dritte Etage, um etwas Dampf abzulassen.

»Hi, Jax«, grüßt mich Stella, eine der Schwestern, die für die Bewohner von Arts Stockwerk zuständig ist. Sie eilt bereits weiter, aber ich strecke den Arm aus und halte sie sanft zurück.

»Wie geht es ihm?«

Stellas Schuhe geben ein quietschendes Geräusch von sich, weil sie beim Suchen der Antwort das Gewicht verlagert. »Er war die letzten Tage ganz gut drauf. Aber das Alter und der Krebs machen ihm zu schaffen. Wir versuchen es ihm so angenehm wie möglich zu machen.«

Das klingt endgültig. Ich weiß, dass Art nicht mehr ewig leben wird, dass er krank und alt ist, aber ich hoffe jedes Mal, wenn ich herkomme, auf ein Wunder. Auf genügend Zeit. Wobei das die Frage aufwirft, ob es so etwas wie genügend Zeit überhaupt gibt. Ich presse die Zähne hart aufeinander, nicke und wende mich ab. »Danke«, murmle ich. Obwohl ich lieber irgendjemanden schubsen würde.

Sein Zimmer liegt am Ende des Flurs. Ein kleiner Raum. Mit Fenstern, die auf den Garten hinauszeigen, und einem wirklich schrecklichen Bild an der ansonsten kalkweißen Wand. Art hat der Dame darauf einen Schnurrbart gemalt. Ich weiß noch, wie er mich damit zum Lachen gebracht hat. An einem der schwärzeren Tage. Zu einer Zeit, in der ich nicht gerade durch meinen ausgeprägten Humor hervorstach. Ich klopfe leise und öffne dann die Tür. Art schläft und ich lehne mich in den Türrahmen. Unschlüssig, ob ich besser wieder gehen sollte, um ihm die nötige Ruhe zu lassen, oder lieber warte und mir eine Dosis Art gönne.

Ich weiß, danach wird es mir besser gehen. Und da ich ein egoistischer Mistkerl bin, bleibe ich und ziehe die Tür zu.

Art bewegt sich und öffnet flatternd die Augen. Egal wie leise ich bin, er hat einen so leichten Schlaf, dass ihn selbst eine Maus unterm Bett wecken würde. Und ich wusste das.

»Hey«, murmelt er noch immer schlaftrunken, als ich näher komme und mich neben ihn aufs Bett setze. Er legt mir seine Hand in den Nacken, um mich an seine Brust zu ziehen. Einen Moment hält er mich und tätschelt meine Wange. Genauso hat er mich damals in diesem verdammten Krankenhausflur umarmt, als ich erfahren habe, dass meine Mutter gestorben war.

Damals kannte ich Art nicht. Er war ein Wildfremder. Aber er hat keine Sekunde gezögert, sich zu mir auf den Boden zu hocken und mich zu trösten. Bei Kindern fühlt man sich vielleicht moralisch dazu verpflichtet. Aber ich war erwachsen. Kein anderer hat überhaupt Notiz von mir genommen. Art schon. Ohne ihn wäre ich an diesem Tag vollständig zerbrochen. Dass es mich noch gibt, verdanke ich diesem alten Mann mit den zu Berge stehenden weißen Haaren. Er lässt mich los und ich deute auf das, was früher mal eine Frisur war. »Lässt du dich gehen oder ist das Vogelnest auf deinem Kopf irgendein hipper Trend?«

Er setzt sich in seinem Bett auf und fährt sich mehrmals durch das haarige Chaos, ohne eine erkennbare Verbesserung zu erzielen. »Das, mein Lieber, ist mein verwegener Look«, erklärt er zwinkernd. »Damit wickle ich die Schwestern um den Finger.«

»Damit sie dir Kekse geben?« Art liebt Jammie Dodgers. Allerdings sind sie hier im Seniorenheim Mangelware.

Er zwinkert mir zu. »Dafür habe ich dich.«

Und tatsächlich zaubere ich zwei rote Pakete mit Dodgers aus einem Stoffbeutel hervor. Im Auto habe ich immer eine

Notration, die ich gewissenhaft auffülle. Ich öffne die Verpackung und staple die kreisrunden Kekse wie Jetons zwischen Art und mich auf die schwenkbare Fläche des Nachtschränkchens.

»Heute mache ich dich fertig.« Ich nehme das Kartendeck entgegen, das er aus einer der Schubladen zieht, und gebe die Karten aus.

»Leere Drohungen. Netter Versuch, aber der wird dich auch nicht retten. Soll ich Gnade walten lassen oder wollen wir es einfach schnell und schmerzlos hinter uns bringen?« Art kichert, aber ich reagiere gar nicht darauf. Ich arbeite an meinem Pokerface. Vergeblich, denn es dauert nicht lange und sämtliche Jammie Dodgers befinden sich auf Arts Tischseite.

Zufrieden grinsend hockt er hinter der Wand aus Keksen. »Zum Glück lernst du etwas Anständiges. Als Profispieler müsstest du unter einer Brücke schlafen. Das war wirklich mitleiderregend.«

Art ist der Einzige, dessen Mitleid sich nicht scheiße anfühlt.

»Hast du etwas Neues über deine Mutter herausfinden können?«

Und er ist der Einzige, der mich das fragen darf, selbst wenn es sich scheiße anfühlt. Ich schüttle den Kopf. »Nichts.« Mom und Dad wissen genug, um meine Fragen über meine leibliche Mutter zu beantworten. Aber sie tun es nicht. Sie mauern lieber. Vermutlich damit sie mich nicht mit einer Toten teilen müssen. Mich nicht verlieren. Ich schnaube frustriert. Newsflash. Sie sind längst dabei. Und das liegt nicht daran, dass meine leibliche Mutter eine Konkurrenz für sie wäre. Sondern daran, dass sie mir die Möglichkeit genommen haben, sie kennenzulernen. Mir mein Recht abgesprochen haben, meine eigenen Entscheidungen zu treffen, meine Wurzeln zu finden. Sie haben mich belogen, verdammt noch mal.

Allein komme ich nicht weiter. In den Unterlagen der Klinik stand nur ihre Adresse. Ein Trailerpark am Rand von Portland. Ich bin hingefahren, aber niemand konnte mir etwas sagen. Obwohl sie sieben Jahre dort gelebt hat. Ihr Wohnwagen war längst weitervermietet. Ihre Sachen entsorgt. Keine Ahnung, ob es überhaupt rechtens ist, Sachen fremder Leute wegzuschmeißen. Immerhin konnte ich dem Verpächter aus der Nase ziehen, dass sie als Kellnerin in Portland gearbeitet hat. Ich fahre mir durch die Haare und schüttle den Kopf. Deswegen esse ich bei jedem Besuch in einem anderen Laden der Stadt und frage nach ihr. Was wie die Suche nach der verdammten Nadel im Heuhaufen ist. »Langsam denke ich, es wäre besser, die Sache zu begraben, Art.«

»Könntest du das denn?« Er setzt sich auf und lässt den Jammie Dodgers in seiner Hand sinken.

Ich vergrabe das Gesicht in meinen Händen und atme. Wenn ich jemanden finden würde, der meine leibliche Mutter kannte, würde ich vielleicht erfahren, wie sie war. Was sie geliebt und was sie gehasst hat. Was ihr wichtig war. Ob sie Talente hatte. Oder Schwächen. Ich hätte endlich einen Plan, wer ich bin. Denn ein Teil dieser Frau steckt in mir. Also ... »Scheiße, nein!«

»Hab ich mir gedacht.« Art tätschelt mir den Arm, bis ich wieder aufblicke. »Dann denk nicht mal dran. Wir werden schon noch herausfinden, woher du deinen Sturkopf hast.« Er lacht leise und wird dann wieder ernst. »Es ist wichtig zu wissen, woher man kommt. Sonst kann man nirgendwohin gehen.«

»Wow«, stoße ich hervor und puste die Luft aus. »Das war selbst für dich schwer philosophisch.« Und trifft es. Genau deswegen trete ich auf der Stelle.

Er legt mir seine Hand in den Nacken und zieht mich so nah an sich heran, dass er seine Stirn gegen meine presst. »Aufgeben ist nicht, verstanden? Ich bin nicht mehr ewig hier, um dir in den Hintern zu treten, aber noch kann ich es. Also, welches Restaurant ist heute dran?«

Ich kämpfe mit den Tränen. Art wird mich verlassen. Er ist alt und selbst wenn der Krebs in seiner Lunge langsam wächst, er wächst. Art wird sterben. Das wird mir in diesem Moment mit der Wucht einer Abrissbirne bewusst. Dieses Wissen schwingt immer während unserer Treffen mit. Aber so präsent wie heute ist es selten. Und so wenig bereit wie gerade war ich noch nie dafür.

»Wäre schön, wenn du mir noch ’ne ganze Weile in den Hintern treten würdest. Aufgeben ist nicht, oder? Deine Worte.« Unbeholfen wische ich mir die Tränen aus den Augen und ziehe die Liste mit gastronomischen Betrieben aus dem Portemonnaie. Einige Namen sind bereits durchgestrichen. Zu viele noch nicht. »Wie wäre es mit dem hier?«, frage ich und deute auf den Namen eines Diners, der auf dem Weg nach Rockaway Beach kurz hinter der Stadtgrenze von Portland liegt. Direkt am Highway. Angeschlossen an ein Casino.

»Ein Casino.« Art streckt sich auf dem Bett aus und steckt sich einen Keks in den Mund. Genüsslich verdreht er die Augen, während er seinen Pokergewinn verdrückt. »Das ist vielleicht ein Omen. Und bestimmt bringt es Glück, wenn du Ja zu einer letzten Runde Poker sagst. Ich weiß, dass du noch mehr Kekse in diesem Ding aufbewahrst.« Er zeigt auf den Beutel, den ich auf den Fußboden gestellt habe.

»Alles oder nichts?«

Art sieht von den Keksen auf seiner Seite des Tisches zu mir und überlegt. »Okay, gut. Du gewinnst sowieso nie.«

»Oder ich wiege dich nur in Sicherheit, damit ich dich so richtig abziehen kann. Nennt sich Taktik.«

»Taktik«, schnaubt er und schüttelt nachsichtig den Kopf. »Man kann deine Gefühle und Gedanken immer in deinem

Gesicht ablesen, Jackson. Das ist das Problem. Oder auch nicht. Je nach Standpunkt.«

Ich denke, es ist ein Riesenproblem. Weil es mich verdammt angreifbar für Menschen macht, für die ich nicht angreifbar sein will. Für Menschen, die nicht wie Art sind.

»Jetzt guck nicht so.« Er lächelt gewitzt. »Für mich bedeutet es einfach verdiente Jammie Dodgers. Von daher, teil ruhig aus.«

Ich gebe mein Bestes. Aber Art hat recht. Ich bin extrem schlecht in diesem Spiel. Und das nicht nur, weil ich meine Emotionen schwer verbergen kann, sondern vor allem weil ich es nicht schaffe, hinter die Fassade von Menschen zu sehen. Wäre ich in der Lage dazu gewesen, hätte ich nicht zwanzig Jahre und einen dummen Zufall gebraucht, um herauszufinden, dass meine Eltern genau das nicht sind – meine Eltern.

Art nimmt eine Karte und wirkt sehr zufrieden. Bluff oder nicht – ich mag den Gesichtsausdruck.

»Würdest du mir vielleicht ein Glas Milch holen? Ohne Milch ist diese Kekssache nicht dieselbe.« Er lächelt mich gewinnend an, während ich bereits aufstehe.

»Aber wehe, du schummelst«, sage ich streng und lege mein Blatt verkehrt herum auf den Tisch.

»Selbst wenn ich nachsehen würde, was du für Karten auf der Hand hast, bin ich so senil, dass ich es wieder vergesse, bis du zurück bist.«

Ich glaube ihm kein Wort, gehe aber trotzdem. Um ein Glas Milch von den Stationsschwestern zu ergattern, lasse ich meine Überredungskünste spielen. Sie befinden sich gerade mitten in der Übergabe und haben anderes zu tun. Aber da es sich um Art handelt, machen sie eine Ausnahme. Der Kerl hat bei ihnen echt einen Stein im Brett.

Als ich mit der Milch das Zimmer wieder betrete, ist Art eingenickt. Weil ich ihn vorhin aus dem Schlaf gerissen habe, um mich besser zu fühlen. Die Karten fächern sich auf seinem Brustkorb. Ich stelle das Glas auf das Nachtschränkchen, nehme ihm die Karten ab und decke sie auf. Er hat ein Royal Flash. Ich ein wildes Sammelsurium aus nicht zusammenpassenden Karten. Verdammt, wie macht er das?

»Mein Blatt war unterirdisch schlecht«, flüstere ich. »Du hast gewonnen, alter Mann.« Ich will seine Schulter drücken, lasse die Hand aber unverrichteter Dinge wieder sinken, um ihn nicht zu wecken. Nicht noch mal. »Bis bald, Art, und treib die Schwestern nicht in den Wahnsinn.« Die restlichen Kekse verstaue ich in seinem Schränkchen und lehne dann leise die Tür hinter mir an.

Warme Sonnenstrahlen empfangen mich vor dem Haupteingang des Seniorenheims. Ich werfe einen Blick auf mein Handy, das ich stumm geschaltet hatte.

Ich war heute an »unserem« Baum. Und es war echt magisch. Bis ich kopfüber im Wasser gelandet bin. 😉

Ich lache, während ich @donttrustanybodys Nachricht lese, und denke unwillkürlich, dass heute doch noch ein guter Tag werden könnte. Wieso denke ich so etwas? Nur wegen einer bescheuerten Nachricht von ihr? Oder weil sie ein *uns* in ihre Worte geschummelt hat? Ich wünschte, es wäre mir nicht so wichtig, ungesund wichtig. Aber das ist es. Weil sich Miller und Maddie aus meinem Leben verkrümelt haben und ich verdammt noch mal allein bin.

War der Sprung geplant oder ein Unfall?

Ich war vollständig angezogen und sah … nicht gerade elegant aus. Also nein, das war nicht geplant. Was hast du heute so gemacht?

Ich überlege, was ich antworten soll. Was ich bereit bin von mir preiszugeben. Obwohl sie eine Fremde ist. Vielleicht ist sie gar kein Mädchen aus Tillamook County, sondern ein fünfzigjähriger, behaarter Typ, der mir aus dem Keller seiner

Mutter schreibt. Das ist zumindest, womit Miller mich aufzieht, seitdem er mitbekommen hat, dass ich einer Wildfremden aus dem Netz schreibe, von der ich nicht mal weiß, wie sie aussieht.

Ich bin in Portland. Einen Freund besuchen.

Und ich suche nach Informationen über meine Mom. Aber das werde ich @donttrustanybody erst erzählen, wenn ich sicher sein kann, dass sie kein Kellerpsychopath ist.

19
nevah

Meine zweite Therapiestunde bei Dr. Turner ist schon seit über einer halben Stunde vorbei, aber ich stehe immer noch vor der Praxis auf dem Pier und sehe den Möwen zu, die sich um die Essensreste vor Marshas Diner streiten. Blinzelnd lächle ich in die tief stehende Sonne, als die nächste Nachricht von Jackson eingeht.

Nirvana ist allein deswegen die beste Band der Welt, weil sich der Beat ihrer meisten Songs mit dem Klappern in meinem Motorraum deckt. Und wenn ich es nicht höre, kann ich mir einreden, ich müsste nicht dringend mit dem Ding in die Werkstatt.

Ich dachte, nichts an ihm könnte mich für ihn einnehmen, aber mit jeder Nachricht verkehrt sich diese Annahme ins Gegenteil. Ich mag, dass er wie ich auf Nirvana steht. Und das nicht nur wegen seines altersschwachen Wagens. Ich mag seine Ironie, seine ab und an kantige Meinung zu Dingen. Selbst die nicht so perfekten Antworten. Und dass er nicht wie Miller reagiert hat, als ich ihm meine Liebe für Colleen Hoovers Romane und Louisa May Alcott gestanden habe. Zu meiner Überraschung kannte er nicht nur einige Romane der Queen of Love, sondern auch ›Little Women‹, was ihm wirklich Pluspunkte eingebracht hat. Bei Filmen waren wir uns jedoch absolut uneinig. Er steht auf alles, wo das Blut quasi aus dem Fernseher tropft und was möglichst viele Knalleffekte hat. Ich kann damit nichts anfangen. Aus Gründen, die er sicher verstehen würde, könnte ich sie ihm anvertrauen. Aber das geht nicht. Was mich daran erinnert, dass ich ihm nicht schreiben sollte. Und mit nicht meine ich überhaupt nicht. Trotzdem finden sich in unserem Chat mittlerweile über dreißig Nachrichten. Ich erkenne mich selbst nicht wieder. Weil ich es besser weiß, das Risiko kenne. Und weil ich es trotzdem nicht schaffe aufzuhören. Wenn ich mit Jax schreibe, fühle ich mich wieder wie mein altes Ich. Und das ist etwas, was mir gefehlt hat.

Gut macht es das allerdings nicht. Oder auch nur okay. Ich will das Telefon gerade in meine Hosentasche stopfen, als mich jemand von hinten anrempelt. Nicht so, als hätte er mich aus Versehen gestreift, sondern ein richtiger Bodycheck, der mir die Luft aus den Lungen quetscht und mich fast zu Fall bringt. Das Telefon fällt mir aus der Hand und schlittert über die Holzbohlen des Piers.

»Bist du blind oder was?«, schimpfe ich los und drehe mich zu dem Granitbrocken um, der gerade mit mir kollidiert ist. Der Kerl ist nicht mal stehen geblieben. Ich fasse es nicht, will ihm nachrennen. Er könnte sich wenigstens entschuldigen, wenn er schon nicht aufpasst, wo er hinrennt, aber stattdessen erstarre ich mitten in der Bewegung. Der Typ trägt ein Cap … Ich schlucke. Er trägt es verkehrt herum und ich starre auf das Logo der Lakers. Auf den winzigen, verschmierten Farbfleck rechts unterhalb des Logos. Ich versuche zu atmen. Die Panik wegzuatmen. Das ist ein Überbleibsel von einer Graffiti-Aktion, die Austin und Miller nicht nur jede Menge Ärger eingebracht hat, sondern auch eine vorübergehende Suspendierung von der Uni.

Diese Cap hat Jackson vor wenigen Wochen an unsere Haustür gehängt. Es ist Millers. Vielleicht hat er sie verliehen. Oder er hat sie auf der letzten Party verloren.

Oder der Typ, der sich über den Pier immer weiter entfernt, war auf unserer Veranda und hat sie genommen. Er ist jetzt hier, hat mich angerempelt. Die Frage, wer so etwas tut, treibt

Kälte durch meinen Körper. Ich kenne nur eine Person. Zitternd bücke ich mich, um mein Telefon vom Boden aufzulesen. Es vibriert in meiner Hand. Drei Nachrichten, die ich nicht ansehe, weil ich dem Cap nachstarre, dem muskulösen Rücken, der schwarze Erinnerungen in meinen Kopf treibt. Ihn aus den Augen zu verlieren, bedeutet, die Gefahr aus den Augen zu verlieren. Ich zwinge mich, die Lider zu schließen, mich umzudrehen, zu gehen. Ich muss aufhören. Endlich aufhören.

Wie betäubt laufe ich. Immer weiter, bis ich den Farmers' Market erreiche und die Wärme der Sonne endlich wieder spüre. Mein Herz rast noch, aber die Kälte weicht. Es geht mir besser. Ich entdecke Blake, die allein mit einer mörderisch langen Schlange von Menschen vor ihrem Stand kämpft. Die Fröhlichkeit, mit der sie den Missmut der Kunden wegen der Wartezeit einfach wegwischt, die Energie, mit der sie arbeitet, und ihre anpackende Art erinnern mich an Hanna, und allein an meine beste Freundin zu denken, gibt mir Sicherheit. Ich hebe den Arm und lächle. Ich lächle. Auch wenn ich mich dazu zwingen muss.

Blake grinst, erwidert den Gruß und winkt mich an die Seite des Verkaufswagens.

Ich bin froh. Froh, sie wiederzusehen. Froh über die Ablenkung, die sie mir bietet. »Hi, wie geht's dir?«, fragt sie, während sie eine Kundin fertig bedient. »Nevah, nicht wahr?«

Ich nicke. »Gut. Dich brauche ich wohl nicht zu fragen.« Ich deute auf die Schlange. »Bist du ganz allein?«

»Jepp. Unsere Aushilfe hat gekündigt und wir finden einfach niemanden Neues. Kann man nichts machen. Aber ich lasse mir die gute Laune nicht durch so ein bisschen Stress verderben.« Sie wendet sich dem nächsten Kunden zu und fertigt zwei weitere ab, während ich noch immer neben dem Wagen stehe. Wahrscheinlich sollte ich gehen und sie nicht weiter stören. Aber irgendwo in Rockaway Beach läuft dieser Typ herum. Und auch wenn ich weiß, dass es albern ist anzunehmen, Sam Vaughler würde sich damit begnügen, mich anzurempeln, hätte er uns tatsächlich gefunden, habe ich Angst, mich unter die Menschen zu mischen.

Blake macht die Arbeit Spaß, das kann man sehen, aber sie rotiert ganz schön und die Schlange vor dem Stand wird einfach nicht kürzer. Ich ringe mit mir, ob ich zu weit gehe, wenn ich ihr meine Hilfe anbiete. Wahrscheinlich kann sie das hier und jetzt sowieso nicht entscheiden. Und vermutlich ist die Tatsache, dass es mich vor einer weiteren Panikattacke bewahren würde, ihr zu helfen, kein schlagendes Argument. Oder auch nur eins, das ich vorbringen will. Als absolutes Greenhorn erfülle ich wohl ohnehin nicht die Anforderungen.

Trotzdem höre ich mich im nächsten Moment fragen: »Wenn du sagst, ihr sucht eine Aushilfe, meinst du dann jetzt gerade? Falls ja, könnte ich vielleicht einspringen.« Das wäre nicht nur akut gut. Ich würde rauskommen, mein eigenes Geld verdienen, mit Blake zusammenarbeiten und Kontakte knüpfen, die nicht auf einer Lüge beruhen. Das hier wäre etwas Reales. Etwas, das mir helfen würde. Ich warte ihre Antwort nicht ab. »Also, nur heute. Erst mal. Damit sie dich nicht bei lebendigem Leib fressen.« Das ist die armseligste Bewerbung für einen Job, die die Welt je gesehen hat. Habe ich ihr eben wirklich unterstellt, dass sie ohne mich nicht klarkäme? »Ich hätte Zeit und wirklich Lust, dir zu helfen.« Ich habe es ausgesprochen. Es gibt kein Zurück. Mein Puls schnellt in die Höhe. Was tue ich, wenn sie Ja sagt und ich mich total blöd anstelle? Oder jemand mit einer Baseballcap am Stand vorbeiläuft und ich deswegen in Panik gerate? Wenn nichts mehr geht?

Blake hält inne und sieht mich an. »Meinst du das ernst?« Natürlich hält sie es für eine Schnapsidee. Sie kann das sicher auch gar nicht allein entscheiden. Sie wird ja einen Chef haben und kann nicht einfach irgendwelche Mädchen engagieren, die neben ihrem Wagen auftauchen. »Das war nur ... Vergiss es. Ich wollte dich nicht aufhalten.« Vorsichtig trete ich den Rückzug an.

»Hast du das schon mal gemacht?«

»Noch nie.« Ich bin wirklich die Blaupause einer Wunsch-Bewerberin.

Blake lacht, schnappt sich eine Schürze von der Arbeitsfläche an der Rückwand und wirft sie mir zu. »Ich habe ein gutes Gefühl bei dir. Dann legen wir am besten mal direkt los.«

»Äh ... musst du nicht erst irgendwen fragen?« Jetzt wäre normalerweise der Zeitpunkt, an dem ich wegen meiner eigenen Courage in Panik verfallen müsste, aber Blake lässt mir dafür gar keine Zeit.

»Nope. Spring rein.« Sie wartet, bis ich zu ihr in den Verkaufswagen geklettert bin und die Schürze umgebunden habe. »Okay, wo fangen wir an? Die Produkte sind eigentlich für jeden erkennbar, der schon mal gegessen hat.« Sie lacht. »Brot, Mehl und andere Getreideprodukte an der Rückwand. Genauso wie Honig. Milchprodukte und Fleisch vorn in der Kühlung. Falls du was nicht weißt, es steht auch alles auf den Schildern. Also eigentlich ganz einfach.«

Ich glaube nicht, dass es so leicht wird, aber da ich mich selbst ins kalte Wasser geschubst habe, kann ich auch ebenso gut schwimmen, anstatt zu jammern und um einen Rettungsring zu betteln. »Okay, verstanden.« Ich lächle zuversichtlich und wende mich an meinen ersten Kunden. Es klappt erstaunlich gut, bis ich mit den Quarksorten durcheinandergerate und Blake mich retten muss. Sie lacht nur, anstatt genervt zu sein, und hilft mir. Mit jedem Kunden werde ich etwas sicherer und es macht wirklich Spaß. Das hatte ich so nicht erwartet. Und das Beste ist, ich habe nicht mal Zeit über eine Panikattacke nachzudenken.

Seit unserem Umzug nach Rockaway Beach war ich nicht mehr so ausgelassen wie in den letzten Stunden. Auch wenn ich die Welt liebe, die sich zwischen zwei Buchdeckeln öffnet, merke ich, wie sehr ich das echte Leben vermisst habe. Ich schneide selbst gebackenes Früchtebrot auf und beschmiere es dick mit der selbst gemachten Biobutter der Tillamook Ranch, wiege Quark und Joghurt ab, verpacke die Einkäufe der Kunden und kassiere, während Blake und ich uns die Bälle zuspielen und Witze reißen. Die Leute decken sich mit Unmengen der frischen Lebensmittel ein. Alles aus eigener Produktion und laut Blake so bio, dass selbst die Honigbienen einen Tarifvertrag haben.

Gegen Abend wird es ruhiger. Die Stände schließen und auch Blake und ich packen zusammen und machen sauber. Nachdem wir damit fertig sind, laden wir die übrig gebliebenen verderblichen Lebensmittel in Blakes Wagen.

»Was passiert jetzt mit den Sachen?« Die Tillamook Ranch steht für Bio-Landwirtschaft und setzt sich für Nachhaltigkeit ein. Lebensmittel wegzuwerfen würde nicht zu dem Bild passen, das ich in den letzten Stunden von der Ranch gewonnen habe.

»Einen Teil der Sachen, die wir nicht mehr verkaufen können, nehmen unsere Mitarbeiter abends mit. Den Rest bringe ich morgen früh zur Oregon Food Bank. Die verteilen es dann an Bedürftige. Es ist nicht viel. Im Grunde nur ein Tropfen auf den heißen Stein, aber …« Sie pustet sich die Haare aus der Stirn.

Ich denke, es ist egal, wie wenig, solange man dadurch einen Unterschied macht. »Ich hatte heute wirklich Spaß«, erkläre ich und schließe die Autotür.

»Ich auch.« Blake lächelt mich an und deutet auf die Deichsel des Anhängers. »Wenn du noch zwei Minuten hast, ich bin gleich wieder da.« Sie läuft zu Marshas Stand hinüber, in dem deren Angestellter Hugh noch den Grill putzt, und nimmt zwei eingewickelte Burger entgegen, die sie vorab geordert haben muss. »Ich hoffe, du hast Hunger.«

Ich nicke übertrieben. Gerade könnte ich eine ganze In-N-Out-Filiale inklusive Mobiliar verschlingen. Ich nehme den Burger entgegen, packe ihn aus und beiße hinein. »So gut«, murmle ich kauend und verdrehe die Augen.

»Besser«, stimmt Blake zu und stößt mit ihrem Burger gegen meinen, als würde sie mir zuprosten. »Danke noch mal fürs Einspringen. Ohne dich hätten sie mich wirklich mit Haut und Haaren gefressen.« Blake klemmt sich ein paar lose Strähnen hinters Ohr, bevor sie umständlich einige Dollarscheine aus der Hosentasche befördert und mir das Geld hinhält.

Ich schüttle den Kopf und winke ab. Auf keinen Fall will ich, dass sie Ärger bekommt, weil die Kasse nicht stimmt. Außerdem habe ich nicht geholfen, weil ich dafür bezahlt werden wollte. »Das musst du nicht. Es hat mir wirklich Spaß gemacht. Kein Ding.«

Verständnislos sieht sie mich an. »Aber nur weil es Spaß gemacht hat, bedeutet das ja nicht, dass du umsonst arbeiten musst. Nimm bitte das Geld, sonst fühle ich mich schlecht.«

Zögerlich greife ich zu und sehe die Scheine in meiner Hand an. »Bekommst du auch keinen Ärger, wenn du mich bezahlst?«

»Von wem?« Sie lacht leise und beißt ein großes Stück ihres Burgers ab. Mit dem Fuß tippt sie auf das Logo der Ranch, das nicht nur auf dem Foodtruck, den Schürzen und sogar auf der Butter eingestempelt ist, sondern auch auf der Seite des Pick-ups prangt. »Die Ranch gehört meiner Mom und mir«, erklärt sie kauend.

»Ihr macht die ganze Arbeit allein?« Ich sehe sie mit großen Augen an.

»Nein. Zu zweit wäre das nicht zu schaffen. Wir haben einige feste Angestellte und Aushilfen, die je nach Bedarf einspringen. Wenn zum Beispiel wie jetzt während der Erntezeit viel Arbeit ansteht. Aber Mom und ich treffen die Entscheidungen. Wie zum Beispiel die, komplett auf Bio-Landwirtschaft umzustellen. Und ganz zum Missfallen unserer altmodischen Nachbarn, die uns lieber scheitern gesehen hätten, geht unser Konzept auf.« Sie lässt das leere Burgerpapier sinken und wischt sich die Hände an der Hose ab. »Darf ich dich etwas fragen, Nevah?«

Ich knülle meine Verpackung zusammen und nicke.

»Seitdem Maddie weg ist, suchen wir nach einem dauerhaften Ersatz für sie, aber es ist echt schwer, jemanden zu finden. Meistens bewerben sich Studenten bei uns, aber die feiern mindestens so gern wie Maddie und sind in der Regel nicht halb so zuverlässig wie sie. Du warst heute super.«

Ich erröte etwas, weil ich weiß, dass es nicht stimmt. »Ich war langsam«, winke ich ab.

»Ein bisschen.« Blake lacht und sieht mich dann ernst an. »Aber für dein erstes Mal hast du dich wirklich super geschlagen. Keine Ahnung, ob du überhaupt an einem Job interessiert bist, aber schneller wirst du mit ein bisschen Übung von ganz allein. Du hast eine tolle Art, mit den Kunden umzugehen. Du lässt dich nicht aus der Ruhe bringen. Und du siehst die Arbeit, ohne dass man dich mit der Nase draufstoßen muss. Das sind Dinge, die man hat oder eben nicht.« Sie atmet tief durch. »Was meinst du?«

Dass ich gerade erst hergezogen und sicher nicht stabil genug bin, um einfach so einen Job anzunehmen. Dass ich wahrscheinlich besser niemandem zu nahe kommen sollte, um kein Risiko einzugehen, uns zu verraten. Dass ich trotz all der Argumente dagegen unendlich viel Spaß hatte. Das hier ist gut. Es wäre etwas, das nur mir gehört. »Ich hatte mir noch gar keine Gedanken gemacht, ob ich neben dem Studium arbeiten will«, gestehe ich.

Stöhnend reibt Blake sich über die Stirn. »Tut mir leid.« Mit einem gekonnten Drei-Punkte-Wurf befördert sie ihr Burgerpapier in den Mülleimer. »Mom sagt immer, dass die Pferde mit mir durchgehen, wenn ich nicht aufpasse. Eine meiner vielen Schwächen, mit denen ich meine Mitmenschen überfordere.« Sie verzieht das Gesicht.

Ich bin nicht der Typ, der Dinge aus dem Bauch heraus entscheidet. Ich habe Pläne. Für so ziemlich alles. Aber in letzter Zeit ist keiner dieser Pläne aufgegangen oder auch nur existent. Und das hier hat mir gutgetan. Also, was soll's. »Ja.« Ich habe Ja gesagt. Mein Herz klopft wie wild. Und ich sage es noch einmal, während ich Blake meine Hand hinhalte, damit sie einschlägt. »Ja.«

»Wirklich?« Sie springt auf und umarmt mich stürmisch. »Herzlich willkommen in der Tillamook-County-Ranch-Familie! Was sagst du, wenn ich dich noch nach Hause fahre? Dann musst du nicht laufen und wir können alles besprechen.«

Da es bereits dämmert, bin ich extrem dankbar für Blakes Angebot. Ich klettere auf den Beifahrersitz und warte, bis sie den schweren Pick-up der Ranch samt Anhänger vom Gelände gelenkt hat und wir uns auf der Straße befinden.

»Wenn du sagst, die Pferde gehen mit dir durch, ist das rein sprichwörtlich gemeint oder treibst du wirklich hoch zu Ross Vieh, wie ein richtiges Cowgirl?« Irgendwie kann ich mir das sehr gut vorstellen. Wie sie in ihren Jeans und dem Kapuzenpullover einer ganzen Rinderherde sagt, wo es langgeht.

»Eigentlich eignet sich meine Motocross-Maschine deutlich besser zum Viehtreiben.« Sie grinst. »Aber ja, viel machen wir auch mit den Pferden. Insbesondere da, wo die Ausläufer der Coast Range die Weideflächen unwegsam machen und die Maschine nicht durchkommt.« Ihre Augen leuchten, während sie mir mehr von ihrer Arbeit auf der Ranch erzählt. Sie steckt sich einen Twizzlers Cherry in den Mund und hält mir die Packung hin, damit ich mir auch eine Weingummistange nehmen kann. Der Geruch nach Lebensmittelfarbe breitet sich im Wagen aus.

»Nein danke.« Ich schüttle mich. »Mein Bruder liebt das Zeug auch.«

»Du nicht?« Blake scheint ehrlich verwundert.

»Ich finde sie maximal widerlich, wenn ich ehrlich bin.«

»Mich stört nur, dass sie nicht ökologisch hergestellt werden und die Verpackung aus Plastik ist.« Sie seufzt. »Aber ab und zu sündige ich.«

»Dir ist Umweltschutz sehr wichtig?«

Sie nickt. »Wenn du auf einer Ranch aufwächst, bekommst du sehr direkt mit, was wir Menschen unserer Umwelt antun und wie sie sich gegen unsere Ignoranz wehrt. Deswegen will ich es besser machen. Zumindest in dem Rahmen, der mir möglich ist.« Sie zuckt die Schultern. »Nachdem mein Dad uns verlassen hat, haben Mom und ich diesen Weg konsequent verfolgt. Und der Erfolg gibt uns recht. Der Wunsch nach Nachhaltigkeit und das steigende Gesundheitsbedürfnis werden immer größer. Das hilft uns. Es läuft echt gut. So gut, dass wir genug Leute einstellen konnten, damit ich neben der Arbeit auf der Ranch noch am Tillamook College studieren und hoffentlich in Zukunft noch mehr verändern kann.«

Es fasziniert mich, wie entschlossen Blake ist. Sie weiß genau, was sie will, und verfolgt ihre Ziele mit der beeindruckenden Stärke eines Cyborg. Es ist mir ein Rätsel, wie sie dieses Pensum durchhält. »Das klingt beeindruckend.«

»Nach beeindruckend viel Arbeit, meinst du wohl?« Lachend lässt sie das Fenster herunter. Der Fahrtwind verwirbelt unsere Haare und weht den Geruch nach Ozean und Wildblumen ins Wageninnere.

»Trotzdem liebst du es, oder?« Ich wünschte, ich hätte hier etwas, das ich so sehr liebe. Einen Anker, der einen manchmal ausbremst, vor allem jedoch Halt und Sicherheit bietet.

Sie nickt. »Tue ich. Morgens um fünf, wenn ich vor der Uni noch kaputte Zäune reparieren muss, etwas weniger, aber ich würde für kein Geld der Welt etwas anderes machen wollen. Und hey, ich verpasse nie den Sonnenaufgang. Wer kann das schon von sich behaupten? Was ist mit dir? Was machst du, wenn du nicht gerade gestresste Farmerinnen in Not rettest?«

Lesen, am Strand sitzen und auf den Ozean schauen, zur Therapie gehen. Damit gewinne ich vermutlich keinen Award für die spannendste Freizeitgestaltung. »Ab Semesterbeginn studiere ich Forstwirtschaft am TBCC.« Das Studienfach, das meiner ursprünglichen Wahl am nächsten kommt und dennoch Meilen entfernt ist. »Wir sind gerade erst von Illinois hergezogen und ich kenne noch nicht viele Leute, deswegen lebe ich mich ansonsten erst mal ein.« Ich hoffe, Blake hört nicht heraus, wie schwer mir das fällt.

»Forstwirtschaft? Du bist also auch ein Natur-Nerd.« Sie hält mir die Faust hin. Unsere Fingerknöchel treffen aufeinander und Blake imitiert eine Explosion. Für sie scheint Nerdtum eine Auszeichnung zu sein, kein Makel. Ich mag dieses Mädchen wirklich.

»Deine erste Wahl?«

Ich nicke, schlucke trocken. Weil es nicht stimmt. Der Plan war Umwelttechnologie zu studieren und mich wie Blake für Nachhaltigkeit einzusetzen. Ich dachte, ich könnte die Welt verändern. Aber dann hat die Welt mich verändert. Und jetzt bin ich hier, wo es diesen Studiengang nicht einmal gibt und ich das Nächstbeste wählen musste. Und weil ich das alles nicht sagen darf, lüge ich. Ich hasse es. Seufzend lehne ich die Stirn ans Fenster und versuche den Ozean auszumachen, der immer mal wieder zwischen Pinienhainen und Sanddünen aufblitzt.

Die Abzweigung in die Seaside Lane taucht vor uns in der Dämmerung auf und ich gebe Blake ein Zeichen, abzubremsen. »Du müsstest hier abbiegen.« Ich räuspere mich und lächle gezwungen. »Es ist ganz am Ende der Straße.«

»Okay.« Blake sieht mich an. Zu lange. Wahrscheinlich denkt sie, mit mir stimmt etwas nicht, weil ich plötzlich so in mich gekehrt bin. Ich hoffe nur, sie wird ihr Jobangebot nicht zurückziehen. Ein Kloß bildet sich in meinem Hals. Ich will mich erklären, aber dann schließe ich den Mund unverrichteter Dinge wieder. Blake konzentriert sich längst wieder auf die Straße und was sollte ich auch sagen? Ist ja nicht so, dass die Wahrheit eine Option wäre.

Wenig später hält sie den Wagen vor unserem Haus und ich steige aus. »Danke fürs Bringen.« Ich versuche mich erneut an einem Lächeln. Bitte, mach, dass ich den Job noch habe. Bitte. Mir war nicht klar, wie viel mir ihr Angebot bedeutet. Aber es ist der erste kleine Schritt auf dem Weg zurück zu mir selbst. Und ich will ihn.

»Dir danke fürs Retten.« Blakes Grinsen sieht so natürlich aus. So ehrlich. »Ich schreibe dir wegen der Arbeitszeiten, okay?«

Innerlich breche ich in einen ausgewachsenen Freudentaumel aus. »Okay, ich freue mich wirklich«, sage ich mit meiner normalsten Stimme. Mit meinem besten Allerweltslächeln. Ich kann sogar ganz gewöhnlich die Autotür zuwerfen und – take that world – absolut natürlich in Richtung Haus schlendern. Blake wendet und dreht dabei die Musik auf. Fetzen eines Countrysongs schwappen aus dem Wagen, als sie davonbraust. Und sobald ich sicher sein kann, dass sie mich nicht mehr sieht, tanze ich die letzten Stufen der Veranda hinauf.

Eine Nachricht landet mit einem leisen Ping auf meinem

Telefon. Ich ziehe es aus der Tasche und mein Herzschlag beschleunigt sich. Jax hat geschrieben.

Hi, heute wieder einen Köpfer vom Baum gemacht?

Ich lächle. Nein, besser. Ich habe einen Job! Die Einzelheiten behalte ich für mich. Ich will nicht, dass er zum Markt kommt und herausfindet, wer ich bin. Weil er dann wüsste, dass ich mich als jemand anderes ausgegeben habe. Dass ich gelogen habe. Und ich denke nicht, dass er auf Lügnerinnen steht. Dass irgendjemand das tut. Ich stoße den Kopf leicht gegen den Türrahmen. Es sollte mir egal sein. Ihm zu schreiben, um nicht einsam zu sein, ist schon riskant genug. Ich hätte das längst beenden und den Account löschen sollen. Sich auszumalen, das hier wäre mehr als ein oberflächlicher Kontakt, ist absolut daneben.

Herzlichen Glückwunsch! Das ist wirklich toll. Ich meine, es ist doch toll? Du tust nichts Illegales, das ich dir lieber ausreden sollte, oder? Denn genau genommen ist der Arbeitsmarkt so beschissen, dass ich mir ein bisschen Sorgen mache.

Er freut sich. Und das rührt mich. Und er ist lustig, was mich total dämlich vor mich hin grinsen lässt. Scheiße. Das ist weit weg von oberflächlich. Was genau denkst du denn, tue ich?

Keine Ahnung. Lass mich überlegen. Alpaka-Milchdiebin in Peru vielleicht? Kokosnuss-Mafiosa? Pechkeksautorin, die nur die allerfiesesten Weisheiten erfindet?

Ich lächle nicht mehr nur. Ich lache. Schnell presse ich mir die Hand vor den Mund, weil ich nicht will, dass Miller mich hört und meine gute Laune mit einem dummen Spruch filetiert.

Ich kann dich beruhigen. Nichts Illegales. Aber rate ruhig weiter. Du bist nah dran. Wir hören uns. Ich stopfe das Telefon zurück in meine Hose und ignoriere, dass es noch viermal vibriert, bis ich meine Schuhe ausgezogen habe und zu Mom in die Küche gehe. Anscheinend hat Jax noch jede Menge skurriler Ideen, wie meine Arbeit aussehen könnte, aber ich will nicht, dass Mom neugierig wird, weil ich mein Telefon nicht aus den Augen lassen kann. Und so habe ich außerdem etwas, auf das ich mich nach dem Essen freuen kann.

»Hi, Sweetiepie.« Mom gibt mir einen Kuss und rührt noch etwas Muskat in die Suppe, die auf dem Herd köchelt. »Wie war dein Tag?«

»Super.«

Sie blickt überrascht auf, weil da kein Aber in meinen Worten mitschwingt. »Du bist ja gut gelaunt heute.« Sie knufft mich liebevoll in die Seite. »Das ist wirklich schön. Ich habe dein Lächeln vermisst.«

»Ich lächle ständig«, behaupte ich. Na ja, früher zumindest. Ich reiße etwas Brot ab und tunke es in die Suppe. »So lecker«, nuschle ich und bin stolz, wie subtil ich das Thema gewechselt habe.

»Und?« Mom umkreist mit ihrem Finger mein Gesicht. »Wer ist hierfür verantwortlich?«

Verdammt. Mom braucht nicht zu sehen, wie ich am Handy klebe, um neugierig zu werden. Aber ich werde ihr auf keinen Fall erzählen, dass unser heißer Nachbar schuld ist. Der Nachbar, der mich im Real Life eher dazu bringt, ihn ermorden zu wollen und der allein deswegen keinen Anspruch auf mein Lächeln hat. Das habe ich mir selbst erarbeitet. »Ich habe einen Job«, platzt es aus mir heraus. »Und vielleicht so etwas wie eine Freundin.«

Mom strahlt, schließt mich in ihre Arme und hält mich sekundenlang fest an sich gepresst. »Das ist … einfach großartig, Sweetiepie.« Sie lässt mich los und blinzelt eine Träne fort, die sich in ihre Augenwinkel gestohlen hat. »Das ist ein riesiger Schritt in die richtige Richtung.«

Ich weiß nicht, ob der Schritt wirklich so riesig ist. Aber ich möchte gern glauben, dass Mom recht hat. Ich möchte diejenige sein, die es leichter für sie macht. Ich möchte mein Leben anpacken. »Was ist mit Miller, kommt er heute zum Essen runter?«

Mom lächelt gezwungen. »Keine Ahnung. Du könntest ihn fragen. Vielleicht knallt er dir nicht die Tür vor der Nase zu.«

Unwahrscheinlich. Trotzdem gehe ich nach oben und klopfe leise. Er antwortet wie erwartet nicht, aber ich drücke dennoch die Tür auf.

Er liegt auf dem Bett, die Gitarre auf seinem Bauch, und zupft gelangweilt an den Saiten. Im Fernseher läuft das Replay seines letzten vollendeten Levels. Irgendein Ego-Shooter-Spiel der Playstation. Keine Ahnung, wie Miller die Bilder erträgt. Die Geräusche, die die Klänge der Gitarre fressen. Das ist abartig. Am liebsten würde ich die Tür zuknallen und das brachiale Geballer aus der Konsole aussperren. Mein Verstand weiß, es ist nur ein Spiel, aber es hört sich an, als würde eine ganze Armee Auftragskiller durch unser Haus toben. »Miller?« Meine Stimme quetscht sich an meinem rasenden Puls vorbei.

»Was?«, fragt er, ohne das Zupfen der Saiten zu unterbrechen oder mich anzusehen.

Wieso guckt man sich so etwas an? Gerade spritzt Blut auf die Linse der Kamera. Ich schließe die Augen und konzentriere mich auf meinen Herzschlag. Alpaka-Milchdiebin in Peru. Atmen. Kokosnuss-Mafiosa. Atmen. Mein Herzschlag wird ruhiger. Pechkeksautorin mit einem Hang zu schwarzem Humor. Ich lächle. Ich stehe in Millers Zimmer, neben mir auf dem Bildschirm vollzieht sich gerade ein Blutbad und ich lächle. »Essen ist fertig.«

»Was bist du denn plötzlich so scheiße fröhlich, Beauvoir?« Miller lässt die Gitarre los und mustert mich kritisch. Wie ein verunglücktes Schwestern-Nerd-Experiment, das sich ihm nicht erschließt. »Hab keinen Hunger«, sagt er schließlich ausdruckslos.

Er könnte sich wenigstens bemühen. »Mom hat gekocht. Es ist nur ein Abendessen, verdammt. Du würdest dir keinen Zacken aus der Krone brechen.«

Er legt die Gitarre weg, nimmt den Controller in die Hand und startet das nächste Level. »Es ist nie nur ein Abendessen. Und das weißt du. Also lass mich verflucht noch mal in Ruhe.«

Am liebsten würde ich meinen Bruder erwürgen. Stattdessen schließe ich die Tür, setze mich auf die Treppe und sehe mir Jax' Nachrichten an.

Nachricht 1: Schlangenmelkerin, amtliche Meerjungfrau, Golfballtaucherin?

Nachricht 2: Jetzt hab ich's. Professionelle Anstellerin für alle, die keinen Bock haben, selbst in der Schlange vorm Club zu warten.

Nachricht 3: Wasserrutschentesterin? Eidechsen-Retterin? Hauptberufliche Baumumarmerin (die Waldriesen brauchen viel Liebe)

Nachricht 4: Egal was es ist. Tanz auf dem Bett und flipp aus. Ich tue es auf jeden Fall. Du hast einen Job – das ist der Hammer!
Darunter der Link zu einer Playlist mit dem Namen ›Celebration‹.

Mom ruft nach mir. »Komme gleich«, brülle ich zu ihr hinunter, bevor ich in mein Zimmer gehe und die Kopfhörer vom Nachttisch angle. Nachdem ich sie eingestöpselt habe, stelle ich die Playlist auf volle Lautstärke, steige auf mein Bett und tue genau das, was Jax mir geraten hat. Ich flippe aus. Ich hüpfe und tanze, bis ich nicht mehr kann und mich zwei Songs später nach Luft japsend auf die Matratze fallen lasse. Mein Herz klopft, weil ich mir vorstelle, dass Jax gerade genau das Gleiche getan hat. Meinetwegen. Ich sehe durch den verglasten Giebel zum Strandhaus hinüber, das hell erleuchtet ist.

Am Montag werden wir zusammen zur Uni fahren und … Und ich sollte deswegen definitiv nicht so aus dem Häuschen sein. Mein Hirn hat wahrscheinlich zu wenig Sauerstoff bekommen, sonst würde ich sicher nicht denken, eine Stunde pro Tag mit ihm im Auto eingesperrt zu sein, wäre etwas Gutes. Oder dass ich herausfinden will, ob der Typ, mit dem ich schreibe, irgendwo unter dem unausstehlichen Party-Jax vergraben ist. Und wieso zum Henker er diese Seite so erfolgreich verbirgt.

Denn es ist wesentlich wahrscheinlicher, dass mich Miller und Jax in Kombination in den Wahnsinn treiben werden, noch bevor wir die Stadtgrenze von Rockaway Beach erreichen.

20
jackson

Semesterbeginn. Und ich fühle mich, als hätte ich einen verdammten Jahrhundertkater. Nachts habe ich kein Auge zubekommen. Erst gegen Morgen bin ich in einen unruhigen Schlaf gefallen, was zur Folge hatte, dass ich den Wecker überhört habe und mich zwischen Kaffee und einer heißen Dusche entscheiden musste. Missmutig und ohne Koffein im Blut blicke ich aus dem Fenster des Pick-ups in diesen strahlend blauen Himmel, der mir entgegenbrüllt, das Leben ist schön. Verdammt, er hat keine Ahnung.

Vor dem Haus kann ich Maddies Geschenk an mich träge im Wind flattern sehen. Eine Flagge, die sie in den Sand gebohrt hat. An dem Tag, an dem ich sie zum Flughafen gefahren habe. Ein selbst entworfenes Logo ziert den festen Canvasstoff. Ein Kreis, der in eine Welle übergeht. Darin die Worte ›Club der melancholischen Beachboys‹. Ein schiefes Grinsen stiehlt sich auf meine Lippen. Es passt zu Maddie, dass sie mich selbst mit ihrem Abschiedsgeschenk noch aufzieht.

Nevah und Miller kommen aus dem Haus und laufen auf den Pick-up zu. Miller hebt lässig seinen Arm, während Nevah mich nicht mal ansieht. Und ich verstehe nicht, wieso mir das etwas ausmacht. Oder warum mein Blick von der engen Jeans über ihr weißes Top bis zu ihrem Gesicht wandert und … dort hängen bleibt. Weil sie im selben Moment aufsieht und ein kurzes Lächeln über ihr Gesicht huscht, das ausreicht, um meine Laune zu stabilisieren. Sie sollte definitiv öfter lächeln.

Mein Hirn ist ohne Koffein ganz offensichtlich nicht zurechnungsfähig.

»Morgen«, brummt Miller. Er hat nichts dabei außer einer Cap, der leicht verbogenen Fliegerbrille und dem Handy, das er in die Tasche seiner Shorts steckt, bevor er sich auf den Beifahrersitz schiebt. Er sieht genauso fertig aus wie ich.

Nevah steigt hinten ein. Ohne etwas zu sagen. Und ich stecke wortlos den Schlüssel ins Zündschloss und starte den Motor.

Ein Blick in den Rückspiegel verrät, dass Millers Schwester ihre Nase bereits in einem Buch über Forstwirtschaft und Biodiversität vergraben hat, bevor ich ausgeparkt habe.

Am Ende der Seaside Lane biege ich auf den Highway ein, der uns südlich an der Küste entlangführt und dann der Tillamook Bay bis zum College folgt. Das Radio ist immer noch kaputt. Miller hat die Augen geschlossen und befindet sich wohl im Tiefschlaf. Von ihm ist keine Konversation zu erwarten. Bleibt nur Nevah, um die Stille zu füllen. »Fortwirtschaft also, ja?« Wieso frage ich sie so, als wäre die Wahl ihres Studienfachs eine Zumutung für die Menschheit? Das ist nicht fair, denn sie gibt der Welt wahrscheinlich deutlich mehr zurück als ich mit meinen Zahlen. Verständlicherweise sieht sie aus, als würde sie mich am liebsten mit ihrem Buch k.o. schlagen. Ich sollte so früh am Morgen einfach den Mund halten.

Miller hat die Augen immer noch geschlossen und gluckst. »Passt einfach zu meiner Schwester. Später als Park-Rangerin kann sie anderen nach Herzenslust den Spaß verderben.«

Ihre Lippen sind zu einem schmalen Strich verzogen. Sie holt aus und schlägt Miller das Buch gegen den Oberarm. Ist also tatsächlich eine Waffe, der Schinken.

Ich lache, weil er den Hieb definitiv verdient und nicht kommen sehen hat, und ernte dafür einen Killerblick von Nevah. Wahrscheinlich denkt sie, ich hätte über seinen dämlichen

Spruch gelacht. Und ich stelle es nicht richtig. Der Kampfmodus ist irgendwie … Ich kappe den Gedanken. Sexy ist definitiv kein Wort, das ich in Bezug auf Nevah auch nur denken sollte.

Am Seven Eleven im nächsten Ort halte ich an. »Ich brauch Kaffee«, brumme ich. Bevor ich Geld aus der Mittelkonsole geklaubt habe, ist Miller bereits aus dem Auto gesprungen. »Ich mach schon.« Keine Ahnung, ob er die Sache von eben wiedergutmachen will oder ob er über seine nette Ader gestolpert ist, die definitiv in ihm steckt. Auf jeden Fall verschwindet er im Laden. Nevah und ich bleiben allein zurück.

»Wegen eben …« Ich drehe mich zu ihr um und überlege, wie dieser Satz weitergehen soll. Dad hat immer behauptet, wer sich rechtfertigt, klagt sich an. Und wahrscheinlich hat er recht damit. Nevah hatte vom ersten Moment an eine schlechte Meinung von mir. Und die werde ich auch nicht revidieren, indem ich ihr erkläre, worüber ich wirklich gelacht habe. Deswegen zwinkere ich ihr nur zu und grinse.

»Wo ist eigentlich deine Freundin?«

Die Frage kommt unvermittelt. Aber es ist klar, warum sie sie stellt. Sie denkt, ich flirte. Verdammt, ich sollte sie spätestens jetzt in Ruhe lassen, aber stattdessen beuge ich mich zu ihr nach hinten. Das Leder des Sitzes knarzt leise. Die Luft zwischen uns vibriert. Vielleicht hält sie mich für einen oberflächlichen Idioten, aber trotzdem reagiert sie auf mich und das ist besser als alles andere an diesem ätzenden Morgen.

Sie presst sich in den Sitz, schluckt. Die Bewegung ihrer Kehle ist so faszinierend wie eine perfekte Welle. Ich beuge mich noch ein Stück weiter zu ihr. »Du meinst Maddie?«, frage ich leise und drehe mich wieder nach vorn um. »Sie ist in Frankreich.« Und wir waren nie zusammen. Es brennt mir auf der Zunge, ihr das zu sagen, aber ich tue es nicht. Ich werde mich nicht rechtfertigen.

Miller kommt mit dem Kaffee zurück und rettet uns vor der merkwürdigen Stille, die sich seit meiner Antwort im Wageninneren ausgebreitet hat. Ich nehme meinen Becher entgegen. Schwarz und stark belebt er wenigstens einen Teil von mir.

»Hast dich rargemacht die letzte Woche«, wende ich mich an Miller, als ich wieder anfahre.

Er faltet Origami aus dem Papp-Becherhalter. »Hab an einer echt kniffligen Stelle in ›Call of Duty‹ festgehangen«, presst er hervor.

Eine Ausrede. Zocken hätten wir auch gemeinsam im Strandhaus können. »Bist du Freitag wieder dabei?«

Nevah versteift sich auf ihrem Sitz. Wieso gucke ich überhaupt in den Rückspiegel? Wenn stimmt, was Miller über seine Schwester behauptet, ist klar, dass sie etwas gegen Partyspaß hat. Oder Spaß im Allgemeinen. Aber das ist seine Wahrheit. Und ich will wissen, was ihre ist.

Bevor ich jedoch weiter darüber nachdenken kann, was wohl in Chicago passiert ist, hält er mir die Hand entgegen, damit ich einschlage. Er grinst breit. »Eine Party ist verflucht noch mal genau das Richtige, Mann.«

»Ja, wahrscheinlich.« Ich sehe ihn an und grinse genauso breit wie er. Weil es sich gut anfühlt, dass zwischen uns wieder alles klar ist. Wenigstens das.

Nevah stöhnt, stopft sich Kopfhörer in die Ohren und dreht die Musik auf. So laut, dass ich die Melodie von ›Smells Like Teen Spirit‹ bis auf den Fahrersitz höre.

21
nevah

Die Luft im Hausflur ist stickig. Zu warm. Voll fremder Gerüche und Geräusche. Es fehlt Sauerstoff. Noch zwei Etagen. Dann habe ich den Kampf gegen das Stechen in meinen Seiten gewonnen. Die Neonröhren über mir summen. Ich stolpere, falle, stoße mir das Knie an einer ausgetretenen Treppenstufe an. Scheiße, tut das weh.

Fluchend rapple ich mich auf, reibe über die Stelle an meinem Bein, die im Takt meines dahinjagenden Herzschlags pocht. Ich hoffe so sehr, dass das hier ein schlechter Scherz ist und mein Bruder und sein bescheuerter Freund unversehrt in Austins Wohnungstür lehnen und sich kaputtlachen, weil ich auf ihren kranken Streich hereingefallen bin. Dass ich ebenfalls lachen und ihm anschließend in den Hintern treten kann, sobald ich es die letzten zwei Treppen hinaufgeschafft habe. Aber tief in mir drin frisst die Gewissheit, dass das hier ernst ist, meine Hoffnung auf. Und dann löscht ein einziges hässliches Geräusch sie ganz aus.

Ein Knall. Dann noch einer und noch einer. Sie alle zerfetzen die Kulisse des Alltäglichen. Das ganze Haus hält den Atem an und die unnatürliche Stille danach lähmt mich. Ich stütze mich an der Wand ab. Kalte Steine in meinem Rücken. Ich atme zu schnell. Mir wird schwindelig. Doch ich kann nicht aufhören, flach und hektisch Sauerstoff in meine Lungen zu pumpen. Ich schließe die Augen. Wenn ich lange genug warte, kehrt das Kinderschreien vielleicht zurück. Das Bellen des Hundes. Die Realität, die ich so dringend brauche, um aus diesem Albtraum aufzuwachen. Aber als ich meine Lider vorsichtig wieder hebe, ist es noch immer totenstill. Und dann sehe ich ihn die Treppe herunterlaufen.

Er ist jung, gut aussehend, mit dieser gefährlichen Note, auf die bestimmt viele Mädchen stehen. Er kommt auf mich zu. Seine Kleidung ist dunkel. Die Haare. Seine Augen. Alles an ihm.

Und ich habe Angst. Nicht die Art, die man abschüttelt, lacht und hinter sich lässt. Sondern die Art, die einen verschlingt.

Der intensive Geruch nach Minze und Orange umhüllt ihn. Ich muss hier weg, aber ich kann nur auf die Waffe in seiner Hand starren. Er hält sie so, als gehöre sie dorthin. Wie ein Buch oder ein Strauß Blumen. Und seine Haut. Irgendetwas stimmt damit nicht. Feine rote Schlieren überziehen seinen Handrücken, das Gesicht. Das ist Blut. Oh, mein Gott. Es ist unnatürlich hell. Ein Schluchzen friert meinen Brustkorb ein. Ich kann nicht atmen. Mein Bruder war mit ihm in der Wohnung. Was, wenn das sein Blut ist? Was, wenn er mir dasselbe antut wie Miller? Die Wand in meinem Rücken ist kalt und hart. Wie mein Innerstes. Und um diesen Kern dreht sich ein einsamer Gedanke. Ich will nicht sterben. Ich. Will. Nicht. Sterben. ICH. WILL. NICHT. STERBEN.

***

Ich schreie, schrecke hoch. Die Wand in meinem Rücken ist weich. Eine Matratze. Ich blinzle. Sam Vaughler ist fort. Ich liege in meinem Bett. Wenn ich den Kopf neige, sehe ich den Ozean. Zitternd lausche ich, ob mein Schrei Miller geweckt hat, aber dann fällt mir ein, dass er nicht hier ist. Er ist bei Jax und feiert. Damit er nicht träumen muss. Oder weil er besser darin ist, Dinge zu vergessen.

Mom und Dad sind wegen der Firmenauflösung übers Wochenende zu weiteren Verhandlungen geflogen. Ich bin vollkommen allein. Und ich fürchte mich. Ich weiß, es war nur ein Traum. Aber mein Körper glaubt meinem Kopf nicht.

»Ich will nicht sterben«, flüstere ich leise, als könnte mir dieses Mantra helfen. Mein Herz pocht noch immer unregelmäßig. Ich fühle mich wacklig, stehe aber trotzdem auf und gehe zum Fenster. Die Stirn lehne ich gegen die kühle Scheibe und betrachte den Ozean. Jax. Er hat gesagt, wenn es schlimm wird, braucht er Ruhe. Keine Stille. Weil die alles nur schlimmer macht. Und in meinem Fall die Finsternis einlädt. Dort drüben sind Licht, Musik, Menschen, die feiern. Selbst das Wasser wäre in Jax' Haus ein Stück näher.

Bevor ich es mir anders überlegen kann, streife ich mir Shorts und ein schlichtes Shirt über. Im Flur schlüpfe ich in meine Flipflops und laufe los. So schnell ich kann, überwinde ich die dunkle Fläche zwischen unseren Häusern und atme drüben angekommen tief durch, bevor ich die Tür aufziehe und Jax' Haus betrete. Ich habe es geschafft. Ich bin hier. Noch fühle ich mich wie ein Fremdkörper, aber ich kriege das hin. Schwere Beats wummern durch das Erdgeschoss. Ich schlängle mich durch die Menge, angle mir einen Pappbecher mit zweifelhafter Flüssigkeit darin und stürze den Inhalt hinunter. Das Zeug brennt in meiner Kehle, aber immerhin erzeugt es eine angenehme Leichtigkeit in meinem Kopf.

Das Haus ist riesig, aber es sind so viele Menschen gekommen, dass sie trotzdem dicht gedrängt stehen. Sie lachen, tanzen und trinken. Wenn ich mich bemühe, kann ich bestimmt so sein wie sie. Ausgelassen. Fröhlich. Dr. Turner meint, es wird anstrengend sein am Anfang, aber dann immer leichter werden. Sie ermuntert mich schon seit mehreren Sitzungen dazu und sie ist die Fachfrau. Sie wird wissen, ob ich bereit bin, mich dem normalen Leben zu stellen. Ich muss es einfach nur wagen. Einfach. Ich schnaube und ernte einen schiefen

Blick von dem Typen neben mir. Er trägt ein teures Hemd, Chinos mit Bügelfalte und Segelschuhe. Sein Blick wandert an mir rauf, runter und rastet auf Höhe meiner Brüste ein. Natürlich. Bevor die Bügelfalte auf die absurde Idee kommt, mich anzusprechen, schlängle ich mich an den Menschen vorbei, die in Grüppchen herumstehen. Einige tanzen, andere unterhalten sich, lachen. Dinge, die auf einer Party üblich sind. Ich brauche definitiv mehr Alkohol, um dasselbe tun zu können. Mir ist bewusst, dass ich gerade genau das mache, wofür ich Miller verurteile. Ich trinke, um zurechtzukommen. Obwohl, nein, ich trinke, um den Mut für den ersten Schritt Richtung Normalität aufzubringen. Das ist etwas vollkommen anderes. Nervös kaue ich auf meiner Wange herum und steuere auf die Kücheninsel zu, wo die provisorische Bar aufgebaut ist. Bleib einfach ruhig, Nevah. Es ist nur eine Party. Keine Weltumsegelung. Trotzdem fühle ich mich seekrank. Ich schwanke und suche etwas, woran ich mich festhalten kann. Idealerweise eine Wand. Einen Tisch. Ein Stuhl ginge auch, aber ich erwische ... ausgerechnet den Bügelfalten-Typen. Er muss mir gefolgt sein. Und natürlich denkt er, ich würde ihn anmachen.

Er umarmt mich und lacht. »Hey, ist ganz schön heiß hier drin. Oder bist du das?« Seine Hand rutscht auf meinen Hintern, wo sie ganz sicher nicht hingehört.

»Das Einzige, was hier überhitzt ist, ist dein Hirn«, zische ich, schlage seine Hand weg und bringe ihn gefährlich ins Wanken. Offenbar hat die Bügelfalte sich ordentlich Mut angetrunken, um diesen äußerst eloquenten Satz an ein weibliches Wesen zu richten. Er stolpert gegen mich und für einen Moment presst mich sein Körper gegen die Wand. Die kühle Glätte in meinem Rücken katapultiert mich zurück in die Stille. Ich kann mich nicht rühren. Ihn nicht von mir stoßen. Irgendwann ziehen seine Kumpels ihn weg und erkundigen sich, ob ich okay bin.

Ich bin so weit weg von okay, dass die Geräusche der Party an Substanz verlieren. Trotzdem nicke ich mechanisch. Ruhig atmen. Ich muss ruhig atmen, mich zusammenreißen, verschwinden. Und zwar schnell. Bevor ich komplett die Kontrolle verliere. Vor all diesen Menschen. Ich lasse die Wand los, taumle vorwärts. Die Gesichter und Körper verschwimmen vor meinen Augen. Entfernen sich. Alles entfernt sich. Bis auf die Angst. Und dann entdecke ich ihn. Inmitten der pulsierenden Menge steht er vollkommen regungslos und starrt mich an. Ich blinzle, schüttle den Kopf. Das Bild von Sam Vaughler flackert, verschwindet, taucht wieder auf. Mir wird übel. Ich bekomme keine Luft. Ich haste vorwärts. Weg. Nur weg. Immer wieder stoße ich gegen Menschen, die mich irritiert mustern. So sieht man eben aus, wenn man sich den Kopf mit einem verdammten Psychopathen teilt. Denn ich klammere mich daran fest, dass er nur dort ist. In meinem Kopf. Völlig desorientiert ziehe ich die erstbeste Tür auf, die ich erwische. Mit letzter Kraft rette ich mich in den Raum dahinter. Wie konnte ich nur annehmen, das hier würde funktionieren, solange ich nicht funktioniere? Hilflos krabble ich hinter das Bett und kauere mich zusammen. Ich ziehe die Beine an meinen Körper und verberge mein Gesicht in meinen Armen. Warte, dass die Panik abebbt, weine.

Der Boden vibriert im Rhythmus der Bässe. Selbst durch die geschlossene Tür ist die Musik noch so laut, dass mein Schluchzen darin untergeht. Was gut ist und gleichzeitig furchtbar. Ich war lange nicht mehr unter so vielen Menschen und habe mich so schrecklich allein gefühlt.

Plötzlich öffnet jemand die Tür. Ein Lichtstrahl fällt auf den Holzboden und erlischt, nachdem sie wieder geschlossen wird. Schritte nähern sich dem Bett. Ich presse mir die Hand vor den Mund, mache mich noch kleiner in der Hoffnung, im schummrigen Mondlicht nicht entdeckt zu werden.

»Mann, bin ich fertig.«

Diese Stimme. Sie ist rau und dunkel und ich kenne sie. Nein, bitte nicht. Wieso musste ich bei all den möglichen Räumen genau in Jax' Zimmer stolpern? Das Schicksal hat entweder einen wirklich miesen Sinn für Humor oder Streit mit dem Zufall.

Er zieht seine Schuhe aus und lässt sie mit einem Poltern neben sich auf den Boden fallen. Ich hätte mich sofort bemerkbar machen müssen. Jetzt gibt es keinen unverfänglichen Weg mehr hier raus.

Er macht die Nachttischlampe an und fährt im selben Moment zusammen, weil er mich neben seinem Bett bemerkt. »Scheiße«, stößt er aus, ohne mich richtig anzusehen. »Du hast mich zu Tode erschreckt. Dieses Zimmer ist verdammt noch mal tabu.« Er dreht sich halb von mir weg und seine Kiefer mahlen. »Egal welches Drama passiert ist, hier drin hat niemand etwas verloren.«

Er hat recht. Das ist sein Schlafzimmer. Und ich habe nichts darin zu suchen. Wir sind nicht mehr als Nachbarn und mein Drama absolut nicht sein Problem. »Tut ... tut mir leid«, stottere ich.

»Nevah?«, fragt er ungläubig, kommt näher und schaltet jetzt auch die Deckenbeleuchtung ein, um sich zu vergewissern, dass ich es bin. »Was machst du in meinem Schlafzimmer?«

Ausgerechnet ich. Ausgerechnet hier. Eine berechtigte Frage. Und ich weiß nicht, wie ich sie beantworten soll. Mühsam rapple ich mich auf. »Ich ...«, krächze ich und deute auf die Tür. »Ich ... bin schon weg. Tut ... tut mir ehrlich leid.«

Meine Beine fühlen sich an wie Pop-Tarts, weswegen ich taumle, als ich mich an ihm vorbeischieben will. Jax streckt seinen Arm aus, hält mich. Ein Reflex, aber er lässt mich danach nicht los, sondern zieht mich an seine Brust und schlingt die Arme um mich. Als wüsste er, dass ich genau das gerade brauche. Und ich kann nicht glauben, dass es stimmt. Seine Nähe schafft es, die letzten Fetzen Panik in die Flucht zu schlagen. Mein Atem beruhigt sich.

»Ist alles okay?«, fragt er vorsichtig. »Soll ich vielleicht Miller holen?«

Bloß das nicht. Er wird betrunken sein, ausgelassen feiern und mich dafür hassen, wenn er sich jetzt um mich kümmern muss. Ich schüttle den Kopf. »Es geht schon.« Nichts geht. Die Panik ist vielleicht verflogen, aber ich kann nicht hierbleiben. Ich kann nicht da raus, wo jeder mein verheultes Gesicht sehen wird. Und alles in mir sträubt sich, zurück nach Hause zu gehen, wo ich den Rest der Nacht allein sein werde.

Doch mir ist klar, dass Jax sich nur um mich kümmert, weil der Bro-Code das verlangt. Und weil er kein Arschloch ist, das Menschen, die einen Zusammenbruch in seinem Schlafzimmer haben, sich selbst überlässt. Ich sollte gehen, bevor ich nach meinem Verstand auch noch meine Würde verliere, weil ich mehr in diesen Moment hineininterpretiere als Mitleid und eine ausgeprägte soziale Ader. Also straffe ich die Schultern und versuche mich loszumachen.

Aber Jax hält mich so fest, dass die Risse in mir aufbrechen und es unmöglich machen zu gehen. Ich beginne zu schluchzen. Tränen quellen unter meinen Lidern hervor und sickern in sein Shirt. Es sollte mir peinlich sein, aber alles, worauf ich mich konzentrieren kann, sind Jax' Lippen, die leise Worte in mein Haar flüstern. Worte, die von der hämmernden Musik verschluckt werden und trotzdem ihre Wirkung entfalten. Die Vibration in seinem Brustkorb setzt mein Hirn auf die Ersatzbank. Ich spüre ihn. Die Wärme seines Körpers. Seine Finger, die auf meiner Taille liegen, und seinen Herzschlag, schnell und stark.

Sein Atem streift meine Wange, als er mich endlose Minuten später sanft von sich und zurück in die Realität schiebt.

»Was ist passiert, Nev?« Er mustert mich besorgt. »Hat dir jemand was getan?«

Ich starre auf den Umriss einer brechenden Welle auf seinem Shirt, weil ich keinen Ton herauskriegen werde, wenn ich ihm in die Augen sehe. Meine Hand liegt noch immer an seiner Seite und ich spüre seine angespannten Muskeln unter dem Stoff.

»Nev?«

Ich schlucke trocken. »Alles gut«, murmle ich. Nichts ist gut. »Ich. Mir ist nur … Ich dachte, ich wäre so weit. Hierfür.« Ich deute zur Tür, die uns von der Party trennt. »Aber …«

Er streicht mir eine Haarsträhne hinters Ohr, die sich in den Tränen auf meiner Wange verfangen hat. »Aber dann war es doch zu viel«, rät er und trifft damit ins Schwarze.

Obwohl er gar nicht wissen kann, was mein Problem ist.

»Vielleicht bringe ich dich besser nach Hause.«

»Ja, vielleicht«, flüstere ich und schüttle im selben Moment den Kopf. »Ich meine, ich sollte wirklich gehen. Du musst mich aber nicht begleiten. Ich schaffe das schon.«

Jax sieht mich prüfend an. »Du solltest deinem Gesicht nächstes Mal sagen, dass es mitmachen soll, wenn du versuchst, jemanden zu überzeugen.« Er zieht sich die Schuhe über, die er gerade erst von den Füßen gestreift hat. »Du bist vollkommen fertig und kurz vorm Umkippen. Ich bringe dich.«

»Das musst du wirklich nicht«, erwidere ich so fest wie möglich.

»Weiß ich.« Mehr sagt er nicht, öffnet die Tür und sieht mich abwartend an.

Ich gehe an ihm vorbei und er legt mir seine Hand in den Rücken, dirigiert mich auf schnellstem Weg aus dem Haus und achtet darauf, mich mit seinem Körper vor neugierigen Blicken abzuschirmen.

Mit gesenktem Blick laufe ich neben ihm her und konzentriere mich auf seine Hand, die sich warm und vertraut anfühlt. Dabei vertraue ich ihm nicht. Ich vertraue niemandem. Und Jax schon gar nicht. Immerhin ist er der Katastrophenfreund meines Bruders.

Wir erreichen das Haus und ich schließe die Tür auf. Es dauert, bis ich die drei Sicherheitsschlösser geöffnet habe. Bevor ich mich auf der Schwelle zu Jax umdrehe, schalte ich die Alarmanlage aus. Das Letzte, was ich an diesem Abend brauche, ist ein Fehlalarm und die Polizei, die mich durch ihr Auftauchen zur Partyattraktion macht. »Danke«, murmle ich und hebe die Hand zum Abschied.

Jax deutet auf die Treppe. »Lass mich dich noch hochbringen. Nur um sicherzugehen, dass du nicht doch zusammenklappst.« Er zwinkert mir zu. »Immerhin bin ich ziemlich geübt darin, Hewitts in Not ins Bett zu bringen.«

Ich sollte ihm das nicht erlauben.

»Wenn du mich das nicht tun lässt, frage ich mich am Ende die halbe Nacht, ob du es nach oben geschafft hast, ohne dir dabei den Hals zu brechen«, sagt er eindringlich. »Und ich sollte wirklich dringend etwas Schlaf kriegen.«

Ich erinnere mich wieder an das, was er in seinem Zimmer gesagt hat. Bevor er das Licht angemacht und mich entdeckt hat. Er war vollkommen hinüber und wollte nur noch schlafen. Ich runzle die Stirn, weil ich nicht verstehe, wieso er dann eine Party schmeißt. Aber das ist nicht der Punkt. Der Punkt ist, dass er nicht hier sein will, sondern in seinem Bett, und dass ich ihn davon abhalte, weil ich offenbar aussehe, als könnte ich keine verdammte Treppe allein bewältigen.

»Komm schon, ist doch keine große Sache«, sagt er leise und das halbe Lächeln, das seine Worte begleitet, knallt mitten in mein Gefühlszentrum. Warum kann er nicht einen blöden Spruch bringen wie sonst auch? Das wäre weitaus weniger gefährlich. Dann würde ich bestimmt nicht zulassen, dass er vorsichtig die Tür aufschiebt.

»Ich schaffe das wirklich allein«, protestiere ich schwach und dehne meine Gliedmaßen, um ihm zu signalisieren, dass ich voll einsatzbereit bin.

»Soll mich das etwa überzeugen?« Er zieht eine Grimasse. »Denn ehrlich gesagt bewirkt es eher das Gegenteil.« Er fährt sich durch die Haare, atmet tief ein, wieder aus und sagt dann leise: »Lass mich das bitte für dich tun.«

Lass mich das bitte für dich tun. Das ist so ... unerwartet fürsorglich, dass es jedes Gegenargument pulverisiert. Und es stellt etwas mit mir an, das auf keinen Fall dafür sorgt, dass meine Beine weniger wacklig werden.

Eine Erwiderung kriege ich nicht heraus, aber immerhin schaffe ich es zu nicken und steige vor ihm die Treppe hinauf. Wie schon im Strandhaus legt er mir seine Hand auf den Rücken und folgt mir so, dass er mich auffangen könnte, sollte ich ins Straucheln geraten. So dicht, dass meine Körperzellen deswegen ausflippen. Ich wollte wissen, ob der Jax, der mir schreibt, der Jax, den ich mögen könnte, irgendwo unter dem oberflächlichen Party-Jax verborgen ist. Ich denke, ich habe ihn gefunden. Und jetzt muss ich irgendwie damit klarkommen.

Aber wie soll das gehen, wenn Jax gegen meinen Türrahmen lehnt und mich und die wenigen Dinge, die ich aus New York mitgebracht habe, auf eine Art und Weise betrachtet, die mir das Gefühl gibt, splitterfasernackt vor ihm zu stehen.

Ich verschränke die Arme vor der Brust und bemühe mich zu verarbeiten, dass ich diese Version von Jackson Scott mag. Den Jax, der sich vom Rahmen abstößt und zur Kommode geht, um sich meine Bücher so genau anzusehen, wie es die meisten Menschen nie tun würden. Den Typen, der mit mir feiert, dass ich einen Job habe, indem er mir eine Playlist schickt und mir rät, auf dem Bett zu tanzen. Der mich vorhin gehalten und damit verhindert hat, dass ich auseinandergefallen bin. Den besten Freund meines Bruders. Und genau da fängt es an, kompliziert zu werden. »Mission erfolgreich beendet«, sage ich und spreche das »Du kannst jetzt gehen« nicht aus. Aber es ist unerlässlich. Aus so vielen Gründen. Meine Stimme klingt kratzig und schwach, aber ich lächle. Ein Mir-geht-es-gut-Lächeln, obwohl gar nichts gut ist. Denn ich mag einen Jungen, der allein deswegen tabu sein sollte, weil er Millers Freund ist. Und weil er diese Gefühle niemals erwidern wird. Er kennt mich schließlich nicht. Kann mich nicht kennen. Denn Nevah Hewitt existiert genau genommen gar nicht. Nichts ist gut, weil ich will, dass er geht. Und noch viel mehr, dass er bleibt. Ich habe solche Angst, allein zu sein. Und vielleicht pocht mein Herz nur aus diesem Grund schneller, als er neben mich vor das Bett tritt.

Er berührt die Ausgabe von ›Little Women‹ auf dem Nachttisch und geht gar nicht auf meine Worte ein. »Bist du eher eine Jo? Oder eine Beth?« Er sieht mich fest an und scheint zu überlegen, welcher von Louisa May Alcotts Schwestern ich am meisten ähnele.

Ich zucke die Schultern. Ich weiß es wirklich nicht. Früher hätte ich ohne zu zögern Jo gesagt. Ich wollte die Welt erobern, mich selbst verwirklichen und das Leben auskosten. Aber da ich mich selbst für meine Familie aufgeopfert habe, bin ich vielleicht doch eher eine Beth. »Ich mag einfach die Beziehung der Schwestern und wie sie gemeinsam wachsen.« Egal wie verschieden sie sind, sie halten immer zusammen.

Er nickt. »Hab's in der Highschool gelesen. Gutes Buch. Einer der wenigen Lichtblicke in Miss Halters Unterricht. Wie oft hast du es schon inhaliert?«

»Ziemlich oft.« Und ich mag, dass man es dem Buch ansieht. Der zerfledderte Einband und jeder Knick bergen Erinnerungen. Gute Erinnerungen. Meine Obsession für Louisa May Alcott ist nichts, wofür ich mich jemals rechtfertigen werde.

»Wer hat es dir geschenkt?«

Seine Frage überrascht mich. Ich mag die Geschichte der Schwestern, den Subtext, die Sprache, meine Gefühle, wenn ich durch die Seiten fliege. Aber ich habe mir nie Gedanken darüber gemacht, ob ich es vielleicht auch deswegen so sehr liebe, weil ich es von meiner Freundin habe. »Hanna«, flüstere ich. Sie war meine Amy, die Schwester, die ich mir immer gewünscht habe. Und die ich nie wiedersehen werde. Ich schließe die Augen und schlucke verzweifelt die Tränen hinunter.

»Alles okay?« Er berührt meinen Arm und sieht mich besorgt an. »Ich wollte nicht …«

»Ja. Nein, schon gut.« Ich winke ab. »Es geht mir gut.« Deswegen lache ich auch so tonlos, dass es sich absolut irre anhört. »Du kannst wirklich gehen. Ich meine, was soll jetzt noch schiefgehen. Solange ich nicht aus dem Bett falle, kann mir nichts passieren.« Wenn ich es nicht schaffe, mich zusammenzureißen, holt Jax am Ende doch noch Miller.

Und das wird zu einem Streit führen, für den mir heute die Kraft fehlt. »Es ist alles grandios.« Grandios? Ich bin sicher, niemand, dem es auch nur ansatzweise gut geht, benutzt dieses Wort.

Jax rührt sich keinen Inch von der Stelle, weil er ganz offensichtlich zu demselben Schluss kommt. »Wie wäre es, wenn ich einfach noch etwas bleibe?«

Ja! Nein! Das Ja ist eine Zuckerwatte-Explosion in meinem Kopf. Leicht, unwiderstehlich und so süß, dass meine Synapsen verkleben, während das Nein einen schnöden Aktenkoffer, Schlips und Anzug trägt und ernsthaft glaubt, damit könnte es gewinnen.

Weil ich nichts sage, hebt Jax abwehrend die Hände. »Nur

bis Miller nach Hause kommt und ein Auge auf dich haben kann.«

Ich beiße mir auf die Lippen und ringe mit mir. Ich. Sollte. Das. Nicht. Tun. »Bist du sicher?«

»Sonst hätte ich es nicht angeboten«, erwidert er ernst.

»Okay, bis Miller kommt.« Das kann ich vor mir rechtfertigen. Irgendwie.

Er nickt und setzt sich auf die Bettkante. Die Arme stützt er hinter sich auf und ich beeile mich, mir meine Schlafshorts und das Tanktop von der Bettdecke zu schnappen und damit im Bad zu verschwinden. Sonst starre ich ihn noch weiter an wie ein Alien, das in meinem Zimmer gelandet ist. Nachdem ich mich umgezogen und die Zähne geputzt habe, zögere ich. Ich muss unten abschließen und den Alarm einschalten, aber ich kann Jax ja schlecht einsperren. Und erst recht kann ich ihm nicht erklären, warum mir das wichtig ist. So wichtig, dass ich sicher kein Auge zumachen werde, wenn ich es nicht tue, weil jeder einfach so ins Haus kommen könnte. Jeder. Und doch habe ich nur Angst vor einem. Bis Miller da ist, werde ich es irgendwie aushalten. Wenn Jax gegangen ist, kann ich immer noch hinter ihm die Tür verriegeln. Ich schlüpfe aus dem Bad. Jax sitzt nach wie vor unbeweglich auf der Matratze und sieht mich an, als ich neben das Bett trete.

Ich lösche das Deckenlicht. Nur das Nachtlicht verbreitet jetzt noch diffuse Helligkeit im Zimmer. Aber die dadurch entstehenden Schatten bleiben friedlich.

Jax seufzt leise und dehnt seinen Nacken, indem er den Kopf kreisen lässt. »Was dagegen, wenn ich mich hinlege und ein bisschen ausruhe, bis Miller die Treppe raufgetrampelt kommt? Ich bin echt total durch.«

Ich nicke. Das Bett ist groß genug, dass wir beide darauf liegen und trotzdem Abstand halten können. Ich unter der Decke. Jax darauf. Weit genug entfernt, dass wir einander nicht berühren. Und doch erfasst mich seine Nähe wie das Flirren eines Spannwerks. Ich wünschte, es wäre nur sein Aussehen, etwas rein Körperliches, das ich ignorieren könnte. Aber es ist viel mehr als das. Jax hat gesagt, der Ozean hilft ihm, weil er Millionen Kubikkilometer Ruhe bedeutet. Ich brauche nur 1,85 Meter. Ihn.

Ich schließe die Augen, lausche seinem Atem, der tief und regelmäßig geht. Ich bin so erschöpft, so verdammt müde. Und da ist noch ein Gefühl. Eines, das drei Sicherheitsschlösser und eine hochmoderne Alarmanlage nicht hervorrufen konnten. Ich fühle mich sicher. Hier mit Jax. Und diese Sicherheit sickert bis in jede meiner Zellen, während ich langsam in den Schlaf gleite.

22
jackson

Sie steht auf dem Pier. Die Sonne bricht sich an ihrer Körperlinie. Das Bild von @donttrustanybody ist nicht real und doch strecke ich die Hand nach ihr aus. Wie ein Stromschlag erobert die Berührung meinen Körper, legt mein Zentrum lahm. Verdammt. Ich strecke die Hand erneut aus und folge dem Glühen der Sonne, streiche ihre Seite entlang und entlocke ihr damit ein leises Stöhnen. Es macht mich an. So sehr, dass ich im nächsten Moment über ihr bin. Keine Ahnung, wie wir hierhergekommen sind, aber der Pier ist verschwunden. Feine Sandkörner brechen unter uns weg, während wir unsere Körper aneinanderpressen. Und es ist nicht länger @donttrustanybodys Haut, die ich berühre. Ich versinke in Nevahs Augen, streiche über ihr Gesicht und spüre der Verbindung nach, die vom ersten Tag zwischen uns existiert hat. Weil wir beide kaputt sind. Und irgendein bescheuerter Teil von mir denkt, gemeinsam könnten wir heil sein. Das ist kitschig und die Realität hält dagegen. Kaputte Menschen tun einander nicht gut. Sie ziehen sich viel öfter gegenseitig in den Abgrund. Es ist harte Arbeit, sein Leben auf die Reihe zu kriegen. Das passiert nicht, nur weil eine bestimmte Person ins Leben spaziert und sich urplötzlich alles zum Guten wendet. Und doch fühlt es sich mit ihr so an. Ein Gefühl, an dem ich mich festklammere. Ich vergrabe mein Gesicht an ihrem Hals. Es entlockt ihr ein sehnsüchtiges Seufzen und verdammt, das ist besser als alles andere. Jede Zelle von mir ist in Aufruhr. Meine Hand schiebt sich unter ihr Shirt, berührt die fiebrig heiße Haut ihrer Taille. Sie erzittert, wölbt sich mir entgegen, umklammert meine Arme. Unsere Beine sind ineinander verschlungen. Ihr Duft hüllt mich ein und ein dunkles Stöhnen bricht über meine Lippen. Ich will sie küssen, wissen, wie sich ihre Lippen auf meinen anfühlen. Die Intensität dieses Gefühls reißt mich aus dem Traum, fort vom Strand, zurück in die Realität. Meine Hand liegt tatsächlich auf einem Brustkorb, der sich hektisch hebt und senkt. Mein Körper ist an ein Mädchen gepresst und augenblicklich versteife ich mich. Denn im selben Moment begreife ich, das ist nicht nur ein absolut unangebrachter Traum von Nevah. Das hier ist echt. Ich habe sie gestern nach Hause gebracht, wollte den Helden spielen und muss vollkommen fertig in ihrem Bett eingepennt sein. Ich bin so ein Trottel! Auf diese Art und Weise von ihr zu träumen, ist schon total daneben. Aber dass ich sie fast geküsst hätte, dass ich sie noch immer berühre, bringt alles in Schräglage. Sie ist genauso überrascht, irritiert, gefangen von dem, was gerade passiert ist, wie ich. Sekundenlang sehen wir uns an, bevor ich es schaffe, mich von ihr zu lösen. Ich drehe mich weg und rutsche bis zur Bettkante, wo ich heftig atmend sitzen bleibe. Das hier hätte nie geschehen dürfen. Sie ist Millers Schwester, verdammt. Und vielleicht sollte ich auch die winzige Kleinigkeit nicht außer Acht lassen, dass wir einander im Hier und Jetzt nicht mal mögen und ich mich generell auf niemanden einlasse. Auf wirklich niemanden. Das ist nichts, was ich derzeit hinbekomme.

Ich fluche leise, den Kopf auf die Brust gesenkt. Mit der Hand, die vor wenigen Sekunden noch Nevah berührt hat, fahre ich mir über das Gesicht. »Fuck … Das hätte nicht …« passieren dürfen? Richtig, Vollidiot. Ich atme geräuschvoll aus. »Tut mir leid.«

»Schon gut.« Sie setzt sich ebenfalls auf und schlingt ihre Haare zu einem festen Knoten zusammen.

Ich mag es, wenn es ihr offen über die Schultern fällt. Jetzt ist es offiziell, ich hab sie nicht mehr alle. Ich sollte mich darauf konzentrieren, den Super-GAU abzuwenden, den Nevah und ich mit dieser Rummach-Aktion heraufbeschworen haben. Ganz sicher sollte ich nicht darüber nachdenken, wie mir ihre Frisur gefällt. Das Ganze ist auch so schon eine verdammte Katastrophe.

»Mir tut es auch leid«, schiebt sie zeitverzögert hinterher. »Ich muss eingeschlafen sein, während wir auf Miller gewartet haben.«

Genau wie ich. »Scheiße, meinst du, er weiß, dass ich … hier eingeschlafen bin?« Das ist zumindest die jugendfreie Umschreibung. Aber egal wie – wenn er uns zusammen in einem Bett gesehen hat, hat das sicher das Potenzial, unsere Freundschaft zu sprengen.

»Ich glaube nicht.«

Sie ist aufgestanden und zieht einen Pulli aus der Kommode, den sie sich hektisch überstreift. Die Kapuze hängt schief auf ihrem Kopf und bringt den Haarknoten in Schieflage. Sie sieht verdammt noch mal perfekt aus. Hör endlich auf, Scott.

»Können wir das alles bitte einfach vergessen?«

Die Verzweiflung in Nevahs Stimme triggert mich. Lauter unmögliche Sachen stapeln sich in meinem Mund und wollen unbedingt raus. Vielleicht weil ich wünschte, sie würde es eben nicht vergessen wollen. Aber ich schlucke sie hinunter.

»Das hier ist nie passiert, okay?« Sie sieht mich flehend an.

Ich sage nichts, stehe aber auf.

»Jax?«

»Ja, sicher. Bleibt unter uns.« Ich sehe sie an, als wäre das absolut kein Problem. Als wäre ich extrem routiniert darin. Aber ich fürchte, meine Stimme verrät mich. Denn ich klinge wie ein bemitleidenswerter Idiot, dem Nevah gerade ein Vierkantholz zwischen die Beine geworfen hat. Ich sollte verschwinden, bevor sie begreift, dass es für mich unmöglich ist zu vergessen, wie sie gerochen hat, wie sich ihr Körper an meinem angefühlt hat.

Ich stolpere aus dem Zimmer und die Treppe hinunter. Als würden diese bescheuerten Gedanken brav in Nevahs Zimmer bleiben, wenn ich nur schnell genug davonlaufe. Im Haus ist es gespenstisch still. Trotzdem habe ich geschlafen. Die ganze Nacht. Dafür gibt es nur einen Grund: Nevah. Und an diese verfluchte Tatsache werde ich mich immer erinnern.

23
nevah

Die Tür fällt mit einem leisen Rums zu und ich lasse mich auf das Bett sinken. Jax ist weg. Er hat versprochen, dass diese Sache unter uns bleibt, dass er sie vergessen wird. Das ist gut. Auf keinen Fall sollte ich in meiner verkorksten Situation in irgendeine Art von Beziehung schlittern. Mit einem Typen, der eine Freundin hat und die meiste Zeit genauso auf sein Leben scheißt wie mein Bruder. Diese Lebenseinstellung von Miller hat mich überhaupt erst an diesen Ort gebracht. Das Problem sind die Momente, in denen Jax so anders ist, fürsorglich und aufmerksam. Er war für mich da. Wie in Trance lege ich meine Hand auf die Rippen. Dort, wo er unter meinem Shirt entlanggestrichen und meine Haut zum Glühen gebracht hat. Oh Mann, ich schaufle mir gerade mein eigenes Grab. Das ist nicht hilfreich. Gar nicht hilfreich.

Mein Blick gleitet zu meinem Handy. Gott sei Dank ist es schon so spät, dass ich gezwungen bin, mein Gefühlschaos beiseitezuschieben, um mich schnellstmöglich fertig zu machen. Heute ist mein erster Arbeitstag. Blake erwartet mich in zwanzig Minuten auf dem Markt. Was bedeutet, ich bin ziemlich spät dran. Nicht hoffnungslos, aber spät genug, um Jax und mich aus dem Fokus zu schieben. Und den Umstand, dass dieser Satz an sich falsch ist. Es gibt kein ihn und mich.

Mit dem Handy in der Hand renne ich ins Bad. Mom hat geschrieben und ich will ihr noch antworten, bevor ich losfahre. Während ich meine Zähne putze, tippe ich, dass ich sie und Dad auch lieb habe und zu Hause alles okay ist. Weitestgehend stimmt das. Das Haus steht noch. Nur ich wanke etwas.

In Rekordzeit dusche ich, trockne mich ab und schlüpfe in bequeme Sachen. Die Haare schlinge ich noch feucht in einen Knoten auf dem Kopf. Wenn ich den Wagen nehme, anstatt ihn wie sonst Miller zu überlassen und zu Fuß zu gehen, schaffe ich es sogar noch eine Kleinigkeit zu essen, bevor ich losmuss.

Ich betrete die Küche und zucke zurück. Mein Herz macht einen Satz. Der Raum ist ein einziges Schlachtfeld und mein erster Gedanke ist, dass jemand gestern Nacht hier eingedrungen sein und diese Verwüstung angerichtet haben muss. Vorsichtig setze ich einen Fuß vor den anderen und sehe mich um. Cheerios knirschen unter meinen Füßen. Auf der Kücheninsel liegen angetrocknete Toastscheiben, Erdnussbutter und Marmelade. Wenn der Einbrecher nicht gerade ein Faible für Peanut-Butter-and-Jelly-Toast hat, war das wohl eher Miller, der letzte Nacht volltrunken war und eine seiner Heißhungerattacken ausgelebt hat. Ich nehme die offene Brotpackung und werfe sie wütend in den Abfall. Das Zeug kann keiner mehr essen. Die Cheerios auch nicht, die liegen nämlich inklusive Verpackung auf dem Boden und die Milch steht offen auf der Ablage. Daneben eine angetrocknete Milchpfütze.

Was ist das mit uns?

Irritiert sehe ich auf die Nachricht auf dem Display meines Handys. Sie ist von Jax. Als ich sie öffne, wird mir klar, dass er nicht mich meint, sondern @donttrustanybody. Vielleicht hat ihn das mit uns auch nicht kaltgelassen und er will wenigstens bei dieser Sache Klarheit.

Ich überlege, was ich erwidern soll, tippe, lösche die Worte, tippe erneut.

Ich weiß nicht. Mit dir zu schreiben hilft mir, denke ich.

Die drei Punkte tanzen im Nachrichtenfeld und zeigen, dass er antwortet.

Mir auch. Aber ich frage mich, wem ich da eigentlich schreibe? Wer bist du?

Panik steigt in mir auf. Wenn ich ihm sage, wer ich bin, wird er diesen Kontakt genauso schnell kappen, wie er eben aus dem Zimmer geflüchtet ist. Aber ich brauche unsere Gespräche. Die Momente, wo mich nur seine Worte retten. Unser Chat ist anonym und trotzdem oder gerade deswegen kann ich absolut ehrlich sein. Ich bin einfach nicht bereit, das aufzugeben.

Gib mir irgendetwas. Einen Namen. Ein Foto. Etwas, das mir zeigt, ich baue hier keine Freundschaft mit einem übergewichtigen, fünfzigjährigen Kellerpsychopathen auf. Mein Kumpel behauptet nämlich steif und fest, das ist, was ich tue.

Mit einem Knacken zertrete ich einen der Cheerios am Boden und zucke zusammen. Mein Kopf ist wie leer gefegt. Keine Ahnung, was ich tun soll. Aber irgendetwas muss ich antworten. Kurzentschlossen schreibe ich ihm, dass ich Katy heiße. Das ist eine verdammte Lüge, selbst wenn ich früher tatsächlich so hieß. Haven Katherine Jones. Aber die Wahrheit ist nun mal keine Option.

Ich bin zu weit gegangen. Aber jetzt, wo ich diese Grenze übertreten habe, ist der nächste Schritt nur logisch. Ich öffne meine Galerie und wähle ein Foto von Hanna, Helen und mir aus dem letzten Sommer aus. Dann schneide ich es so zurecht, dass nur noch Helen darauf zu sehen ist, und schicke es Jax. Ein schmerzhafter Knoten zieht sich in meinem Magen immer fester. Wann genau bin ich zu einem Menschen geworden, der lügt und falsche Dinge tut, um egoistisch an etwas festzuhalten? Vielleicht seitdem ich alles andere loslassen musste.

Danke. Bin sehr erleichtert, dass du weder haarig noch psychopathisch bist. Muss die Party aus meinem Haus kehren. Wir schreiben uns.

Er geht offline. Und ich erinnere mich daran, dass ich zu spät kommen werde, wenn ich noch länger hier herumstehe.

Ich nehme mir den Schlüssel des Volvos von der Kommode und lasse das Chaos in der Küche Chaos sein. Darum kann Miller sich kümmern, sobald er aus dem Koma erwacht. Wenige Minuten später erreiche ich gerade noch rechtzeitig das Zentrum und parke den Wagen in einer der Seitenstraßen. Blake ist bereits dabei, den Verkaufswagen zu öffnen, als ich endlich ihren Stellplatz erreiche.

»Morgen«, murmle ich, puste mir die Haare aus der Stirn und helfe ihr, die Seitenklappe nach oben zu drücken.

»Morgen.« Sie kneift die Augen zusammen und mustert mich. »Du hattest eine Nacht, von der ich jede Einzelheit erfahren will«, sagt sie und grinst. »Denn sie war in jedem Fall spektakulärer als meine.«

»Ich …« Woher weiß sie das? Ich fahre mir über das Gesicht und schüttle den Kopf. Könnte an dem dämlichen Grinsen liegen, das sich auf meine Lippen geschlichen hat. »Es war gar nichts.«

»Nein.« Blake drückt mir eine Kiste mit Brotlaiben in die Hand. »Wage es ja nicht, mir irgendetwas vorzuenthalten, das besser ist, als die halbe Nacht in den Eingeweiden einer Kuh zu hängen, die sich fest vorgenommen hatte zu sterben.«

»Oh.« Ich sehe sie erschrocken an, aber Blake winkt ab.

»Der Doc meint, sie wird wieder. Mooley Cyrus steht einfach auf einen dramatischen Auftritt.«

Irritiert hieve ich die Kiste in den Anhänger und sortiere die Brote in die Auslage. »Die Kuh heißt Mooley Cyrus?«

»Jepp.« Sie grinst. »Genau genommen heißen alle Kühe bei uns so. Und alle Bullen tragen den klangvollen Namen Mister Ribeye.«

Ich lache und helfe Blake, auch noch die übrigen Waren vom Truck in den Verkaufsanhänger zu schaffen. Bereits um diese Uhrzeit werden wir immer wieder von Kunden unterbrochen. Gegen zehn ist es so voll, dass sich die Menschen vor dem Stand stapeln, und der Ansturm lässt auch über Stunden nicht nach. Aber es stört mich nicht. Im Gegenteil, ich bin irgendwie froh darüber, weil ich so keine Zeit habe, mir Gedanken über Jax zu machen, darüber, dass ich mich als jemand anderes ausgegeben habe, und zu was für einer Person mich das macht.

Blake ist toll und verliert nicht eine Sekunde ihre gute Laune, obwohl sie todmüde sein muss. Und nach und nach färbt das ab. Bis am Nachmittag plötzlich Miller mitten in unseren Workflow platzt.

Zerknittert und grinsend steht er neben der halb offenen Seitentür des Wagens.

»Was willst du?«, zische ich ihm zu und hoffe, er wird schnell verschwinden. Ich will nicht, dass er hier ist und mir diese Insel kaputtmacht.

»Ich dachte, ich komme mal vorbei und feuere dich an«, sagt er und setzt sich auf die Deichsel. Er hat also nicht vor, wieder zu gehen. Großartig.

»Das hier ist meine Arbeit, kein Footballspiel.« Blake hat ihn zum Glück noch nicht bemerkt, weil sie gerade einen Kunden bedient. Aber ich kann mir in etwa vorstellen, was sie zu einem Pompons schwingenden Miller sagen wird. »Hau einfach ab«, stöhne ich verzweifelt.

Er schüttelt den Kopf. »Bin doch gerade erst gekommen. Hast du eine Ahnung, wie weit es zu Fuß bis hierher ist?«

Da ich normalerweise laufe und nicht den Wagen nehme, weiß ich das sehr gut. »Eigentlich weit genug, um dich von hier fernzuhalten.« Was die Frage aufwirft, warum er trotzdem gekommen ist.

»Scheißweit«, bestätigt Miller. »Aber da du das Auto genommen hast …« Er zuckt die Schultern. »Ich wollte heute mit ein paar Jungs nach Portland fahren. Schon vergessen? Hatte ich dir gesagt.«

Gut möglich. Und gut möglich, dass ich es mir nicht gemerkt habe, weil es mir nicht wichtig erschien.

»Deswegen musste ich jetzt in dieser Affenhitze herrennen.« Sein Blick fällt auf die Dose mit isotonischer Limonade, die Blake neben die Tür in den Schatten gestellt hat. Aber bevor ich ihm sagen kann, dass es nicht meine ist, setzt Miller sie bereits an die Lippen und leert sie in einem Zug. »Zisch«, vertont er sein genießerisches Augenverdrehen und zerdrückt das Blech der Dose. »Das war gut.« Er bemerkt meinen wütenden Blick und hebt die Augenbrauen. »Reg dich ab, Beauvoir. Ich besorg dir eine neue, bevor ich fahre.«

Das war Blakes Getränk. Aber ich bin zu sauer, um ihm das zu sagen, und versuche ihn stattdessen mit einem Killerblick von der Deichsel zu lasern.

Und tatsächlich steht er auf und hebt abwehrend die Arme. »Ich hau ab. Sobald ich nicht mehr total unterzuckert bin. Wir hatten nichts mehr zu essen im Haus«, schiebt er vorwurfsvoll hinterher.

»Könnte daran liegen, dass du im Vollrausch alle Vorräte auf dem Küchenboden verteilt hast.« Ich verdrehe die Augen. »Besorg dir einfach an einem der Foodtrucks etwas.« Damit ist die Unterhaltung für mich beendet.

Aber er geht nicht, sondern beugt sich vor und greift an mir vorbei nach den Probierhäppchen – Früchtebrot mit Butter –, die wir für die Kunden vorn auf den Tresen stellen. Der Teller hinter mir ist der Nachschub. Und den stopft sich Miller genüsslich in den Mund. Ich fasse es nicht.

»Ist gut«, nuschelt er und nimmt sich noch eine Handvoll.

»Alles in Ordnung, Nevah?« Blake bemerkt, dass ich den Typen an der Seite des Wagens nicht loswerde, und kommt mir zu Hilfe. Sie wirft einen kritischen Blick auf unseren ungebetenen Gast.

»Ja, alles okay. Ich …« Keine Ahnung, was ich sagen soll.

Mein bescheuerter Bruder frisst gerade unsere Probierhäppchen auf, weil er ein Katerfrühstück benötigt und zu faul ist, sich woanders was zu holen?

»Sag mal, hast du etwa meine Gatorade getrunken?« Fassungslos starrt Blake Miller an, der die Dose noch immer in der Hand hält. Dann gleitet ihr Blick zu dem Brot in seiner anderen Hand und zu seinem vollen Mund. »Falls Zweifel bestehen, das hier ist kein Selbstbedienungsladen.« Sie rückt den Teller aus seiner Reichweite.

Miller kaut unbeeindruckt weiter.

»Das Brot ist nur zum Probieren. Für Kunden.« Sie zieht die Augenbrauen hoch.

»Ich überlege ernsthaft, ob ich ein Früchtebrot kaufen soll. Bin noch unentschieden«, erwidert Miller todernst. Er beugt sich vor, schiebt sich demonstrativ noch etwas von dem Brot aus seiner Hand in den Mund.

Blake taxiert ihn. Sie steht kurz vor der Eruption. Und ich verstehe sie.

»Sag mal, bist du total bescheuert?« Entschlossen schiebt sie mich beiseite und baut sich in der Seitentür des Verkaufswagens auf, während ich mich bei den Kunden in der Schlange entschuldige und ihnen verspreche, dass es sofort weitergeht.

»Chill mal«, brummt Miller. »Wusste ja nicht, dass es ein Kapitalverbrechen ist, etwas Brot zu essen.«

»Ich soll chillen?« Blake pustet sich die blonden Haare aus der Stirn. »Was bist du überhaupt für ein Typ?«

Das Blut pulsiert unangenehm unter der Haut meiner Wangen. »Das ist …« Ich wünschte, ich müsste es nicht laut aussprechen. »Das ist mein … Bruder. Blake, das ist Miller. Miller, Blake.« Ich mache mich darauf gefasst, allein wegen dieses Umstands gefeuert zu werden, aber Blake tut etwas, womit ich nicht gerechnet habe.

Sie lacht. »Das ist dein Bruder?« Kopfschüttelnd sieht sie

von mir zu Miller und zurück zu mir. »Das tut mir echt leid für dich.«

Miller sieht sie verständnislos an.

»Na, dass du ganz offensichtlich adoptiert wurdest«, sagt sie trocken und knallt Miller im nächsten Moment die Tür vor der Nase zu.

Es kommt selten vor, dass Miller sprachlos ist, aber das Letzte, was ich von ihm sehe, ist ein vollkommen perplexer Gesichtsausdruck. Und allein dafür erkläre ich Blake hochoffiziell zu meiner neuen besten Freundin.

24
jackson

Ich stehe mitten im Wohnzimmer und drehe mich um die eigene Achse, um das Ausmaß der Verwüstung vollständig zu erfassen. Das Haus zu verlassen ist eine genauso miese Idee wie zu schlafen, solange eine Party darin steigt. So viel steht fest.

Ich sollte mein Konzept wirklich überdenken. Das würde mich vielleicht auch davor bewahren, so eine Dummheit wie mit Nevah zu begehen. Nevah. Verdammt. Ich kann nicht aufhören, an heute Morgen zu denken. An sie. Art würde sagen, wenn du sie nicht aus dem Kopf kriegst, gehört sie vielleicht genau dorthin. Ich hingegen bin sicher, das heute Morgen war ein Fehler. Und dass sie nur in meinem Kopf herumspukt, weil ich allein bin und die einzig enge Beziehung, die ich habe, die zu einem alten Mann und der halb vertrockneten Palme in der Ecke des Wohnzimmers ist, die irgendwer mit einer Hawaii-Kette verschönert hat.

Das stimmt nicht ganz. Seit Neuestem ist da auch noch @donttrustanybody. Aber ihr erzähle ich nichts wirklich Wichtiges, denn Miller hat ein Talent dafür, echt kreative Zweifel zu säen, wer mir da tatsächlich schreibt. Ein psychopathisches Muttersöhnchen, ein fünfzigjähriger Trucker mit Brustbehaarung, ein Mädchen aus der Middleschool, die ihre Freundinnen neidisch machen will. Ich stöhne gequält. Das sind Bilder, die schwer wegzuschieben sind. Ich muss wissen, wer sie ist. Sichergehen, dass sie echt ist. Also frage ich sie ganz direkt. Und tatsächlich dauert es nur wenige Sekunden und sie schickt mir einen Namen. Katy. Und weitere zwei Sekunden später ein Foto. Sie ist hübsch, auch wenn ich sie mir anders vorgestellt hatte. Aber das Wichtigste ist, sie ist kein Fake. Denn so schnell kann sich kein Mensch auf diesem Planeten eine falsche Identität zulegen. Oder doch? Sie könnte das alles natürlich geplant haben. Verdammt, ich muss aufhören, hinter allem schlechte Absichten zu vermuten. Sie ist einfach nur ein Mädchen, das nicht gleich jedem Erstbesten alles von sich preisgibt. Und damit ist sie wahrscheinlich schlauer als fünfundneunzig Prozent der User.

Ich verschränke die Arme im Nacken. Vielleicht ist es ein Segen, dass die Bude aussieht, als hätten Orks darin gewütet. So habe ich auf jeden Fall die nächsten Stunden genug zu tun, um mich von der Sache mit Nevah oder der Frage abzulenken, ob meine Internetfreundschaft namens Katy wirklich existiert.

Ich fülle eine Mülltüte nach der anderen und lade sie auf das Truckbett des Pick-ups. Irgendwer hat Maddies Clubhausflagge aus dem Boden gerissen und ich stecke sie neben der Feuerstelle in den Boden, bevor ich zurück ins Haus gehe und die Überbleibsel von letzter Nacht wegputze. Zwei Stunden später lasse ich mich auf das Sofa fallen und betrachte mein Werk. Vorzeigbar. Bis auf Moms Bild einer Meerjungfrau, das im Eingangsbereich hängt. Es ist ein riesiges Teil. Schweineteuer. Zumindest war es das, bis einige der Partygäste Arielle in zehn Fuß Höhe einen Bart aus schwarzem Permanentmarker verpasst haben. Keine Ahnung, wie sie da hochgekommen sind. Mein schlechtes Gewissen, weil ich es nicht verhindert habe, hält sich in Grenzen. Ich finde, das Gemälde gewinnt dadurch. Ich vermute, das war einer der Surfjungs, denen ich von Arts Bild im Seniorenheim erzählt habe und der sich dadurch inspiriert gefühlt hat. Ich mache ein Foto und schicke es Stella. Wir haben Nummern getauscht, damit sie mir Bescheid geben kann, sollte etwas mit Art sein. Da wir nicht verwandt sind, würde ich es auf offiziellem Weg nicht mal erfahren, sollte er sterben. Aber Stella hat mir versichert, mich auf dem Laufenden zu halten. Ein weiterer Beweis für Arts Beliebtheit bei den Schwestern.

Es klopft und ich rapple mich auf, um zu öffnen. Wer auch immer es ist, er hat ein mieses Timing. Bis eben hätte ich echt Hilfe gebrauchen können.

Ich ziehe die Tür auf und friere mitten in der Bewegung ein. Vor mir steht … Mom. Und sie ist nicht allein. Dad krabbelt gerade aus dem Mercedes, den er neben meinem zerschrammten Pick-up abgestellt hat, und hebt die Hand.

Er begrüßt mich, als wäre dies ein stinknormaler Sonntagsbesuch. Als müsste ich mich freuen, sie zu sehen. Aber zwischen uns ist nichts normal. Und ich habe keine Lust, so zu tun, als ob. Mit meinem Körper versperre ich den Türspalt.

»Hallo, Jackson.« Mom öffnet ihre Arme und schlingt sie um ihre Mitte, weil ich zurückweiche.

Ich sage nichts, starre sie nur an.

»Jackson.« Dad nickt mir zu. »Lässt du deine Mutter und mich nicht herein?«

Es ist ihr Haus. Ich kann ihnen kaum verwehren, es zu betreten. Widerstrebend räume ich meinen Türsteherposten und verschwinde im Inneren. Ohne abzuwarten, ob sie mir folgen.

»Wir wollten mit dir reden«, kommt Dad zum Punkt, noch bevor sein Hintern das Polster der Couch berührt.

Mom ist vor dem Bild in der Eingangshalle stehen geblieben, betrachtet es, kommentiert die Zerstörung ihrer Geldanlage aber nicht. Dann folgt sie uns und setzt sich neben ihn. »Du scheinst dich gut um das Haus zu kümmern.« Sie nickt anerkennend. »Mit einigen Abstrichen.« Lächelnd sieht sie mich an. Mir keinen Einlauf wegen des beschmierten Gemäldes zu verpassen, macht nichts wieder gut. Und doch sehnt sich alles in mir nach ihnen, sträubt sich. Verdammt.

»Wir sind hier, weil wir mit dir darüber sprechen wollen, wie es weitergehen soll.« Dad war noch nie gut darin, um den heißen Brei herumzureden. »Du hast nicht auf meine Nachrichten reagiert. Und als ich mein Kommen beim letzten Mal angekündigt habe, bist du extra weggeblieben. Deswegen das Überfallkommando.«

»Ich habe gearbeitet.«

Er stützt die Ellbogen auf seinen Oberschenkeln auf und beugt sich zu mir. »Pete macht um fünf Feierabend. Ich war bis halb sieben hier.« Er seufzt. »Wieso arbeitest du überhaupt dort? Du solltest das Geld von uns annehmen und dich auf dein Studium konzentrieren.«

Ich stehe auf und bringe die Kücheninsel zwischen uns, weil ich ihm nicht so nah sein kann, ohne ihn umarmen zu wollen oder ihm eine reinzuhauen. »Ich will euer verdammtes Geld nicht.«

»Das ist albern.« Dad schüttelt den Kopf. »Wir wollten dir die Zeit geben, die du brauchst. Aber so langsam fragen wir uns, wie lange das hier noch dauern soll.«

Mein Leben in Rockaway Beach ist keine trotzige Phase. Ich vermisse die Ruhe, die ich empfunden habe, während ich neben Nevah lag. Das Gefühl, alles wäre richtig und an seinem Platz. Ich weiß, ich sollte nicht zugeben, dass es so war, aber ich bin zu angeschlagen, um es weiter abzustreiten.

»Du hast auf dieses winzige Community College gewechselt und dafür deinen Platz an der Oregon State aufgegeben. Anstatt für mich zu arbeiten, jobbst du bei Pete und schrubbst anderer Leute Regenrinnen. Du bist ausgezogen und verkriechst dich hier, anstatt dich um deine Zukunft zu kümmern. Wir haben das hingenommen, aber das kann nicht ewig so weitergehen. Du kannst nicht alles wegen einer einzigen Meinungsverschiedenheit wegwerfen.«

»Eine Meinungsverschiedenheit?« Ich lache tonlos. »Das

war keine verdammte Meinungsverschiedenheit, Dad.« Denn dafür hätte ich eine Meinung haben, die Fakten kennen müssen. Aber die haben sie mir vorenthalten und mir dadurch die vielleicht wichtigste Entscheidung meines Lebens genommen. Und jetzt kann ich nur daran denken, dass sie schuld sind, dass ich meine leibliche Mutter nie kennenlernen werde. Dass sie noch leben könnte, wären Mom und Dad nicht eifersüchtig, sondern empathisch gewesen und hätten ihr Hilfe angeboten. Mit besseren Medikamenten, besseren Ärzten hätte sie den Krebs vielleicht besiegen können. Ich hätte Zeit mit ihr gehabt. Aber genau das haben sie nie zugelassen. Tränen treten mir in die Augen. »Ihr wolltet mich für euch. Dafür seid ihr über Leichen gegangen.« Und doch liebe ich sie. Was verdammt wehtut. Ich zucke hilflos mit den Schultern. »Ich kann nicht so tun, als wäre das alles nicht passiert. Unsere ganze Familie ist eine Scheißlüge.«

Dad lässt sich nicht von meiner Wortwahl provozieren. »Wir haben Fehler gemacht, aber …«

Mom fällt ihm ins Wort. »… wir lieben dich und wir hatten Gründe. Das musst du verstehen.« Ihre Stimme zittert. Sie ist hier nicht das Opfer. Wenn sie jetzt anfängt zu weinen, raste ich aus.

Ich beiße die Zähne so fest zusammen, dass es knirscht. Mein Puls dröhnt in meinen Ohren. Instinktiv taste ich nach dem Casinochip, doch er ist nicht da. Nichts, woran ich mich festhalten kann. Außer der Erinnerung an Nevahs Haut unter meinen Fingern. *Ich*. Ihren Geruch. *Kann*. Das leise Seufzen, das zwischen ihren Lippen hervorbrach. *Atmen*. Wenigstens ein bisschen.

»Niemand streitet ab, dass die Dinge anders hätten laufen sollen«, dringt Dads Stimme zu mir durch. »Anders hätten laufen müssen. Aber stell niemals unsere Familie infrage. Niemals.« Er ist laut geworden. »Du bist unser Sohn. Wir sind deine Eltern. Und wir lieben dich. Das sind Tatsachen. Wenn du willst, gehen wir zu einem Familientherapeuten. Der bekommt das schon wieder hin.«

In der Regel ist das nicht, was Therapeuten tun. Für Geld die Dinge wieder geradebiegen, die man verbockt hat. »Die wollen, dass man mit ihnen redet«, knurre ich. Und genau das tun Mom und Dad nicht. Sie schweigen. Beharrlich. Zumindest wenn es um meine leibliche Mutter geht. Das haben sie einundzwanzig Jahre lang getan. Und selbst jetzt, wo ich von ihr weiß, hat sich das nicht geändert.

»Wir sind bereit, über uns zu reden.«

Aber eben nicht über sie. Ich seufze unterdrückt. Sie denken ernsthaft, wir könnten diesen Elefanten aus dem Raum schaffen, indem wir ihn ignorieren.

»Das hier haben wir nicht verdient, Jackson. Deine Mom hat das nicht verdient.«

Sie hatten immerhin eine Wahl. Ich wurde nicht gefragt, ob ich Inhalt dieses kosmischen Witzes sein will. Und ich habe auch nicht darum gebeten, dass mich meine leibliche Mutter weggibt. Oder darum, adoptiert zu werden. »Wer verdient so etwas schon?« Ich bin wütend. So verdammt wütend. Und kurz vorm Heulen. Ich wünschte, sie wären nicht gekommen, hätten den ganzen Dreck nicht wieder aufgewühlt. Ich kann das nicht. Wenn ich nicht sofort gehe, eskaliert das hier. Ich muss raus, weg von ihnen. Mit einem Ruck stehe ich auf und laufe zur Terrassentür.

»Jackson, bleib hier.«

»Das willst du nicht«, sage ich und verschränke für einen Moment frustriert die Hände im Nacken. Ich merke selbst, wie kalt und hart ich klinge. Wie ein Arschloch, dem seine Eltern egal sind. Aber genau das ist das Problem. Sie sind mir nicht egal. Und das macht es so viel schwerer. »Tut mir leid«, murmle ich und schiebe mich durch die Terrassentür ins Freie.

»Jackson!«, ruft Dad mir hinterher.

Mom weint. Sie weint und ich fühle mich schuldig. Dabei bin ich für nichts hiervon verantwortlich. Aber das Gefühl presst mit einem abartigen Druck meine Lungenflügel zusammen. Es gibt nur eine Sache, die mir jetzt helfen kann. Ich renne los. Zum Wasser, das meine Füße verschluckt, und immer weiter den Strand entlang. Erst als mein Baumstamm in Sicht kommt, werde ich langsamer. Ich habe Seitenstechen. Die Lunge brennt. Wenigstens ist mein Körper gnädig und überlagert das Scheißgefühl in mir mit körperlichen Schmerzen.

Ich stütze die Hände auf die Oberschenkel, atme, bis ich wieder Luft bekomme, und bemerke erst dann eine Gestalt auf dem höchsten Ast des verwaschenen Holzes.

Verdammt. Ich hatte gehofft, allein zu sein. Aber mein Widerwillen kippt, als ich sehe, wer dort sitzt. Nevah. Ich kann nicht anders, als zu lächeln. Ihretwegen. Und das ist noch etwas, das ich nicht vergessen werde. Mein Herz schlägt hart und schnell gegen die Rippen, weil ich gerannt bin wie ein Irrer. Und weil sie mich bemerkt und ihre Mundwinkel ebenfalls zucken.

Wahrscheinlich habe ich überreagiert, weil ich wegen des Streits mit meinen Eltern völlig durch bin, aber sie zu sehen, katapultiert mich zurück zu letzter Nacht. Zum heutigen Morgen. Zurück zu diesen Gefühlen, die uns hinterrücks erwischt haben und die wir vergessen wollten. Ich wusste, das würde nicht funktionieren, und ich bin verdammt dankbar dafür. Denn seitdem ich das Strandhaus verlassen habe, schafft die Erinnerung an ihre Nähe es das erste Mal, all die Gedanken an das zu übertönen, was ich verloren oder nie gehabt habe.

»Hi«, murmle ich. Sie sieht nachdenklich aus. Wütend. Und traurig. Nicht so neben der Spur wie gestern Abend, aber es sind dieselben Emotionen im Spiel. Fragend deute ich auf den Platz neben ihr.

Sie nickt und ich klettere neben sie. »Sieht fast so aus, als wäre dein Tag genauso schlecht gelaufen wie meiner.«

»Könnte sein.« Ihr Blick klebt am Horizont, wo die Sonne glitzernd auf das Wasser fällt. Die Hände sind in den Taschen ihrer Sweatshirtjacke vergraben.

»Ist es wegen ...« Ich atme tief durch. »... dem, was heute Morgen passiert ist?«

»Nein.« Es ist das erste Mal, dass sie mich ansieht. »Nein, das ist es nicht.«

Ich bin erleichtert. Auch wenn mich das vermutlich zu einem schlechten Menschen macht. Denn ihr geht es dadurch kein Stück besser. »Dann lehne ich mich mal ganz weit aus dem Fenster und tippe auf Miller?«

Sie zuckt mit den Schultern. »War nicht schwer zu erraten, oder?« Sie streicht sich die Haare aus dem Gesicht und lächelt gequält.

»Was hat er angestellt?«

Sie beißt sich auf die Lippen, zögert und sieht mich dann an. »Ich sollte vielleicht nicht ausgerechnet mit dir darüber reden«, sagt sie leise.

»Weil Miller und ich Freunde sind? Deswegen ist er kein Heiliger.« Ich stoße sie leicht mit der Schulter an. Meinen Händen traue ich nicht. »Komm schon. Was hat er gemacht?«

Sie seufzt, überlegt und gibt dann nach. »Die Kurzfassung: Er ist bei meinem neuen Job vorbeigekommen und hat sich vollkommen danebenbenommen, die Probierhäppchen weggefressen und das Getränk meiner Chefin ausgetrunken. Allerdings hat er ihr immerhin eine Wiedergutmachungs-Gatorade vor die Tür des Verkaufswagens gestellt.«

»Klingt nach ihm.«

Sie lacht tonlos. »Du meinst, den größten Mist bauen und dann denken, er könnte irgendetwas davon mit solchen Gesten wieder geradebiegen?«

Ich nicke und sehe über den Ozean. So ist Miller. Aber ich mag ihn. Selbst wenn er ab und an ein Arsch ist.

»Ich dachte wirklich, sie feuert mich. Ich bin so verflucht wütend. Eigentlich wollte ich nach der Arbeit nach Hause gehen und es ihm heimzahlen. Seine heilige Playstation ertränken oder seine Gitarre in echter Rockstarmanier zerschlagen.« Ihre Hand umkrampft den Ast, auf dem wir sitzen, als wollte sie das Holz stellvertretend für ihren Bruder erwürgen.

»Aber du hast dich dafür entschieden, am Ozean runterzukommen, anstatt die Konsole zu versenken oder The-Who-mäßig Gitarren zu zerdeppern.« Die Natur gibt ihr Ruhe. Es sollte mich nicht so bescheuert freuen, dass wir das gemeinsam haben. »Den Job hast du noch?« Sonst trete ich Miller höchstpersönlich in den Hintern.

Sie nickt und streckt dabei kämpferisch das Kinn vor. »Blake war toll. Sie hat selbst keinen Bruder, aber sie meinte, sie und ihre Mom sind auf der Ranch regelmäßig mit Typen konfrontiert, die ihnen das Leben schwer machen.«

Blake. Maddies ehemalige Chefin. »Du arbeitest für die Tillamook Ranch? Für Blake Wyatt?«

Nevah sieht überrascht aus. »Du kennst sie?« Sie lächelt. »Klar kennst du sie. Manchmal vergesse ich, wie klein Rockaway Beach ist. Bestimmt habt ihr schon im Sandkasten miteinander gespielt.«

Die Vorstellung bringt mich zum Lachen. »Ich glaube kaum, dass Blake je in einem Sandkasten gespielt hat. Sie hat die Ranch mit Sicherheit schon vom Kinderbett aus regiert und ist Trecker gefahren, bevor sie laufen konnte.« Ich reibe mir über den Nacken. »Aber wer weiß, vielleicht war sie auch mal klein und unschuldig, mit rosa Klamotten und niedlichen Haarspangen.« Unwahrscheinlich zwar, aber sicher etwas, womit man sie prima aufziehen könnte. »So lange kenne ich sie allerdings noch nicht. Bin erst vor einem halben Jahr aus Portland hergezogen. Davor war ich nur in den Ferien hier. Und Blake ist nicht unbedingt jemand, der mit den Urlaubsgästen abhängt oder Strandpartys besucht. Sie hat immer irgendetwas auf der Ranch zu tun. Ich habe sie nur ein-, zweimal auf dem Markt und in der Uni getroffen.«

Nevah sieht mich einen Augenblick nachdenklich an. »Warum bist du hergezogen? Deine Familie wohnt doch noch in Portland, oder? Die Oregon State hat einen sehr guten Ruf. Besser als das Tillamook und sie haben viel mehr Auswahl, was die Studiengänge betrifft.«

Hat sie sich etwa mit Dad abgesprochen? Ich beiße die Zähne fest aufeinander. »Vielleicht ist mir mein Abschluss einfach nicht wichtig.« Das bestätigt sicher ihr Bild von mir als reichem Sohn, dem seine Zukunft am Arsch vorbeigeht. Dabei war das nie so. Ich habe immer hart dafür gearbeitet, meine Ziele zu erreichen. Sonst hätte ich gefeiert, anstatt neben dem Studium schon in Dads Firma zu jobben, um möglichst früh einzusteigen. Aber jetzt ist alles anders. Und ich hänge in der Luft.

»Warum sagst du das?« Sie knabbert an ihrer Unterlippe. Und ich muss mich zwingen, nicht auf die Stelle zu starren, wo sich ihre Zähne in das weiche Fleisch graben. »Es stimmt doch nicht, oder?«, fragt sie leise.

Keine Ahnung, woher sie weiß, dass ich lüge, aber ich kann ihr nicht erzählen, dass mein Leben in Schutt und Asche liegt. »Was war gestern Abend los mit dir?«, weiche ich ihr mit einer Gegenfrage aus. Einer, die Nevah sichtlich aus dem Gleichgewicht bringt.

Sie senkt den Blick und richtet ihn auf ihre Turnschuhe. Stille breitet sich zwischen uns aus.

»Tut mir leid.« Ich fahre mir mit der Hand übers Gesicht. »Ich habe kein Recht, dich so was zu fragen. Das war …«

»Schon gut.« Sie richtet den Blick wieder auf den Horizont

und ich kann sehen, wie sie mit sich kämpft. »Ich schulde dir eine Erklärung, warum ich in deinem Schlafzimmer war.« Sie zögert. »Manchmal habe ich Angst«, sagt sie schließlich. »Eigentlich ständig. Das war nicht immer so. Aber jetzt schon. Und ich weiß nicht, ob ich mich zurückziehen oder mitten ins Getümmel schmeißen soll. Ich will normal sein, aber ... ich habe verlernt, wie das geht. Und je mehr ich es versuche, desto weniger kriege ich es hin.« Sie bricht ab und starrt auf das Wasser.

Ich möchte sie fragen, was sie so in ihren Grundfesten erschüttert hat, aber das würde mit ziemlicher Sicherheit eine Grenze überschreiten. »Gestern, das war so ein Versuch?«, frage ich vorsichtig.

Nevah nickt. »Meine Therapeutin dachte, es wäre eine gute Idee.« Sie umschlingt ihre Mitte mit den Armen. Und das zeigt, wie grottenschlecht der Plan war.

Ich unterdrücke den Drang, sie an mich zu ziehen. Es geht ihr sicher nicht besser, nur weil ich sie berühre. Und es würde mindestens drei Mauern auf einmal einreißen, wenn ich es trotzdem tue. Das hat sie heute Morgen sehr deutlich gemacht. »Bevor ich hergezogen bin, hat mir mein Therapeut geraten, auf ein blödes Kissen einzuschlagen. Als würde das all meine Probleme lösen.« Ich ziehe etwas Rinde vom Baumstamm und breche sie auf. »Du siehst, es gibt noch schlimmere Tipps.«

Sie sieht mich überrascht an. »Du warst bei einem Therapeuten? Warum?«

Weil ich nicht damit klarkomme, dass meine Eltern mich mein Leben lang belogen haben. Weil ich sie liebe und gleichzeitig hasse für das, was sie getan habe. Und weil ich einen Menschen vermisse, den ich gar nicht kenne. Das ist lächerlich. »Familie.« Das ist hoffentlich vage genug. Sicher werde ich ihr nicht die ganze traurige Geschichte erzählen. Denn dann hätte sie höchstens noch Mitleid mit mir und das ist das Letzte, was ich will. »Die kann man sich nicht aussuchen.« Ich spiele auf Miller an und das ist ein mieser Zug. »Es sind Dinge passiert«, gebe ich zerknirscht zu.

»Dinge, mit denen du nicht klarkamst.«

»Mit denen ich auch jetzt noch nicht klarkomme.« Wieso erzähle ich ihr das? Da kann ich ihr auch gleich beichten, dass ich eine Schwäche für rosa Schirmchendrinks habe oder bei ›Titanic‹ heule. Ich meine, deal with it. Frauen haben kein Alleinrecht aufs Weinen, aber das ist nun wirklich nichts, das ich jedem Erstbesten auf die Nase binde. Das Problem ist, Nevah ist nicht jede Erstbeste. Und vielleicht rede ich deswegen weiter. »Aus dem Grund bin ich hergezogen. Ich renne weg.«

»Und wie läuft das so?«

»Es macht verdammt müde.« Ich werfe die Rinde weg und klopfe mir die Hände an den Shorts ab. »Und man riskiert, einfach irgendwo einzupennen, obwohl man rechtzeitig hätte gehen sollen.« Ich bereue es nicht und das hört man. Ich stütze meine Hand neben ihrer auf. So nah, dass sich unsere Finger gerade eben berühren. Sekundenlang löst keiner von uns die Verbindung. Doch dann rutscht Nevah vom Baumstamm in den Sand. Ich bin zu weit gegangen. Sie hat mir gesagt, dass nichts zwischen uns ist, und ich sollte ihr besser glauben.

»Es ist spät geworden«, murmelt sie und geht, bevor ich etwas erwidern kann. Ich sehe ihr nach, bis nur noch ihre Umrisse zu erkennen sind. Dunkle Umrisse. Und ich stelle mir vor, wie sie aussehen würde, wenn sich Licht an ihrer Körperlinie bräche.

25
nevah

Ich sitze in meinem Zimmer auf dem Bett und versuche die Musik zu ignorieren, die aus Millers Zimmer durch das gesamte Haus schwappt. Er hat wohl beschlossen, mich mit Nichtachtung und einem immensen Geräuschpegel in den Wahnsinn zu treiben, anstatt sich bei mir zu entschuldigen.

Einen Moment lang spiele ich mit dem Gedanken, die Tür einzutreten und seine Anlage im Ozean zu versenken. Aber ich würde mir bei dem Versuch nur die Schulter brechen und nichts gewinnen. Miller ist stärker als ich. Und er würde um seine blöde Bluetoothbox mit Superbass kämpfen.

Es ist kurz nach zwei. Mom und Dad kommen erst gegen zehn Uhr heute Abend zurück. Das sind acht Stunden. Ich stöhne unterdrückt. Acht Stunden voll von ohrenbetäubend lauter Singer-Songwriter-Musik. Acht Stunden, in denen ich mich ausschließlich mit meiner Wut auf Miller und dem Wirrwarr in meinem Hirn beschäftigen werde, das Jax angerichtet hat. Er hat mich aus einer Panikattacke geholt, einfach indem er seine Arme um mich geschlungen hat. Und das kann ich nicht einfach ignorieren. Außerdem ist da irgendetwas in seinem Leben, das mindestens so schief hängt wie in meinem. Und ich möchte wissen, was das ist. Ob ich deswegen ständig an ihn denken muss, weil uns das auf eine absurde Art und Weise verbindet? In seiner Nähe konnte ich schlafen, ohne Albträume zu haben. Die Erinnerung an den Moment, in dem er halb auf mir lag und seine Hände sich unter mein Top geschoben haben, verdränge ich. Aber nicht schnell genug, um zu verhindern, dass Hitze durch meinen Körper schießt. Stöhnend lasse ich mich hintenüber auf die Matratze fallen und strample mit den Füßen. Das ändert zwar nichts, aber es tut gut, die Emotionen rauszulassen. Als ich wieder still liege, fällt mein Blick auf etwas Schwarzes, das zwischen den Laken aufblitzt. Ich strecke mich und ziehe ein kleines Plastikplättchen hervor. Es ist der Casinochip, mit dem Jax ständig herumspielt. Keine Ahnung, woher er das Ding hat, aber er hat ihn immer bei sich. Er muss ihn gestern Nacht hier verloren haben. Ich drehe und wende ihn, versuche ihn über meine Hand tanzen zu lassen, wie Jax es immer tut, aber die Schwerkraft ist unbarmherzig. Ich bücke mich, um ihn aufzuheben, und sehe beim Wiederhochkommen, wie Jax in seiner Auffahrt hält.

Er ist dreckig und vollkommen verschwitzt. Die Haare hängen ihm feucht in die Stirn. Er trägt keine Sportklamotten, war also nicht trainieren. Sieht aus, als hätte er hart körperlich gearbeitet. Noch vor ein paar Tagen hätte ich das ausgeschlossen und ihn in die Schublade mit der Aufschrift »Reiches Söhnchen, das nichts ernst nimmt« gepackt. Aber das war vor unserer gemeinsamen Nacht. Vor dem, was er mir am Baumstamm erzählt hat. Wenn er vor seiner Familie wegrennt, versucht er vielleicht wirklich allein klarzukommen. Ich berühre mit dem Chip meinen Hals. Und stelle mir vor, es wäre seine Hand, nicht das kühle Plastik, was mich erschauern lässt.

»Was machst du da, Nev?«

Miller. Ich zucke zusammen, lasse den Chip eilig in meiner Hosentasche verschwinden und drehe mich zu ihm um. »Du lebst also noch?«, frage ich genervt. »Dachte schon, diese schreckliche Musik hätte dich erledigt und du reagierst deswegen nicht.«

Er zuckt mit den Schultern. »Roo Panes ist eine Ikone. Und sorry, bin quietschmunter.«

Als wäre das Gegenteil wirklich etwas, das ich mir wünschen würde. Ich gebe ihm einen unsanften Schubs. »Darüber sollten wir keine Witze machen.«

Er erwidert nichts, aber sein Blick wird einen Wimpernschlag lang dunkel und leer. Er sieht aus dem Fenster und ich bin froh, dass Jax rechtzeitig im Haus verschwunden ist. Dass ich seinen neuen besten Freund von meinem Zimmer aus anschmachte, wäre ein gefundenes Fressen für Miller, um mich bis an mein Lebensende damit aufzuziehen.

»Ich penn jetzt 'ne Runde.« Miller tippt sich gegen die Schläfe. »Weck mich nicht wegen irgendwelchem Streberkram.«

»Na klar doch. Ist eine heimliche Leidenschaft von mir, den ganzen Tag auf Zehenspitzen durchs Haus zu laufen, weil du einen vampirösen Schlaf-wach-Rhythmus hast.« Er macht sich ungerührt auf den Weg in sein Zimmer. »Natürlich nehme ich liebend gern Rücksicht. So wie du gestern vor meiner Chefin«, rufe ich ihm hinterher, aber meine Worte treffen nur die Tür, die er hinter sich zuschmeißt.

Ich verdrehe die Augen. Vielleicht gehe ich ins Grumpy Pie und gönne mir einen Blueberry Pie mit extra viel Sahne. Vergiss-deinen-ätzenden-Bruder-Sahne. Wahrscheinlich bekomme ich eine Laktoseintoleranz, sollte ich so viel davon essen wollen, dass ich auch Jax vergesse. Der tritt in diesem Moment auf die seitliche Veranda und lässt sich auf eines der Sofas fallen. Er ist frisch geduscht und die Wassertropfen auf seinem nackten Oberkörper glitzern in der Sonne. Ich taste nach dem Chip in meiner Hosentasche und umschließe ihn. Bevor ich ins Grumpy Pie fahre, sollte ich Jax das Teil zurückbringen, oder nicht? Das ist, was gute Nachbarn und Schwestern des besten Freundes normalerweise tun würden. Er trägt das Teil immer bei sich und vermisst es sicher bereits. Aber er hat den Chip nicht irgendwo verloren. Das Ding lag in meinem Bett und deswegen fühlt es sich alles andere als normal an, das Haus zu verlassen und über den Rasen zu ihm zu laufen.

26
jackson

Die Sonne brennt von einem wolkenlosen Himmel und trocknet meine vom Duschen noch nasse Haut. Ich hänge auf einem der Lounge-Sofas und blättere durch den ›Economist‹, den ich vor der Arbeit zusammen mit einem Frühstücks-Slushy im Dollar General gekauft habe.

Der grüne Boom – unsere Chance, die Welt zu retten. Dads Zitat bedeckt ein Drittel der Titelseite. Den Rest nimmt sein Gewinnerlächeln ein. Ich beginne den Artikel über ihn zu lesen, aber schon nach den ersten drei Sätzen möchte ich kotzen. Er ist nicht nur strahlender Held der Green-Economy-Bewegung, sondern vor allem liebevoller Familienvater und Ehemann. Kein Wort darüber, dass wir seit über einem halben Jahr nicht mehr miteinander reden. Dass es nie wieder so sein wird wie früher. Er und sein breites Grinsen belügen nicht nur mich, sondern auch die ganze Welt. Oder zumindest den Teil, der den ›Economist‹ liest. Wahrscheinlich ist es nicht fair wütend zu sein, weil Dad seinen Prinzipien treu bleibt und keine schmutzige Wäsche in der Öffentlichkeit wäscht. Im Grunde müsste ich ihm dankbar sein. Er schützt mich. Und sich. Aber stattdessen beschleunigt seine unerschütterliche Professionalität meinen Puls. Ich klappe die Zeitschrift zu, werfe sie auf den Tisch und schließe meine Augen. Den Kopf lege ich auf der Rückenlehne ab, bis mich ein »Hi« dazu bringt, blinzelnd ein Auge zu öffnen. Nevah steht vor mir. Sie wirkt unsicher. Vermutlich fragt sie sich, ob es okay ist, mich zu stören.

Verdammt, es ist mehr als okay. Aber mein Hirn ist wie leer

gefegt und deswegen sage ich gar nichts, was wirken muss, als wäre ich ein schmollendes Arschloch, das nicht mit der Abfuhr von heute Morgen klarkommt. »Hi«, quetsche ich schließlich hervor. Viel zu spät und wenig geistreich. Dazu deute ich auf den noch freien Platz auf dem Lounge-Sofa.

Sie wirft einen Blick über die Schulter und bleibt stehen. »Eigentlich wollte ich dir nur den hier zurückbringen.«

Sie hält meinen Casinochip hoch. Seit diesem Scheißtag auf dem Boden des Portland-General-Krankenhausflurs habe ich ihn immer bei mir. Art hat ihn mir gegeben, damit ich etwas habe, woran ich mich festhalten kann, wenn er nicht in der Nähe ist. Während des Besuchs von Mom und Dad habe ich ihn nicht in der Tasche gehabt, obwohl ich ihn echt dringend gebraucht hätte. Ich dachte, er wäre in einer der anderen Hosen. Ich wollte nachsehen, aber nach unserem Streit habe ich es vergessen.

Nevah hält mir den Chip hin und ich nehme ihn entgegen. »Danke«, murmle ich und versuche, nicht daran zu denken, was passiert wäre, wenn ich ihn woanders verloren hätte. Wenn nicht sie ihn gefunden hätte. Und ich sollte wirklich nicht daran denken, wobei er mir aus der Tasche gerutscht ist.

»Kein Problem.« Ihr Blick fällt auf die Zeitschrift auf dem Tisch und sie schnaubt. »Als könnte man die Welt retten, wenn man nur seinen eigenen wirtschaftlichen Vorteil im Kopf hat.«

Sie hat eine Meinung zu Dad? Keine schmeichelhafte. Und natürlich fühle ich mich verantwortlich, ihn in Schutz zu nehmen. »Meinst du nicht, Effizienz und Green Economy könnten eine Chance sein, das Wirtschaftswachstum von der Ressourcenverschwendung und Umweltverschmutzung abzukoppeln?«

Jetzt setzt sie sich doch. Von der Armlehne des Sofas aus funkelt sie mich an. »Du glaubst den Mist? Ich meine, Jevons hat ganz klar belegt, dass Einsparungen der Green Economy so gut wie immer in Mehrproduktionen gesteckt werden. Wirtschaftswachstum kann niemals grün sein. Das schließt sich per se aus. Das Einzige, was durch Steuern und Bepreisung von Umweltschäden erreicht wird, ist, dass solche Wirtschaftshaie glauben, eine moralische Lizenz zu haben, die Umwelt einfach immer weiter auszubeuten.«

Ihre Wangen glühen und ich denke, ich sollte ihr wohl besser nicht stecken, dass der Mistkerl auf dem Titelblatt mit mir verwandt ist. Na ja, genau genommen … Ich schüttle den Kopf und damit den zermürbenden Gedanken ab.

»Auch grüner Konsum ist nun mal Konsum.« Nevah denkt, das Kopfschütteln hat ihr gegolten. »Und der belastet die Umwelt. Durch Abfall, Ressourcenverbrauch und Verschmutzung. Es wird suggeriert, dass wir alles haben können, Wirtschaftswachstum und ein nachhaltiges Leben, aber das ist Quatsch.«

»Wirtschaftswachstum bedeutet aber auch Arbeitsplätze zu schaffen. Und die werden gebraucht. Wir haben das Privileg, in einem Strandhaus zu wohnen, Arbeit zu haben und studieren zu können, ist es da nicht arrogant, anderen ihren Arbeitsplatz wegen ökologischer Bedenken abzusprechen und den sozialen Aspekt einfach zu ignorieren?« Ich sehe sie herausfordernd an. »Die Folgen des Klimawandels sind längst da«, fahre ich fort. »Die Schäden müssen bezahlt werden. Der Schutz der noch intakten Ökosysteme auch. Wie willst du das machen, ohne Gewinne aus der Wirtschaft, die du wieder reinvestieren kannst?«

Sie schaut mich irritiert an. Offenbar ging sie nicht davon aus, dass ich mehr lese als Instagram-Captions. »Wie sieht deine Lösung aus?«, fragt sie herausfordernd.

Ich deute auf das Titelblatt. »Es gibt Unternehmer, die ganz brauchbar sind und Gesetze auf den Weg bringen, die wirtschaftliche Überlegungen und den Umweltgedanken verbinden. Das ist in jedem Fall besser, als die Dinge so zu lassen, wie sie sind. Oder einen radikalen Schritt zu machen, bei dem weniger privilegierte Menschen auf der Strecke bleiben.« Ich zucke die Schultern. Das ist, was Dad tut. Es ist das, was ich immer tun wollte. Weil ich dahinterstehe.

»Ich glaube nicht, dass das reicht.«

Ich nicke, weil ich ihr recht geben muss. Ich wollte immer mehr, als wir am Ende bei unseren Verhandlungen erreichen konnten. »Aber es ist ein Anfang.«

Sie nickt. Und dann lächelt sie. Vielleicht weil es ihr gefällt, dass wir zwar unterschiedlicher Meinung, aber doch nicht weit voneinander entfernt sind.

»Hast du heute schon was vor?« Die Worte sind ausgesprochen, bevor ich richtig darüber nachdenken kann.

Sie verschränkt die Arme und sieht mich zweifelnd an. »Warum fragst du?«

Weil sie die Natur so sehr liebt, dass sie diskutiert, bis ihre Wangen glühen, und ich das bedenklich großartig finde. Weil dieses Summen, das ich in ihrer Nähe spüre und das alles andere beiseiteschiebt, süchtig macht. Und weil ich dafür sorgen will, dass sie lacht. Richtig lacht. Das ist die verfluchte Wahrheit, auch wenn ich sie besser in Ruhe lassen sollte. Aus so vielen Gründen. »Weil ich dir als Dankeschön gern etwas zeigen würde«, bringe ich das Naheliegendste hervor und lasse den Chip lässig über meine Finger wandern. Dabei bin ich so weit entfernt von lässig wie Millers Lieblingssänger von einem Top-Ten-Hit. »Das Teil bedeutet mir ziemlich viel. Und du hast es mir zurückgebracht.«

Sie beißt sich auf die Lippe. »Miller hat die ganze Nacht durchgezockt und sah aus wie ein Mitglied des The-Walking-Dead-Casts. Er schläft jetzt. Ich müsste die nächsten Stunden auf Zehenspitzen durchs Haus schleichen, um ihn nicht zu wecken.«

»Ist das ein Ja?« Ich klinge eindeutig zu begeistert.

»Das ist ein Ich-bin-obdachlos-bis-Miller-aufwacht-und-habe-keine-Lust-bei-dem-schönen-Wetter-den-ganzen-Tag-im-Grumpy-Pie-Abzuhängen«, sagt sie leise.

Das muss reichen. Auch wenn es verdammt wenig ist. »Gib mir zwei Sekunden.« Ich verschwinde im Haus, werfe mir ein Shirt über, schnappe mir ein paar Handtücher und angle meinen Schlüsselbund von der Kommode. In Rekordzeit stehe ich wieder vor ihr. »Dann los.«

Gemeinsam gehen wir zum Pick-up und ich überlege, ob ich ihr die Tür aufhalten soll? Aber das wäre echt drüber.

Also warte ich, bis sie eingestiegen ist, sich angeschnallt hat, und fahre dann los. Ins Zentrum von Rockaway Beach, wo ich uns einen Slushy hole, und dann südlich den Highway hinunter.

»Wohin bringst du mich?«, fragt Nevah und sieht mich neugierig an. Ihre Lippen sind von den Eiskristallen himbeerrot verfärbt.

Die Sonne blitzt durch die schmalen Kiefernhaine, die zwischen Straße und Strand liegen, und lässt ihre Haut leuchten. Ich konzentriere mich wieder auf die Straße. »Zu einem meiner Lieblingsplätze. Du wirst ihn mögen.«

»Was macht dich da so sicher?« Sie sieht mich forschend an.

»Du magst die Natur.« Sonst hätte sie während unseres Gesprächs nicht total in den Greta-Thunberg-Modus gewechselt. »Und gestern bist du auch an den Strand gegangen, um runterzukommen.« Ich zucke mit den Schultern. »Also denke ich, es wird dir gefallen.«

»Wir fahren an den Strand?« Sie lacht leise. »Du wohnst in einem Strandhaus. Wir hätten nur rausgehen müssen.«

»Stimmt. Aber dieser Strand ist anders. Besonders. Du wirst schon sehen.«

»Was genau meinst du mit besonders?«

»Du bist wirklich neugierig.« Eine Eigenschaft, die ich süß und nicht bedenklich finde. Was vermutlich total bedenklich ist. »Lass dich einfach überraschen«, sage ich, ziehe den Casinochip aus der Hosentasche und lasse ihn über meine Finger wandern. Das beruhigt mich. Normalerweise.

Sie sieht nicht gerade glücklich mit meiner Antwort aus. »Was hat es mit diesem Chip auf sich? Hast du ihn von deiner Freundin?«, wechselt sie so urplötzlich das Thema, dass ich um ein Haar ein Schleudertrauma erleide.

Ich schüttle den Kopf, überlege, was ich sage. »Maddie und ich sind nur Freunde.« Das reicht vollkommen an Information. Trotzdem spreche ich weiter. »Wir waren nie zusammen. Und sie ist auch nicht der Typ, der wichtige Dinge verschenkt.« Halt. Endlich. Deine. Klappe. Scott. Das wollte sie sicher nicht wissen. Aber sie lächelt. Sie lächelt, verflucht noch mal. Und das ist wie Füße im Sand vergraben. Oder warmer Sommerregen. Oder den Verstand verlieren, weil sie meine Hand berührt.

Ganz kurz nur, um mir den Casinochip abzunehmen und ihn zu betrachten. Dann gibt sie ihn mir wieder.

»Das ist das zweite Mal, dass du sagst, das Ding würde dir viel bedeuten. Warum?«

»Ich weiß nicht …« Ich stocke. Überlege, was ich ihr sagen kann. Was ich ihr sagen will. Die Antwort ist: alles. Aber das wäre selbstmörderisch. »Ein Freund hat ihn mir gegeben. Als es mir echt dreckig ging.« Ich starre auf die Straße. »Ist ein ganz brauchbarer Anker, wenn es nicht so läuft.«

Sie nickt und ich werde das Gefühl nicht los, dass sie das nachvollziehen kann. Unwillkürlich muss ich daran denken, wie sie in Stresssituationen immer ihr Haar zu einem Knoten zusammenzwingt. Vielleicht ist das ihr Anker.

»Was ist das für ein Freund? Jemand von der Uni?«

Wenn ich ihr erzähle, dass mich und Art rund sechzig Jahre Altersunterschied trennen, wird sie daraus sicher keine Schlüsse ziehen, die als Kompliment durchgehen. »Er ist etwas älter«, sage ich. Das ist vage genug, um nicht total schräg rüberzukommen. »Wir sehen uns nicht sehr oft, aber er ist immer für mich da.«

»Du magst ihn sehr.« Sie sieht aus dem Fenster und verbindet die getrockneten Wassertropfen vom letzten Regen mit der Fingerspitze. »Meine beste Freundin ist noch in …« Sie beißt sich auf die Lippen, bevor sie leise fortfährt. »Sie lebt noch in Chicago.« Sie meidet meinen Blick. »Ich vermisse sie. So sehr, dass mir manchmal richtig schlecht wird.«

»Wieso besuchst du sie nicht?« Chicago liegt nicht auf dem Mond. »Zu Thanksgiving haben wir ein paar Tage frei. Du könntest hinfahren.«

Sie verknotet die Hände miteinander, atmet schwer und sagt dann leise: »Wir haben keinen Kontakt mehr.«

Das klingt endgültig. Was auch immer zwischen ihr und ihrer besten Freundin vorgefallen ist, muss übel sein. Und ich bin mir fast sicher, es hat etwas mit dem Grund zu tun, aus dem sie eine Panikattacke in meinem Zimmer hatte. Aus dem sie mit ihrer Familie ans andere Ende des Landes gezogen ist. Und sie Miller zu einem Therapeuten schleift. Ich will sie fragen, was passiert ist, aber Nevah schaltet das Radio ein.

Das war eindeutig. Sie will nicht darüber reden. »Derulo klingt ja immer ziemlich quakig, aber das Radio macht ihn echt zum Kermit«, wechsle ich das Thema, als wäre das vollkommen in Ordnung. Ist es nicht, weil ich ihr so verdammt gern helfen würde. Aber vielleicht kann ich ihren Tag gerade dadurch besser machen, dass ich nicht in demselben Mist rumwühle wie ihre Familie und die Therapeutin.

»Warum lässt du es nicht reparieren?«

Ich fahre mir durch die Haare. »Kostet mindestens hundert

Bucks und so wichtig ist es mir nicht. Das Haus gehört meinen Eltern. Mir gehört dieser Pick-up.« Ich überlasse es ihr, daraus die richtigen Schlüsse über den jeweiligen Kontostand zu ziehen.

»Unterstützen sie dich nicht?« Nevah hat sich auf dem Sitz zu mir gedreht und ein Bein an den Körper gezogen.

»Sie lassen mich in ihrem Haus wohnen.« Jetzt bin ich es, der am liebsten das Thema wechseln würde. »Und sie schicken mir Schecks.«

»Die du nicht einlöst?«

»Die ich nicht einlöse.« Ich seufze. »Hör zu, das ist nichts, worüber ich gern spreche.« Ich lächle angestrengt. »Außerdem sind wir da.« Ein unscheinbarer Parkplatz direkt am Highway. Von hier aus kann man nicht mal den Ozean sehen.

Nevah ist verwirrt, steigt aber aus, als ich es ebenfalls tue. »Das hier ist dein Lieblingsplatz?« Sie sieht sich auf dem sandigen, trostlosen Schotterplatz um und ich kann sehen, wie sie abwägt, ob ich noch alle Schrauben festgezurrt habe.

»Warte es ab«, sage ich lächelnd und stopfe die Handtücher, meinen Neopren-Shorty und den ausrangierten Ersatzanzug, etwas zu trinken und zwei Packungen Jammie Dodgers aus dem Vorrat für Art in einen Rucksack. Dann schultere ich ihn und klemme mir das Surfboard unter den Arm. »Kommst du?«

Nevah nickt und folgt mir über den steinigen Pfad. An einigen besonders kniffligen Stellen helfe ich ihr. Und jedes Mal, wenn sie ihre Hand in meine legt, vollführt mein Herz den perfekten Drop in eine Monsterwelle.

»Sind wir bald da?« Nevah pustet sich die verschwitzten Haare aus dem Gesicht. Und sieht einem Papageientaucher hinterher, der hinter der Felswand verschwindet. »Der Strand muss echt besonders sein, wenn du dafür so eine Klettertour auf dich nimmst.«

»Ist er.« Ich trete hinter sie und lege ihr meine Hand über die Augen.

»Hey«, protestiert sie, befreit sich aber nicht. Mit meinem Körper an ihrem dirigiere ich sie einige Schritte weiter. Sie riecht gut. Verdammt gut. Und ihre Nähe, die Haut unter meinen Fingern pumpt Blut in Körperregionen, die nicht zum Denken da sind. Ich atme tief durch, konzentriere mich darauf, sie um die Felsformation vor uns herumzuschieben, und ziehe dann meine Hand fort.

Aber ich stehe noch immer hinter ihr. So dicht, dass ich das Zittern spüre, das ihren Körper beim Anblick der Bucht durchläuft und auf meine Zellen überspringt. Sie sagt nichts und ich bleibe ebenfalls stumm. Nur ist das, was mich sprachlos macht, nicht die Fairytale Cove, deren Anblick zugegebenermaßen ziemlich atemberaubend ist.

»Das ist …«

Einzigartig? Wunderschön? Besonders? »Jepp«, murmle ich und zwinge mich, nicht länger sie anzustarren, sondern meinen Blick auf die Steilküste unter uns zu richten, die sich in mehreren moos- und pinienbewachsenen Inseln verliert. Über verwunschene Gesteinsbrücken sind sie miteinander verbunden und rahmen eine winzige Bucht ein. Das Wasser ist durch das vom Grün gefilterte Licht unnatürlich türkisfarben und schlägt gegen einen feinen, von der Welt verborgenen Sandstrand am Fuß der Klippen. Im Ozean dahinter brechen sich perfekte Wellen zum Surfen.

Wortlos trete ich neben sie und reiche ihr meine Hand, um den schwierigen Abstieg zum Strand zu beginnen. Sie ergreift sie, bewegt sich aber nicht. »Zwei Sekunden noch.«

Ich nicke und gebe ihr so viel Zeit, wie sie braucht. Selbst wenn wir eine Ewigkeit hier stehen würden, würde es mich nicht stören. Denn ihre Hand liegt noch immer in meiner. Irgendwann dreht sie sich mit glänzenden Augen zu mir.

»Das ist so was von tausendmal besser, als auf Zehenspitzen um Miller herumzuschleichen.«

»Deine Latte liegt nicht besonders hoch«, bemerke ich lachend.

Sie schlägt mir leicht gegen die Brust. »Idiot.«

Mit der Hand reibe ich über die Stelle, obwohl es nicht wehtut. Dass sie noch immer einen Idioten in mir sieht, hingegen schon. »Wollen wir?«

Sie nickt und folgt mir den schmalen Pfad hinab, der sich steil an den Felsen entlangschlängelt. Möwen, Austernfischer und Papageientaucher feuern uns beim Abstieg an. Unten angekommen breiten wir unsere Handtücher am Wasser aus. Nevah lässt sich darauf fallen und schließt die Augen.

Ich starre sie einen Moment an und befreie dann meinen Shorty aus dem Rucksack. Wenn ich mich nicht augenblicklich in diesen Anzug zwänge, werde ich mich neben sie legen und ihr sagen, dass ich sie mag. Viel zu sehr. Es zuzugeben, und sei es nur in Gedanken, ist selbstmörderisch. Denn sie will mich nicht. Das hat sie glasklar gemacht. *Können wir das alles bitte einfach vergessen? Das hier ist nie passiert.* Ich streife mir Shirt und Schuhe aus und ziehe den Anzug an. Und als ich den Reißverschluss am Band zuziehe, habe ich mich wieder im Griff.

Zumindest genug, um ein neutrales Lächeln zustande zu bringen und Nevah mit dem zweiten Anzug anzustupsen. »Liegst du hier nur rum oder kommst du mit rein?«

»Bist du irre? Das Wasser ist eiskalt.« Sie stützt sich auf und schüttelt vehement den Kopf.

Ich habe mich kein Stück im Griff, verdammt. Warum muss sie auch so faszinierend entschlossen sein? »Deswegen der Neoprenanzug. Und kalt nenne ich herrlich erfrischend.« Könnte helfen, wieder einen klaren Kopf zu kriegen.

Sie beäugt den schwarzen Anzug skeptisch. »Wenn ich den

anziehe, stellst du mich am Ende noch auf das Surfboard und lachst dich über mich tot, weil ich auf ganzer Linie versage.«

Ich denke nicht, dass sie versagen würde. Erscheint mir unmöglich. »Dann hätten wir trotzdem Spaß.« Ich sollte dringend aufhören, sie zu etwas zu drängen, das sie nicht will.

Sie umschlingt ihre Knie mit den Armen. »Du hättest Spaß. Ich hätte Muskelkater und würde bei meinem Glück vermutlich von einem Hai gefressen.«

»Die Haie hier sind in der Regel ungefährlich. Und sie mögen Fische viel lieber als Surfer«, sage ich, hebe aber die Hände, um ihr zu signalisieren, dass ich ihre Entscheidung endlich akzeptieren werde, und schnappe mir das Board. Nachdem ich knietief hineingewatet bin, lege ich mich bäuchlings auf das Brett und paddle an den Inseln vorbei auf den Shorebreak zu. Die körperliche Anstrengung hilft. Der Ozean auch. Und das Surfen, das alles in mir wieder geraderückt. Zumindest bis ich eine Pause im Line-up hinter der Brandungszone einlege und zum Strand blicke. Nevah sitzt noch genauso da wie vorhin und schirmt die Augen vor der Sonne ab. Das Board dümpelt gemächlich auf dem Wasser. Ganz im Gegenteil zu dem Teil von mir, der ausflippen will, weil sie mir zusieht. Der ist alles andere als gemächlich. Hat eher was von schwerem Seegang.

Das hat nichts zu bedeuten, Idiot. Ich bin nur Millers partymachender Freund. Ein Typ, der es auf ihrer Beliebtheitsskala gerade mal mit ihrem Bruder aufnehmen kann. Jemand, auf den sie körperlich reagiert, wenn sie nicht aufpasst. Aber das war es auch. Gute Verpackung, schlechter Inhalt.

Und selbst wenn ich verzweifelt genug wäre, mich trotzdem an sie zu klammern, wäre das dann wirklich mehr als ein trauriger Versuch, nicht unterzugehen? Ein unfairer Versuch, der sie verletzen wird. Und in dem Fall wird Miller mir vermutlich die Knochen brechen. Denn egal wie viel sie streiten, er liebt seine Schwester.

Ich rutsche vom Board, pumpe Luft in meine Lunge und lasse das Brett los. Der Ozean verschluckt mich. Ich gehe tatsächlich und nicht nur sprichwörtlich unter, aber es ist gut. Das eiskalte Wasser schockgefriert meine Gefühle und gönnt meinem Kopf eine Pause. Es ist ruhig, aber nicht still, und je tiefer ich sinke, umso fester wird mein Entschluss, Nevah in Ruhe zu lassen, selbst wenn es nicht das ist, was sich die illoyalen Teile von mir wünschen. Mein Herzschlag beruhigt sich. Die Welt ergibt wieder ein wenig mehr Sinn.

27
nevah

Die Bucht scheint vom Rest der Welt vergessen. Die hohen Felsen wachen über uns. Ich fühle mich vollkommen sicher. Ganz. Wie ich.

Genau wie Freitagabend. Ohne diese Bucht. Ohne die steinernen Wächter. Es war Jax, der dieses Gefühl erzeugt hat. Einfach indem er da war.

Ich sollte ihn nicht so sehen, kein Bild von ihm kreieren, das der Realität nicht standhalten wird. Ich sehe ihm zu, wie er paddelt, die Wellen erwischt und sich in einer fließenden Bewegung aufrichtet. Es ist faszinierend, wie er einen Rhythmus mit der Natur findet und mit ihr im Einklang über das Wasser gleitet. Und ich mag, dass er für seine Überzeugungen eintritt. Dass er überhaupt welche hat. Dass ich mich mit ihm leicht fühle, lebendig, und dass ich wieder lache. Ich bin so eine Lügnerin, wenn ich behaupte, das wäre alles. Denn jedes Mal, wenn er seine Muskeln anspannt oder nach einem Sturz die nassen Haare auf diese Jax-Art aus dem Gesicht wirft, durchfährt meinen Körper ein Kribbeln. Herrgott, ich finde sogar seine Hände, mit denen er das Board hält, heiß. Mein Körper erinnert sich daran, wie er mich mit diesen Fingern berührt hat, und ich beiße mir seufzend auf die Unterlippe. Egal wie anziehend ich ihn finde, in meiner Situation sollte ich mich auf niemanden einlassen. Sollte. Sechs Buchstaben, die sich in meinem Bauch verknoten. Ich hebe das Handy an und mache ein Foto von ihm. Die Sonne steht tief und beleuchtet ihn, wie er reglos auf dem Board sitzt und im Wasser treibt. Und ich werde in diesem Moment erste Vorsitzende im Ich-hasse-das-Wort-sollte-Club.

Er winkt mir zu. Natürlich hat er gesehen, dass ich ihn beobachtet habe. Mit einem Seufzen werfe ich das Telefon auf das Handtuch. Es zu leugnen nützt nichts, deswegen winke ich zurück. Aber er bemerkt es nicht, weil er im selben Moment vom Brett rutscht und untertaucht.

Erst denke ich mir nichts dabei. Aber als er nicht wieder auftaucht, werde ich unruhig. In Gedanken beginne ich mitzuzählen. Fünf. Zehn. Nichts regt sich. Fünfzehn. Ich springe auf und suche hektisch die Wasseroberfläche ab. Jax ist über eine Leine mit dem Surfboard verbunden. Weit kann er sich nicht von der Position des Bretts entfernt haben. Aber das Wasser bleibt glatt. Zwanzig. Panik breitet sich in mir aus. Er könnte einen Krampf haben. Ist das nicht die häufigste Ursache für Ertrinken? Er könnte auch verletzt sein. Ein Quallenstich. Oder er ist gegen einen der Felsen geprallt. »Jax?«, brülle ich über das Wasser. Die Hände zu einem Trichter geformt, aber der Wind trägt meine Stimme weg von der Stelle, wo er untergegangen ist. »Jax«, versuche ich es erneut und wate ins Wasser hinein. Die Wellen lecken an meiner Jerseyshorts. Fünfundzwanzig Sekunden. Mir ist eiskalt und das liegt nicht am Wasser, das mir jetzt bis zur Taille reicht. Ich rufe noch mal, aber nichts tut sich. Hart schlägt mein Herz gegen die Rippen. Panik ummantelt jede meiner Zellen, macht meine Bewegungen taub.

Shit. Ich darf jetzt nicht ohnmächtig werden. Mit zusammengebissenen Zähnen kämpfe ich mich vorwärts. Die Klamotten saugen sich voll Wasser und ich zittere unkontrolliert, schwimme aber trotz der beißenden Kälte los. Es dauert lange. So verdammt lange, bis ich endlich das Board erreiche. Mehrere Sekunden klammere ich mich an dem Brett fest. Jax ist noch immer nicht aufgetaucht. Hektisch versuche ich Luft zu holen, schlucke Wasser. Ich habe vergessen weiterzuzählen. Wie viel Zeit ist vergangen, seitdem ich losgeschwommen bin? Wie lange ist er schon unter Wasser? Ich muss mich konzentrieren, atmen, nach ihm suchen. Ich hole Luft, tauche und sehe mich unter Wasser hektisch um.

Erleichterung erfasst mich, als ich ihn ein paar Fuß tief unter mir entdecke. Aber er schwimmt nicht. Er treibt. Die Augen geschlossen. Die Muskeln schlaff. Oh, mein Gott! Nach Luft japsend tauche ich wieder auf, pumpe Sauerstoff in meine Lungen und stoße mich dann vom Board ab, um ihn trotz der Klamotten, die mich an der Oberfläche halten wollen, zu erreichen und nach oben zu ziehen.

Der Ruck an der Leash bringt Jax dazu, seine Augen zu öffnen. Er sieht ... verwundert aus. Und besorgt. Mit wenigen kräftigen Schwimmzügen ist er bei mir und gemeinsam durchbrechen wir die Wasseroberfläche. Er schiebt mir das Board zu, damit ich mich daran festhalten kann.

Mit der Hand greift er um die Spitze des Surfbretts und blickt mich stumm und so eindringlich an, dass mein Herz im Rhythmus meiner Muskeln zittert.

»Schön, dass du doch noch Lust auf Baden bekommen hast, aber du hättest wirklich den Anzug anziehen sollen«, sagt er mit diesem rauen, leisen Spott in der Stimme.

»Lust auf Baden? Bist du wahnsinnig?« Ich funkle ihn an. »Ich dachte, du würdest ertrinken.«

»Es hätte dir etwas ausgemacht, wenn ich Krabbenfutter geworden wäre?« Wellen lecken an seinem Grinsen.

Am liebsten würde ich seinen selbstgefälligen Hintern jetzt doch ertränken. Verdient hätte er es. »Das ist nicht lustig«, krächze ich und bin kurz davor, vor Erleichterung zu heulen.

»Tut mir leid.« Er lässt sich näher an mich herantreiben und ist plötzlich ungewohnt ernst. Sein Blick dunkel und tief. »Ehrlich. Es geht mir gut.«

»Okay«, murmle ich und warte darauf, dass sich mein Puls beruhigt, aber er geht immer noch hart und viel zu schnell. Jax ist mir jetzt so nah, dass sich unsere Beine beim Wassertreten berühren. Sanft, als würde sie der Ozean zusammenführen. Aber meine Reaktion darauf ist alles andere als das.

»Du frierst«, murmelt Jax leise und streicht mir eine Haarsträhne hinters Ohr, die nass auf meiner Wange klebt.

Es stimmt, ich zittere unkontrolliert, aber ich bezweifle, dass das an der Kälte liegt.

Er schlingt seinen freien Arm um meine Taille und zieht mich an sich. »Das wird nicht viel helfen, weil ich den Neo trage, aber wir sollten es versuchen«, erklärt er und presst seinen Körper gegen meinen.

Ich spüre jeden Inch, mit dem er mich berührt. Jeden Atemzug. Seinen Herzschlag. Wassertropfen hängen in seinen Wimpern und bahnen sich ihren Weg über sein Gesicht in Richtung Wasseroberfläche. Und ich starre ihnen nach. Konzentriere mich allein auf den Ausschnitt, den ich erfassen kann, ohne mich zu rühren.

»Besser?«, fragt er und das Wort vibriert zwischen uns.

Ich nicke. Besser als alles, was seit New York passiert ist. Und ich wünsche mir mit einer brennenden Intensität, er würde die Distanz überwinden und mich küssen. Dabei sollte ich alles, nur nicht ihn wollen. Sollte. Ich hasse dieses Wort wirklich.

Seine Kiefer mahlen. Und ich bin nicht sicher, ob es daran liegt, dass er diesen Kuss so sehr will wie ich. Oder ob das genaue Gegenteil der Fall ist. Aber dann rutscht seine Hand an meinem Rücken hinauf und kommt in meinem Nacken zum Liegen. Sein Daumen streicht sanft über meine Haut und macht klar, er kämpft.

Genau wie ich. Ich ringe. Mich selbst zu Boden. Dabei wollte ich nie wieder die Kontrolle über mein Leben abgeben. Und

Jax zu küssen bedeutet genau das. Trotzdem streife ich im nächsten Moment seine Wange, den Rand seiner Lippen.

Ihm entfährt ein dunkler, gequälter Laut. »Nicht, Nevah«, flüstert er, lehnt seine Stirn gegen meine und schließt die Augen. Die Worte werden fast vollständig vom Glucksen des Wassers verschluckt.

Ich sollte auf ihn hören. Vernünftig sein. Sollte ist mir allerdings gerade so was von egal. Sanft lege ich meine Lippen auf seine und küsse ihn. So zart, dass er es beenden könnte, wenn er wirklich wollte. So leicht, dass wir beide später behaupten könnten, es wäre nie passiert.

Aber es passiert. Und Jax schiebt seine Hand in mein Haar und erwidert den Druck meiner Lippen. Es fühlt sich perfekt an. Wie sein Mund auf meinem liegt. Wie seine Zunge über meine Lippe streicht und in meinen Mund dringt, als ich ihn leicht öffne. Der Kuss ist rau, wild und erschüttert mich in einer Tiefe, die süchtig macht und gefährlich ist.

Mit einem leisen Stöhnen schlinge ich meine Arme um seinen Nacken, presse mich an ihn. Jeder Pulsschlag verströmt Hitze in meinen Adern und ein Prickeln in meinen Zellen. Unsere Körper finden einen Rhythmus, der mich noch hungriger macht. Nach diesem Kuss. Seinen Berührungen.

Irgendwann löst Jax seine Lippen atemlos von mir und presst seine Stirn an meine. Die Augen geschlossen, verharrt er in derselben Position wie vor unserem Kuss. Nur ist jetzt alles anders. Und während mein Kopf sich noch lautstark mit meinem Herzen streitet, ob dieses anders gut oder eine Katastrophe ist, sucht mein Mund erneut seinen.

Aber Jax weicht mir aus und schüttelt den Kopf. »Du musst aus den nassen Klamotten raus«, raunt er mir zu.

»Mir ist wirklich kalt.« Aber das ist nicht der Grund, aus dem ich so angeschlagen klinge. Er wollte das hier nicht. Mich nicht küssen. Ich habe ihn überrumpelt und er hat für einen

Moment die Kontrolle verloren, aber mehr ist das von seiner Seite anscheinend nicht gewesen. Kann ich bitte auf der Stelle erfrieren?

Er klopft auf das Board. »Komm, zieh dich hoch. Ich paddel uns an den Strand.«

Ich brauche zwei Anläufe, bis ich es schaffe. Unelegante Versuche. Während Jax sich in einer anmutigen Bewegung hinter mir auf das Board begibt und uns ans Ufer manövriert. Das Brett wirft er achtlos in den Sand und befreit sich von der Leash, bevor er zu mir kommt und das Handtuch, das ich um mich geschlungen habe, an meinen Armen auf- und abrubbelt.

»Das wird nicht reichen.« Er schlingt auch noch sein Handtuch um meine Schultern, obwohl er ebenfalls friert, und hält mir dann auffordernd den trockenen Neoprenanzug hin. »Mit den nassen Sachen holst du dir den Tod.«

Ganz sicher werde ich mich nach der Abfuhr nicht vor ihm ausziehen. Andererseits ist Erfrieren auch keine Alternative.

Jax wartet, bis ich ihm den Anzug abnehme, und dreht sich um, ohne dass ich ihn erst darum bitten muss. Den Blick richtet er auf das Wasser.

Noch immer zitternd schäle ich mich aus meinen Klamotten und schlüpfe eilig in den Anzug. Das Neopren fühlt sich merkwürdig an auf meiner nackten Haut, wärmt aber. Es geht mir sofort besser.

Jax hingegen flucht leise vor sich hin und seine Muskeln verkrampfen sich unkontrolliert. Ich trete von hinten an ihn heran und reiche ihm sein Handtuch.

»Danke«, murmelt er und zieht eilig seinen Shorty aus. Seine Boardshorts darunter sind genauso nass wie seine Haut.

»Sollte das Ding dich nicht trocken halten?«, frage ich, um mich von seinem nackten Oberkörper abzulenken.

»Der Neo sorgt nur dafür, dass man nicht ganz so schnell

auskühlt. Es gibt Trockenanzüge, aber die sind echt unbequem und teuer. Beim Aufstieg wird mir schon warm werden.«

Er verliert kein Wort über das, was im Wasser passiert ist. Aber er summt ›Love Buzz‹ von Nirvana vor sich hin, während wir zusammenpacken, und bringt mich damit zum Lächeln. Selbst wenn das zwischen uns nur ein schwacher Augenblick war, speichere ich jedes Fünkchen davon ab, jede Bewegung von Jax, jede Berührung, das Gefühl, das er erzeugt hat. Wenn die Dunkelheit das nächste Mal ihre Krallen in mich schlagen will, good luck. Denn ich habe diesen Moment und der ist besser als jedes Lichtschwert.

Am Pick-up angekommen hält er mir die Tür auf und wartet, bis ich auf den Sitz geklettert bin, bevor er wortlos den Rucksack und das Board auf der Ladefläche verstaut. Dann steigt er ein, wendet den Wagen und lässt die Scheinwerfer die einsetzende Dämmerung zwischen uns und Rockaway Beach fressen.

28
nevah

Die Nacht ist mild. Flammen erhellen zuckend die sterile Rasenfläche und halten die Dunkelheit von meinem Platz am Lagerfeuer fern. Dennoch ziehe ich die Schultern hoch, blicke mich unruhig um und schlinge fröstelnd die Arme um meine Mitte. Ich beiße mir auf die Lippe und schüttle den Kopf.

Es ist albern, Angst zu haben. Direkt hinter mir liegt unser hell erleuchtetes Haus. Jax ist nur duschen und sich umziehen gegangen. Er wird jeden Moment rüberkommen. Ich bin nicht allein. Das hier ist nicht Queens.

Ich schließe die Augen, hole ein paarmal tief Luft, bis mein Atem so ruhig wird wie das stete Rauschen der Wellen, die hinter Jax' Haus an den Strand rollen. Doch als ich die Augen wieder öffne, erstarre ich.

Ein Schatten bewegt sich von der Straße auf mich zu. Die Kapuze des Hoodies tief in die Stirn gezogen, sodass das Gesicht nicht zu erkennen ist. Unwillkürlich weiche ich zurück. Jax. Das ist nur Jax.

Aber was, wenn nicht? Ich kann meine innere Stimme nicht ignorieren. Die Stimme, die mir zubrüllt, ich soll ins Haus rennen und die Tür hinter mir verriegeln, bevor es zu spät ist. Die Stimme, die mir rät, nach Miller zu schreien, der oben schläft. Und während ich noch mit mir kämpfe, hält der Schatten unbeirrt auf mich zu. Kommt immer näher.

Mein Herz rast. Ich will rennen, schreien, doch ich bin wie gelähmt.

Und dann endlich erleuchtet das Feuer Jax' Gesicht. Seine

Haare hängen ihm feucht in die Stirn und er schüttelt lachend die Kapuze vom Kopf. Ich könnte vor Erleichterung heulen, doch ich will nicht, dass er denkt, ich drehe durch. Unseretwegen. Und die Wahrheit darf er erst recht nicht erfahren.

Jax setzt sich direkt neben mich. Er hätte sich einen Stuhl nehmen oder sich auf den Baumstamm auf die andere Seite des Feuers hocken können. Jetzt ist er mir so nah, dass mein Herz deswegen Schluckauf bekommt und ich meine Angst vergesse.

»Seitdem wir hier angekommen sind, frage ich mich, wer diesen Garten verbrochen hat?«, witzle ich, um nicht das zu sagen, was ich eigentlich sagen will. Dass er mich gerettet hat. Einfach weil er da ist. Mit einem Kopfnicken deute ich auf die sterile Rasenfläche. »War das dein Chef?« Er kümmert sich um so ziemlich jedes Ferienhaus im County.

»Das ist eine Beleidigung. Für Pete. Und eigentlich jeden Garten auf diesem Planeten, der diese Bezeichnung im Gegensatz zu dieser Rasenwüste verdient.« Er lehnt sich zu mir herüber und ich spüre das Vibrieren seines Lachens, seine Nähe. Ich spüre ihn. Und mein Herz stolpert, weil er meine Lippen fixiert wie etwas, das er unbedingt erobern will. Aber schon im nächsten Moment bringt er wieder Abstand zwischen uns, indem er sich aufrecht hinsetzt. Die Beine zieht er eng an den Körper. Wie eine Mauer, die er zwischen uns errichtet. Dieses Hin und Her macht mich ganz irre.

»Ich würde den Feuerplatz mit Mahonien eingrenzen. Und Azaleen, Iris und Wilden Ingwer pflanzen«, erklärt er, sieht mich aber nicht an. Die Flammen des Feuers tauchen sein Gesicht in einen warmen Orangeton. »Vielleicht könnte man ein paar Wildblumen auf dem Rasen ausstreuen. Das wäre gut.«

»Das klingt … bunt.« Schön. Und so, als wüsste er genau, was mir gefällt. Instinktiv spiegele ich seine Körperhaltung, lege den Kopf auf den Knien ab und betrachte ihn. Seine Kiefermuskeln mahlen und er blickt starr ins Feuer. Im Wasser hat er mich gebeten, ihn nicht zu küssen. Und ich habe es trotzdem getan. Das war nicht okay. Egal wie gut es sich angefühlt hat, das war nichts, was er wollte. Er sieht uns nicht auf diese Weise. Sonst hätte er den Kuss nicht beendet. Er wäre eben nicht auf Abstand gegangen. Note to my heart: Ich sollte dringend seine Grenzen akzeptieren. Denn ich will auf keinen Fall, dass er sich unwohl fühlt und verschwindet. Selbst wenn er mich nie wieder küsst, tut mir seine Nähe gut. Ich will das nicht verlieren, nur weil ich mir mehr wünsche. »Magst du deinen Job?« Über die Arbeit zu reden ist unverfänglich.

Er zuckt die Schultern. »Ist okay. Ich mag es, draußen zu sein. Und dass ich am Ende des Tages ein Ergebnis habe.« Er hebt einen Zweig auf und wirft ihn ins Feuer. Funken stieben in den Nachthimmel und verglühen. »Die meiste Zeit kann ich mein eigenes Ding machen, was gut ist, und ich brauche das Geld.«

»Was war das Lustigste, das du je bei deiner Arbeit erlebt hast?« Ich klemme meine Handflächen in die Kniekehlen. Weil es die einzige Möglichkeit ist zu verhindern, dass ich sie nach ihm ausstrecke.

»Ich halte Ferienhäuser instand. Das ist nicht besonders aufregend. Meistens säubere ich Pools oder Regenrinnen. An verrückten Tagen eskaliere ich und tue beides.«

Ich lache. »Du rennst jeden Tag durch Gärten fremder Menschen und willst mir erzählen, dass du noch nie Zeuge von etwas echt Verrücktem geworden bist?«

Er sieht mich an und hinter seiner Stirn arbeitet es. »Zählt Helvi Peters? Sie verbringt, seitdem ich denken kann, jeden Sommer im Familienhaus am Strand nördlich von Rockaway Beach, besteht immer auf junge männliche Mitarbeiter für die Gartenpflege und für Mitte achtzig sind ihre Outfits noch ziemlich verwegen.« Er grinst. »Sie ist echt speziell. Vereinnahmend, wenn man nicht schnell genug ist. Und ziemlich traumatisierend.«

»Oh, mein Gott.« Ich pruste. »Ich würde sie zu gern mal kennenlernen.«

Er sieht mich überrascht an. »Ernsthaft?«

»Sie hört sich nach einer süßen, älteren Dame an.« Die es schafft, Eimer mit bunter Farbe über graue Tage zu kippen. Das ist eine Eigenschaft, die ich auch gern hätte.

»Als süß würde ich sie nicht gerade bezeichnen.« Jax reibt sich nachdenklich über das Kinn. »Eher als tragisch und dabei trotzdem ziemlich glanzvoll. Hat was von Gatsby.«

Und der hat so exzentrisch gelebt, weil er die Leere füllen musste, die ihn nach dem Ende der Beziehung zu seiner großen Liebe aufgefressen hat. »Was hat sie verloren?«

»Du hast das Buch gelesen.« Er lächelt. »Natürlich. Aber die Frage ist nicht was. Sondern wen.«

Mehr sagt er nicht. Die Worte hängen zwischen uns und geben mir das Gefühl, ich wäre ebenfalls dabei, etwas zu verlieren. Etwas, das keine Party dieser Welt ersetzen kann. Weil ich ihm nicht sagen kann, dass ich mich zu ihm hingezogen fühle. Hingezogen, das klingt so sanft. Dabei ist er wie ein verfluchter Cuprat Magnet. Aber das kann ich ihm unmöglich gestehen. Das wäre nicht fair. Weil es ihn in eine schwierige Lage bringen würde. Und weil ich dieser Empfindung sowieso nicht nachgeben dürfte, ganz gleich, wie er dazu steht.

Jax erhebt sich, klopft sich die Hände an der Jeans ab und die Bewegung reißt mich aus meinen Gedanken. »Ich gehe rüber und hole was zu trinken. Möchtest du auch was?«

Ich nicke.

»Mountain Dew?«

Mein Lieblingsgetränk. Ich nicke. »Ja, gern.«

»Okay.« Sekundenlang legt mir Jax seine Hand in den Nacken. Sein Daumen streicht über meine Haut und hinterlässt eine Spur aus Gänsehaut. Genauso hat er mich berührt, bevor ich ihn im Wasser geküsst habe.

»Bin gleich wieder da«, sagt er rau, bevor ich etwas Dummes tun kann, dreht sich um und verschwindet in der Dunkelheit.

Ich berühre die Stelle, wo ich seine Finger noch immer spüren kann, und zucke zusammen, weil ich plötzlich Millers Stimme hinter mir höre.

»Du hast mir meinen Freund geklaut, Beauvoir.«

Mein Bruder lässt sich so neben mich fallen, wie ihn das Bett ausgespuckt hat. Die Haare, die ihm in alle Himmelsrichtungen vom Kopf abstehen, zwingt er in geordnetere Bahnen, indem er sein Cap darüber schiebt.

»Endlich wach?«

Miller geht gar nicht auf meinen Konter ein. »Ich habe ihn gefunden«, beharrt er und meint das absolut ernst. Als hätte er Jax angeleckt und damit zu seinem Eigentum erklärt wie sämtliche Süßigkeiten in unserer Kindheit.

»Ist dir klar, dass er kein Lolli ist?«, frage ich und muss bei der Vorstellung, wie er Jax abschleckt, kichern.

»Du bist …« Miller umkreist mit einem Finger mein Gesicht. »Du lachst. Etwa seinetwegen?« Er stöhnt. »Na, großartig. Was ist eigentlich aus ›Don't fuck the company‹ geworden? Na ja, immerhin ist er nicht so ein Strohhalm-im-Trinkpäckchen-Versenker wie die Typen, die du sonst anschleppst.«

»Er ist nicht die Company, wir haben keinen Sex und ich schleppe ihn auch nicht an«, stelle ich richtig.

»Nicht? Dachte, ich hätte ihn gerade eben gesehen. In unserem Garten. Und er ist nicht mit mir hier.«

»Du hast das Haus in eine Sperrzone verwandelt. Er war so nett, mich auf einen Ausflug an den Strand mitzunehmen. Damit ich nicht obdachlos herumhängen musste, bis du wieder von den Toten auferstehst. Das ist alles.«

»Du hättest dich im Grumpy Pie verstecken können, wie du es sonst tust, wenn du mir aus dem Weg gehst.« Er wackelt mit den Augenbrauen.

»Okay, Sherlock Holmes, vielleicht hatte ich bei dem Wetter einfach keine Lust, den ganzen Tag im Café rumzuhängen.« Ich verdrehe die Augen. Warum rechtfertige ich mich überhaupt?

»Und seit wann gehört andächtiges Nackenstreicheln zum Jackson-Scott-Beach-Guide-Rundumservice?«

Andächtig. Ich schüttle die Wärme ab, die mich bei dem Gedanken durchströmt, die Berührung könnte ihm tatsächlich mehr bedeutet haben. »Nur damit du endlich Ruhe gibst: Er hat mir nicht den Nacken gestreichelt. Er hat mich angetippt, um zu fragen, ob ich auch etwas zu trinken haben will. Könntest du jetzt bitte deine Klappe halten?« Bevor Jax wiederkommt und das hier unangenehm wird.

Miller stößt mich mit der Schulter an. »Nur fürs Protokoll: Ich glaube dir kein verdammtes Wort. Aber wie du weißt, bin ich ein unverbesserlicher Optimist. Deswegen sehe ich die unendlichen Möglichkeiten, dich damit aufziehen zu können, anstatt über Ansprüche zu streiten.« Er wird plötzlich ungewohnt ernst. »Es ist okay, Nev. Ananas-auf-Pizza-schräg, aber okay.«

Ich lächle und nicke. Und gebe damit ausgerechnet vor Miller zu, dass ich Jax mag. So sehr, dass es mir egal ist, wenn er nie mehr in mir sehen wird als Millers kleine Schwester. Solange das bedeutet, dass wir Zeit miteinander verbringen.

»Okay, jetzt, wo wir das geklärt haben …« Er zaubert eine Tüte unter seiner Sweatshirtjacke hervor. »… sollten wir eine Runde Marshmallows zusammen rösten. Friedenspfeife und so. Und dringend über ein paar Regeln sprechen. Denn wenn ich euch frühmorgens im Auto schon knutschen sehen muss, kotze ich.«

Stöhnend lasse ich mich hintenüberfallen und blicke in den Sternenhimmel.

In dem Moment taucht Jax mit den Getränken auf, aber ich bleibe liegen. Halb in der Erwartung, Miller wird etwas sagen, was mindestens oberpeinlich ist. Und eine neue Identität erfordert. Ich gluckse, weil es das erste Mal ist, dass ich einen Witz über diese Option machen kann.

Jax schlägt lässig mit Miller ein. »Hey, was geht?« Er wirft meinem Bruder eine Dr.-Pepper-Dose zu, die Miller fängt und direkt öffnet. Mit einem Zischen ergießt sich ein ganzer Schwall des Inhalts auf den Rasen.

Mir reicht Jax eine Dose Mountain Dew und für den Bruchteil einer Sekunde berühren sich dabei unsere Finger. Aber dann zieht Jax seine Hand zurück und setzt sich mittig zwischen Miller und mich. Wie die Schweiz, die sich auf keine Seite stellt.

Ich sehe die Tüte Marshmallows an, die vor meinem Bruder auf dem Rasen liegt. »Im Haus müssten noch Kekse sein, um S'Mores zu machen«, sage ich und rapple mich hoch, um mich auf die Suche nach Crackern zu machen, in die wir die geschmolzenen Marshmallows klemmen können. Als ich zurückkomme, weht der DJ-Remix eines alten Klassikers über den Rasen. Miller hat seine Box geholt und eine seiner Party-Playlists gestartet.

»Wo hast du Jax gelassen?« Ich stelle mich neben meinen Bruder und genieße die Wärme, die vom Feuer abstrahlt und die Kühle des Abends vertreibt.

»Er holt sich eine Jacke. Obwohl sein Wahnsinnsbody dann weniger gut zu sehen ist.« Miller wackelt mit den Augenbrauen und ich werfe ihm einen Cracker an den Kopf.

Der Song wechselt und die Klänge von dem Calvis-Harris-Song sind zu hören, zu dem Hanna und ich in der Middleschool eine Choreografie für unsere Cheerleader-Mannschaft einstudiert haben. Miller haben wir gezwungen, mit uns zu üben. Ich sehe ihn an und dieses Mal wackle ich mit den Augenbrauen.

»Nur über meine Leiche«, wehrt er ab.

Ich gehe gar nicht darauf ein, sondern zerre ihn vom Boden hoch. Das ist die gerechte Strafe für … einfach alles.

Miller stöhnt, verdreht die Augen und stolpert erst nur neben mir her, während ich die alte Schrittfolge abrufe, aber dann macht er mit. Gemeinsam tanzen wir um das Feuer, bis der Song schließlich endet und wir uns atemlos und lachend ins Gras plumpsen lassen. Er greift nach meiner Hand und hält sie. Während wir in den Nachthimmel sehen, der sich tiefschwarz über uns spannt.

29
jackson

Ich habe den gesamten Morgen auf einer Leiter stehend bis zu den Ellenbogen im Dreck gesteckt, um die Regenrinnen eines Luxusbunkers oberhalb des Lake Lytle zu säubern. Meine Muskeln sind verspannt, was nicht nur an der eintönigen Arbeit liegen könnte, sondern daran, dass ich schlecht geschlafen habe, weil ich Nevah nicht aus dem Kopf bekomme und das echt nicht in meinen Plan passt. Der vor allem darin besteht, mich nicht in irgendein Gefühlschaos zu stürzen.

Nachdem ich meinen Pick-up vor dem Haus geparkt habe, schicke ich @donttrustanybody eine Nachricht und erkundige mich, wie es ihr geht. Mit ihr zu sprechen, wäre schön. Die Häkchen bleiben jedoch grau. Wie schon bei den letzten drei Nachrichten. Ich steige aus und nehme aus den Augenwinkeln eine Bewegung neben dem Haus der Hewitts wahr. Miller liegt platt auf dem Gras und rührt sich nicht. Dabei sollte er eigentlich gerade mit Nevah in der Uni sein. Langsam schlendere ich auf ihn zu.

»Was machst du da?«, frage ich und stoße ihn leicht mit meinen Chucks an.

Er reagiert nicht, starrt mit leblos offenen Augen in den Himmel, blinzelt nicht mal. Sieht aus, als wäre er wie ein Käfer auf dem Rücken verreckt. Alarmiert prüfe ich mit einem Blick, ob sich sein Brustkorb hebt und senkt. Er atmet, immerhin. Ich hocke mich neben ihn und bewege die Hand vor seinem Gesicht hin und her. »Bist du okay?«

Er blinzelt und grinst schief. »Klar. Guck verdammt noch

mal nicht wie meine Mom, wenn sie denkt, ich hätte was geraucht.«

Wäre eine Erklärung dafür, warum er so weggetreten war. »Warum bist du nicht mit Nevah in der Uni?«

»Du klingst immer noch wie meine Mom«, brummt er, lässt sich aber von mir in eine sitzende Position ziehen. »Hatte keinen Bock. Die Nacht war irgendwie mies.«

Ich schiebe die Gitarre weg, die neben ihm liegt, und setze mich zu ihm, obwohl er es mir nicht angeboten hat. »Was genau verstehst du unter mies?«

Er schweigt, zieht die Knie an den Körper und schlingt die Arme darum. »Scheiße eben.« Und in seinen Worten liegt so viel angestaute Emotion, dass es für den halben Erdball ausreicht.

»Die Arbeit war auch nicht gerade der Bringer«, sage ich und stehe auf. »Ich gehe jetzt laufen, um den ganzen Mist loszuwerden. Kommst du mit?« Ich halte ihm meine Hand hin.

Miller schnaubt, ignoriert sie und steht ohne meine Hilfe auf. Er schnappt sich die Gitarre. Nicht, wie es ein Musiker tun würde, sondern so, als wollte er sie an der Hausecke zerschlagen. Keine Ahnung, ob er tatsächlich spielt oder nur sein Draufgänger-Image damit pflegt. Er verschwindet im Haus und kommt ohne das Instrument, aber mit neuen Sportschuhen an den Füßen zurück. Er betrachtet sie wie einen Fremdkörper, während er auf mich zuläuft.

Ich nicke anerkennend. »Du hast investiert.«

»Wenn du Idiot mich ständig zum Sport zwingst, bleibt mir ja nichts anderes übrig. Noch länger die Schuhe deines Dads auslatschen wollte ich nicht.«

Gemeinsam gehen wir zu mir. Rasch ziehe ich mich um und keine fünf Minuten später laufen wir nebeneinanderher zum Wasser. Ab der Hälfte der Strecke zu meinem Baumstamm ziehe ich das Tempo an und als wir unser Ziel schließlich erreichen, keucht Miller wie jemand, den ich zu oft um den Lake Lytle gejagt habe.

»Du bist und bleibst ein Sadist.«

»Und du stehst drauf«, necke ich ihn und ziehe mich auf den Ast, auf dem ich mit Nevah gesessen habe. Die Wellen schlagen wild gegen den Strand. Da haben sie etwas mit meinem Herzen gemeinsam.

»Du denkst an meine Schwester«, sagt Miller und lehnt sich neben mir gegen den Baumstamm. »Du siehst echt verknallt aus. Keine Ahnung, warum du dir ausgerechnet Nevah ausgesucht hast. Legt nahe, dass du nicht nur ein Sadist bist, sondern dich auch gern selbst bestrafst, aber hey, ist deine Wahl. Da mische ich mich nicht ein.« Millers Gesichtsausdruck wechselt von unbeschwert zu *der Pate*. »Solltest du ihr allerdings wehtun, muss ich dich im Ozean ertränken. Und das würde ich wirklich sehr ungern tun. Immerhin bist du der einzige brauchbare Freund, den ich habe.«

Er muss sich keine Sorgen machen. »Wir sind nur Freunde.«

»Ja, klar. Sehe ich eigentlich aus wie ein Vollidiot?« Er verdreht die Augen. »Ich bin nicht blind, Scott.«

Dass er meinen Nachnamen benutzt, macht klar, er will die beschissene Wahrheit hören. Und die ist, dass ich wirklich versuche, das Richtige zu tun und Nevah in Ruhe zu lassen. Aber mein Verstand ist im Moment nicht besonders durchsetzungsfähig. »Ich finde sie ziemlich einzigartig«, gebe ich zu. »Aber auch wenn sie mich vielleicht für nicht mehr ganz so scheiße wie zu Beginn hält, ist sie deswegen noch lange nicht bereit für irgendeine Art von Beziehung.« Und wenn sie es wäre, dann sicher nicht mit mir. »Ich akzeptiere das«, sage ich mit Nachdruck. Nachdrücklicher, als ich mich fühle.

»Ist eine verdammte Leistung, sie aus ihrem Schneckenhaus zu holen. Du schaffst das irgendwie. Das ist gut. Sie war glücklich gestern. Ich meine, so richtig. Ist lange her, dass wir uns einen kompletten Abend lang nicht an die Gurgel gegangen sind. Und das hat mit dir zu tun. Auf jeden Fall lag es nicht an meinem unwiderstehlichen Charme. Also hör auf, so verdammt anständig zu sein.«

Ich lache und stoße meine Faust sachte gegen seine Schläfe. Gestern war der Hammer, aber ich werde mich sicher nicht Hals über Kopf in etwas stürzen, das ich nicht kapiere und für das wir beide nicht bereit sind. »Ich glaube, du solltest deinen Charme nicht unterschätzen.«

Miller stößt belustigt die Luft aus.

Eine Weile schauen wir stumm auf den Ozean. »Was ist in Chicago passiert?«, frage ich schließlich leise. Ich muss das wissen. Es war okay, nicht darüber zu sprechen, solange es keine Rolle gespielt hat. Aber jetzt spielt es eine. Weil sie mir beide etwas bedeuten. Ich habe lange darüber nachgedacht, was passiert sein könnte, dass sie gezwungen waren, alles hinter sich zu lassen und am anderen Ende des Landes einen Neustart zu wagen. Etwas, das Bruder und Schwester in ihren Grundfesten erschüttert hat, obwohl sie sonst kaum Schnittpunkte haben, finde jedoch einfach keine Erklärung.

Miller schüttelt den Kopf und stößt sich vom Baumstamm ab. Sein Blick ist plötzlich hart und unstet. »Fick meinetwegen meine Schwester, aber das geht dich nichts an«, knurrt er und läuft los, ohne darauf zu warten, ob ich ihm folge.

»Alter«, rufe ich seinem Rücken hinterher. Er sollte nicht so über seine Schwester reden. Als wäre sie ein Gegenstand, den er mir zum Spielen überlässt. Das ist nicht mal okay, wenn er stinkwütend ist. Frustriert schnaube ich und folge ihm. Nach dreißig Yards habe ich ihn eingeholt und ziehe an ihm vorbei. Ich könnte das Tempo jetzt drosseln, aber ich tue es nicht. Miller soll ruhig spüren, wie scheiße der Spruch gerade war. Erst versucht er noch mitzuhalten, gibt dann jedoch auf und bleibt weit hinter mir zurück.

30
nevah

Die Geräusche im Grumpie Pie umströmen mich wie ein warmer Fluss. Stimmen. Das Klappern von Geschirr. Das leichte Glucksen und Zischen der Kaffeemaschinen. Ich sitze auf einem der gemütlichen Sofas direkt am Fenster.

Neben mir steht ein leerer Teller, auf dem nur noch einige Krümel an den Pecan Pie erinnern, den ich vernichtet habe, während ich mich durch die Grundlagen der Forst- und Umweltökologie gekämpft habe. Jetzt liegt das Fachbuch zugeschlagen neben mir und ich markiere stattdessen die wichtigsten Textstellen des aktuellen Romans mit Klebezetteln, damit ich sie später beim Verfassen der Rezension wiederfinde. Eine Rezension, die niemals online gehen wird. Aber ich schreibe sie trotzdem. Für mich. Weil es zu mir gehört. Und mir das Gefühl von Normalität gibt. Und weil es mich von den Nachrichten ablenkt, die Jax @donttrustanybody schreibt und die ich lesen möchte. Und gleichzeitig auf keinen Fall lesen kann. Weil es falsch wäre. Und sich wie ein Verrat anfühlen würde. Deswegen ignoriere ich die Mitteilungen, obwohl schon vier ungelesene Nachrichten in @donttrustanybodys Postfach warten. Ich puste mir die losen Haarsträhnen aus dem Gesicht und höre ein raues »Hi« hinter mir. Ein Jax-Hi. Niemand sagt es so wie er. So, dass mein Körper wegen nur eines Wortes verrückt spielt.

»Hi«, sage ich, setze mein Pokerface auf und klappe das Buch zu, bevor ich zu ihm aufblicke.

»Darf ich?« Er deutet neben mich.

Ich nicke und rutsche ein Stück weiter, um ihm Platz zu machen. »Woher wusstest du, dass ich hier bin?« Und warum bist du hier?

»Miller.« Er zuckt mit den Schultern und schiebt sich neben mich, während ich mich noch frage, ob *Miller* die Antwort auf beide Fragen ist. »Er sagte, dass du nach der Uni häufig hier bist, um zu lernen.« Die Nähe seines Körpers stellt etwas mit meinen Zellen an, das an Heavy-Metal-Pogo erinnert.

»Er ist heute Morgen nicht mit zur Uni gefahren«, sage ich und kann die Sorge nicht aus meiner Stimme tilgen.

»Hab's gesehen. Aber die Strafe fürs Schwänzen war unerbittlich. Ich hab ihn zum Sport gezwungen.« Er grinst dämonisch.

»Er hat mit dir Sport gemacht? Dann ist seine Zukunft ja gerettet«, erwidere ich und höre selbst, wie spitz und vorwurfsvoll ich klinge. Wütend zerquetsche ich einen Krümel auf dem Teller. Ohne einen Abschluss, ohne eine Idee, was er machen will, wird Miller untergehen. Aber das ist nicht Jax' Problem. »Tut mir leid. Ich wollte nicht …« Beschwichtigend berühre ich seinen Unterarm. »Es macht mich einfach so wütend, dass Miller alles egal ist.«

Sekundenlang hält er den Atem an. Seine Muskeln verspannen sich, bevor er geräuschvoll wieder ausatmet. »Du musst dich nicht entschuldigen.« Seine Hand schiebt sich über meine.

Ich starre auf seine Finger, die sonnengebräunte Haut und die feinen, von der Sonne ausgebleichten Härchen und versuche, nicht zu viel in diese Berührung hineinzuinterpretieren. Wir haben uns geküsst. Und mir hat es alles bedeutet. Aber das heißt nicht, dass es ihm genauso geht. »Danke.«

Irritiert streicht er sich die Haare aus der Stirn und kommt mir ganz nah. »Wofür?«, fragt er leise.

Dafür, dass er Miller nicht ermutigt, sich weiter selbst zu

zerstören. Auch wenn ich zunächst das Gegenteil angenommen hatte. Dafür, dass er für ihn da ist. Für das hier. Ich starre auf seine Hand, die so viel in mir zurechtrückt, obwohl sie einfach nur daliegt. Auf meiner. »Ich bedanke mich grundsätzlich bei jedem, der meinem Bruder in den Hintern tritt«, flüstere ich und lasse all die anderen Dinge ungesagt.

Er lächelt. »Okay, jederzeit. Ich wollte dich eigentlich fragen, ob du Lust auf noch einen spontanen Ausflug mit schrecklicher Radiomusik hast. Wir könnten herausfinden, ob Bruno Mars' Stimme dieselbe Frequenz hat wie der Blechsound meines Radios und es deswegen wieder annehmbar klingt.«

Er will Zeit mit mir verbringen. Und verdammt, ja, ich will das auch. Vollkommen egal ob das sinnvoll ist oder herzgefährlich. »Die Theorie klingt schlüssig. Das sollten wir unbedingt überprüfen.«

Er deutet auf meine Unterlagen. »Aber ich will dich nicht beim Lernen stören. Dein Bruder ist der Meinung, das kann tödlich enden. Er sagte, du wärst ein Lern-Zilla.«

»Wirklich komisch.« Ich stopfe das Lehrbuch, den Roman und mein Notizbuch in den Rucksack. »Aber ich kann dich beruhigen, ich bin längst fertig mit Lernen. Wohin willst du denn?«

Er steht grinsend auf. »Das ist eine Überraschung.«

»Ich hasse Überraschungen.« Das stimmt nicht. Früher habe ich sie geliebt. Egal wann. Egal wer mich überrumpelt hat. Heute bedeutet es Kontrollverlust, den ich um jeden Preis vermeide. Aber ich bin nicht gerade der Inbegriff von Kontrolle, wenn er in meiner Nähe ist. Also schultere ich meinen Rucksack.

»Wie kann man Überraschungen bitte hassen? Daran müssen wir dringend arbeiten.«

»Ich glaube kaum, dass du das ändern wirst.« Aber ich mag das *wir* in seinem Satz.

»Wir werden sehen. Ich kann sehr hartnäckig sein, wenn man mich herausfordert.«

Ich klemme einige Scheine unter den Teller und folge Jax dann zum Ausgang. Eine Gruppe Jugendlicher kommt uns entgegen und Jax weicht ihnen aus, indem er sich eng an mich presst. Seine Hand streift meine und diese zufällige Berührung hallt durch meinen Brustkorb wie ein Hurrikan. Für einen Moment wünsche ich mir, das hier wäre eine Hollywood-College-Romanze und er würde seine Finger mit meinen verflechten. So sehr, dass ich den Atem anhalte. Aber der rationale Rest von mir legt Abstand zwischen uns, indem ich einen Herzschlag später den Arm um meine Mitte schlinge. Jax könnte mir wirklich gefährlich werden und gefährlich ist in meiner Situation das Letzte, was ich brauche.

***

Der Lake Lytle ist wunderschön. In der glatten Wasseroberfläche spiegeln sich die Hügel, die sich hinter dem See zu massiven Gebirgsketten aufschwingen.

Das, was ich hier tue, ist hingegen überhaupt nicht schön. Zum gefühlt hundertsten Mal versuche ich mich auf dem Stand-up-Paddleboard aufzurichten, das auf dem See in Ufernähe treibt.

»Einfach hinhocken, ausbalancieren und dann aufstehen.« Jax steht auf seinem Board und sieht komplett entspannt aus.

»Sag nicht, dass es einfach ist«, stöhne ich frustriert und unternehme den nächsten Versuch, mich aus der Hocke hochzustemmen. Aber das Brett wackelt so dermaßen. Und je mehr ich die Bewegung ausgleichen will, umso mehr gerate ich ins Wanken. Meine Beine zittern und erzeugen winzige Wellen, die sich zwischen den Boards ausbreiten. Ich kneife die Lippen zusammen und breite die Arme aus. Irgendwie muss das mit der Balance doch hinzubekommen sein. Ich werde das schaffen. Ich muss. Denn wenn es sogar einem blöden Stand-up-Paddleboard gelingt, mich kleinzukriegen, werde ich es niemals schaffen, den ganzen Sam-Vaughler-Mist hinter mir zu lassen. Sam. Ein hübscher Name. So attraktiv wie sein Gesicht. Wären da nicht die kalten Augen, die mich seit diesem Moment auf der Treppe nicht mehr loslassen. Sie schieben sich selbst in diesen eigentlich perfekten Moment. Eine Gänsehaut überläuft mich, obwohl das Wasser des Sees angenehm warm ist. Und ich muss plötzlich gegen die Tränen ankämpfen.

»Wir können auch eine Pause machen«, schlägt Jax vor, weil ich mich mit einem gequälten Laut zurück aufs Board hieve.

Ich schüttle den Kopf. Ich packe das. Entschlossen versuche ich es noch einmal. Und tatsächlich gelingt es mir dieses Mal, mich aufzurichten. »Siehst du das?«, stoße ich hervor. Pure überschwängliche Freude pulsiert durch meinen Körper. Euphorisch reiße ich die Arme hoch, um eine Siegerpose zu machen.

»Vielleicht…«, versucht Jax mich noch abzuhalten, aber es ist zu spät. Ich gerate bereits ins Wanken. Für einen kurzen Moment rudere ich noch mit den Armen und plumpse dann in den See. »… solltest du das lassen, sonst fällst du direkt wieder rein«, beendet er lachend den Satz und springt zu mir ins Wasser. »Das war gut. Jetzt hast du den Dreh raus, Paddle-Girl.«

»Ein Paddle-Girl bin ich erst, wenn ich auch wirklich paddle«, erinnere ich ihn daran, dass wir es dank meiner Ungeschicktheit noch nicht auf den See hinaus geschafft haben.

Er macht noch einen Schritt auf mich zu und bleibt dann stehen. »Es ist schön, mit dir hier zu sein, egal ob du es jemals auf dieses Board schaffst oder nicht.« Ich schließe die Augen und fühle dem Summen nach, das seine Worte in mir erzeugen. Jede Zelle in mir sehnt sich danach, dass er mich an sich zieht und seinen Mund auf meinen senkt. Wie von selbst finden meine Hände seine Taille. Ich spüre seine feuchte Haut, die festen Muskelstränge. Ein leises Seufzen entfährt mir, weil ich mich seit dem Abend in der Fairytale Cove nach dieser Nähe zu Jax sehne.

Egal was gegen uns spricht, ich will dieses Wahnsinnsgefühl zurück, diesen Sturm, der alles Negative einfach fortbläst. Aber Jax ist nicht nur das. Nicht nur eine Ablenkung von der Finsternis. Ich will das hier, weil er so ist, wie er ist. Humorvoll, fürsorglich, sich selbst treu, loyal und stark. So viel mehr, als ich zunächst in ihm gesehen habe. Ich mag selbst seinen Sarkasmus, seine oft verschlossene Art. Meine Lippen streifen seine und ich atme bebend ein.

»Verdammt, Nev«, stößt Jax rau hervor und ich zögere.

Auf keinen Fall will ich ihn noch einmal so überfallen wie in der Bucht. Etwas tun, was er im Grunde nicht will, auch wenn er körperlich auf mich reagiert.

»Ich hab echt versucht, das Richtige zu tun, aber …« Der Rest des Satzes geht in einem harten, besitzergreifenden Kuss unter, der mir zeigt, wie es sich anfühlt, wenn Jax seine Selbstbeherrschung zum Teufel jagt. Wie es ist, wenn er jemanden will. Mich will. Und manchmal kommt es nicht darauf an, was man tun sollte oder nicht. Sondern nur darauf, was sich gut anfühlt. Und das hier ist verdammt perfekt.

Er stöhnt, zupft sanft an meiner Unterlippe und presst dann seinen Mund wieder auf meinen. Presst sich an mich. Seine Hände rahmen mein Gesicht ein. Die Schultern zieht er leicht hoch, um das Verlangen seiner Küsse nicht über die Sanftheit siegen zu lassen, mit der er mich hält.

Ich wünschte, dieser Kuss würde nie enden, aber irgendwann löst Jax sich doch von mir. Atemlos sieht er mich an und taucht in der nächsten Sekunde unter.

»Ich brauchte dringend eine Abkühlung«, stößt er nach dem Auftauchen grinsend hervor und schüttelt sich die Haare aus der Stirn.

Bevor wir zu weit gehen. Dabei sind wir das längst. Sein Blick gleitet zu meinen vom Küssen geschwollenen Lippen und in seinen Augen tobt pures Begehren, aber bevor sein Widerstand ein weiteres Mal bricht, dreht er sich um und fängt die Boards ein, die leicht abgetrieben sind. »Bin gleich wieder da.« Er trägt eines der Bretter das Ufer hinauf und legt es im Gras neben unseren Taschen ab. Dann kehrt er zurück. »Für heute haben wir genug geübt. Kletter rauf, ich möchte dir etwas zeigen.« Er wartet, bis ich es auf das Board schaffe und zieht sich samt Paddel hinter mir auf das Brett. Mit kräftigen Bewegungen bringt er uns auf den See hinaus. Nahezu lautlos gleiten wir durch das Wasser, bis wir die Grenze der Bergreflexionen hinter uns lassen und sich nur noch der tiefblaue Himmel in der Oberfläche des Sees spiegelt. Erst dann hört Jax auf und setzt sich ganz ruhig hinter mich, während wir zwischen watteleichten Schäfchenwolken und blauer Unendlichkeit über und unter uns schweben.

Seine Beine gleiten rechts und links vom Board ins Wasser und winzige konzentrische Kreise erschüttern den Himmel. Er rutscht so nah an mich heran, dass ich seine Brust an meinem Rücken spüre, schlingt seine Arme um mich und ich lehne mich gegen ihn, als hätte ich das schon zigmal getan. »Ich wollte dir das zeigen«, murmelt er an meinem Ohr.

Es ist wie Fliegen. Und das nicht nur, weil wir in einem Himmel aus Wasser und Luft treiben.

»Dad ist früher immer mit mir hier rausgefahren. Damals war ich der festen Überzeugung, ich würde später Pilot werden, weil es mir so gefiel.«

Ein Lächeln gleitet über mein Gesicht und ich stelle mir vor, wie Jax als Kind war. Wie er mit seinen Eltern war. Sie scheinen toll zu sein. Und doch sind sie jetzt zerstritten. Jax hat die Uni gewechselt, ist ins Strandhaus gezogen. Und es geht ihm nicht gut damit. »Was ist passiert?«

»Du meinst, weil ich die Pilotensache nicht weiter verfolgt habe?« Er lacht, aber der Laut erstickt.

Ich schüttle den Kopf und drehe mich auf dem Brett zu ihm um. »Ich meine die Sache mit deinen Eltern.«

Er stützt seine Hände hinter sich auf das Board. Als bräuchte er Abstand, um zu antworten.

»Ich habe rausgefunden, dass mein ganzes Leben eine einzige ...« Er atmet tief durch, zögert. »Sie haben mich belogen«, sagt er dann schlicht. So schlicht, dass klar ist, wie bedeutend die Sache gewesen sein muss.

Er sieht verloren aus und ich weiß, warum. Wenn das eigene Leben eine Lüge ist, verliert man sich. Ich empfinde dasselbe. Fieberhaft überlege ich, was ich sagen könnte. Etwas, das ihm hilft, aber es gibt keine Worte, die so etwas besser machen. Ich möchte ihn in den Arm nehmen, doch ich weiß nicht, ob er das zulassen würde. Also bin ich einfach da und warte.

Mehrfach holt er Luft. Anläufe, die im Nichts enden, bevor er schließlich doch weiterspricht. »Sie sind nicht meine richtigen Eltern.« Seine Schultern sacken nach vorn. »Ich wurde von ihnen adoptiert. Da war ich gerade ein Jahr alt.« Jax atmet geräuschvoll aus und fährt sich mit den Händen über das Gesicht. Seine Stimme wird von seinen Handflächen gedämpft. »Sie hätten es mir sagen müssen. Ich hätte sie deswegen kein verdammtes Stück weniger geliebt. Es hätte keinen Unterschied gemacht. Aber sie haben es mir verschwiegen und jetzt macht es einen.« Er lässt die Hände sinken. »Meine leibliche Mutter ist kurz bevor ich es herausgefunden habe gestorben. Und Mom und Dad sind schuld, dass ich sie nie kennenlernen werde.«

Das ist so schrecklich. Und ich hasse seine Eltern ein kleines bisschen dafür, was sie ihm angetan haben. Obwohl ich sie nicht mal kenne und es vielleicht nicht fair ist, sie zu verurteilen, ohne ihre Seite der Geschichte gehört zu haben.

»Ich kann ihnen das nicht verzeihen. Und das ist auch nichts, was Worte, Schecks oder die Zeit wieder hinkriegen.«

Seine Kiefer mahlen und er atmet frustriert aus, bevor er auf die Wasseroberfläche schlägt. Der perfekte Spiegel des Himmels bekommt Risse. Wie mein Inneres. Ich bin kein Stück besser als seine Eltern.

Ich rutsche näher an ihn heran und schlinge meine Arme um seinen Nacken. Als könnte ich so wiedergutmachen, dass ich ihm auch nicht die Wahrheit sage. Dabei glaube ich kaum, dass meine Gründe die seiner Eltern toppen. Oder dass es überhaupt einen Grund in diesem Universum gibt, aus dem er mir verzeihen könnte, dass ich ihn anlüge. Im Grunde seitdem ich in Rockaway Beach angekommen bin.

Er klemmt mir eine Haarsträhne hinters Ohr. »Tut mir leid. Ich hab die Stimmung gekillt«, murmelt er zerknirscht.

Er sollte sich nicht entschuldigen, nur weil er ehrlich war. Die Wahrheit besteht nun mal nicht immer aus Zuckerwatte. Keiner versteht das besser als ich.

31
jackson

Warum musste ich ihr bitte meine ganze verkorkste Familiengeschichte erzählen? Wie soll sie denn jetzt noch irgendetwas anderes als Mitleid für mich empfinden? Ich werde für sie nur der Typ sein, der wegen einer winzigen Bodenwelle in seinem ansonsten privilegierten Leben rumheult. Und in dem Fall werde ich mich im Lake Lytle ertränken müssen. Denn das ertrage ich nicht.

»Hast du seitdem mit ihnen gesprochen?« Nevah hat mich losgelassen und blinzelt in die Sonne, die sich langsam auf den Ozean hinabsenkt und flüssige Goldschlieren in unseren Himmel malt.

Sie klingt interessiert, nicht mitleidig. Vielleicht antworte ich ihr deswegen, obwohl ich endlich das Thema wechseln sollte.

»Dad kontaktiert mich regelmäßig. Er will, dass ich zur Vernunft komme, weitermache und das alles einfach vergesse. Hauptsächlich wegen Mom.« Er hat mich noch nie gefragt, was ich brauche, um tatsächlich wieder einen Schritt auf sie zugehen zu können. Und nachdem ich es ihm von mir aus gesagt habe, hat er geblockt.

»Du musst nicht darüber reden, wenn du nicht willst, aber warum fragst du sie nicht einfach? Sie müssten doch etwas über deine Mutter wissen.«

Ich zucke die Schultern. »Das Thema anzuschneiden, ist ein riesiger, rosa karierter Elefant, der zwischen uns steht. Sie sagen mir nichts. Und ich habe aufgehört zu fragen, weil ich jedes Mal mehr Erde zwischen uns verbrenne.« So ist das bei uns in der Familie. Wenn es unbequem wird, vergessen meine Eltern plötzlich alle Prinzipien, die sie mir die Jahre über eingetrichtert haben. Ehrlichkeit, die Regel, Dinge immer anzusprechen und eine Lösung zu finden oder den Anspruch, das Richtige zu tun. Ich grinse schief, um nicht loszuheulen. Denn dann könnte ich Nevah nicht mehr in die Augen sehen. Und ihre Augen sind so ziemlich das Einzige, was mich gerade aufrechterhält. Sie bestehen aus flüssigem Bernstein. Eine der seltensten Augenfarben der Welt. So selten wie Gold und mit demselben Schimmer versehen. Wie passend, denn Nevah ist mit Sicherheit seltener und wertvoller als irgendein Barren. »Was vermisst du am meisten an Chicago?« Wenn ich nicht das Thema wechsle, geht das hier schief.

Sie beißt sich auf die Lippe. »Darüber müsste ich nachdenken.«

»Das ist keine Frage zum drüber Nachdenken. Sag einfach das Erste, was dir einfällt.«

»Egal wie blöd es ist?«

»Total egal.« Ich bezweifle allerdings, dass sie es schafft, etwas Dummes hervorzubringen.

Sekunden verstreichen, bevor sie nickt und sich auf dem Board zurechtsetzt. »Ich habe eine Top 3.«

Ich lache. Eine Liste. Natürlich. Und ich frage mich unwillkürlich, ob sie in ihrem Kopf auch bunte Klebeposts setzt, um sich zu sortieren.

»Mein Lieblingscafé, in dem es die besten Sandwiches überhaupt gibt und die besten Lesesessel. Der Geruch unseres Gartens im Sommerregen. Und meine Freunde.« Sie lächelt vorsichtig. »Das ist bescheuert, ich weiß. Aber ich vermisse die kleinen Dinge, die einem nie wichtig vorkommen, bis sie weg sind.«

»Du könntest zurückgehen. Dich an der Uni einschreiben

und auf dem Campus wohnen.« Dann könnte sie ihre Freunde sehen. Und Bücher in ihrem Lieblingscafé lesen. »Du müsstest nicht bei deinen Eltern und Miller bleiben.« Bei mir.

Sie schüttelt den Kopf. »Ich lebe jetzt hier.« Unbestimmt deutet sie auf den Sonnenuntergang, der alles gibt, um einen Postkartenhimmel zu zaubern. »Und gerade jetzt, in diesem Augenblick …« Sie sieht mich fest an. »… möchte ich nirgendwo anders sein.«

Mir wird erst bewusst, dass ich die Luft angehalten habe, als ich sie erleichtert wieder ausstoße. Erleichtert, weil ich so sehr gehofft habe, dass sie bleiben will.

Mit ihr. Hier. Jetzt. Das ist so perfekt, dass ich eine Scheißangst habe, jemand könnte eine Nadel in unseren Nevah-Jax-Luftballon piksen. Ich habe schon einmal gedacht, mein Leben wäre eine ziemlich solide Acht. Und das war nichts als ein Luftschloss, gebaut auf Lügen. Aber Nevah und ich sind keine Illusion. Und ich sollte das mit ihr auf keinen Fall wegen der ätzenden Erfahrungen mit meiner Familie abblocken. Deswegen kratze ich all meinen Mut zusammen, ziehe sie behutsam näher und lege sanft meine Lippen auf ihre. Und dieser Kuss ist ganz anders als unsere Küsse zuvor. Tief und so unverrückbar, dass die Dinge, die gegen uns sprechen, verblassen. Wie der Tag über dem Ozean. Das hier ist eine glatte, ziemlich angsteinflößende Zehn.

***

Das Haus der Hewitts liegt dunkel wie ein Fels auf der leblosen Grasfläche, als ich den Pick-up vor dem Strandhaus parke. Nevahs Familie muss schon schlafen gegangen sein.

Ich ziehe den Schlüssel aus dem Zündschloss und das Geräusch des Motors erstirbt. Dann löse ich widerwillig meine Hand von Nevahs, damit wir aussteigen können. Wir treffen an der Klappe des Truckbetts wieder zusammen.

»Danke für den Tag.« Sie lächelt. »Vielleicht mag ich Überraschungen doch ein kleines bisschen.« Ihr Blick huscht von mir zu dem schmalen Lichtkegel der Außenbeleuchtung und dann in die Dunkelheit zwischen den Häusern. Ihre Lockerheit kippt in Anspannung. Sie schlingt die Arme um ihre Mitte und tut so, als wäre nichts.

»Alles okay?« Ich berühre sanft ihre Schulter, was sie zusammenzucken lässt.

»Ja«, sagt sie, dabei ist klar, absolut gar nichts ist okay.

Und es frustriert mich, dass sie mir nicht sagt, was los ist. Ich habe ihr von meiner Mutter erzählt. Von Mom und Dad. Ich wünschte, sie würde mir genauso vertrauen. Denkt sie allen Ernstes, ich würde sie verurteilen, weil sie in Chicago irgendeine falsche Entscheidung getroffen hat? Für das, was ihr dort passiert ist? So bin ich nicht. Allerdings bin ich der Typ, der hinter ihrer Zurückhaltung direkt eine Area-51-Verschwörung vermutet. Dabei braucht sie sicher nur Zeit. Ich sollte also meine Ungeduld in den Griff kriegen. Schließlich kippt nicht jeder beim zweiten Date sein komplettes Seelenleben vor dem anderen aus. Also, hör verdammt noch mal auf, nach dem Haar in der Suppe zu suchen, Scott. Wäre mal eine nette Abwechslung. »Ich bring dich noch rüber.« Denn ich bin mir ziemlich sicher, dass sie ein Problem mit der Dunkelheit hat.

»Das musst du nicht.« Dieselben Worte hat sie auf der Party in meinem Zimmer zu mir gesagt.

»Ich weiß.« Auch meine Antwort ist dieselbe. Ich kaufe ihr nicht ab, dass sie okay ist. Damals nicht. Und jetzt noch weniger.

Ich nehme ihre Hand und ersticke jeden weiteren Protest, indem ich ihr einen flüchtigen Kuss gebe, sie eng an mich ziehe und losgehe. Wortlos überqueren wir die Seaside Lane und die Rasenfläche vor dem Haus. Erst auf der beleuchteten Veranda bleibe ich stehen und lasse Nevahs Hand wieder los.

Ich könnte jetzt gehen. Die Ich-rette-dich-vor-der-Dunkelheit-Heldennummer ist erfolgreich beendet. Es gibt absolut keinen Grund, noch immer hier zu stehen. Außer dem Wahnsinnsgefühl, das mich fast von den Füßen holt, als meine Fingerspitzen über ihre Wange gleiten, den Hals entlangstreichen. Ich schiebe meine Hand in ihren Nacken, reibe sanft mit meinem Daumen über ihre Haut. Ich will sie küssen. Uns noch ein wenig Nähe stehlen, bevor sie reingeht. Wenn ich ehrlich bin, will ich noch viel mehr. Sie an Stellen berühren, die deutlich weniger anständig wären als ihr Nacken zum Beispiel. Ihren Puls zum Durchdrehen bringen. Mit ihr schlafen. Die Nacht zusammen verbringen. Wieder. Und gemeinsam aufwachen, ohne dass wir danach leugnen, was passiert ist. Aber das ist zu schnell, zu manisch. Deswegen lege ich nur überaus züchtig meine Lippen auf ihre.

Aber Nevah gibt einen Laut von sich, der all meine Zellen in Aufruhr versetzt. Und als sie den Kuss erwidert, zerbricht meine angeschlagene Selbstbeherrschung. Sie stellt sich auf die Zehenspitzen und presst ihren Körper an meinen. Ihren warmen, weichen und wahnsinnig heißen Körper. Ich werde hart und ein dunkles Stöhnen entweicht meiner Kehle. Eines, das wenig Spielraum für Interpretation lässt. Verdammt. Sie fühlt sich so gut an, dass ich mehr davon brauche. Sanft dränge ich sie gegen die Tür und überfalle sie mit einem orkanartigen Kuss. Die Hände stemme ich rechts und links von ihrem Kopf gegen das Holz, drücke mich an sie, während meine Zunge in ihren Mund dringt.

Sie stöhnt und ihre Hände wandern unter mein Shirt, berühren meine Brust, die Muskeln an meinem Bauch, dann wandern sie weiter runter, umfassen meinen Hintern. Fuck. Das hier sollte definitiv nicht vor der Haustür passieren, wo uns jeden Moment Miller oder ihre Eltern überraschen könnten, aber ich bin nicht fähig aufzuhören. Ich lasse meine Hand unter ihr Top gleiten, streichle über ihre Brust und nehme den sehnsüchtigen Laut, den ich Nevah damit entlocke, auf. Ich bin mittlerweile so hart, dass ich das Gefühl habe, jeden Moment in meiner Jeans zu kommen wie ein Teenager. Und dann streift Nevahs Hand meine Hose knapp unterhalb des Bunds. Erst denke ich, es ist eine zufällige Berührung. Ich meine, wir knutschen vollkommen unkontrolliert herum. Wäre möglich. Aber dann reibt sie sanft und rhythmisch über den Stoff und daran ist nichts Zufälliges. Es fühlt sich unglaublich an. Sie fühlt sich unglaublich an und ich dränge mich gegen ihre Hand.

Das hier gerät total aus dem Ruder. Ich bin längst jenseits der Grenze, wo ich kluge Entscheidungen treffen könnte, aber eins ist mir trotzdem klar: Wenn wir jetzt noch weitergehen, werden wir es überstürzen. Wir haben uns gerade erst kennengelernt. Uns zweimal geküsst. Ich will uns Zeit geben, das hier richtig machen. Und eine schnelle Nummer auf der Veranda ihrer Eltern ist ganz sicher Meilen entfernt von richtig.

Deswegen umfasse ich sanft ihre Hand und ziehe sie an meine Lippen. »Ich sollte gehen«, bringe ich rau hervor und mache einen Schritt nach hinten. Sicher ist sicher. Denn Nevah sieht so heiß aus, dass ich mir selbst nicht traue.

Sekundenlang starrt sie mich an. Und ich kann sehen, wie es hinter ihrer Stirn arbeitet. Sie denkt, das hier wäre eine Abfuhr. Sie liegt so was von falsch.

Ich atme tief durch. »Wir sollten das nicht tun.« Nicht hier. Nicht so. Ich will mich kopfüber in diese Sache mit ihr stürzen. Jetzt. Aber genau das versetzt mich auch in Panik. Weil mir klar ist, dass ich dabei bin, mein verdammtes Herz an sie zu verlieren. Und weil ich bisher jede Beziehung in meinem Leben gegen die Wand gefahren habe. Selbst die, die unkaputtbar sein sollten. Ich will bereit hierfür sein. Und das bin ich nicht. Das alles überfordert mich. Nicht so wie eine normale mathematische Gleichung. Eher so wie der Beweis der axiomatischen Quantenfeld-Theorie. Und deswegen sage ich … nichts. Sie muss mich für ein Arschloch halten.

Ohne sich umzudrehen, öffnet sie die Haustür in ihrem Rücken und nickt. »Okay«, murmelt sie und verschwindet im Inneren. Die Tür klappt zu und ich bleibe allein auf der Veranda zurück.

»Okay.« Meine Stimme ist heiser und ich starre die Haustür an, als könnte ich Nevah so dazu bringen, wiederzukommen. Damit ich bessere Worte finden kann. Ihr erklären, dass ich das mit uns will. Dass ich nur etwas Zeit brauche. Dass ich … Keine Ahnung. Ich fahre mir durch die Haare und schaffe es irgendwann, das Richtige zu tun, mich umzudrehen und nach drüben zu gehen.

Im Haus ist es still. Ich schalte die Lichter ein, dann die Anlage und gehe duschen. Kalt. Und lange. Dann schreibe ich Nevah.

Ich war überfordert. Weil ich extrem schlecht in Beziehungen bin. Aber genau das ist es, was ich mit dir will. Glaub mir, ich wollte nicht gehen, aber alles andere wäre falsch gewesen, zu schnell. Ich lösche, was ich geschrieben habe. Das klingt echt erbärmlich. Mit dir würde ich den letzten Slushy der Welt teilen. Ich bin nur gegangen, damit Miller uns nicht erwischt. Das könnte gehen. Die Häkchen erscheinen. Die Nachricht wurde zugestellt. Aber sie antwortet nicht. Durch Anstarren des Displays wird es auch nicht besser. Also kümmere ich mich um den Abwasch, der sich in der Spüle stapelt, räume auf, stelle eine Maschine Wäsche an. Ablenkung ist schließlich alles. Funktioniert nur nicht.

Mit einem Seufzen ziehe ich mein Handy wieder aus der Hosentasche. Sie hat noch immer nicht geantwortet. Hätte ich an ihrer Stelle auch nicht. Ich sende vollkommen widersprüchliche Signale. Leider wird nichts, was ich jetzt noch schreiben könnte, etwas daran ändern.

Ich schließe den Nachrichtenverlauf und scrolle stattdessen durch den Newsfeed auf Instagram. Nichts wirklich Neues. Ein paar Aufnahmen der Jungs vom Surfen. Partyfotos. Maddie hat Bilder von sich und einer Gruppe Franzosen auf dem Campus gepostet. Nevah besitzt keinen Account, soviel ich weiß. Was sicher mit ihrem Bruch zum alten Leben zu tun hat. Vielleicht ein Stalker. Das wäre eine Erklärung, warum sie auf keiner Social-Media-Plattform zu finden ist. Für die Alarmanlage und ihre Angst. Selbst für Millers eigenartige Fürsorglichkeit, die immer dann hervorbricht, wenn Nevah total fertig ist. Ich klicke @donttrustanybodys Account an, den weiter nur die einsame Aufnahme meines Baumstamms ziert.

Alles okay bei dir? Ich schicke die Nachricht, obwohl sie sie vermutlich wie die davor nicht mal lesen wird. Miller meint, das liegt daran, dass ich von einem vollbärtigen Trucker reingelegt wurde.

Ich verdrehe die Augen, aber ich muss zugeben, dass seine abstrusen Theorien und das Schweigen von @donttrustanybody langsam wieder Zweifel säen. Trotz der Tatsache, dass ich ein Foto und einen Namen habe. Ich sollte dringend schlafen gehen.

Nachdem ich das Handy auf den Küchentresen gefeuert habe, ziehe ich mein Shirt aus und werfe es vor die Maschine auf den Boden. Im Schlafzimmer strample ich mir noch die Hose von den Beinen und falle dann der Länge nach auf die Matratze. Kaum liege ich, erinnere ich mich daran, wie sich Nevahs Lippen auf meinen angefühlt haben. Wie sie gerochen hat. Wie sie mich berührt hat. Egal wie sehr ich versuche, meinen Kopf zu überlisten, ich kann so nicht einschlafen. Noch länger hier zu liegen und darüber nachzudenken, was gewesen wäre, wenn ich nicht die Notbremse gezogen hätte, ist masochistisch.

Also werfe ich mir eine kurze Jogginghose, ein frisches Shirt und einen Hoodie über, schnappe mir die Schlüssel und das Handy und laufe zum Pick-up. Sobald ich das Strandhaus hinter mir gelassen habe, drehe ich die Musik auf und die Fenster runter. Wenn ich schon nicht schlafen kann, kann ich die Zeit ebenso gut sinnvoll nutzen. Es ist mitten in der Nacht. Ich bin emotional auf links gedreht. Und nicht in der besten Verfassung, die zwei Stunden bis Portland zu fahren, um wieder nur gegen Gummiwände zu rennen, aber ich tue es dennoch. Ich muss meinen privaten Mist endlich geregelt bekommen, vielleicht schaffe ich es dann, mich nicht mehr wie ein Irrer aufzuführen.

In einem winzigen Diner am Stadtrand bestelle ich mir einen Kaffee und zeige der Kellnerin das Foto meiner Mutter. Mit den Handflächen fahre ich mir über das Gesicht, während sie es sich genau ansieht und den Kopf schüttelt.

»Tut mir leid, mein Junge. Noch nie gesehen.«

»Trotzdem danke.« Ich nicke und während sie sich hinter den Tresen zurückzieht, klemme ich einen Fünf-Dollar-Schein unter den Becher und lasse ihn halb voll zurück.

In den nächsten drei Läden ist es dasselbe. Eine Kristina Jenkins hat nie für die Inhaber gearbeitet. Im fünften Diner raten sie mir, am nächsten Tag wiederzukommen, wenn der Manager vor Ort ist. Ich denke nicht, dass das etwas bringt, notiere mir aber die Nummer und ziehe weiter, bis ich gegen vier Uhr morgens rund zwei Dutzend Diner und Bars abgeklappert habe und so fertig bin, dass ich mich am liebsten einfach auf dem Truckbett des Pick-ups zusammenrollen würde. Aber es regnet, womit diese Möglichkeit ausscheidet. Die Strecke zurück nach Rockaway Beach packe ich in meinem Zustand aber auf keinen Fall.

Bleibt Art. Um diese Uhrzeit liegt das Parkview schlafend in der Dunkelheit. Nur ein paar Autos stehen verlassen auf dem Parkplatz.

Stella sitzt am Empfang und schaut eine Serie und ich bin heilfroh, dass sie den Eingangsbereich bewacht. Vier Uhr ist nicht gerade die offizielle Besuchszeit, was bei vielen ihrer Kollegen ein warmes, aber unumstößliches »Nein, kommen Sie morgen wieder« bedeuten würde. Stella hingegen hebt den Blick und lächelt mir entgegen.

Sie steht auf und wirkt irgendwie … alarmiert. Ich muss echt scheiße aussehen.

»Ist alles in Ordnung?«

Nicht wirklich. »Ich wollte zu Art.«

»Ist es denn ein Notfall?« Sie sieht von meinen nassen Haaren zu der durchweichten Kleidung und kommt offenbar zu dem Schluss, dass es so sein muss, denn sie nickt.

»Kein Notfall.« Ich werde mir den Weg zu Art nicht mit einer Lüge erschleichen. »Ich muss ihn einfach nur sehen.«

»Es gibt Besuchszeiten, Jackson. Ich könnte Riesenärger bekommen.«

Das will ich auf keinen Fall. Deswegen nicke ich und drehe mich um. Ich kann mich im Auto ausruhen. Ein, zwei Stunden und dann zurückfahren. Das wird gehen. Es ist nur so, dass ich Arts unerschütterliche Zuversicht gerade ziemlich gut gebrauchen könnte. Seinen Zuspruch, dass ich mich mit Nevah nicht in etwas verrenne, was mir über den Kopf wächst, und die Überzeugung, dass ich irgendwann herausfinden werde, wer meine Mutter war.

»Okay, warte.« Stella kommt hinter dem Tresen hervor und zückt einen Schlüssel, mit dem sie den Fahrstuhl aufschließt. »Arthur wird mir sicher nicht verzeihen, wenn ich dich wegschicke.« Das *so* verkneift sie sich, aber ihr Blick spricht Bände. Und ich hasse es, dass man mir ansieht, wie dreckig es mir geht.

»Ich will dich nicht in eine doofe Lage bringen.« Wieder fahren will ich allerdings auch nicht.

»Wenn du leise bist, muss es ja niemand erfahren.« Sie lächelt verschwörerisch und betritt den Aufzug.

»Ich werde ein verfluchter Geist sein.« Ich stelle mich neben sie und drücke ihr einen Kuss auf die Wange. Das ist sicher total drüber. Was wohl beweist, ich stehe komplett neben mir. »Ich verspreche, niemand wird überhaupt merken, dass ich da bin.«

Stella begleitet mich bis zu Arts Zimmer. »Und vergiss nicht …«

»… ein Geist zu sein«, beende ich den Satz. »Danke. Wirklich«, murmle ich und schlüpfe in den Raum. Leise drücke ich die Tür zu und drehe mich um. Art schläft tief und fest. Auf Zehenspitzen schleiche ich mich zu dem Sessel neben seinem Bett. Den nassen Pullover ziehe ich mir über den Kopf und hänge ihn über die Lehne des Stuhls, auf dem Art an guten Tagen sein Frühstück einnimmt. Das Shirt ist auch leicht feucht, aber es wird gehen. In Arts Nähe geht vieles, was sonst echt scheiße ist. Ich lehne mich zurück und höre seinem regelmäßigen Atem zu. Und endlich kann auch ich schlafen.

***

Die Sonne wärmt meinen Nacken, der sich nach der Nacht auf dem Sessel anfühlt, als hätte ich mir das Genick gebrochen. Ich reibe darüber und setze mich blinzelnd auf.

»Hey, Schlafmütze.« Art ist putzmunter. »Ich dachte schon, du hättest einen Abgang gemacht. Hast wie ein Toter geschlafen.«

»So wie sich meine Muskeln anfühlen, würde ich sagen, ich bin definitiv lebendig«, brumme ich und dehne meinen verkrampften Nacken.

»Was tust du überhaupt hier?« Er sieht sich suchend um. Das Trüffelschwein ist auf der Suche nach Jammie Dodgers.

»Sorry, hab heute leider keine Kekse dabei.« Ich hebe entschuldigend die Schultern. »Nur mich. War eine eher spontane Idee vorbeizukommen.«

»Mitten in der Nacht«, fasst Art zusammen und sieht mich forschend an.

»Nächstes Mal bringe ich dir wieder welche mit.« Ich weiche seinem Blick aus. Ich bin hergekommen, um mit ihm zu sprechen. Warum kriege ich dann die Zähne nicht auseinander?

Art beugt sich zu mir herüber, zieht meinen Kopf an seine Brust und hält mich. »Weißt du, ich liebe dich nicht, weil du meinen Blutzuckerspiegel konstant hochhältst. Also, was ist passiert?« Er gibt mich wieder frei und wartet geduldig.

Alles. Meine Eltern sind passiert. Nevah ist passiert. Mein Scheißherz. »Es gibt da ein Mädchen, das mich mag.« Ich sehe Art verzweifelt an. »Und ich mag sie auch.« Mehr als gut ist.

Er lacht. »Und deswegen siehst du aus wie jemand, der die Nacht im Rinnstein verbracht hat? Hört sich für mich nach Wolke sieben an, nicht nach einem Problem.«

Ich fahre mir über das Gesicht und stütze mich schwer auf die Oberschenkel. »Ich denke, ich bin gerade dabei, das mit ihr in den Sand zu setzen. Ich muss mein verfluchtes Chaos geregelt bekommen, sonst kriege ich das nicht hin.« Ich beiße mir auf die Lippe und ringe die Hände. »Du hast es selbst gesagt, solange ich nicht weiß, wo zum Teufel ich herkomme, kann ich auch nirgendwo hingehen.«

»Aber mit ihr würdest du zusammen irgendwo hingehen wollen?« Art klingt eine Spur zu begeistert. Hat er mir überhaupt zugehört? Ich schaffe das nicht.

»Egal wohin«, gebe ich trotzdem zu. Das ist die Wahrheit. Und vollkommen verrückt. Wir haben uns gerade erst kennengelernt. Bis vor Kurzem mochten wir uns nicht mal. Aber die letzten Tage haben das geändert. Grundlegend.

Art steht auf, nickt bedeutend und geht in das winzige Bad,

das zu seinem Zimmer gehört. Er putzt sich die Zähne, wäscht und rasiert sich. Als bräuchte das weitere Gespräch ein der Tiefgründigkeit angemessenes Äußeres.

»Ich muss endlich herausfinden, wer meine Mutter war, wer ich bin und das alles abschließen.« Keine Ahnung, ob ich dann in der Lage sein werde, mich auf das zwischen ihr und mir einzulassen. »Ich komme nur einfach nicht weiter«, fasse ich die Problematik zusammen. Ich habe nichts. Außer ein paar Restaurants, Bars und Diner, die ich bereits von der Liste gestrichen habe. Bleiben immer noch unendlich viele, die ich abklappern muss.

Die Hälfte des Gesichts noch voll Schaum und den nostalgischen Rasierer in der Hand, taucht Art im Türrahmen auf. »So wie ich das sehe, kannst du noch drei Jahre vergeblich nach der Nadel im Diner-Heuhaufen suchen. Aber effektiv ist das nicht. Und auch nicht das Problem, das du eigentlich beheben müsstest. Du solltest dich an die einzige Quelle wenden, die auf jeden Fall Licht ins Dunkel bringen kann.«

Meine Eltern. »Ich habe sie gefragt, Art. Sie sagen mir nichts.« Und mir wird beim bloßen Gedanken an ein Revival des letzten Gesprächs übel.

Art verdreht die Augen. »Bleib dran, anstatt dich in deinem Strandhaus zu verkriechen und deine Wunden zu lecken.« Er hebt die Hände und erstickt damit meinen Protest. »Es ist nicht so, dass ich dich nicht verstehe. Es ist ein Brocken, den man erst mal verdauen muss, aber wenn du weiterkommen willst, fahr zu ihnen, zwing sie, dir zuzuhören. Besteh darauf, dass sie dir alles sagen, was sie wissen. Du hast ein Recht auf diese Informationen. Lass dich nicht abwimmeln. Bring das mit ihnen wieder in Ordnung und vertrau darauf, dass selbst der größte Streit nicht das Ende ist. Sie sind deine Eltern.«

Genetisch? Nein. Emotional? Schon. Aber hält das alledem stand? Bis jetzt bin ich nie hart geblieben und habe sie gezwungen, mir alle Informationen zu geben, weil ich Angst davor habe, dass es auch noch die letzte Verbindung zwischen uns zerstört.

Art wischt sich die Reste des Schaums mit dem Handtuch weg. »Du hast gesagt, für dieses Mädchen würdest du überall hingehen, richtig?« Er nickt auffordernd.

An mein Elternhaus hatte ich dabei nicht gedacht. Verdammter Mist. »Manchmal hasse ich deine Weisheit, alter Mann.« Art hat mir schon öfter geraten, mich mit Mom und Dad an einen Tisch zu setzen. Nicht um ihnen zu vergeben, sondern um Dinge laut auszusprechen und sie sich von der Seele zu reden. Um an Informationen zu kommen, damit ich das Ganze verarbeiten kann. Um meine Wurzeln zu finden und endlich weitergehen zu können. Und ich weiß, er hat recht.

***

Die Straßen waren leer, weswegen ich nur zwanzig Minuten bis zur Vista Avenue gebraucht habe. Und das reicht definitiv nicht, um mich bereit zu fühlen.

Ich parke den Pick-up vor der Kolonialstilvilla, in der vor uns alle möglichen wichtigen Leute gewohnt haben. Dad sagt immer, zwischen den Wänden kann man die Geschichte Portlands atmen. Für mich ist das hier einfach mein Zuhause gewesen. Der Ort, an dem ich glücklich war und der mich jetzt stets an den Verrat und die Lügen erinnert, die alles in Schutt und Asche gelegt haben.

Nicht hilfreich, ausgerechnet heute Morgen darüber nachzudenken. Ich fahre mir durch die Haare, steige aus und folge den Buchsbäumen, die die Auffahrt wie organische Zinnsoldaten bewachen, bevor ich kneifen kann.

Alles hier wirkt so perfekt, makellos. Aber hinter dieser Fassade … Ich stoße frustriert die Luft aus. Klingeln. Ich muss nur auf den blöden Knopf drücken. Trotzdem dauert es vier

Atemzüge, bevor ich es fertigbringe. Drei in der Melodie abfallende Töne hallen durchs Haus. Diese Klingel könnte Tote wecken. Doch es tut sich nichts. Vielleicht bin ich auch bloß zu ungeduldig. Ich drücke meinen Finger erneut auf den Klingelknopf.

Ich habe immer noch einen Schlüssel, den ich einfach benutzen könnte. Stattdessen stehe ich wie ein Idiot auf der Veranda und warte, bis ich im Haus eine Bewegung wahrnehme.

»Ich komme ja schon. Herrgott, was ist denn los?« Um diese Uhrzeit klingt Dad eher besorgt, nicht wütend. Es ist noch vor sieben. Und solche frühen Störungen bedeuten selten gute Neuigkeiten. Er reißt die Tür auf und erstarrt. »Jackson.« Ein warmes Lächeln gleitet über sein Gesicht und weicht dann Sorge. »Ist alles in Ordnung?«

Ich reibe mir über den Nacken. Natürlich fragt er sich, was ich hier tue. Nach allem, was vorgefallen ist. Und nachdem ich bei ihrem Besuch eine klare Grenze gezogen hatte. »Alles okay«, nuschle ich. »Darf ich reinkommen?«

Er nickt und tritt zur Seite, sodass ich mich an ihm vorbeischieben kann.

Mom erscheint auf der Treppe, den Morgenmantel fest um den schmalen Körper geschlungen. »Oh, mein Gott, Jackson.« Es klingt wie ein einziges Wort. »Was ist passiert?«

Dad winkt ab. »Er ist okay, Faye.«

Langsam kommt sie näher und legt ihre Hand an meine Wange. »Wirklich?«

Was soll ich darauf sagen? Fuck, nein, ich bin nicht okay. Aber ich habe keine arterielle Blutung und die Cops sind auch nicht hinter mir her. Ich denke, das ist, was sie gemeint hat. Deswegen nicke ich. »Ich wollte nur mit euch reden. Ich *muss* mit euch reden«, verbessere ich mich. Das *nur* in dem Satz ist ein Witz.

Mom nickt und wendet sich hektisch ab. Sie weiß, worum

es geht. Dass das hier kein Wir-vergessen-das-alles-Besuch ist. »Ich mache uns Kaffee.« Sie verschwindet in der Küche. Wenn Mom etwas nahegeht, muss sie sich beschäftigen. Früher hat sie jedes Mal das Haus umgeräumt, wenn sie und Dad sich mal gestritten haben. Jetzt kocht sie also Kaffee. Mir soll es recht sein. Außer den zwei Stunden auf Arts Sofa, die meinem Nacken nachhaltig zusetzen, habe ich nicht geschlafen. Koffein ist keine schlechte Idee.

Dad und ich folgen ihr. Die Geräusche, meine Eltern, die vertraut zusammenarbeiten, der Geruch, der sich langsam in der edlen Küche ausbreitet – das ist Kindheit. Die Stille, die den Raum füllt, nicht. Es war nie still oder hat sich kalt angefühlt in meinem Zuhause. Während ich die Vergangenheitsform in diesem Gedanken verfluche, schiebe ich mich auf einen der Küchenstühle und nehme wenig später einen Kaffeebecher von Dad entgegen. Er und Mom setzen sich ebenfalls, jeder eine Tasse in der Hand, von der Dampf aufsteigt. Keiner von uns trinkt.

»Wir sind froh, dass du endlich wieder hier bist.« Dad nickt mir zu und lächelt.

Denkt er ernsthaft, ich bin gekommen, weil ich nach ihrem letzten Besuch eingesehen habe, dass ich mich in etwas verrannt habe? Dann wird ihm nicht gefallen, was ich zu sagen habe. »Ich will wissen, wer sie war.«

Moms Blick schnellt zu Dad. Keiner von ihnen sagt etwas. Und ich beiße die Zähne so fest zusammen, dass mir davon übel wird. Aber die Atmosphäre kippt trotzdem wie ein Tümpel in anhaltender Hitze.

»Ich bin nicht gekommen, um einen auf heile Familie zu machen«, sage ich so beherrscht wie möglich. »Ich habe das Recht auf Antworten.«

»Sie ist tot, Jackson. Lass diese Sache ruhen.« Dad legt mir seine Hand auf den Arm, aber ich schüttle sie ab.

»Ich weiß, dass sie tot ist«, erwidere ich gereizt. Ist ja nicht so, dass ich das vergessen könnte. Ich vergrabe die Hände in meinen Hosentaschen. Meine Finger finden den Chip, umfassen ihn, bis mir die Kanten ins Fleisch drücken. Es hilft mir, meine Stimme in einen ruhigen Tonfall zu zwingen. »Ich will trotzdem wissen, wer sie war. Sie war meine Mutter, verdammt.«

Mit einem Schluchzen springt Mom auf, presst sich die Hand vor den Mund und rennt aus dem Zimmer.

»Du solltest so etwas nicht sagen. Es verletzt sie. Das alles nimmt sie ziemlich mit, weißt du.« Dad tut so, als wäre das mein Fehler.

»Ich würde mich ja entschuldigen«, erwidere ich bitter. Ich hätte das anders sagen können, müssen. Doch ich bin zu erschöpft, um diplomatisch zu sein. »Aber das ist nichts, was ich verbockt habe.«

»Du könntest es einfach gut sein lassen.«

Klar, wenn er mir sagt, wie. »Ich kann nicht vergessen, dass ihr mich belogen habt und ich deswegen meine Mutter nicht mehr kennenlernen konnte, bevor sie gestorben ist. Ich weiß verdammt noch mal nicht, woher ich komme, wer ich eigentlich bin.« Ich atme geräuschvoll aus. »Ich verstehe nicht, wieso ihr immer noch mauert.« Das ergibt keinen Sinn. Ich sehe Dad an, so fest und unnachgiebig, wie er es mir beigebracht hat. Er gewinnt solche Blickduelle normalerweise. Dieses nicht. Ich habe den besten aller Gründe, nicht nachzugeben.

Seine Schultern sacken nach vorn. »Versteh doch, dass dir die Vergangenheit nicht weiterhelfen wird. Du kannst mich dafür hassen, dass ich dich davor schützen will. Das ist okay. Das auszuhalten ist mein Job als Vater.«

»Vor was willst du mich denn beschützen?«, frage ich müde. »Sie war ja schließlich nicht Mrs Voldemort.«

Er schiebt seine Tasse weg und mustert mich eindringlich. »Nein. Nein, das war sie nicht.« Dunkelheit ummantelt seine Worte. Als wäre die Wahrheit noch schlimmer. »Du denkst, sie macht deine Wurzeln aus. Aber das stimmt nicht, Jackson. Du bist unser Kind. Das, was du erlebt hast, hat dich zu dem gemacht, der du jetzt bist, nicht deine DNA, die du zufällig mit ihr teilst. Erinnerungen sind deine Wurzeln. Das bist du, Jackson.« Er deutet auf die gerahmten Bilder meiner Kindheit, die an der Flurwand hängen.

Ich schlucke schwer. Auf keinen Fall werde ich jetzt heulen. »Wer war sie?« Mein Inneres fühlt sich an, als hätte das verdammte Schicksal es mit Schmirgelpapier bearbeitet. Keine Ahnung, wie lange ich das hier noch durchhalte.

»Kein guter Mensch.« Dad seufzt. »Jemand, den wir aus deinem Leben heraushalten werden. Das haben wir uns damals geschworen und daran hat sich nichts geändert, nur weil sie tot ist.« Er hebt beschwichtigend die Hände. »Wenn du Zeit brauchst, wir geben sie dir. Aber vergiss diese Sache.«

»Wie schlimm kann die Wahrheit schon sein?«, stoße ich frustriert hervor. Schlimmer als das, was gerade kaputtgeht, auf keinen Fall. Aber Dad bleibt hart, antwortet mir nicht. Stattdessen legt er mir erneut seine Hand auf den Unterarm, versucht mich festzuhalten, doch ich mache mich ruckartig los. »Ich brauche Antworten.«

»Es tut mir leid.« Dad beißt die Zähne aufeinander. Der Rest von ihm besteht aus professioneller Neutralität. So sieht Vincent Scott aus, wenn er einen Megadeal verhandelt. Und er ist nicht durch Zufall so erfolgreich.

»Verdammt.« Ich stoße den Stuhl nach hinten. Polternd fällt er um.

»Hass uns nicht«, sagt er ganz ruhig. Wahrscheinlich weil ich aussehe, als wollte ich alles niederbrennen. »Nicht dafür, dass wir dich lieben.«

Ich kann nicht länger mit ihm in einem Raum sein. Dann drehe ich durch. Weil ich sie eben nicht hasse. Das dachte ich lange und es war so einfach, sich dahinter zu verschanzen, aber das hier ist viel komplexer. Vielschichtiger. Schmerzhafter. Die Holzdiele neben der Treppe gibt das gewohnte Knarzen von sich, die guten Erinnerungen und die Sehnsucht nach Mom und Dad zerren an mir, aber ich kämpfe all das nieder und knalle die Haustür hinter mir zu. Ohne mich noch einmal umzudrehen, laufe ich zum Wagen.

32
nevah

Meine Lunge brennt. Mein Körper braucht Sauerstoff, aber ich kann nicht atmen. Mich nicht bewegen. Ich sehe in diese finsteren Augen und will schreien. Aber kein Ton kommt über meine Lippen. Nur ein Gedanke füllt meinen Kopf. Ich will nicht sterben. Aber ich werde sterben. Das sehe ich an der Entschlossenheit in Sam Vaughlers Blick. Er wird mich töten. Und es wird ihm egal sein.

Kurz bevor er abdrückt, höre ich plötzlich Sirenen und im nächsten Moment dreht er sich um und rennt die Treppe hinab. Er ist fort.

Mein angehaltener Atem bricht als Schluchzen hervor. Ich lebe, sinke an der Wand hinab, will mich zusammenrollen, vergessen. Einfach nur vergessen. Aber da ist ein Gedanke, der mich abhält. Carver. Mein Bruder ist in dieser Wohnung. Er ist allein. Und er braucht mich. Auf allen vieren krabble ich die letzten beiden Treppenabsätze hinauf. Die Tür steht offen. Ich ziehe mich an der Wand hoch, taumle in die Wohnung. Eine der zwei Zimmertüren, die vom Flur abgehen, ist zersplittert und hängt schräg in den Angeln. Tische und Stühle liegen am Boden. Da ist Blut, überall Blut. Spritzer, Fußabdrücke in groteskem Rot, Schlieren. Ich gehe weiter, stolpere über eine Cheerios-Verpackung, die auf der Schwelle zur Küche liegt. Direkt neben Austin. Ich sehe ihn an, schließe die Augen und presse mir die Hand vor den Mund. Er ist tot. Keine Ahnung woher, aber ich weiß es. So genau wie ich weiß, dass ich Carver finden muss. Ich drehe mich um, stakse weiter, schluchze, stolpere. Über zerbrochenes Geschirr, am Boden liegende Papiere, zerstörte Möbel. Ich zittere. Angst lähmt mich. Was, wenn Austins Mörder zurückkommt? Was, wenn er es doch zu Ende bringt? Ich entdecke Carver hinter dem Sofa auf dem Boden. Halb an der Wand hinabgeglitten. Blut färbt seinen Pullover dunkel. Zu viel Blut. Aber er atmet. Er lebt.

»Carver«, flüstere ich und lasse mich neben ihn fallen. Glassplitter bohren sich durch meine Jeans. Ich spüre sie kaum.

Er hustet, versucht sich zu bewegen, sieht mich an. Mit dieser Angst im Blick, die meine spiegelt. Blut rinnt aus seinem Mund und verliert sich in einem rötlichen Speichelfaden auf seiner Brust.

Ich ziehe ihn in meine Arme, weil ich nicht weiß, was ich sonst tun soll. Weil ihn zu halten besser ist, als das Blut anzusehen. Ich weine, flüstere, bettle. »Du schaffst das. Halt noch ein bisschen durch, Carv. Nur noch ein bisschen. Komm schon.«

Doch ich flehe umsonst. Mein Bruder atmet zitternd aus. Und nicht wieder ein. Alles wird still. Und dunkel. So dunkel.

***

Ich wache auf. Nassgeschwitzt. Mit bebendem Atem. Weinend. Carver ist gestorben. In diesem Moment, in dieser Wohnung. Sam Vaughler hat ihn umgebracht. Nachdem mein Bruder es geschafft hat, mehreren seiner Kugeln auszuweichen, indem er sich hinter Möbelstücken und Türen in Sicherheit gebracht hat, hat er ihn mit zwei Schüssen in die Brust getroffen und ihn dann zum Sterben zurückgelassen. Sie haben Carver wieder zurückgeholt, aber ein Teil von ihm ist in dieser Wohnung geblieben. Ein Teil von mir ist dort geblieben. Vielleicht kehre ich deswegen in jedem meiner Albträume an diesen Ort zurück. Sie sind seltener geworden, verschwinden jedoch nie ganz.

Zitternd rutsche ich vom Bett und schleppe mich ins Badezimmer. Jax' Pick-up steht noch immer nicht in der Einfahrt. Er ist die ganze Nacht nicht nach Hause gekommen. Und ich mache mir Gedanken, warum er nicht schlafen kann. Ob es an uns lag. An gestern Abend, als er das zwischen uns so abrupt beendet hat.

Ich gehe unter die Dusche, ziehe mich an und gehe nach unten, obwohl ich eigentlich ausschlafen könnte und todmüde bin. Aber ich kann nicht noch einmal zu dieser Nacht in Austins Wohnung zurückkehren.

Als ich die Veranda betrete, steht Jax' Wagen vor dem Haus. Er muss nach Hause gekommen sein, während ich im Bad war. Ich setze mich auf die Stufen, die in den Vorgarten führen, und sehe seinen Pick-up an, der die Sonne reflektiert.

Angeblich hat Jax nur die Reißleine gezogen, weil er nicht wollte, dass uns Miller überrascht. Aber was, wenn das nicht alles ist? *Wir sollten das nicht tun.* Seine Worte fühlen sich selbst jetzt noch wie eine eiskalte Dusche an. Ich bin sicher, es liegt an mir. Daran, dass ich ihm mehr verschweige als erzähle. Natürlich spürt er, dass etwas nicht stimmt. Ich meine, wir leben in einem winzigen Ort im Nirgendwo, wo niemand auch nur seine Haustür abschließt, und sichern unser Haus wie eine Festung. Wann immer er mich etwas fragt, reagiere ich ausweichend. Weil ich jedes Wort abwägen muss, nie zu viel preisgeben darf. Ich bin nicht auf Social Media. Zumindest nicht als Nevah Hewitt. Oder Haven Jones. Womit ich vermutlich die einzige Neunzehnjährige auf diesem Planeten bin. Und ich bin mit Sicherheit auch die Einzige, die Angst vor der Dunkelheit hat und ihn mit einer Panikattacke in seinem Zimmer überrumpelt. Er spürt es nicht nur. Er weiß, dass etwas mit mir nicht stimmt. Und auch wenn er schreibt, dass er den letzten Slushy der Welt mit mir teilen würde, denke ich, dass er Abstand gesucht hat, weil all das zwischen uns steht.

Ich ziehe die Sweatshirtjacke enger um meinen Körper, stehe auf und gehe langsam zum Strandhaus hinüber. Ich muss mit ihm reden. Ihm alles sagen. Das wäre das einzig Richtige. Erwachsen und fair. Fairer, als weiter zu lügen. Und ich will diese Gefühle mit ihm teilen, will, dass er die Angst und die Albträume versteht, sie wegschiebt und mir sagt, dass alles gut wird.

Vor der Tür warte ich kurz, um mich zu sammeln. Genug Mut zusammenzukratzen. Ich schließe die Augen, zähle stumm bis drei. Dann bis zehn. Verdammt. Ich könnte bis tausend zählen und wäre nicht bereit für dieses Gespräch. Trotzdem hebe ich die Hand, um zu klopfen.

»Hey, was machst du denn so früh hier?«

Es ist Miller. Und ich drehe mich zu ihm um, die Fingerknöchel nur Inches vom rauen Holz der Tür entfernt. Mein Bruder sieht gut aus, erholt, obwohl das absolut nicht seine Uhrzeit ist. Er trägt Laufsachen und Turnschuhe anstatt seiner ausgelatschten Chucks. »Morgen«, murmle ich und schlinge die Arme um meine Mitte. Wieso muss er ausgerechnet jetzt hier auftauchen? Das Ganze ist schon schwer genug, auch ohne ihn.

»Sorry, aber heute Morgen gehört er mir, Schwesterherz.« Miller grinst selbstsicher. »Lauftraining vor der Uni«, erklärt er. »Und das schlägt Rumknutschen, was den Brennwert angeht, um Längen.«

Miller runzelt die Stirn, weil ich nichts auf seinen blöden Spruch erwidere. Stattdessen starre ich angestrengt an ihm vorbei auf die Tür.

»Alles okay?«

Ich nicke. Klar. Als wäre irgendetwas okay, seitdem sich das Böse in unser Leben geschlichen hat.

»Was hast du vor?«, fragt Miller argwöhnisch und schüttelt dann den Kopf. »Nein. Nev?«

»Was nein?« Ich sehe ihn an. Kämpferisch. *Mit dir würde*

ich den letzten Slushy der Welt teilen. Da werde ich es doch wohl schaffen, ihm die Wahrheit zu sagen. Selbst wenn er mir nicht verzeihen kann, dass ich ihn angelogen habe. Alles ist besser, als so weiterzumachen wie bisher.

»Du wirst das nicht tun.«

Auch wenn viel in unserer Beziehung verloren gegangen ist, kennt mich Miller besser als jeder andere. Er weiß, was ich vorhabe. »Dann schau genau hin«, entgegne ich und hebe die Hand erneut zum Klopfen.

Aber Miller packt mich am Arm und zerrt mich außer Reichweite der Tür. »Wenn du das tust, ist das hier zu Ende. Für uns alle«, sagt er leise, aber so eindringlich, dass es mich aus dem Gleichgewicht bringt. Dabei wirft er einen vorsichtigen Blick über die Schulter. Im Strandhaus ist es ruhig. »Sie bringen uns weg. Verdammt, Nev, das kannst du nicht wollen. *Ich* will das nicht. Rein zufällig mag ich diesen blöden Winz-Ort nämlich.« Er fährt sich durch die Haare und schüttelt den Kopf, weil ich nicht antworte. »Wenn du es nicht für mich, Mom und Dad tust, sei verflucht noch mal einmal im Leben egoistisch. Du magst Jax. Wenn du das machst, wirst du ihn verlieren.« Er gibt meinen Arm frei. »Du verlierst ihn, Nev!«

Ich habe eine Million Mal das Für und Wider abgewogen, aber im Grunde ist mir schon seit Wochen klar, dass ich das tun muss. Auch wenn Miller meinen Entschluss mit seiner Prophezeiung gefährlich ins Wanken bringt. »Es geht einfach nicht anders«, erwidere ich leise und klopfe, bevor mein Bruder mich abhalten kann.

»Scheiße.« Er verschluckt den nächsten Fluch, presst die Lippen zusammen und verzieht sein Gesicht. »Ist das dein fucking Ernst?«, zischt er, holt Luft. Wahrscheinlich um es mir auszureden, verstummt aber, weil Jax in diesem Moment die Tür öffnet.

Seine Haare sind verwuschelt und er wirkt mitgenommen.

Letzte Nacht hat er definitiv nicht viel geschlafen. Und trotzdem sieht er herzschlagbeschleunigend gut aus.

»Morgen«, sagt er mit einem halben Lächeln, streckt die Hand nach mir aus und berührt meinen Arm. Kurz nur, als wüsste er nicht, ob es okay ist. Vielleicht wegen gestern Abend. Oder weil Miller wie jemand guckt, dessen Haustier überfahren wurde. »Für den Uni-Shuttle bist du zu früh. Miller und ich wollten noch laufen gehen.« Sein Blick gleitet zu meinem Bruder, der sich über den Nacken reibt und dessen Kiefer arbeiten.

Er zermahlt wahrscheinlich gerade die Worte, die er mir gern an den Kopf werfen würde. Denn alles, was er sagen könnte, wären Argumente, die uns im selben Moment verraten würden. Und so ätzend das ist, ist es wenigstens einmal im Leben hilfreich.

»Verdammt«, nuschelt mein Bruder. »Ich geh allein laufen. Das hier ist schlimmer als schimmliges Toastbrot.« Mit diesen Worten dreht er sich um und rennt über den Strand davon.

»Hey, ich denke, wir wollten zusammen los!«, ruft Jax ihm hinterher, aber Miller verschwindet hinter der nächsten Düne, ohne sich noch einmal umzusehen. »Was war das denn?«

Ich zucke mit den Schultern und lächle verkrampft. »Ist einer dieser Miller-dreht-durch-Morgen.«

»Hm.« Er macht einen Schritt auf mich zu und kommt mir so nah, dass sein warmer Atem meine Haut streift. »Du hast nicht auf meine Nachricht geantwortet.«

Weil das, was ich ihm zu erklären habe, nichts ist, was man per WhatsApp klärt. Das ist etwas, was ich ihm ins Gesicht sagen muss. Hier und jetzt. »Ich wollte …« Sag. Ihm. Die. Wahrheit. Aber was, wenn Miller recht hat? Und ich ihn verliere?

Ich habe meinen Satz noch immer nicht beendet und Jax sieht mich fragend an. Meine Kehle ist so trocken, mein Kopf voll Worte, die ich nicht ordnen, voll Entscheidungen, die ich nicht treffen kann, dass ich keinen Ton herausbringe. Doch irgendetwas muss ich tun. Ich ziehe mein Handy aus der Hosentasche und tippe eine Antwort auf seine Nachricht. Mit einem kurzen Piepen landet sie auf Jax' Telefon.

Er liest sie und lacht. »Du magst ernsthaft keine Slushys? Das hättest du mir sagen müssen, dann hätte ich dich nicht mit den Dingern gefoltert.«

»Schon okay«, murmle ich. Dass ich ihm den letzten Slushy auf der Welt überlassen würde, weil ich die Dinger ehrlich gesagt echt eklig finde, ist ganz sicher nicht, was er hören wollte. Es ist nicht, was ich ihm beichten müsste. Aber es ist das Einzige, was ich gerade rauskriege. Ich schließe die Augen. Die Welt wird dunkel. Und das reicht, um Angst durch meinen Körper fluten zu lassen. Nicht jetzt. Bitte nicht jetzt. Ich öffne die Augen wieder und konzentriere mich auf die Atemübung, die mir Dr. Turner gezeigt hat. Einatmen. Fünf Sekunden halten. In zwei Etappen wieder ausatmen. Einatmen. Fünf Sekunden …

»Nev? Ist alles okay?«

Ich nicke. Aber das ist nicht das Verdienst dieser blöden Übung. Es ist Jax' Stimme, die die Finsternis vertreibt. Und selbst wenn es mich zu einem schlechten Menschen macht, ich kann das nicht aufgeben. Ihn nicht aufgeben.

Seine Hand berührt meine Taille und er sieht mich auf diese Art an, die ein sehnsüchtiges Ziehen durch meinen Körper schickt.

Vorsichtig strecke ich die Hand nach ihm aus, fahre an seinem Kinn entlang. Über die hellen Bartstoppeln. Und fürchte, dass ich schon wieder eine Grenze überschreite. Aber ich kann nicht aufhören. Ich will nicht. Mein Herz hämmert wie verrückt gegen meine Rippen, als er sich langsam zu mir hinunterbeugt und sanft seine Lippen auf meine legt. Er erhöht den Druck und seine Zunge schiebt sich zwischen meine Lippen.

Ich stöhne leise. Mein Gott, er schmeckt so gut.

Fiebrig streichle ich seine Arme, die Brust. Gleite über die festen Muskeln seines Bauches und stehle mich unter sein Shirt. Er presst seinen Körper an meinen. Und ich höre auf zu denken, mich zu sorgen, zu analysieren. Ich reagiere nur noch. Auf seine Lippen. Seine Muskeln. Seine Küsse. Alles an ihm fühlt sich so verdammt gut an. Sein heißer Atem. Die Heftigkeit, mit der sich sein Brustkorb hebt und senkt. Seine Erektion, die sich durch die Shorts gegen meine Mitte drückt und mich atemlos macht. Irgendwie schaffen wir es ins Innere des Hauses und Jax versetzt der Tür einen Tritt, ohne unseren Kuss auch nur eine Sekunde zu unterbrechen.

Ich will das hier. Wirklich. Mehr als alles andere. Aber wenn er gleich wieder so eine Vollbremsung wie gestern hinlegt, knalle ich mit voller Wucht durch die Windschutzscheibe. Auf sandigen Asphalt. Schließlich habe ich erneut die Initiative ergriffen, ihn zu dem Kuss herausgefordert, der das hier nach sich zieht.

Atemlos lege ich meine Hand auf seine Brust und schiebe ihn auf Abstand. »Wenn du das hier nicht willst …« Ich zucke mit den Schultern. »Ich weiß, ich bin einfach aufgetaucht und habe dich geküsst. Schon wieder. Also wäre es wirklich okay, wenn du nicht willst.« In meiner Brust bricht eine ganze Horde Schmetterlinge in Massenpanik aus. Es wäre so was von nicht okay.

Er verringert den Abstand, den ich gerade erst zwischen uns gelegt habe, und nimmt meine Hand. »Ich will das hier«, murmelt er rau, zieht meine Hand an seine Lippen und küsst meine Finger. »Dich. So was von.« Dann meinen Handrücken. »Und ich würde jeden Slushy der Welt dafür eintauschen.« Die Haut meines Handgelenks. Dort, wo mein Puls rast. »Das gestern … Ich war ein Idiot.«

Ich schließe die Augen und versuche mich zu sammeln. Er

hat nur meine Hand und den peripheren Teil meines Arms geküsst. Das ist nichts, was so verdammt sexy sein sollte, dass mein Herz davon Schnappatmung bekommt. »Da kann ich nicht widersprechen.« Ich sehe ihn an, versinke in seinem dunklen Blick, den er auf mich heftet, während ein Lächeln an seinen Mundwinkeln zupft. Ein halbes, das mich umhaut.

Und mir werden in diesem Moment zwei Dinge bewusst: Erstens muss Jackson Scott mich gar nicht berühren, damit meine Selbstbeherrschung zu Staub zerfällt. Und zweitens kapert er nicht mit dem, was er tut, mein Herz. Sondern mit dem, was er sagt. Das hier ist alles andere als rein körperlich.

Ich ersticke diese Tatsache in einem stürmischen Kuss. Seine Lippen fühlen sich perfekt an auf meinen. Und seine Zunge entlockt mir ein sehnsüchtiges Stöhnen. Rückwärts stolpern wir gegen die Tür, aber ich spüre den Aufprall kaum. Ich bin zu sehr damit beschäftigt, meine Zweifel auszublenden, indem ich mir einen Weg zu seiner nackten Brust bahne.

Er hilft mir, das Shirt über seinen Kopf zu zerren, und lässt es dann achtlos auf den Boden fallen. Seine Haut ist heiß und spannt sich fest über seine Muskeln. Muskeln, die sich im nächsten Moment an mich drängen. Ich berühre seinen harten Bauch. Seine Zunge dringt in meinen Mund und er unterbricht den Kuss selbst dann nicht, als er mich in Richtung Schlafzimmer schiebt. Wir stoßen gegen Möbel, die Kücheninsel, den Türrahmen.

Auf halbem Weg drängt Jax mich stürmisch gegen die Wand des Flurs. Kühl presst sich der Putz an meinen Rücken und für den Bruchteil einer Sekunde katapultiert er das Bild von kalten Augen an die Oberfläche. Von Blut. Und ohrenbetäubender Stille. Aber es ist nur ein Moment. Dann schiebt Jax seine Hände unter meine Schenkel und hebt mich hoch. Die Wand in meinem Rücken ist fort. Sam Vaughler ist fort. Jax ist das

Licht. Und dagegen hat die Dunkelheit keine Chance. Take that, Trauma!

Ich schlinge meine Beine um ihn. Fühle, wie hart er ist. Sein Stöhnen an meinem Mund, während er mich in sein Zimmer und zum Bett trägt.

Sein gesamter Körper vibriert an meinem, als er mich voller Leidenschaft küsst. Ich taste nach dem Bund seiner Hose, aber bevor ich sie öffnen kann, löst sich Jax widerwillig von mir und geht zum Fenster. Er zieht die lichtundurchlässigen Vorhänge ein Stück auf. Sonnenstrahlen drängen sich in den Raum und fallen als Lichtkegel auf das Bett.

»Du magst die Dunkelheit nicht«, flüstert er und zuckt fast schon schüchtern die Schultern. Er hat daran gedacht. Und es war ihm so wichtig, dass er sich dafür von mir losgerissen hat. Das ist so ... Wie sollte ich ihm mein Herz bitte nicht auf einem Silbertablett überlassen? Für einen Moment stehen wir bewegungslos voreinander. Jax Brustkorb hebt und senkt sich heftig. Sein Blick verhakt sich mit meinem. Aufreizend langsam streicht er mit seinem Daumen über meine Lippen und dann folgt sein Mund dieser Bahn. Innerhalb von Sekunden finden wir in den wilden Rhythmus zurück.

Jax stöhnt und fährt mit seinen Händen unter mein Top. Hastig schiebt er es nach oben und unterbricht seinen Kuss nur so lange, dass er es mir über den Kopf ziehen kann. Er knüllt es an meinem Hintern in seiner Faust zusammen.

Ein raues Knurren bricht über seine Lippen, weil ich im selben Moment über seine Boardshorts reibe. Er presst seine Stirn gegen meine und schiebt mir das Becken entgegen. Lust pulsiert bis in jede Faser meines Körpers und erhellt selbst die dunkelsten Flecken.

Tief und hungrig küsse ich ihn und seufze, als er mich erneut hochhebt. Ich umklammere ihn mit den Beinen, den Armen und bewege mich an seiner Erektion. Seine Hände an meinem Hintern bestimmen den Rhythmus, in dem unsere Körper aufeinandertreffen. Er dreht sich und stolpert einige Schritt vorwärts und im nächsten Moment liegen wir auf dem Bett. Jax auf mir. Und jede meiner Zellen reagiert auf das Gewicht seines Körpers. Ich stöhne und will die schon halb heruntergerutschten Shorts ganz hinunterschieben, aber Jax hält mich auf. Seine Zunge gleitet an meinem Hals hinab. Er umschließt meine Brustwarze und saugt daran, bis ich mich ihm entgegenwölbe und mich stöhnend in seinem Haar verkralle. Hastig öffnet er meine Jeans und streift sie mir herunter. Dabei sieht er mich an und dieser Blick ist so heiß, dass sich die Muskeln in meinem Unterleib zusammenziehen. Mein Atem stolpert. Mein Herz rast. Ich schmecke den Ozean auf seiner Haut, rieche den Wind in seinem Haar. Fühle sein Verlangen, als er mit seiner Härte über meine Mitte reibt.

Ich stöhne tief und will meinen Slip und diese verfluchte Boardshorts loswerden, aber vielleicht sollten wir nicht alle Grenzen an einem Tag einreißen. Wir haben Zeit. Und ich sperre die Stimme aus, die flüstert, dass ich nicht sicher sein kann, wie viel.

Jax verschränkt meine Finger mit seinen und führt sie über unseren Köpfen auf der Matratze zusammen. Er leckt über meine Haut, reizt mich, bis ich glaube zu zerspringen, aber er macht genau wie ich keinen Versuch weiterzugehen, als sich noch halb angezogen zwischen meinen Schenkeln zu bewegen. Ich komme ihm entgegen und vergrabe meine Hände in seinem Haar. Meine Muskeln sind bis zum Zerreißen gespannt und dann tue ich genau das. Ich zerreiße. In einem Feuerball aus Lust. Mein Mund gegen Jax' Ohr gepresst. Er vergräbt sein Gesicht an meinem Hals, nimmt meinen Höhepunkt in sich auf und folgt mir Sekunden später, indem er in seine Boardshorts kommt. Sein abgehackter Atem stößt gegen meine Haut. Ich schließe die Augen, streiche ihm durchs Haar, versuche mich zu sammeln. Vergeblich. Lange liegen wir einfach nur da. Völlig unbeweglich, während sich unser Atem weigert, sich zu beruhigen.

Irgendwann dreht Jax den Kopf und sieht mich an. Durch zerwühlte, sonnengebleichte Haare, die ihm ins Gesicht hängen. »Du darfst gern jederzeit vorbeikommen und mir sagen, dass du keine Slushys magst.« Er lacht leise und ich verliebe mich in dieses winzige Geräusch, das unsere Körper erfasst. So wie ich mich in all die kleinen Dinge verliebt habe, die Jax ausmachen. Ich liebe ihn. Verdammt, ich stecke so ultimativ in der Klemme.

33
jackson

Nevah liegt neben mir. Die Haare leicht verschwitzt. Die Wangen gerötet. Sie ist so schön, dass ich meinen Kopf an ihrer Schulter vergrabe, weil das kein Mensch aushält.

»Was ist?«, fragt sie und ich schwöre, allein ihre Stimme lässt mich wieder hart werden.

Ich küsse ihren Oberarm, den Rippenbogen. Eine Gänsehaut breitet sich über ihren Körper aus. »Nichts«, nuschle ich an ihrer Haut. Ich werde ihr sicher nicht sagen, dass ich jeden Inch ihres Körpers küssen will. Wirklich jeden. Oder dass ich die ganze verdammte Welt vergessen könnte, solange sie hier neben mir liegt. Inklusive meiner Eltern. Und am allerwenigsten werde ich ihr verraten, dass ich wegen Mom und Dad auf dem Küchenboden gesessen und geheult habe, bevor sie geklopft hat. Und dass es mir das erste Mal an diesem Morgen gut geht.

Sie stöhnt leise und streicht mir durch die Haare. »Jetzt sag schon.«

Ich umfasse ihr Kinn und gebe ihr einen Kuss. »Nichts, nur, dass das hier rund eine Million Mal besser ist als Joggen oder Krafttraining. Und dass ich unbedingt noch eine Trainingseinheit einlegen sollte, um mein Fitness-Soll zu erfüllen. Warte eben.« Ich verschwinde ins Bad und wasche mich. Die Boardshorts pfeffere ich in den Wäschekorb und schnappe mir eine kurze Jerseypants, die auf dem Rand des Waschbeckens liegt. Dann spritze ich mir etwas kaltes Wasser ins Gesicht und kehre zu Nevah zurück. Sie liegt nur mit einem Witz von Slip bekleidet auf der Matratze und ich frage mich wirklich, wie ich es anstellen soll, keinen Sex mit ihr zu haben. Denn das würde mit Sicherheit zu schnell gehen. Ich will das hier richtig machen. Selbst wenn das bedeutet, mich selbst zu foltern.

Ich lasse mich neben sie auf die Matratze plumpsen und lege den Arm über die Augen. Sicher ist sicher.

»Hast du schon genug von mir?«

Sie kichert leise und ich spüre ihre Lippen an meinen. Wie sie mein Kinn küsst, einen Wassertropfen aufnimmt, der über meine Wange rinnt.

»Du liegst so ungefähr drei Universen daneben.«

Sie erwidert nichts, aber im nächsten Moment presst sie ihren Mund auf meinen und stößt mit ihrer Zunge gegen meine Lippen. Ich gebe auf und lasse den Kuss zu einem Knall werden.

In einer einzigen Bewegung drehe ich sie unter mich und entlocke ihr damit ein überraschtes Lachen. Es geht in ein wohliges Seufzen über, als ich ihre Brüste streichle.

Mit der Zunge male ich eine feuchte Spur über ihr Schlüsselbein bis zu ihrer rechten Brustwarze und liebe, wie sie darauf reagiert. Wie sie sich mir entgegendrängt. Ihre Hände suchen nach meinem Hintern und dann streicht sie am Bund meiner Shorts entlang nach vorn. Ich stöhne und atme zischend ein, als sie eine Hand vorn in meine Hose schiebt. Sie gleitet an meinem Schaft nach unten und umfasst meine Hoden. Mein heißer Atem prallt gegen ihre Brust und im nächsten Moment schiebt sie die locker sitzende Jerseypants ganz nach unten und massiert meinen Penis, während ihr Daumen sanften Druck auf meine Eichel ausübt. »Nicht«, knurre ich. Wenn sie so weitermacht, wird das mit dem sich Zeit lassen ganz sicher nichts.

Aber Nevah lächelt nur und ich mag das Blitzen in ihren Augen. Ich umrahme ihr Gesicht, presse meine Lippen auf ihre und schiebe mein Becken vor. Sie macht mich dermaßen an, dass ich in ihre Hand stoße und kurz davor bin zu kommen. Schwer atmend halte ich inne und schüttle den Kopf. Dann schiebe ich mich halb über sie, sodass sie gezwungen ist, mich loszulassen. Besser. Auch wenn ein Teil von mir frustriert ächzt.

Ich umschließe ihre Spitzen, sauge und knabbere daran, während meine Hand an ihrem Bauch hinabfährt. Ich streiche über ihre Schenkel, die Innenseiten, ihre Mitte.

»Jax«, flüstert sie erstickt und öffnet ihre Schenkel. Für mich. Das Gesicht verbirgt sie in ihrer nackten Armbeuge. Sie hebt ihr Becken an und kommt mir entgegen. Ihr Puls rast. Verdammt. Das hier ist kein Stück weniger synapsenfolternd als ihre Hände an meinem Penis. Mit den Fingern gleite ich in sie und passe mich dem Rhythmus an, in dem ihr Körper auf mich reagiert. Sie stöhnt und zieht sich um mich zusammen. Keuchend schlingt sie ihre Arme um meinen Nacken, sucht meine Lippen und kommt mit einem Stöhnen, das sämtliche meiner Barrieren einreißt.

Shit, ich bin so was von verknallt in dieses Mädchen. Und das nicht, weil der Sex mit ihr einer Kernschmelze gleicht. Da ist dieser dunkle Fleck in ihrer Vergangenheit. Sie spricht nicht darüber, aber er ist da. Und schafft eine Verbindung, die vom ersten Moment an existiert hat. Sie liebt dieselben Dinge wie ich. Exklusive Slushys. Ich mag ihren Kampfgeist, ihre Stärke und ihre Ansichten. Ich mag alles an ihr. Und am meisten, dass sie mich zu einem etwas weniger fertigen Mistkerl macht.

Nevah zieht mich in einen tiefen Kuss. Meine Finger sind noch in ihr und ich spüre die Ausläufer ihres Orgasmus und noch nie hat mich etwas mehr angemacht. Sie umfasst mich, gleitet rhythmisch an meiner Härte auf und ab, küsst mich. Drängt sich an mich. Sie stöhnt und ihr heißer Atem prallt gegen meine Haut. Und dabei sieht sie mich an. Blickt bis in mein Innerstes und das ist … zu viel. Mit einem tiefen Seufzen komme ich in ihrer Hand, verliere mich in ihr. Und verflucht, noch nie hat sich verloren sein so gut angefühlt.

***

Der Tag war die reinste Folter und gleichzeitig so bittersüß, dass ich ihn mir rahmen lassen würde. Wir waren zusammen in der Uni, haben in der Mittagspause mit ein paar Kumpels Frisbee gespielt, in der Sonne gelegen und danach ist Nevah noch mit zu meiner Arbeit gekommen. Doch weder auf dem Campus noch auf den Anwesen, die ich heute betreuen musste, waren wir allein. Ich stöhne unterdrückt und ernte einen belustigten Blick von Nevah, die auf dem Beifahrersitz sitzt. Eigentlich Millers Stammplatz. Aber er ist nicht mitgefahren. Mal wieder.

»Was hast du?«

Ich biege in die Seaside Lane zu unseren Häusern ein. »Entzug.« Ich starre auf den sandigen Asphalt, weil ich weiß, wie lächerlich ich mich verhalte.

»Wir haben uns den ganzen Tag gesehen.« Sie legt ihre Hand auf meinen Arm und meine Zellen gehen beim Linedance ab. Ich mache mir ernsthaft Sorgen, denn ich sollte nicht alles in diese Sache investieren. Sonst bleibt am Ende nichts von mir übrig.

Den Pick-up parke ich vor dem Strandhaus und wir steigen aus. Es ist das erste Mal, dass ich froh über die Stille bin, die im Haus auf uns wartet. Wir werden allein sein. Und wenn wir übereinander herfallen, kann ich mir vielleicht einreden, dass ich das hinbekomme. Dass sich mein Herz schon irgendwie davon erholen wird, sollte ich das Ganze doch gegen die Wand fahren, weil es eben hauptsächlich körperliche Anziehung ist. Und dass es okay ist, solange es dauert. Oh Mann, ich bin echt erbärmlich darin, mich selbst zu belügen.

Nevah bleibt stehen und deutet hinter sich, anstatt mir zu folgen. »Ich muss nach Hause.«

Das kann nicht ihr Ernst sein. Ich sehe sie fassungslos an.

»Was? Meine Eltern fragen sich bestimmt, wo ich bleibe.« Sie lacht. »Und wenn ich ständig bei dir bin, hast du mich am Ende schneller satt, als mir lieb ist.«

Das wird sicher nicht passieren. Aber ich sollte mich auch nicht wie ein besitzergreifender Idiot benehmen, der ihr die Zeit mit ihrer Familie nicht gönnt. Ich weiß, wie viel sie ihr bedeutet. »Ich werde die Zeit nutzen und meinen Slushy-Vorrat aufstocken.« Ich küsse sie nicht, weil ich in dem Fall doch noch zu einem egoistischen Arsch mutieren würde. »Sehen wir uns später?« Klingt nicht gerade lässig. Doch ich will sie unbedingt sehen.

Sie beißt sich auf die Unterlippe. »Kann ich noch nicht sagen. Ich komme einfach rüber, wenn es klappt, okay?« Sie lächelt.

»Ich bin da«, sage ich und hebe den Rucksack mit den Unisachen an. Als würde ich drüben hocken und lernen. Ich werde auf sie warten. Das ist echt erbärmlich. Und macht es amtlich. Ich bin verliebt. Mit Haut und Haaren und all den Scheißorganen dazwischen.

34
nevah

Auf der Veranda drehe ich mich noch mal um. Jax hebt die Hand, zögert und verschwindet dann doch im Strandhaus. Der Tag war so schön. Ich wünschte, er müsste nicht enden, aber ich sollte mich wirklich mal wieder bei meiner Familie blicken lassen. Bevor ich mich zur Tür umdrehe, fällt mir ein Wagen auf, der ein Stück die Seaside Lane hinauf steht. Das ist nichts Besonderes. Leute kommen oft hierher, um die Twin Rocks zu sehen, Fotos zu machen oder spazieren zu gehen. Wenn Jax Partys schmeißt, ist die gesamte Straße zugeparkt. Nur dass er heute nicht feiert. Und es zu spät für die üblichen Strandgänger ist. Ich ringe mir ein Grinsen ab. Wahrscheinlich ein Pärchen, das sich die einsame Anliegerstraße ausgesucht hat, um Sex zu haben.

Eine Zigarette glimmt im Inneren auf. Eine. Und der Typ, der sie raucht, sieht zu unserem Haus hinüber.

Ich drehe mich um, verdränge das flattrige Gefühl im Magen, er würde uns beobachten, und schließe die Tür auf. Das Wissen, dass der Kerl im Wagen mir dabei zusieht, brennt sich wie sein Blick in meinen Rücken. Hastig und mit klopfendem Herzen schiebe ich mich durch die Tür und lasse mich von innen gegen das Holz fallen.

Hier drinnen ist es hell und die Stimmen einer Talkshow im Fernsehen, das Klappern von Töpfen in der Küche, das sich mit der Musik aus dem Küchenradio vermischt, vertreiben das klamme Gefühl in meinen Zellen.

Nachdem ich den Code in die Alarmanlage eingegeben habe, streife ich mir die Schuhe von den Füßen und werfe meine Tasche neben die Kommode.

Im Wohnzimmer ist niemand. Ich stelle den Fernseher aus und folge den Geräuschen in die Küche.

Mom und Dad sind nicht da. Nur Miller. Er steht vor dem Herd und wirft scheinbar wahllos Zutaten in eine Pfanne. Was nach Anarchie aussieht, riecht wahnsinnig gut. Ich verhungere. Seit heute früh habe ich nur einen Apfel gegessen, weil ich die Mittagspause mit Jax nicht in der Mensa vertrödeln wollte.

»Hi«, sage ich und hebe die Hand, weil Miller sich in diesem Moment zu mir umdreht.

Er wischt sich die Hände an einem Geschirrtuch ab, lehnt sich gegen die Arbeitsfläche und zieht die Augenbrauen nach oben. »Und? Hast du es ihm gesagt?«

Keine Begrüßung. Na gut. »Wo warst du heute Morgen?«, stelle ich die Gegenfrage.

Er zuckt die Schultern. »Joggen. Hab ich doch gesagt.«

»Vor der Uni, ja.« Ich stütze mich auf die Kücheninsel. »Aber du hättest rechtzeitig zurück sein sollen.«

»Bin eben doch sportlich. Hat länger gedauert.« Er schnappt sich eine Karotte und köpft sie.

»Wissen Mom und Dad, dass du ständig die Uni schwänzt?«

Miller hört auf, das Gemüse auf dem Schneidebrett zu zerkleinern. »Nein. Und das wird auch so bleiben.«

»Und warum genau sollte ich sie anlügen, wenn sie mich fragen?«

Miller legt das Messer mit Nachdruck auf das Brett. »Verdammt, Nev, vielleicht, weil sie sich keine Sorgen machen sollten, nur weil ich keinen Bock hatte, euch beim Rummachen zuzugucken.«

Dagegen kann ich wenig sagen. Auch wenn mich seine Art bis aufs Blut reizt. »Wo sind die beiden überhaupt?«

»Draußen.« Sein Gesicht verdüstert sich. »Mom weint. Sie kommt nicht halb so gut klar, wie sie vorgibt. Dad versucht seit über einer Stunde, sie aus dem Tal der Tränen zu befreien.« Er senkt den Blick. Als würde die Karotte all seine Konzentration beanspruchen.

»Manchmal vergesse ich, dass es nicht nur für uns schwer ist«, sage ich leise. »Das alles hier.«

Miller nimmt sich ein Bier aus dem Kühlschrank, dreht den Verschluss ab und wirft ihn achtlos auf die Kücheninsel. »Hast du es Jax gesagt?«, kommt er auf seine Ursprungsfrage zurück.

Ich schüttle den Kopf. »Ich konnte es nicht.«

Er atmet erleichtert aus. »Gut.«

Damit ist die Welt für ihn scheinbar wieder in Ordnung. Ich wünschte, ich könnte es genauso sehen. Aber ich belüge Jax. Keine winzige Notlüge. Oder eine Schwindelei aus dem Affekt heraus. Ich täusche ihn bewusst. Obwohl ich genau weiß, wie sehr er Lügen hasst. »Wenn er irgendwann davon erfährt, wird er ...« Mir das nicht verzeihen.

»... es verstehen«, beendet Miller meinen Satz und das ist genau, was ich hören will. Und was ich trotzdem nicht glaube. »Jax ist kein Idiot. Er wird kapieren, dass das FBI und die Typen vom Marshals-Service nicht zum Scherzen aufgelegt sind. Du hast keine Wahl. Ist ja nicht so, als hättest du dir das hier ausgesucht.« Er sieht mich nicht an, hält mir aber ein Stück Zucchini zum Probieren hin. Ein Friedensangebot.

Und ich nehme es entgegen. »Das ist gut«, murmle ich kauend. Wirklich gut. »Schon mal über eine Karriere als Sternekoch nachgedacht?«

»Es ist nur eine Gemüsepfanne. Flipp nicht gleich aus, Beauvoir.« Er stellt den Herd aus, nimmt vier Teller aus dem Schrank und hält sie mir hin. »Erzähl mir lieber, was du heute Morgen bei Jax gemacht hast, wenn ihr nicht geredet habt.«

Ich werde ihm gar nichts erzählen. »Vergiss es.« Ich zeige

ihm einen Vogel und sehe zur Terrassentür, durch die Mom und Dad zu uns nach drinnen kommen und mich damit vor Millers Frage retten.

»Bist du okay?« Ich nehme Mom in den Arm. Ihre Augen sind gerötet, aber sie lächelt diesen Umstand störrisch weg.

»Ja, ich vermisse New York nur gerade ein bisschen.«

Und dass sie das so sagt und nicht unser Fake-Zuhause Chicago nennt, zeigt, wie schlimm es ist.

»Geht schon wieder.« Sie gibt mir einen Kuss und winkt ab. Egal ob es um aufgeschürfte Knie oder einen Mörder geht, der hinter uns her ist, ihre unerschütterliche Botschaft ist klar: Alles wird gut.

»Wie sieht es bei euch aus? Miller sollte irgendetwas vergessen?« Natürlich musste Dad ausgerechnet den Teil unserer Unterhaltung mitbekommen. Hitze schießt mir in die Wangen und ich konzentriere mich ganz darauf, das Besteck neben den Tellern anzuordnen. Ich werde Mom und Dad von Jax erzählen. Nur nicht jetzt. Nicht heute. Nicht solange es sich noch anfühlt wie eine instabile Seifenblase.

»Nev wollte mir nur gerade berichten, ob sie unseren Nachbarn rumgekriegt hat.«

Das hat er nicht gesagt. Das kann er nicht wirklich laut gesagt haben. Manchmal möchte ich ihn auf dem Grund des Ozeans versenken. »Bist du bescheuert?«, zische ich und presse mir die Hände vors Gesicht.

»Miller.« Dad klingt streng, aber ich höre das Lachen, das er unterdrückt.

»Was?« Mein Bruder wirft die Hände in die Luft. »Ich sag ja nur, wie es ist.«

»Und das macht mir Sorgen.« Dad stößt meinen Bruder an und lacht. »Weißt du, wer über den Sex von anderen reden muss, hat meist selbst keinen. Also, wenn du Gesprächsbedarf hast, mein Sohn …«

»Können wir bitte einfach das Thema wechseln?«, frage ich kläglich.

Mom richtet ihren investigativen Elternblick auf mich. »Sofort nachdem du uns erzählt hast, seit wann du einen Freund hast. Und wer er ist.«

»Jax und ich sind nicht zusammen.« Oder doch? Wir haben nicht darüber gesprochen, was wir sind. Wir sind ganz offensichtlich verrückt nacheinander. Wir sind uns nahe. Aber sind wir so offiziell, dass meine Eltern von uns wissen sollten? Will ich, dass sie es wissen? »Und ich habe ihn auch nicht rumgekriegt«, schiebe ich hinterher. Zumindest hatten wir noch keinen Sex. Was egal ist, weil es auch so wunderschön war. Und ich finde es gut, dass wir uns Zeit lassen. Aber das geht meine Familie nichts an. »Jax und ich ...« Keine Ahnung, wie der Satz enden könnte.

»... ihr mögt euch ... sehr?«, hilft Dad.

»Oh, bitte«, stöhne ich.

»Du könntest ihn mal mitbringen«, schlägt Mom vor.

Ich hole die Pfanne vom Herd und stelle sie auf den Tisch, während in meinem Kopf »Mal sehen« und »Niemals« miteinander kämpfen.

»Das ist doch derselbe Junge, der es schafft, dass Miller regelmäßig Sport treibt. Er kann also zaubern. So jemanden sollten wir unbedingt kennenlernen.« Dad nimmt sich etwas von der Gemüsepfanne.

»Er hat viel zu tun«, entgegne ich ausweichend.

»Eigentlich kommt er Samstag sowieso rüber und holt mich zum Surfen ab.« Miller grinst breit. »Dann stelle ich euch den Schwiegersohn in spe vor.«

»Wir sind nicht zusammen«, protestiere ich schwach. Aber niemand schenkt meinem Einwand Beachtung.

»Prima.« Dad strahlt. »Vielleicht könnte ich sogar mit euch zum Strand kommen und diese Surfsache ausprobieren.«

Miller schüttelt den Kopf. »Du weißt schon, dass deine Dinosaurierknochen nur noch halb so schnell heilen wie meine jungen?« Er lacht, weicht Dad aus, der versucht ihn für so viel Respektlosigkeit vor dem Alter in den Schwitzkasten zu nehmen, und sucht hinter Mom Schutz. Sie wehrt sich lachend dagegen, ein menschlicher Schutzschild zu sein, während Dad und Miller sich weiter bekämpfen.

Nur ich stehe etwas abseits. Und wünschte, ich wäre mehr wie sie, könnte einfach loslassen. Es ist okay, manchmal traurig zu sein. Wir haben alle viel verloren. Aber ich darf mich nicht an diesem Gefühl festklammern. Mom kriegt das doch auch hin. Ihre Augen sind noch gerötet vom Weinen. Aber ihr Lachen ist echt. Ausgelassen.

Ich kann mich bewusst dafür entscheiden, die guten Dinge zu sehen, die ohne diese Katastrophe nie geschehen wären. Dinge wie das mit Jax und mir. Momente wie dieser. Und wir sind in Sicherheit. Darauf sollte ich mich konzentrieren. Um vielleicht endlich in diesem neuen Leben anzukommen. Wirklich anzukommen und glücklich zu werden.

35
jackson

Es ist nach Mitternacht. Das Licht in Nevahs Zimmer ist aus. Nur der schwache Schein des Nachtlichts sickert durch den verglasten Giebel. Sie schläft. Seit über einer halben Stunde. Das weiß ich so genau, weil ich, seitdem sie rübergegangen ist, auf der Kücheninsel hocke und zu ihrem Fenster hochstarre. Das ist so was von absolut nicht cool. Ich fahre mir über die Augen. Sie schläft. Und ich sollte dasselbe tun. Vielleicht ticke ich ausgeruht wieder etwas normaler. Seufzend rutsche ich von der Kücheninsel und schlurfe ins Schlafzimmer. Die Nacht in Portland hat mich geschafft. Und der lange Tag hat mir den Rest gegeben. Eigentlich die letzten Monate. Kraftlos ziehe ich Shirt und Hose aus, bevor ich nur in Boxershorts unter das Laken krieche. Dann mache ich die Musik an. Die Bässe stellen die Realität auf leise. Das ist, was mir normalerweise beim Einschlafen hilft. *Normalerweise* hat sich seit Nevah nur leider eine Auszeit genommen. Und so liege ich ewig wach, bevor ich endlich wegdämmere.

***

Meine Playlist ist zu Ende. Im Zimmer ist es gespenstisch leise. Die Anlage hat sich selbst in den Stand-by-Modus befördert. Die Stille hat mich geweckt. Ich taste nach meinem Handy auf dem Nachttisch, tippe das Display an. 2.34 Uhr. Zwei Stunden Schlaf reichen eindeutig nicht aus.

Für einen Moment presse ich das Gesicht ins Kissen, stöhne und bete, dass ich einfach wieder einschlafe, aber natürlich macht mein Kopf da nicht mit. Die Gedanken wirbeln unkontrolliert herum und ich weiß, dass sie an dem Punkt zum Stehen kommen werden, wo ich jemanden vermisse, den ich nie kennengelernt habe. Und die zwei Menschen verwünsche, die ich mein Leben lang geliebt habe. Spätestens dann werde ich meinen kaputten Körper aus dem Bett hieven und laufen gehen. Davor wegrennen. Was nie funktioniert.

Ich zucke zusammen, weil mich etwas am Arm berührt. What the fuck? Schlagartig bin ich hellwach. Nicht die Stille hat mich geweckt, sondern irgendjemand oder irgendetwas in meinem Schlafzimmer. Mein Herz rast mit dem Adrenalin um die Wette, das durch mein System schnellt. Ich rapple mich auf, weiche zurück und knipse die Nachttischlampe an. Alles in einer einzigen Bewegung. Nevah?

Sie liegt neben mir. Und für einen Moment denke ich, mein Hirn hat ein ganz neues Level von Durchgeknalltheit erreicht. Aber dann sieht sie mich blinzelnd an und mir wird klar, sie ist keine Halluzination.

»Alles okay?«, fragt sie schläfrig.

»Ich hätte fast einen Herzinfarkt bekommen, aber davon abgesehen …« Ich will nicht wütend klingen, aber sie hat mir eine Scheißangst eingejagt. Ich dachte, sie wäre ein Einbrecher. »Tut mir leid«, schiebe ich zerknirscht hinterher, weil mir bewusst wird, dass ich mich gerade vollkommen irrational benommen habe. Als würde sich ein Einbrecher neben mich ins Bett quetschen.

»Mir tut es leid.« Sie setzt sich auf, zieht ihre Beine an den Körper und wirkt irgendwie verloren. »Ich dachte, es wäre okay. Du hast gesagt, ich könnte jederzeit rüberkommen. Und dann hast du schon geschlafen, also habe ich gedacht, ich lege mich zu dir. Aber ich kann gehen, wenn …«

»… ich weiter so ein Arsch bin?« Ich hätte sie niemals so anfahren dürfen. Selbst dann nicht, wenn ein Kettensägenmörder höchstpersönlich hinter mir her wäre. »Bleib. Bitte. Wenn man mich weckt, benehme ich mich manchmal wie ein Bär, den man aus dem Winterschlaf gerissen hat.« Ich hebe entschuldigend die Arme und hoffe, sie hakt diese Aktion unter unzurechnungsfähig, weil noch halb schlafend, ab.

Und tatsächlich lächelt sie mich an. »Ein ziemlich desorientierter Bär«, korrigiert sie. »Wir haben Sommer.«

Definitiv desorientiert. Aber Nevah gibt mir eine Richtung. Ich strecke die Hand nach ihr aus, ziehe sie in meinen Arm und neben mich auf die Matratze. Die Luft entweicht aus meinem Brustkorb. Das Summen, das mich immer in ihrer Nähe erfasst, flutet meinen Organismus und schafft, was ich sonst nur mit Meilen einsamen Joggens am Strand hinkriege. Mein Kopf macht halt. Bei ihr. Nicht bei Mom und Dad. Nicht bei meiner leiblichen Mutter und dem schwarzen Loch, das sie umgibt. »Ist es hell genug?« Ich streiche ihr eine Haarsträhne aus dem Gesicht und habe das Bedürfnis, sie zu beschützen. Vor der Dunkelheit. Vor ihrer Angst. Weil sie dasselbe für mich tut. Dabei ist mir klar, dass das absolut nicht nötig ist. Sie ist stark genug, mit ihrem Bruder klarzukommen. Was bedeutet, sie kann es mit so ziemlich allem aufnehmen.

»Du kannst die Lampe ausmachen. Sonst ist es doch viel zu hell zum Schlafen.«

Für mich. Denn sie schläft immer mit eingeschaltetem Nachtlicht. »Nicht nötig.«

Sie beißt sich auf die Unterlippe. »Es ist wirklich okay.«

Deswegen sind ihre Muskeln auch bis zum Zerreißen gespannt. »Sag nie wieder, dass etwas okay ist, wenn es das nicht ist, nur um mir einen Gefallen zu tun, in Ordnung?« Ich lege meine Stirn an ihre. »Und außerdem liebe ich es rein zufällig, wenn es hell genug ist, dass ich dich ansehen kann.«

Sie lächelt und gibt mir einen Kuss. Dann kuschelt sie sich an mich und seufzt wohlig, weil ich mit dem Daumen sanft über ihren Rücken streiche. Und für diesen Laut würde ich töten.

Sie schließt die Augen. Ihre Hand liegt auf meinem Brustkorb und das fühlt sich verdammt perfekt an, während erst ihre Atemzüge regelmäßiger werden und sie schließlich einschläft. Ich liege wach. Aber das ist okay, weil ich sie ansehen kann. Und das gibt mir einen steteren Rhythmus, als es die Beats der Musik je geschafft haben.

36
nevah

»Du bist ja schon von der Arbeit zurück.« Mom sieht mich überrascht an. Sie trägt zwei Papiertüten in die Küche. Es ist früher Nachmittag und ich sollte eigentlich bei Blake auf dem Markt sein.

»War wenig los heute. Blake hat mich früher gehen lassen. Dafür bringe ich morgen mit ihr die übrig gebliebenen Lebensmittel zur Oregon Food Bank.« Ich helfe Mom, die Einkäufe wegzuräumen.

»Du bist gestern wieder über Nacht bei ihm geblieben.« Sie deutet in Richtung Strandhaus und faltet die gerade geleerte Tüte zusammen.

»Ja, tut mir leid. Ich hätte Bescheid sagen müssen.« Das war rücksichtslos von mir.

Sie schüttelt den Kopf. »Du bist erwachsen. Und frisch verliebt. Außerdem wussten wir ja, wo du bist. Wir werden es also überleben. Knapp.« Sie zwinkert mir zu.

»Was überlebt ihr?« Miller poltert die Treppe herunter, gibt Mom einen Kuss und mir einen Schubs, der mich aus dem Gleichgewicht bringt.

»Nichts«, wehre ich ab und schubse zurück.

»Alles klar.« Er verzieht das Gesicht. »Ihr habt gerade einen Moment. Ich merke, wenn ich störe.«

»Seit wann?«

»Hey!« Miller fasst sich theatralisch an die Brust, um zu demonstrieren, dass ihn mein Konter mitten ins Herz getroffen hat. »Ich hau ab, bevor mich noch ein verbaler Nevah-

Querschläger umhaut. Surfen. Mit Jax. Danach steigt noch 'ne Party.«

»Wollte er dich nicht abholen?« Mom sieht neugierig zur Tür.

»Du hast gesagt, ich soll Nev nicht in Verlegenheit bringen, weil ich etwas über ihren Lover sage. Oder ihn euch vorstelle. Und da ich auf euch höre und ein überaus rücksichtsvoller Bruder bin, treffe ich ihn drüben.«

Ich verdrehe die Augen, muss aber lachen. Miller macht mich fertig. Auch oder gerade weil er ungewöhnlich gut drauf ist. Dr. Turner hat mir geraten, auf ihn zuzugehen. Vielleicht ist heute der perfekte Tag dafür. Und ich könnte den Nachmittag mit Jax verbringen. Eine Win-win-Situation. »Kann ich vielleicht mitkommen?«

Miller starrt mich an, als würden mir Muscheln aus der Nase wachsen. »Wohin?« Er runzelt die Stirn. »Du hasst Baden im kalten Meer. Und du hasst Partys.« Er atmet tief durch. »Du hasst sogar mich.«

Ich verpasse ihm eine Kopfnuss. »Das stimmt nicht und das weißt du auch.«

»Welcher Teil?« Er sieht mich zweifelnd an. »Du musst echt verschossen in ihn sein, wenn du dafür mit mir abhängst. Aber klar, komm mit. Ich werde Romeo und Julia sicher nicht trennen. Ich will ja nicht wie Tybalt enden.«

Ich boxe ihm gegen den Oberarm und folge ihm zur Haustür. »Du hast Romeo und Julia gelesen?«

Er zuckt die Schultern. »Tu nicht so überrascht. Ist schließlich Pflichtlektüre in der Highschool.«

Vieles ist Pflicht und es interessiert ihn kein Stück.

»Wenn es dir damit besser geht, dass ich nicht aus der Schublade klettere. Es gibt einen Film zum Buch.« Er zieht die Tür hinter uns zu und springt die Verandastufen hinab. »Kommst du?«

Sobald ich mich davon erholt habe, dass Miller ›Romeo und Julia‹ zitieren kann. Und von dem Bild, wie Jax an seinem Pick-up lehnt und in Millers Begrüßungs-Wolfsgeheul einstimmt. In Boardshorts. Das Surfbrett unter den Arm geklemmt. Und mit einem Lachen, das sein ganzes Gesicht erfasst. Und mich.

***

Miller lässt sich in seinem Neoprenshorty auf das Handtuch fallen und stöhnt. »Puh, das ist voll der Knochensport.«

»Es wird besser, wenn du es erst richtig kannst. Aber fürs erste Mal hast du dich echt gut geschlagen.« Jax hält ihm die Faust hin, aber Miller hebt seinen Arm nicht.

»Sorry, keine Kraft.«

Jax lacht.

»Okay, den einen Hewitt habe ich kaputttrainiert«, sagt er und schiebt seinen Shorty bis zur Hüfte herab, sodass sein Oberkörper frei ist. »Jetzt bist du dran.«

»Keine Chance. Nevah hasst Wasser. Es sei denn, sie kann romantisch draufglotzen.« Miller hat die Augen geschlossen und klingt, als würde er jeden Moment einschlafen.

»Wirklich?« Jax schippt etwas Sand auf Millers Fuß. »Mit mir war sie schon baden.«

Miller gibt ein undefinierbares Geräusch von sich, was wohl bedeuten soll »Ich glaube dir kein Wort«, aber er befreit weder seinen Fuß vom Sand, noch diskutiert er die Sache mit Jax.

Auch wenn ich es für keine gute Idee halte, mich nach der Pleite mit dem Stand-up-Paddleboard noch mal auf ein Surfbrett zu stellen, ziehe ich mir einen der Neoprenanzüge an, die Jax mitgebracht hat. Das hier ist sein Ding und ich will seine Welt kennenlernen. Er hilft mir, den Shorty am Rücken zu verschließen. Dann gehen wir zum Wasser und lassen Miller am Strand zurück.

»Geht es dir gut?«, frage ich, weil er angespannt wirkt, während er über die glitzernde Oberfläche des Ozeans sieht.

Er winkt ab. »Ist nichts, was sich nicht mit ein paar Wellen und 'nem Board unter den Füßen wieder hinkriegen lässt.«

Also beschäftigt ihn tatsächlich etwas. »Was ist passiert?«, frage ich vorsichtig.

Jax seufzt, zögert und als er sich mir zuwendet, stößt er die Luft aus. »Ich war bei meinen Eltern.« Seine Stimme kippt und er räuspert sich. »War eine Scheißidee.« Mehr sagt er nicht und damit alles.

Ich kenne seine Eltern nicht, aber ich würde sie am liebsten schütteln. Ihnen sagen, was für einen großartigen Sohn sie haben. Und dass er bessere Eltern als sie verdient hat. Aber das würde ihm nicht helfen. Ihn abzulenken ist das Einzige, was ich tun kann. »Du denkst also, ich kriege das mit dem Surfen hin?«

Jax lächelt. »Ich denke, du schaffst alles, was du willst.«

Wow. Hat er das gerade wirklich gesagt?

Er bückt sich, um das Board zu nehmen, das Miller am Ufer in den Sand geworfen hat, ergreift meine Hand und zieht mich hinter sich her ins hüfttiefe Wasser. Hier brechen sich Babywellen an einer natürlichen Sandbank. Er hält das Board, das von der Strömung geschüttelt wird, und bedeutet mir, mich daraufzusetzen.

Ich bin schon auf dem spiegelglatten Lake Lytle gescheitert. Das wird nie was.

Unbeirrt schließt Jax die Leash um meinen Knöchel. Ich starre auf seine Hand, die sich sekundenlang warm um meine Haut schließt und ein Flattern in meinem Magen erzeugt.

Er richtet sich wieder auf und streicht sich die Haare aus der Stirn. »Du musst dich einfach auf den Bauch legen, paddeln und wenn die Welle das Board trägt, stehst du auf. Durch die Vorwärtsbewegung ist es einfacher, das Gleichgewicht zu halten als auf dem Stand-up-Board. Sollte also kein Problem für dich sein.« Er lacht leise.

Kein Problem? Sehr lustig. Seufzend lege ich mich auf das Board und warte auf den richtigen Moment.

»Jetzt«, ruft Jax mir zu und ich beginne wie eine Verrückte zu paddeln. Aber ich verpasse den Augenblick, in dem ich mich aufrichten müsste, und die Welle läuft unter dem Brett aus. Dreimal stimmt mein Timing nicht, aber beim vierten Mal schaffe ich es mich hochzustemmen. Jax rennt neben mir her durch das seichte Wasser und hilft mir, bis ich sicher stehe. Dann bleibt er zurück und reißt jubelnd die Arme nach oben, während mich die Welle weiterträgt. Es ist ein unglaubliches Gefühl, das mich in sein Freudengeheul einstimmen lässt. Die Arme in die Höhe gerissen, drehe ich mich zu ihm um, was natürlich ein Fehler ist. Ich verliere das Gleichgewicht und stürze kopfüber ins Wasser. Das zwar nicht tief ist, aber trotz Neoprenanzug extrem kalt. Japsend komme ich wieder hoch und rapple mich auf.

»Hey.« Jax hat die Distanz überwunden, schlingt seine Arme um mich und zieht mich hoch. »Alles okay?« Er streicht mir die nassen Haare aus dem Gesicht.

Ich nicke, obwohl sich keine meiner Zellen mehr dort befindet, wo sie hingehört, seitdem ich dicht gedrängt an Jax klebe.

»Du solltest das mit dem Jubeln wirklich nicht tun, wenn du auf einem Board stehst.« Seine Stimme ist rau und sein Lachen vibriert durch meinen Körper.

»Dieses Mal war es nicht meine Schuld. Du hast mich abgelenkt«, flüstere ich, umfasse seine Taille, lasse zu, dass er mich noch näher zieht. Unser Atem mischt sich, aber bevor sich unsere Lippen treffen, drängt sich Millers Stimme zwischen uns.

»Boah, Leute, ernsthaft?« Er steht am Ufer, verzieht angewidert das Gesicht und schaufelt eine Fontäne Wasser in unsere Richtung. »Kühlt mal ab, wir sind zum Surfen hier.«

Um den Tropfen auszuweichen, drücke ich den Rücken durch und presse meinen Körper dabei noch enger an Jax. Er dreht sich mit mir um die eigene Achse, um mich abzuschirmen, und atmet zischend aus, als ihn das Wasser auf den nackten Rücken trifft. Sein heißer Atem streift meine Haut und das setzt mich in Flammen. Egal wie kalt mir gerade noch war. Ich glaube nicht, dass Miller das so geplant hat.

»Fuck, können wir jetzt los, das Lagerfeuer für die Party vorbereiten oder spielt ihr lieber weiter Highschool-Musical nach?«

Jax dreht sich nicht zu ihm um, löst nur eine Hand und zeigt ihm den Mittelfinger, während er mich leidenschaftlich küsst. Seine Zunge löst ein Beben in mir aus. Er saugt an meiner Unterlippe und entlockt mir ein Stöhnen. Aber der sehnsüchtige Laut kippt in Frustration, weil Jax mich loslässt und sich Miller zuwendet.

»Zac Efron ist acht Inches kleiner als ich«, ruft er ihm zu. »Außerdem bist du derjenige von uns mit der Gitarre und der Engelsstimme. Kriegen wir heute Abend mal was zu hören?«

»In deinen Träumen vielleicht.« Jetzt ist es Miller, der den Mittelfinger in die Luft hält.

Jax lacht und sprintet aus dem Wasser zu ihm hinüber.

Ich weiß, warum er das tut. Er will Miller nicht das Gefühl geben, das fünfte Rad am Wagen zu sein. Das will ich auch nicht. Aber dass er sich dafür von mir entfernt, ist unmenschlich.

Eine Weile jagen sich die beiden gegenseitig über den Strand, kämpfen, lachen und albern herum. Dann kehrt Jax atemlos zu mir zurück. Seine Haare hängen ihm wirr in die Stirn. Sand klebt auf seiner Haut. Und mein Herz reagiert auf all das. Er sieht so gut aus. Verdammt, das ist nicht fair.

»Kommst du mit zur Party?« Jax verflicht seine Finger mit meinen. »Es ist nur ein kleines Sit-in am Strand. Lagerfeuer. Ein bisschen Musik. Nicht viele Leute.« Er sieht mich eindringlich an.

»Verflucht, jetzt sag endlich ja, Beauvoir, sonst kommen wir gar nicht mehr los.« Miller stupst mich ungeduldig an. Er hat bereits das Handtuch in der Hand. »Nerdig sein kannst du morgen wieder.«

»Du weißt schon, dass Nerdsein keine Beleidigung ist?« Jax lacht. »Nerds sind schlau. Und schlau ist sexy.« Er zwinkert mir zu.

Miller stöhnt und hält sich mit den Händen die Ohren zu. »Ich will das gar nicht hören«, jammert er und dreht sich von uns weg, als er den Neoprenanzug an seinem Oberkörper hinabzerrt. Ich weiß, warum er das tut. Er verbirgt die Narben vor Jax. Erst als das Shirt, das er sich über den Kopf zieht, sie bereits verdeckt, dreht er sich zurück. Aber ich erhasche einen kurzen Blick auf seinen Rippenbogen. Er hat ein neues Tattoo. Es ist noch nicht ganz verheilt. Rock Bottom. Tiefpunkt. Er muss sich das erst vor Kurzem stechen lassen haben. Ich starre die schwarzen Buchstaben an. Und sie berühren mich. So sehr, dass ich mich abwenden muss. Vielleicht weil ich weiß, wie es ist, an diesem Punkt zu stehen. An dem nichts mehr schlimmer werden kann, wo nur noch der Part von einem übrig ist, der nicht mehr weiter splittern kann.

Ich blinzle die Tränen weg und schiebe mich zwischen die Jungs. »Was ist jetzt?«, unterbreche ich meinen Bruder, der gerade in Zweifel stellt, dass Jax genügend empirische Daten hat, um seine Nerds-sind-sexy-Theorie zu beweisen. »Machen wir ein Feuer?«

Jax macht eine stumme Siegerpose, während Miller nur »Na, Halleluja« brummt und die Diskussion fallen lässt.

37
jackson

Das Feuer ist runtergebrannt. Die Melancholische-Beachboys-Fahne wird nur noch schwach erleuchtet. Ich lösche die Glut mit Sand, während Nevah die Musik ausstellt.

Die letzten Gäste sind schon vor einer ganzen Weile gegangen. Miller hat sich abgeschossen und schläft auf einem der Sofas. Ich hole eine Wolldecke von drinnen und gebe sie Nevah, damit sie ihn zudecken kann.

»Danke.« Sie steckt den Stoff um Millers Körper fest und dreht sich dann zu mir um.

»Hi«, sage ich, während sie die Arme um mich schlingt.

»Hi.« Sie vergräbt ihre Hände in meinem Haar und drückt ihre Lippen auf meine. Ihr Mund öffnet sich und ich schmecke ihre Zunge. Hitze schießt in meinen Unterleib. Ich sollte dringend etwas Tempo rausnehmen. Vorsichtig löse ich mich von ihr und reibe mit meiner Nase über ihre Wange, ihr Ohr und küsse sanft die zarte Haut darunter.

»Von wem stammt eigentlich diese Clubhaus-Flagge?«

»Maddie.« Ich löse meine Lippen bei der Antwort nicht von ihrer Haut. »Ist ihre Art von Humor.« Ich zucke mit den Schultern, weil Maddie gerade das Letzte ist, woran ich denken will.

Aber Nevah geht es ganz offensichtlich anders. »Wie ist sie so?«, fragt sie weiter und es hört sich zu unstet an, um unbeteiligt zu klingen.

Ich höre auf sie zu küssen und sehe sie fest an. Damit sie mir endlich glaubt, dass die Sache mit Maddie keine Bedeutung hatte. Und auch nie eine haben wird. »Sie würde dich mögen. Sie würde das mit uns mögen.«

Nevah runzelt die Brauen. »Ich habe ihren Job übernommen und irgendwie auch ihren Platz bei dir.«

»Glaub mir, sie hatte nicht den Platz in meinem Leben, den du hast. Wir sind Freunde. Wir haben uns die Zeit miteinander vertrieben. Aber mehr war da nie. Sie ist glücklich, in Frankreich zu sein. Momentan auf einem Festival mit einem gewissen Lucien, der – ich zitiere – superhot ist.« Ich grinse. »Aber ich bin hier. Und ganz Europa könnte mich nicht genug reizen, dass ich das ändern wollen würde.«

Ihre Haare sind noch immer feucht vom Surfen und ich vergrabe mein Gesicht darin, atme tief ihren Geruch ein. »Ich mag, wie du riechst«, flüstere ich. Weil das nichts ist, was Miller hören sollte, würde er zufällig wach werden. Ich küsse ihr Haar, die Spitze ihres Ohres und streiche mit dem Daumen über ihr Schlüsselbein. Fasziniert betrachte ich, wie diese winzige Berührung ein Prickeln über ihre Haut schickt. Wenigstens bin ich nicht der Einzige, der hoffnungslos verloren ist. »Bleib heute Nacht.« Meine Lippen berühren ihren Mund und ich stoße leicht mit der Zungenspitze an ihre, spiele mit ihr, ziehe mich zurück. »Bleib«, seufze ich und beginne von vorn.

Nevah löst ihre Lippen so langsam von meinen, dass es Folter ist. »Es wäre bestimmt total unverantwortlich, wenn ich meinen Bruder hier ganz allein zurücklasse.« Ein leises Lachen stiehlt sich in ihre Worte.

»Total unverantwortlich«, stimme ich zu, umfasse ihren Po und hebe sie ein wenig an. Ihre Brüste pressen sich gegen meinen Oberkörper und ich spüre ihren Bikini unter dem Shirt. Ihre Brustwarzen drücken sich durch den Stoff und sorgen dafür, dass ich spontan vergesse, wie man atmet.

»Ich schreibe nur schnell meinen Eltern.«

Dafür muss ich sie runterlassen und als ich das tue, rutscht sie so an meinem Körper hinab, dass sie über meine Erektion reibt. Ich beiße die Zähne zusammen, um nicht laut zu stöhnen. Immerhin sind wir nicht allein. Und wer weiß, wie tief Miller schläft.

Sie zerrt ihr Handy aus der Hosentasche und tippt. Eine gefühlte Ewigkeit.

Ungeduldig hake ich meinen Daumen in ihre kurze Jeansshorts und ziehe sie daran näher. Dann küsse ich sie so hemmungslos, dass es Miller sicher auf Lebenszeit traumatisieren würde, würde er jetzt aufwachen.

Nevah schickt die Nachricht an ihre Eltern ab und sobald der Signalton zeigt, dass sie gesendet ist, gehen wir Hand in Hand nach drinnen. Ins Schlafzimmer. Sie lässt mich los und verschließt leise die Tür. Die Klinke noch in der Hand lehnt sie sich dagegen und sieht mich durchdringend an. Ihr Blick so dunkel, dass ich wortlos mein Shirt ausziehe und es hinter mir auf den Boden werfe. Noch immer steht Nevah an der Tür. Und ich irgendwo zwischen dem Bett und ihr. »Komm her.« Meine Stimme klingt rau.

Aufreizend langsam kommt sie auf mich zu und während sie das tut, sieht sie mich die ganze Zeit an. Auf die Art, die mich um den Verstand bringt. Und dann schlingt sie ihre Arme um meinen Hals, presst ihre Lippen auf meine und fordert meine Zunge heraus. Ihr Atem ist heiß. Der ganze Kuss ist heiß und ich will mehr davon. Mehr von Nevah.

Atemlos holt sie Luft, verkrallt ihre Hände an meinem Rücken, als ich ihre Brüste durch den Stoff ihres Shirts reibe. Ich ziehe sanft an ihrer Unterlippe und sie stöhnt verzweifelt an meinem Mund. Ich fange den sehnsuchtsvollen Laut auf und jede meiner verfluchten Zellen reagiert darauf. Hastig knöpfe ich ihre Jeans auf und schiebe sie zusammen mit dem Slip bis zu ihren Knien hinab. Sie ist feucht und warm und ich streichle sie, gleite mit den Fingern in sie, während mein Daumen von außen leichten Druck ausübt. Fest und dann wieder sanft, bis sie sich mir keuchend entgegenwölbt.

»Jax«, wimmert sie und schiebt ihre Hand in meine Hose. Sie legt ihre Finger um meinen zuckenden Penis und … das werde ich nicht lange aushalten. Aber es ist so gut, dass ich mich ihr auch nicht entziehen kann. Noch nicht. Schwer atmend schließe ich die Augen und presse meine Stirn gegen ihre, bevor ich mein Becken nach hinten schiebe und ihre Hand aus meiner Hose rutscht.

»Ich will in dir kommen«, flüstere ich rau. »Nicht so.« So viel zum Thema ich gebe uns Zeit. Ich bin ein Idiot, sie so unter Druck zu setzen.

Aber sie nickt und erst jetzt merke ich, wie sehr ich gehofft hatte, sie würde sich genauso sehr wünschen mit mir zu schlafen wie ich. Voll Verlangen sieht sie mich an. Und verflucht, dieser Blick schießt mir direkt in den Unterleib.

Ich kratze den Rest meiner Selbstbeherrschung zusammen und ziehe sie zum Bett und auf die Matratze. Dann lege ich mich neben sie. Meine Nase reibt über ihre Schulter, ihr Schlüsselbein. Ich will sie ganz nackt spüren. Mit der flachen Hand schiebe ich ihr Top nach oben und küsse jeden Inch Haut, den ich dabei freilege. Nevah hilft mir, indem sie das Shirt über den Kopf zieht. Durch den dünnen Stoff des Bikinioberteils zeichnen sich ihre Brustwarzen ab. Ich atme sanft dagegen und schließe dann meine Lippen um ihre Spitzen, während ich die Schleife an ihrem Rücken löse.

Ich brauche ein wenig, bis ich die Bänder aufgeschnürt habe, aber dann schiebe ich den Stoff des Bikinis endlich nach oben und mein Mund trifft auf ihre bloße Haut. Nevah wimmert leise, verkrallt sich im Laken und strampelt sich Hose und Slip von den Beinen. Sie nimmt meine Hand und führt sie zwischen ihre Schenkel und verdammt, das ist … Ich stöhne tief. Ich gleite mit meinen Fingern in sie und teile gleichzeitig ihre Lippen, fordere sie zu einem tiefen, hungrigen Kuss heraus, der unseren abgehackten Atem fängt.

»Kondom«, bringt Nevah zwischen zwei Küssen hervor.

In der Nachttischschublade. Kurz rolle ich mich von ihr herunter, um nach dem Schutz zu angeln.

Als ich mich wieder umdrehe, hat sie sich aufgesetzt. Ihre Wangen sind gerötet, ihre Lippen vom Küssen geschwollen.

»Du bist so verdammt schön.« Habe ich das gerade laut gesagt? Ja, und ich würde es wieder tun, weil es Nevah lächeln lässt.

Sie nimmt mir das Kondom ab und senkt den Blick. Als würde sie mir nicht glauben. Ich berühre ihr Gesicht und zwinge sie, mich anzusehen. »Twin-Rocks-im-Mondlicht-schön«, flüstere ich an ihren Lippen und küsse sie auf die Art, die keinen Zweifel zulässt, dass es mir todernst ist.

Sekundenlang verlieren wir uns in dem Kuss, bevor Nevah sich vorbeugt und mir die Boardshorts auszieht. Ich erwarte, dass sie mir das Kondom überstreifen wird, aber stattdessen drückt sie mich auf die Matratze und küsst sich an meiner Brust abwärts. Über meinen Bauch, die Leiste. Ich atme scharf ein, als sie noch tiefer rutscht und ihre Lippen meine Eichel berühren. Sanft leckt sie darüber, während ihre Hand in genau der richtigen Geschwindigkeit an meiner Härte auf- und abgleitet. Ich stöhne und die Muskeln meines Unterleibs ziehen sich zusammen. »Nev, das halte ich nicht lange aus.«

Sie lacht leise, foltert mich noch einen winzigen Moment, bevor sie mir endlich das Kondom überstreift. Sanft drehe ich sie unter mich, streichle ihre Brust und küsse sie. Sie spreizt ihre Beine und ich gleite dazwischen, dringe in sie ein und beiße mir auf die Lippen, weil das fast zu viel ist.

Nevah wimmert, presst ihren Oberkörper an meinen und vergräbt ihr Gesicht an meinem Hals.

Ich halte inne, weil ich nicht weiß, ob das ein gutes Wimmern war. »Alles okay?«, frage ich leise.

»Mehr als okay.« Sie stöhnt dunkel und dieses Geräusch greift auf mich über. Ein Beben, das es unmöglich macht, mich nicht in ihr zu bewegen. Ich küsse sie. Mit allem, was ich habe. Mein Körper findet einen hungrigen Rhythmus. Und Nevah kommt meinen Stößen entgegen. Sie vergräbt ihre Hände in meinem Haar, seufzt meinen Namen. Und verdammt, das ist so heiß, dass ich im nächsten Moment komme. Und Nevah hält mich. Sie hält mich fest wie auf dem Lake Lytle. Als wir schon mal zusammen geflogen sind. Über und unter uns nur der Himmel.

38
nevah

Jax schläft neben mir. Er liegt auf dem Bauch, ein Arm über dem Kopf. Einer locker auf meinem Bauch. Das Bettlaken ist bis zu seinem Po runtergerutscht und das ist so sexy, dass ein heißes Ziehen durch meinen Unterleib strömt. Weil ich mich erinnere, wie es sich anfühlt, wenn er in mir ist. Wie es war, als er gekommen ist. Es war wahnsinnig schön, mit ihm auf diese Art zusammen zu sein. Mein Atem beschleunigt sich, als ich an seine Küsse denke, an seine Hände, mit denen er mich danach so lange gestreichelt hat, bis ich zitternd ebenfalls meinen Höhepunkt erreicht habe.

Sonnenstrahlen stehlen sich durch meine Hände, die ich mir vor die Augen presse. Wenn ich weiter darüber nachdenke, werde ich einfach hierbleiben, anstatt aufzustehen, zu Hause zu duschen und mir frische Sachen anzuziehen, damit ich rechtzeitig bei Blake auf der Tillamook Ranch bin. Wir wollen heute zusammen die übrig gebliebenen Lebensmittel zur Oregon Food Bank bringen. Ich küsse Jax' gebräunte Haut oberhalb der Schulter, um mich zu verabschieden.

»Morgen.« Schlaftrunken dreht er sich auf den Rücken und zieht mich in seine Arme.

»Morgen.« Ich küsse ihn. Das hätte ich vermutlich nicht tun sollen. Denn je länger sich unsere Lippen berühren, umso rapider verliert Blake an Priorität. »Ich muss los«, stoße ich dennoch widerwillig hervor.

Er nickt. »Ich muss erst später zur Arbeit. Aber ich wollte vorher noch laufen gehen.« Er lacht und blickt auf seine Erektion hinab. »Ich muss noch laufen, sonst lasse ich dich nicht aus dem Bett. Ich könnte dich später fahren. Dann kann Miller den Wagen haben.« Und wir hätten noch ein wenig mehr Zeit. Er sagt es nicht, verschränkt jedoch seine Finger mit meinen. Sein Daumen reibt über meine Handinnenfläche und für einen Moment genieße ich das sachte Kribbeln, das er damit durch meinen Körper schickt. Dann rapple ich mich auf. »Ich nehme Miller mit rüber. Er kann seinen Rausch zu Hause weiter ausschlafen. Er sollte nicht hier rumliegen, wenn du zur Arbeit musst.«

Jax steht ebenfalls auf und macht das Bett, während ich meine Klamotten vom Boden sammle und sie mir überstreife. »Das musst du nicht. Lass ihn ruhig.« Jax tritt ganz nah vor mich und streicht mir die Haare hinters Ohr. »Er stört ja niemanden.«

»Okay.«

»Okay.« Er lehnt am Türrahmen und seine Haare fallen ihm in die Stirn. »In einer Stunde am Pick-up?«

Ich streiche sie zurück, nicke und gebe ihm einen letzten Kuss, bevor ich aus dem Schlafzimmer gehe, den hellen Wohnraum durchquere und das Haus durch die Glastüren verlasse, die auf die hintere Veranda führen. Ich will wenigstens noch nach Miller sehen. Doch der ist nicht mehr da. Wahrscheinlich ist er nachts nach drüben gekrochen.

Für einen kurzen Moment genieße ich den atemberaubenden Blick von Jax' Veranda auf den Ozean. Die Sonne malt goldene Bänder über den blassblauen Himmel. Ich würde dieses Glücksgefühl, das in diesem Moment droht, meine Brust zu sprengen, am liebsten in ein Glas füllen. Mir ist klar, das ist nicht möglich. Aber wenn, wären es diese letzten Tage mit Jax, die ich konservieren würde. Ich schüttle den Kopf, lache und gehe nach drüben. Aber als ich die Seaside Lane überquere, stutze ich. Mitten auf der schmalen Fahrbahn steht jemand. Unbeweglich, starrt mich an. Für Lieferdienste, Touristen oder den Postboten ist es zu früh.

Vielleicht jemand, der von dem Sit-in gestern übrig geblieben ist. Aber wir waren nur eine kleine Runde und die Freunde von Jax sind alle schon relativ früh und als geschlossene Gruppe aufgebrochen. Außerdem würde keiner von seinen Freunden mit verschränkten Armen auf der Straße stehen und mir Angst einjagen. Ich kneife die Augen zusammen, um den Typen besser erkennen zu können, doch er hat die Kapuze zu weit ins Gesicht gezogen. Mein bis eben noch perfekter Morgen kippt. Mein Atem stolpert und mein Puls rast. Ich zucke zusammen, als sich der Kerl plötzlich bückt. Er hebt einen Stein auf und wirft ihn mit einer weit ausholenden Bewegung in den Ozean, der an dieser Stelle nur wenige Yards von der Seaside Lane entfernt am Strand leckt. Nicht kunstvoll, sodass er mehrfach aufspringt. Er versenkt ihn. Dann dreht er sich wieder zu mir um, sieht mich an wie etwas, das er auf dieselbe Art und Weise verschwinden lassen könnte.

Ich atme zitternd aus. Diese Bewegungen. Ich erkenne sie wieder. Aus meinen Träumen. Aus dem Treppenhaus. Alles in mir versteift sich, wird kalt und unbeweglich. Sam Vaughler ist nicht hier. Er kann uns nicht gefunden haben. Ich verhalte mich irrational, wie ein paranoides Wrack. Allerdings, der Mensch dort auf der Straße ist real. Den bilde ich mir nicht ein. Er macht mir Angst und wischt das Glücksgefühl weg, das ich so unbedingt bewahren wollte.

Ich grabe die Zähne in die Unterlippe, schnaube frustriert und zwinge mich weiterzugehen, mich nicht umzusehen, ob er mir folgt. Aber ich spüre die Bedrohung in jeder meiner Zellen, werde schneller und schneller, bis ich renne. Ich erreiche die Haustür, schließe mit fahrigen Fingern auf, schlüpfe hindurch und verriegele sie wieder, gebe den Code in die Alarmanlage ein und sinke erschöpft und atemlos gegen den Rahmen. Das

Blut rauscht wie ein wütender Ozean in meinen Ohren. Ich brauche einen Moment, bevor ich es schaffe, mich umzudrehen und durch die Milchglasscheibe zur Straße zu spähen. Dort, wo der Umriss des Typen zu sehen sein müsste, ist ... nichts. Ich stoße mich von der Tür ab und laufe nach oben in mein Zimmer. Von dort kann ich die gesamte Seaside Lane überblicken, einen Teil des Strands und die Fläche vor unserem Haus. Sollte er mir gefolgt sein, müsste er jetzt in unserem Vorgarten stehen. Wenn er wirklich da war und nicht nur in meinem Kopf, würde ich ihn irgendwo auf der Straße entdecken. Aber da ist nichts. Er könnte sich versteckt haben. Hinter dem Haus. Oder einer Düne. In dem Pinienhain, der sich ein Stück oberhalb der Stelle, an der ich ihn gesehen habe, zwischen Asphalt und Strand erstreckt. Mit einem frustrierten Schnauben stoße ich die Luft aus. Ich mache es der Angst verdammt noch mal zu leicht, mein Leben durcheinanderzubringen.

Ich muss damit aufhören. Muss mir erlauben, glücklich zu sein. Den Rücken durchgedrückt zwinge ich mich, vom Fenster weg- und auf den Flur hinauszutreten. Ich werde die nächsten Stunden nicht damit verbringen, nach draußen zu starren und Geister zu jagen.

Noch scheint keiner meiner Familie wach zu sein. Kein Klappern von Frühstücksgeschirr in der Küche. Keine Laute aus dem Bad. Kein Poltern und Fluchen von Miller. Der liegt wahrscheinlich noch immer angezogen, zerwühlt und im Tiefschlaf auf seinem Bett.

Mom und Dad sind um diese Uhrzeit normalerweise schon wach, aber wir haben Wochenende und die letzten Monate sind auch an ihnen nicht spurlos vorübergegangen. Es ist sicher gut, wenn sie mal ausschlafen und nicht ständig nur funktionieren.

Millers Zimmertür steht offen. Er liegt nicht auf dem Bett, aber die Laken sind so zerknautscht, dass klar ist, er war hier.

Klamotten sind auf dem Boden verstreut. Daneben liegt ein aufgeschlagenes Notizbuch. Ich vermute, es ist eine Art Tagebuch. Ich werde die Grenze nicht überschreiten und lesen, was er geschrieben hat. Aus dem Bad ist das Rauschen von Wasser zu hören. »Miller?« Ich verdrehe die Augen. Er ist ein Kater-kann-man-wegduschen-Verfechter. Was Quatsch ist und dazu führt, dass am Ende für mich nur noch kaltes Wasser übrig bleibt. »Wenn du das komplette Heißwasser aufbrauchst, bewerfe ich dich mit einer Qualle.« Ich gehe in mein Zimmer und ziehe mir mein Oberteil aus. »Miller? Hörst du mich?«

Er antwortet nicht. Auch wenn es mir die dringend benötigte Normalität gibt, meinem Bruder in seinen Hintern zu treten, habe ich auf seine Ich-ignoriere-dich-Aktion absolut keine Lust. »Ich muss vor der Arbeit duschen, verdammt«, rufe ich aus meiner Zimmertür und erst jetzt wird mir bewusst, dass die Tür seines Bads nicht verschlossen ist. Er würde niemals mit offener Tür duschen. Nicht mal betrunken. Und er würde auch nie die Chance auf einen Konter verpassen. Doch bis auf das Geräusch des Wassers bleibt es absolut still. Mein Herzschlag beschleunigt sich. Instinktiv verknotet sich mein Magen vor Sorge. Miller ist angeschlagen, redet mit niemandem, wehrt jede Hilfe ab. Er ist vielleicht nicht der Typ, der aufgibt, aber er ist eben auch impulsiv, ein verdammter Idiot und er legt keinen Wert auf sich.

»Miller«, rufe ich und mein Herz hämmert vor Angst, er könnte sich volltrunken etwas angetan haben. Ich drücke gegen die nur angelehnte Badezimmertür. Dahinter ist es dunkel. Das Licht ist aus. Das Rollo hinuntergezogen. Nur ein wenig schwaches Sonnenlicht sickert daran vorbei in den Raum und zerfasert die Dunkelheit.

Miller befindet sich auf dem Boden der ebenerdigen Dusche. Er sieht unverletzt aus. Zumindest körperlich. Aber es geht ihm nicht gut, sonst würde er wohl kaum angezogen unter dem Strahl der Dusche sitzen. Der Regler ist auf kalt gestellt und Miller zittert, rührt sich jedoch kein Stück.

»Hey, ich hab nach dir gerufen«, sage ich leise und drehe das Wasser aus.

Er sagt nichts, schüttelt sich nur die nassen Haare mit einer einzelnen Bewegung aus dem Gesicht. Und in diesem Moment wünsche ich mir schmerzhaft, er würde mich mit einem blöden Spruch vor die Tür befördern. Weil es zeigen würde, dass er klarkommt.

Unsicher setze ich mich auf den Boden. Ihm gegenüber. Das Bad ist klein. Viel kleiner als das von mir. Nur wenige Inches verhindern, dass unsere Knie einander berühren. Aber die fühlen sich an wie ein ganzes Universum.

»Was ist passiert?«

»Nichts«, antwortet er schwach.

Ich ziehe die Augenbrauen hoch und sehe ihn fest an.

Es dauert zu lange, bis er antwortet. »Okay, ich habe gekotzt. Zufrieden?« Mit einem Seufzen atmet er aus und zuckt die Schultern. Seine Lippen sind blau und seine Muskeln zittern. »Zu viel Wodka.«

Den Quatsch kann er jemand anderem erzählen. Er hat gestern getrunken. Genug, dass ich deswegen die ganze Nacht über der Kloschüssel gehangen hätte. Aber Miller übergibt sich eigentlich nie. Und es erklärt auch nicht, warum er angezogen unter der eiskalten Dusche sitzt. Ich ziehe ein Handtuch aus dem Regal neben mir und lege es ihm um die Schultern. »Was ist los?«, wiederhole ich meine Frage.

»Hab ich doch schon gesagt. Ich hab gekotzt.«

»Warum?« Meine Shorts saugen sich voll Wasser. Kälte breitet sich in mir aus. »Es gab gestern keinen Wodka.«

Er sieht mich nicht an, zögert. »Passiert manchmal«, sagt er schließlich leise. »Wenn die Träume so …« Er holt Luft. »… wenn sie so verflucht realistisch sind.«

Manchmal. Wie oft mag das sein? Ich erinnere mich an Dr. Turners Frage nach körperlichen Auswirkungen. »Du hast mir das nie gesagt.«

»Ist mein Dreck.« Er wischt sich mit dem Arm über das Gesicht. »Du hast schon viel zu viel davon abbekommen.« Seine Stimme bricht und er räuspert sich, als würde er noch etwas loswerden wollen, bleibt aber stumm.

»Schreibst du deswegen Tagebuch?« Ich mache eine diffuse Handbewegung. »Ich habe das Notizbuch in deinem Zimmer gesehen.«

Er lacht tonlos. »Ja, klar, und an richtig guten Tagen flechte ich mir auch noch die Haare und höre Kuschelrock dazu, Beauvoir.« Miller verstummt und schüttelt den Kopf.

Ich weiß nicht, was ich erwidern soll. Alles, was ich sage, baut Mauern zwischen uns. Also folge ich schließlich meinem Gefühl. Ich nehme seine Hand und erwarte, dass er sie mir entziehen wird. Aber er bleibt einfach sitzen. »Wenn ich die Augen schließe, sehe ich ihn«, flüstere ich. Und es wird schlimmer. Denn in letzter Zeit sehe ich ihn immer öfter auch wenn ich wach bin. So wie eben auf der Straße. »Jedes Mal«, gestehe ich leise. Weil es der Finsternis Kraft geben würde, wenn ich es laut ausspreche.

Miller nickt.

Es geht ihm genauso. Und zum ersten Mal habe ich nicht das Gefühl, als würde uns das Geschehene voneinander entfernen. Wir empfinden dasselbe. Auch wenn wir unterschiedlich damit umgehen. Millers Dunkelheit ist vielleicht sogar schwärzer als meine. So düster, dass er sie sich unter die Haut hat stechen lassen. Rock Bottom. Ich schließe die Augen und halte seine Hand noch ein bisschen fester. Ich will verhindern, dass er untergeht. Wie der Stein des Typen am Strand, der bis auf den Grund gesunken ist.

»Es tut mir leid«, sagt er leise. »So leid, Nevah.«

Und dann verbirgt er das Gesicht an seinen angezogenen Knien. »Ich war so ein Idiot. So ein Scheißidiot. Ich hätte an diesem Abend einfach nur zu Hause bleiben müssen. Wäre ich nicht in dieses verdammte Viertel gegangen, hätte Austin nicht überredet …«

Dann wäre nichts davon passiert. Er weint und ich rücke so nah an ihn heran, dass ich meinen Arm um ihn schlingen und ihn an mich ziehen kann. Aber es ist passiert. Weil winzig kleine Entscheidungen manchmal einen Hurrikan heraufbeschwören. »Schon okay«, flüstere ich. »Alles wird gut.« Das muss es einfach, denn das einzig Gute am Tiefpunkt ist doch, dass wir nicht mehr tiefer fallen können. Von dort aus geht es nur noch bergauf.

39
jackson

Mein Shirt klebt mir am Körper und meine Lungen pumpen, als ich nach dem Workout die Stufen der Veranda hinaufspringe. Wenn ich Nevah gleich zu Blake auf die Ranch bringen will, muss ich mich beeilen. Aber vorher brauche ich dringend Koffein, sonst überstehe ich die Arbeit später nicht. Also erst Kaffee machen, dann duschen. Trinken kann ich das Zeug später auf der Fahrt.

Schwer atmend streiche ich mir die verschwitzten Haare aus dem Gesicht und schleudere die Schuhe von meinen Füßen, bevor ich ins Innere trete. Die Kopfhörer ziehe ich aus meinen Ohren und werfe sie mit dem Handy achtlos auf die Kücheninsel, um die Kaffeemaschine anzuschmeißen.

»Guten Morgen.«

Ich zucke zusammen und drehe mich zu Dad um, der im Anzug am Tisch sitzt, als wäre es das Normalste der Welt, dass er um sieben Uhr morgens hier hockt und an einem Kaffee nippt.

»Ich wollte dich nicht erschrecken.« Er schiebt mir einen Coffee-to-go-Becher aus Marshas Diner zu.

»Ich muss erst mal duschen.« Und Abstand zu ihm kriegen. Und ein Plan, wie das hier nicht komplett eskaliert, wäre auch nicht schlecht.

»Das kannst du tun, wenn ich weg bin.« Er steht auf und tritt zu mir an die Kücheninsel. »Ich wollte dir nur etwas geben.« Er beißt die Zähne so fest aufeinander, dass es Kopfschmerzen verursachen muss. »Deine Mutter und ich haben lange geredet nach deinem Besuch neulich. Ich halte es immer noch für keine gute Idee, wenn du Kontakt zu diesen Menschen aufnimmst, aber wenn es das ist, was du willst …« Er zögert und ich kann sehen, dass er mit sich kämpft. »Wir wollen, dass du glücklich bist. Und wenn es nur auf diesem Weg geht, dann …« Er schiebt einen Zettel mit einer Adresse über die Granitplatte. Gary Holder steht in Dads Schrift darüber.

»Oretown?«, lese ich laut vor und verstehe nicht, was das sein soll.

»Eine kleine Küstenstadt etwas weiter südlich.« Er nickt und atmet geräuschvoll aus. »Gary Holder ist …« Er schüttelt den Kopf. »Er ist dein Onkel.«

Für einen Moment hinterlässt die Bombe, die er gerade hat platzen lassen, kaum Sauerstoff. Mein Hirn hat Probleme zu begreifen, dass er die ganze Zeit diese Adresse hatte. Während ich jeden verdammten Diner Portlands abgeklappert habe und fast verzweifelt wäre. Mir ist schlecht. Ich will so viel sagen. Ihm so viel gegen seine professionell unbeteiligte Maske schleudern, aber stattdessen umfasse ich nur stumm das Papier.

»Ich wünschte, du würdest es sein lassen, aber wenn du Antworten willst, kann er sie dir vielleicht geben.« Er macht einen Schritt auf mich zu. »Ich denke noch immer, dass das hier ein Fehler ist, aber ich hoffe wirklich, dass du findest, was du suchst. Sollte das nicht der Fall sein, sind wir für dich da, okay?« Er berührt meine Schulter, aber ich weiche zurück. »Wir sind da, Jackson. Was wir getan haben, mag dir falsch vorkommen, aber die Entscheidungen haben wir aus Liebe zu dir genau so gefällt. Und wir würden es wieder tun.«

Soll mich das jetzt irgendwie beruhigen? Verdammt, tut es nicht. Ich stopfe den Zettel in meine Hosentasche, nehme den Kaffee und gehe zur Tür. Meine Hand liegt schon auf der Klinke, als mich Dads Stimme zurückhält.

»Hass uns bitte nicht dafür, dass wir dich zu sehr lieben.«

Ich hasse ihn nicht, aber ich kann mich auch nicht umdrehen und ihm das sagen. Weil ich ihn dann fragen werde, warum ich einen wildfremden Typen um Informationen zu meiner Mutter bitten muss. Warum nicht er die verfluchten Lücken füllt. Warum er nicht mal das für mich tun kann, wenn er mich angeblich so sehr liebt. Und in dem Fall breche ich zusammen. Deswegen verlasse ich wortlos das Haus.

40
nevah

Jax steht an seinen Pick-up gelehnt, einen Kaffeebecher von Marshas Diner in der Hand, den er jedoch nicht anrührt. Sein Blick ist dunkel, seine Muskeln angespannt, als ich meine Arme um ihn schlinge.

Er stellt den Becher auf das Truckbett und klammert sich an mir fest. Wie ein Ertrinkender.

»Hast du mich echt so vermisst?«, flüstere ich in sein Shirt und lache.

»Du hast ja keine Ahnung.«

Miller ist mir gefolgt und betrachtet Jax wie einen zermatschten Burger. »Siehst scheiße aus«, bemerkt er und schlägt mit Jax ein.

Für den Kommentar hätte ich ihm einen Hieb in den Nacken verpasst, keinen Handschlag gegeben. Aber Jax scheint zu sehr neben sich zu stehen, um Miller einen entsprechenden Konter zu geben.

»Was hältst du davon, wenn ich dich heute begleite?« Mein Bruder flegelt sich gegen die Stoßstange. »Ich meine, du behauptest immer, dein Job wäre langweilig, aber ich glaube, du lügst. Da sind jede Menge heiße, gelangweilte Urlauberinnen und wir sind die verdammten Poolboys, oder nicht?«

Jax schüttelt den Kopf. »Du verwechselst die Realität mit einem Porno, Dornröschen.«

»Wir werden sehen. Auf jeden Fall hätte ich etwas zu tun.« Ganz kurz nur bricht der unbeschwerte Ausdruck auf seinem Gesicht und zeigt, dass es ihm kein Stück um Frauen geht oder darum, mit Jax abzuhängen. Er will sich ablenken, um nicht wieder unter der Dusche zu landen.

»Ich …« Jax löst sich von mir und fährt sich mit der flachen Hand über das Gesicht. »Ich habe Pete für heute abgesagt.« Er verzieht den Mund zu einem gequälten Grinsen.

»Warum?«

»Dad war eben hier.« Er atmet aus und sinkt schwer auf die Stoßstange. »Er hat mir eine Adresse gegeben. Von meinem Onkel. Ich werde hinfahren.«

»Ich kann Blake anrufen und ihr absagen. Dann kann ich dich begleiten. Sie wird das verstehen.«

»Und warum genau musst du ihn zu seinem Onkel begleiten? Du schwänzt nie die Arbeit. Oder irgendetwas anderes.« Miller sieht verwirrt von Jax zu mir und zurück.

»Er hat recht. Du solltest Blake deswegen wirklich nicht versetzen.«

Ist er wahnsinnig? Er kann das unmöglich allein machen.

»Hallo?« Miller wedelt mit der Hand vor unseren Gesichtern herum. »Könnte mich einer von euch beiden mal aufklären, was los ist?«

Ich halte Jax' Hand, weil er wissen soll, dass ich für ihn da bin, bleibe aber stumm. Es ist seine Sache, ob und wie viel er Miller erzählen will.

Er reibt sich über die feinen blonden Haarstoppeln am Kinn und gibt sich dann einen Ruck. »Ich wurde adoptiert.«

Miller öffnet den Mund und schließt ihn unverrichteter Dinge wieder, anstatt einen sarkastischen Spruch zu machen.

»Ich muss hinfahren und sehen, ob er etwas über meine leibliche Mutter weiß.«

»Soll das heißen, du kennst sie nicht?« Miller dreht sich überrascht zu ihm.

Jax schließt die Augen. »Sie ist tot.«

»Und deine Eltern haben dir nichts gesagt.« Es ist keine

Frage. »Das ist echt übel. Geh du zur Arbeit, Nev. Ich fahre mit Jax.«

»Ich brauche keinen Betreuer. Ich drehe schon nicht durch.« Jax lächelt schwach.

»Du siehst aus, als wäre die Scheiß-Apokalypse über dich hinweggerollt«, bemerkt Miller trocken. »Du solltest auf keinen Fall allein da hinfahren.«

»Es ist nur ein Haus, nicht der Todesstern, Miller.«

Mein Bruder wiegt den Kopf hin und her. »Man kann nie wissen.«

Jax zögert, gibt dann aber nach. »Okay.« Er nickt und fährt sich unsicher durch die Haare.

Mein Job auf der Ranch kommt mir mit einem Mal so unwichtig vor. Wie etwas, das in drei Leben nicht aufwiegen kann, dass ich nicht mit ihm fahre, sondern Miller diesen Part überlasse. »Ich will für dich da sein.«

Jax wirft meinem Bruder seine Schlüssel zu. Ein Wink mit dem Zaunpfahl, uns einen Moment zu geben. Als Miller im Auto sitzt, küsst Jax mich sanft. »Das bist du. In all dem Chaos bist du das einzig Gute«, murmelt er an meinen Lippen. »Das einzig Wahre.«

Ich blinzle gegen die Tränen an. Das ist das Schönste, was je jemand zu mir gesagt hat. Aber ich kann mich nicht darüber freuen. Er liegt so verdammt falsch. Nichts an mir ist wahr. Und das zerreißt mir das Herz.

Jax bemerkt, dass ich mich leicht in seinen Armen verspanne. »Kein Druck,« murmelt er. Dass er denkt, mich würde seine Liebeserklärung erschrecken, macht es so viel schlimmer. »Ich wollte damit nur sagen, dass …« Er streicht mir eine Haarsträhne aus dem Gesicht und sieht mir fest in die Augen. »… du ein deutlich besserer und vor allem hübscherer Anker bist als der Casinochip. Selbst wenn du nicht bei mir bist.«

»Na, immerhin schaffe ich es, ein Stück Plastik zu schlagen«, erwidere ich schwach. Das ist nicht, was ich sagen müsste. Die verdammte Wahrheit. Nicht, was ich sagen will. Dass ich ihn liebe. So sehr, dass ich alles für ihn riskieren würde. Es ist gar nichts. Und weil mir das klar ist und ich gleichzeitig nicht mehr sagen kann, lege ich stumm meine Lippen auf seine und küsse ihn. So fest, dass er hoffentlich spürt, was ich für ihn empfinde. Und dass es mir leidtut.

41
jackson

Das Zuhause meines Onkels liegt ein Stück außerhalb von Oretown und besteht aus einem ebenerdigen Farmhaus, dessen Farbe schon bessere Zeiten gesehen hat, einem ungepflegten Garten und mehreren Nebengebäuden, die hingegen penibel in Ordnung gehalten wurden. Wahrscheinlich bedeuten Gary Holder Stallungen, Geräteschuppen und Lagerräume mehr als Blumenbeete und der Anstrich des Wohnhauses, den Pete mit einem Kopfschütteln auf die To-do-Liste setzen würde, wäre das hier eines seiner Objekte.

Ich sitze seit über zwei Stunden im Wagen, den ich am Straßenrand vor seinem Grundstück geparkt habe, und starre durch die staubige Windschutzscheibe. Miller hockt schweigend neben mir und ich bin ihm unendlich dankbar, dass er die Stille nicht krampfhaft mit Worten füllt. Oder mich drängt, endlich zu klingeln.

Mit einem frustrierten Stöhnen lege ich den Kopf auf die Rückenlehne und schließe die Augen. Der Gedanke, Dad könnte recht behalten und mir könnte das hier nichts bringen als noch mehr Fragen oder eine Wahrheit, die schlimmer ist als die Ungewissheit, macht mich verrückt.

»Alter.« Miller schlägt mir mit der flachen Hand gegen die Brust. »Da kommt wer.«

Ein Mann taucht neben dem Wagen auf. Keine Ahnung, wo er plötzlich herkommt und was er will, aber wie es aussieht, werden wir das gleich erfahren. Denn Miller kurbelt bereits das Fenster herunter.

Der Typ trägt ein einfaches Shirt, Flanellhemd, Leinenhosen und einen verschlossenen Gesichtsausdruck zu einem grauen Bart.

»Ihr steht hier schon ewig mit eurer Rostlaube herum und beobachtet mein Haus. Was wollt ihr?«

Miller sieht mich fragend an. Natürlich erwartet er, dass ich die Klappe aufmache und dem Kerl sage, dass er mein Onkel ist. Aber meine Kehle ist zu trocken. Und mir ist kotzübel. Ich würde kein Wort herausbringen. Deswegen suche ich, anstatt zu antworten, nach Ähnlichkeiten, nach etwas, das unsere überlappende DNA zeigt. Aber da ist nichts.

»Hat es euch Vögeln die Sprache verschlagen?« Gary Holder baut sich drohend vor dem Pick-up auf. »Was immer ihr auch vorhabt, hier ist nichts zu holen. Also, haut ab! Das ist Privatgrund.«

»Eigentlich ist das eine öffentliche Straße.« Wenn es mir nicht so beschissen gehen würde, brächte es mich sicher zum Lachen, wie eingeschüchtert Miller klingt.

»Und du bist der Clown von euch beiden?«, bellt Gary Holder ihn an. »Wenn ihr nicht augenblicklich verschwindet, rufe ich die Cops.«

Wahrscheinlich sollten wir genau das tun. Verschwinden. Aber stattdessen öffne ich die Autotür.

Miller hält mich am Arm zurück. »Soll ich mitkommen?«

Ich schüttle den Kopf und zwinge mich auszusteigen. »Warte einfach, okay?« Ich werfe die Tür zu und umrunde die Kühlerhaube. Jetzt gibt es kein Zurück mehr und das hat auch mein bescheuertes Herz begriffen. Es schlägt so hart gegen meine Rippen, als wollte es meinen Brustkorb sprengen.

Gary Holder gibt seine entschlossene Haltung nicht auf, weicht allerdings einen Schritt zurück, weil ich auf ihn zukomme. Er ist stämmig und muskulös, aber ich überrage ihn dennoch um gut einen Kopf. Für ihn bin ich nur irgendein abgerissener Kerl in einem rostigen Pick-up, der sich verdächtig verhält. An seiner Stelle würde ich auch auf Sicherheitsabstand bleiben. »Sind Sie Mister Holder?«

Misstrauen kämpft in seinen Gesichtszügen mit Irritation, weil ich seinen Namen kenne. »Wer will das wissen?«

»Jackson Scott«, stelle ich mich vor und will ihm die Hand reichen, doch er weicht noch weiter zurück, atmet schwer ein und eine ganze Weile nicht mehr aus, während er an mir vorbei auf den Horizont starrt.

Er weiß, wer ich bin. Verdammt. Er wusste, dass es mich gibt, dass seine Schwester einen Sohn hatte, und hat nie nach mir gesucht. Das hier war ein Fehler. Ich hätte nicht kommen sollen.

»Jackson Scott«, wiederholt er leise meinen Namen und sieht mich an. Und obwohl es keine Frage ist, nicke ich. »Was willst du hier?«

»Mit Ihnen über meine Mutter reden.« Es fühlt sich nicht an, als wäre Kristina Jenkins das je gewesen. Meine Mutter. Und doch ist sie ein Teil von mir.

»Kristina ist tot«, sagt er. Hart und emotionslos. Er hätte mir genauso gut eine runterhauen können.

Ich fahre mir durch die Haare, atme tief ein und mit einem »Ich weiß« aus. Das läuft nicht, wie ich es mir vorgestellt habe. Überhaupt nicht. Andererseits, was habe ich erwartet? Ein Empfangskomitee? Die Waltons, die mich in ihrer Mitte willkommen heißen? Mom und Dad haben mich sicher nicht umsonst gewarnt. »Bitte, ich will nur mehr über sie erfahren.«

»Wissen deine Eltern, dass du hier bist?«

Er weiß also, dass sie dagegen sind. Ich schüttle den Kopf. »Ich bin alt genug, das selbst zu entscheiden.«

Zum ersten Mal verirrt sich so etwas wie ein Lächeln in Garys Mundwinkel. »Das sehe ich. Bist groß. Nicht so ein Zwerg wie deine Mutter.« Wortlos dreht er sich um, geht zurück zum Haus.

Unsicher sehe ich ihm nach. Die Drohung, die Cops zu rufen, hat er nicht wiederholt und mich auch nicht angeknurrt zu verschwinden. Das muss reichen. Ich folge ihm. Über die Veranda, die feucht ist wie der Waldboden unter den Mammutbäumen, der nie die Sonne sieht. Durch die Fliegentür, die hinter uns mit einem scheppernden Geräusch zufällt. Bis in die Küche, die sauber, aber spartanisch eingerichtet ist.

»Lebst du allein hier?« Eine bescheuerte Frage, aber es ist ein Anfang.

Gary geht zum Kühlschrank, nimmt sich ein Bier und will ihn wieder schließen. Mit einem Blick auf mich zieht er ein zweites heraus und hält es fragend in meine Richtung.

Ich denke, es ist der falsche Moment, ihm zu sagen, dass ich nicht trinke. Nicht mehr, seitdem ich mich vor sechs Monaten fast täglich abgeschossen habe und schließlich begreifen musste, dass ich es nicht schaffe, meine Probleme zu ertränken. Ich nicke, nehme die Flasche entgegen und drehe sie in meinen Händen.

»Meine Frau ist vor Jahren weg. Ich war ihr zu langweilig. Und Kristina ist tot. Sie war sonst oft übers Wochenende hier.« Er zuckt mit den Schultern. »Jetzt gibt es nur noch mich und die Farm.« Er setzt sich an den Tisch und schiebt mit dem Fuß den Stuhl ihm gegenüber zurück. Während ich mich darauf niederlasse, entfernt er den Drehverschluss der Flasche und sieht mich auffordernd an.

Ich öffne mein Bier ebenfalls, stoße mit ihm an, nippe aber lediglich an dem Inhalt der Flasche, bevor ich sie vor mir abstelle.

Mir gehen tausend Fragen durch den Kopf, doch ich schaffe es nicht, eine davon in Worte zu fassen.

»Du willst wahrscheinlich wissen, wie sie war.«

Hauptsächlich. Aber da ich meiner Stimme nicht traue, nicke ich nur.

Gary überlegt einen Moment. »Schwierig.« Er trinkt, schweigt, trinkt wieder. »Sie war fast immer eine Katastrophe, weißt du. Aber in guten Momenten ...« Er pfeift durch die Zähne. »... da war sie so wunderbar wie dieses Stück Land.« Er lächelt, dann wird sein Blick wieder finster. »Diese guten Phasen waren leider selten. Die Scotts haben sie nie so erlebt. Nur ihre dunkelsten Stunden, in denen sie sich selbst zerstört hat und alles um sie herum. Kann man ihnen nicht verübeln, dass sie dich davor beschützen wollten.«

Steht er jetzt allen Ernstes auf Moms und Dads Seite? Damit habe ich nicht gerechnet. Und es bringt mich aus dem Konzept.

»Ich habe selbst Kinder. Zwei Jungen«, fährt er fort, als hätte er meine Gedanken erraten. »Sind erwachsen und leben an der Ostküste in der Nähe ihrer Mutter. Wären sie noch jünger gewesen und hätten hier mit mir gelebt, ich hätte Kristina niemals aufgenommen, ihren Mist nicht in die Nähe meiner Söhne gelassen. Eltern haben die verdammte Pflicht, ihre Kinder zu beschützen.« Er reibt sich unbehaglich über den Nacken. So wie ich es tue, wenn ich unsicher bin.

»Vor was beschützen?« Was zum Henker hat sie getan, dass selbst ihr Bruder seine Kinder nicht in ihre Nähe gelassen hätte?

Gary stutzt und versenkt den Blick in der Bierflasche vor sich. »Sie haben es dir nicht gesagt? Deine Eltern, meine ich? Sie haben dir nicht von Kristina und dieser Nacht erzählt?«

Lass die Vergangenheit ruhen, hat Dad gesagt, du wirst darin nichts finden, was dir hilft. »Nein«, gebe ich zu und mein Brustkorb schnürt sich zu. »Ich weiß gar nichts.« Und das macht mich wahnsinnig.

»Na, großartig.« Gary rollt die kühle Flasche über seine

Stirn. »Also schön«, seufzt er. »Deine Mutter war wirklich übel drauf. Ein Junkie. Schon in der Highschool hat sie mit dem Mist angefangen. Erst nur Pot, dann Partydrogen und später die richtig harten Sachen. Sie hat versucht davon loszukommen, ist aber immer wieder rückfällig geworden.«

Alles in mir erstarrt. *Ein Junkie.* Ich habe so oft darüber nachgegrübelt, warum sie mich weggegeben hat. Ob sie zu jung war, mittellos, zu unreif, um ein Kind großzuziehen. All das wären gute Gründe gewesen, mit denen ich hätte umgehen können. Aber das? Drogen. Vielleicht ist das das Einzige, was ich von ihr geerbt habe. Den Hang zum Abstürzen. Der Gedanke macht mich fertig. Aber es würde erklären, wieso ich mich in den ersten Wochen in Rockaway Beach jeden Tag in die Besinnungslosigkeit gesoffen habe, anstatt die Probleme anders anzugehen. Zum Beispiel so, wie Mom und Dad es mir ein Leben lang beigebracht haben. »Das ist also die Sache? Dass sie ein verfluchter Junkie war?« Ich klinge wie ein Arschloch. Dabei weiß ich nicht genug, um sie zu verurteilen. Oder meinen Onkel.

»Nein.« Gary zuckt resigniert die Schultern. »Wir sollten dieses Gespräch wirklich nicht führen.«

Doch, das sollten wir. Sonst werde ich niemals damit abschließen. Und immer auf der Stelle treten. Ich muss wissen, was passiert ist. Wer sie war. Und wer ich bin.

Mein Onkel steht auf, um sich noch ein Bier aus dem Kühlschrank zu holen. Er kommt zurück und lässt sich schwer auf seinen Stuhl fallen. »Im Grunde solltest du nicht mal hier sein.«

Keine Ahnung, was er damit meint. »Aber ich bin hier. Und ich brauche Antworten. Also …« Ich presse die Zähne aufeinander und verschränke die Arme vor der Brust.

»Den Sturkopf hast du von deiner Mutter.« Er grinst schief, bevor er wieder ernst wird. »Na schön. Aber es ist kein Film mit Happy End. Dir wird sicher nicht gefallen, was ich zu sagen habe«, warnt er mich.

Mir gefällt schon lange nicht mehr, wohin sich das alles entwickelt. Nur fragt das verfluchte Leben nicht danach.

»Okay.« Er atmet tief durch. »Während der Schwangerschaft mit dir hat Kristina es geschafft, clean zu werden. Aber danach …« Er fährt sich über die Augen. »Ihr war klar, dass sie nicht für dich würde sorgen können. Es war uns allen klar. Wir haben ihr geraten, dich wegzugeben und sie hat es eingesehen, dem Ganzen zugestimmt, doch dann ist sie nicht damit zurechtgekommen. Sie ist schlimmer denn je abgerutscht. Ich kam nicht mehr an sie ran. Ich wusste die meiste Zeit nicht mal, wo sie war. Und mit wem. Das mit dir war eine offene Adoption. Das war ihre Bedingung gewesen. Sie wusste, wo du lebst, und hätte dich sogar sehen dürfen, hätte sie ihr Leben in den Griff bekommen. Aber sie war nicht clean und nichts war in Ordnung. Trotzdem ist sie bei deinen Eltern aufgetaucht. Vollkommen zugedröhnt. Und wollte dich zurückhaben. Es wurde laut und hässlich.«

Ich versuche mir vorzustellen, wie das für Mom und Dad gewesen sein muss, doch dafür reicht meine Fantasie nicht aus.

»Deine Eltern haben das einzig Richtige getan und die Polizei gerufen. Kristina wurde festgenommen.« Er stützt den Kopf schwer auf seine Hände. »Sie hat mich von der Wache aus angerufen und geheult, ich solle sie abholen, ihr helfen. Ich habe ihr gesagt, dass ich das alles nicht mehr ertrage. Ich konnte nicht mehr. Ich konnte nicht länger dabei zusehen, wie sie sich diesen Dreck spritzt. Die ständigen Anrufe, damit ich sie wieder aus irgendeiner Sache rausboxe. Das Hoffen, sie würde dieses Mal länger bleiben als ein paar Stunden, dieses Mal die Kurve kriegen. Ich habe ihr gesagt, dass sie erst wiederkommen soll, wenn sie wirklich von dem Zeug loskommen will. Das ist, was sie Angehörigen raten. Man soll sich abgrenzen, nur helfen, wenn der Süchtige einen Weg aus der Abhängigkeit sucht, und ihn nicht in seinen kranken Verhaltensweisen unterstützen.« Er lacht bitter auf. »Doch ich hätte sie an diesem Tag abholen sollen, sie davon abhalten müssen, etwas wirklich Schlimmes zu tun. Alles, was danach passiert ist, ist deswegen auch meine Schuld.«

»Was ist passiert?« Ich trinke jetzt doch etwas. Das Bier hat niemals genug Umdrehungen, um das hier erträglich zu machen, aber mein Hals ist staubtrocken.

»Sie ist zurück zum Haus deiner Eltern. Du hast laut Polizeibericht im Kinderwagen auf der Veranda geschlafen. Deine Eltern waren drinnen. In Sichtweite eigentlich, aber Kristina hat es trotzdem geschafft, sich unbeobachtet auf die Veranda zu schleichen. Sie hat dich einfach mitgenommen.«

Sie hat dich einfach mitgenommen. Sie hat mich entführt. Meine eigene Mutter. Aber anstatt deswegen auszurasten, fahre ich komplett runter. Als wäre ich zu lange surfen gewesen und so unterkühlt, dass mein Körper alle unnötigen Funktionen abschaltet. »Wie alt war ich?«, frage ich tonlos.

»Ein knappes Jahr. Sie ist mit dir abgehauen und untergetaucht. Ihr Handy war ausgeschaltet. Sie hatte keinen festen Wohnsitz. Keiner wusste, wo ihr steckt. Die Polizei hat deine Eltern befragt, die Nachbarn, mich.« Er presst die Hände um die Flasche. »Mich hatten sie ganz besonders im Visier. Das haben deine Eltern auch mitbekommen und natürlich geglaubt, ich hätte etwas damit zu tun. Dein Dad ist hier bei mir auf der Farm aufgetaucht. Er hat mich bedroht und es war ihm egal, dass er im Ernstfall den Kürzeren gezogen hätte. Er wollte wissen, wo sie dich hingebracht hat. Aber ich wusste es nicht. Er war verzweifelt und hat mir kein Wort geglaubt. Ich denke, das tut er bis heute nicht.« Mein Onkel nimmt einen großen Schluck aus seiner Flasche. »Es hat über eine Woche gedauert, bis euch Streifenpolizisten durch Zufall in einer Absteige in Midtown gefunden haben. Ein beschissenes Loch. Du warst in keiner guten Verfassung, halb verhungert, ausgekühlt und verwahrlost. Um Kristina stand es noch schlechter. Sie wäre fast an einer Überdosis gestorben in dieser Nacht. Nachdem sie sie entgiftet hatten, kam sie ins Gefängnis. War eine schlimme Zeit für uns alle. Das letzte Mal habe ich deine Eltern vor dem Gerichtssaal gesehen und versucht ihnen zu erklären, wie leid es mir tut, dass ich nicht mehr habe tun können, doch sie wollten mir nicht zuhören. Ich war der Feind. Schließlich habe ich Kristinas Anwalt bezahlt und zugestimmt, sie nach ihrer Entlassung wieder bei mir aufzunehmen.« Er zuckt mit den Schultern. »Sie haben ein Kontaktverbot für uns beide erwirkt. Ich habe mich bis heute daran gehalten. Gefängnisse sind nicht die Generallösung für alles, aber Kristina hat die Zeit dort wirklich geholfen. Sie ist clean geworden, hat sich gefangen. Als sie rauskam, ist sie zu mir gezogen. Später, als es ihr besser ging, dann in den Hawthorne Acres Trailerpark. Es hat jedoch Jahre gedauert, bis sie sich stabil genug gefühlt hat, um deinen Eltern einen Brief zu schreiben, in dem sie sich für alles entschuldigt und darum gebeten hat, Kontakt zu dir haben zu dürfen.«

Den Brief habe ich in Dads Safe gefunden. Ich beiße mir auf die Lippe und nicke. »Sie war krank und wollte mich vor ihrem Tod kennenlernen«, murmle ich.

»Genau.« Gary faltet die Hände auf der Tischplatte. Sie sind kräftig von der Arbeit, die er jeden Tag auf der Farm verrichtet. »Sie hat nie eine Antwort bekommen. Kristina hat das akzeptiert. Ich meine, sie wusste, was sie dir und deinen Eltern angetan hat. Sie wollte dir nicht in dein neues Leben pfuschen, wenn die Scotts das nicht für richtig hielten.« Er steht auf und geht zu einer Kommode hinüber, die an der Wand steht. Ein hässliches Teil mit abgestoßenen Ecken. Eine Weile wühlt er darin, bevor er zurück zum Tisch kommt, sich setzt und mir einen Umschlag zuschiebt. »Kurz vor ihrem Tod hat sie diesen Brief geschrieben. Ich sollte ihn dir geben, für den Fall, dass du irgendwann hier auftauchst und Fragen hast.« Er nickt mir auffordernd zu.

Für einen Moment ist es still in dem Raum. Ich starre auf die schwungvolle Handschrift auf dem Umschlag, die in den Höhen und Tiefen kantig wirkt. Die Uhr an der Wand tickt ohrenbetäubend laut. Ich berühre das Papier und brauche drei Anläufe, um es von der Tischplatte zu heben. Der Umschlag fühlt sich rau an unter meinen Fingern. Keine Ahnung, ob ich den Brief je lesen werde. Aber auf jeden Fall werde ich es nicht jetzt tun. Nicht vor Publikum. Ich stopfe ihn in meine Hosentasche. »Den Brief, den sie meinen Eltern geschickt hat … Ich habe ihn erst nach ihrem Tod im Safe meines Vaters gefunden.« Aus irgendeinem Grund ist mir wichtig, dass mein Onkel das weiß.

Er nickt. Eine Weile schweigen wir. Ich sollte gehen. Aber ich kann nicht. Nicht, ohne die Frage zu stellen. Die Frage, die jede Nacht dafür sorgt, dass ich aufstehe und über den Strand renne.

»Hätte sie den Krebs besiegen können?« Ich muss es wissen. »Wenn meine Eltern ihr geholfen hätten, teurere Medikamente, bessere Ärzte, könnte sie dann noch leben?«

Gary sieht mich stirnrunzelnd an. »Man kann nicht alles mit Geld kaufen. Sie war krank. Nichts und niemand hätte das ändern können. Nicht mal das Bankkonto deiner Eltern.«

Ich nicke, beiße mir von innen auf die Wange, um nicht loszuheulen, so erleichtert bin ich. »Trotzdem hätten sie es mir sagen müssen.« Und das wird für immer zwischen uns stehen.

»Ist das dein verdammter Ernst?« Gary stellt seine Bierflasche mit Nachdruck auf den Tisch. »Kristina hat genau einmal versucht, den Job deiner Eltern zu machen, und ich habe dir gerade erzählt, wie das gelaufen ist. Die Scotts lieben dich, Herrgott. Das ist mehr, als viele Kinder von ihren Erzeugern behaupten können. Sie wollten eine intakte Familie für dich? Ist kein Verbrechen. Sie wollten dich vor dem Abgrund beschützen, an dem Kristina ihr Leben lang herumgetaumelt ist? Nachvollziehbar. Sie haben dir nie die Wahrheit gesagt, um es dir leichter zu machen? Buhuu.«

Hört sich an, als wäre ich der Mistkerl in dieser Geschichte. Und vielleicht stimmt das. Zumindest zum Teil. Ich kann nichts dafür, wer mich geboren hat. Nichts für die Umstände. Oder für die Entscheidungen, die andere für mich getroffen haben. Aber ab einem bestimmten Punkt habe *ich* die Entscheidungen getroffen. Und ich hätte vieles anders machen können.

»Wenn meine Schwester und ich Eltern gehabt hätten, die nur ein winziges bisschen so gewesen wären wie deine, wäre ich jetzt vielleicht mehr wie du und weniger wie ich.« Er deutet auf die leeren Bierflaschen, die sich auf der Anrichte angesammelt haben. »Kristina hätte womöglich nie angefangen Drogen zu nehmen.« Er bohrt mir seinen Finger in die Schulter. »Sie haben nur das getan, was richtige Eltern eben tun. Sie beschützen verdammt noch mal ihre Kinder! Und sorgen dafür, dass es ihnen gut geht. Oder wie war dein Leben als ein Scott, Jackson?«

Erinnerungen poppen in meinem Hirn auf. An Dad und mich auf dem Lake Lytle, über und unter uns der Himmel. Ans gemeinsame Surfen in unseren Urlauben im Strandhaus. An Mom, wie sie mir Geschichten vorliest und herumalbert, bis ich vor Lachen Bauchweh bekomme. Daran, wie sie miteinander getanzt haben, wenn sie dachten, ich sähe nicht zu. Die Aufregung am Weihnachtsmorgen, gemeinsame Thanksgiving-Kochmassaker, perfekte Geburtstagsfeiern, Baseballspiele, Schulaufführungen, zu denen immer beide gekommen sind, egal was in der Firma los war. Schnipsel meines Lebens mit Mom und Dad rasen in Zeitraffer vorbei, bis sie an einem Punkt zum Stillstand kommen. Dad steht in der Küche des Strandhauses. Ich habe die Klinke der Haustür in der Hand und sehe ihm nicht mal in die Augen.

Hass uns nicht dafür, dass wir dich lieben.

Ich schließe die Augen. »Glücklich«, gebe ich leise und viel zu spät zu. Es war sorgenfrei und ich wurde geliebt. Gary hat recht, ich habe Glück gehabt. Nur fühlt es sich nicht so an.

»Dann sei nicht so verflucht hart zu ihnen.«

Ich nicke und stehe auf. Die Kanten des Briefs drücken gegen mein Bein. Es ist alles gesagt. »Danke«, murmle ich und verlasse das Haus meines Onkels. Wie betäubt gehe ich zurück zum Wagen. Miller steigt aus, als er mich kommen sieht. Wahrscheinlich weil ich genauso aussehe, wie ich mich fühle.

»Alles okay?« Er legt mir seine Hand in den Nacken und zwingt mich, ihn anzusehen.

Ich schüttle ihn ab. »Nein. Kannst du fahren?« Denn ich kann es nicht, muss aber hier weg. Ich warte seine Antwort nicht ab und klettere auf den Beifahrersitz.

Miller umrundet den Pick-up und startet den Motor.

Ich lehne die Stirn gegen das Glas der Scheibe. Ich hätte nicht so verdammt hart zu Mom und Dad sein dürfen. Ich bin nicht dumm. Das habe ich kapiert. Aber es ändert nichts daran, dass ich noch immer unfassbar wütend auf sie bin, dass ich ihnen selbst jetzt nicht verzeihen kann. Was stimmt denn bitte nicht mit mir? Ich trete gegen das Armaturenbrett. So heftig, dass das Handschuhfach aufklappt und ich es wieder zuknalle. Einmal. Zweimal. Und als es nicht einrastet, schlage ich dagegen. Mit voller Wucht. Bis die Haut an meinen Fingerknöcheln rau und wund ist. Irgendwann ist der Druck erträglich genug, sodass ich aufhören kann. Ich habe nicht mehr das Gefühl, jeden Moment losheulen zu müssen, und stütze die

Arme auf den Oberschenkeln auf, verschränke die Hände im Nacken und lasse den Kopf baumeln.

Bislang hat Miller ganz ruhig abgewartet, aber nun stößt er mich vorsichtig an. »Willst du darüber reden?«

Ich schüttle den Kopf. Weil ich nicht wüsste, was ich sagen soll. Wie es aussieht, hat Dad recht gehabt. Ich sollte es gut sein lassen. Aber ich weiß selbst jetzt nicht, wie ich das anstellen soll. Ist ja nicht so, dass ich Einfluss darauf habe, was mein Hirn für Gedanken produziert. Oder auf dieses Scheißgefühl, ich würde etwas vermissen, was ich nie gehabt habe. Nie haben werde.

»Okay.« Miller schlägt auf das Lenkrad. »Fahren wir nach Hause«, sagt er.

Ich nicke schwach. Und frage mich, ob er immer noch so locker wäre, wüsste er, dass ich bei den Worten nicht an die Villa meiner Eltern denke. Sondern an seine Schwester. Nur an sie.

42
jackson

Miller hält den Pick-up in der Auffahrt des Grayson-Hauses statt vor dem Strandhaus und parkt damit den Volvo zu. Ich lehne erschöpft an der Tür und setze mich auf, als er den Schlüssel aus der Zündung zieht.

»Dachte, du kommst erst mal mit zu uns.« Er springt auf die Auffahrt und wirft die Tür zu. »Meine Bude ist winzig. Wir müssten in Löffelchenstellung pennen, um beide ins Bett zu passen, und nimm es mir nicht übel, so lieb hab ich dich dann doch nicht. Aber Nevah hat ein ausgesprochen geräumiges Zimmer. Sie hat ganz sicher nichts dagegen, wenn du bei ihr pennst, und Mom steht wie du auf gesundes Kaninchenfutter. Sie hat garantiert schon Abendbrot vorbereitet.«

Ich quäle mich aus dem Wagen und verziehe das Gesicht. »Deine Eltern sind bestimmt begeistert, wenn ich bei deiner Schwester schlafe.« Sie kennen mich nicht. Und ich sollte sie vielleicht nicht ausgerechnet dann zum ersten Mal treffen, wenn ich vollkommen fertig bin und neben mir stehe.

Er klopft mir auf den Rücken. »Sie sind cool.«

Millers Dad tritt grinsend aus der Tür. »Überaus cool.« Er lacht. Und ähnelt Miller so sehr, dass es selbst der verrockten Version von mir auffällt.

»Mister Hewitt.« Die Voraussetzungen für einen guten ersten Eindruck sind echt mies. »Ich bin Jackson Scott«, bringe ich viel zu spät heraus und reiche ihm meine Hand.

Er ergreift sie, zieht mich näher und sieht mich fest an. »Ich weiß«, sagt er dann in einem perfekten Corleone-Ton. »Was mich dazu bringt, dich nach deinen Intentionen bezüglich meiner Tochter zu fragen.«

»Kannst du ihn vielleicht loslassen, Dad? Und übrigens, deine Al-Pacino-Imitation ist echt erbärmlich.« Miller verdreht die Augen.

Ich fand ihn als Paten ziemlich eindrucksvoll. »Ich sollte vielleicht besser gehen.« Ich deute zum Strandhaus hinüber. Oder ich schlage meinen Kopf gegen eine Steinwand. Das wäre ähnlich angenehm.

»Ach komm, ich mach doch nur Spaß. Miller hat uns von unterwegs geschrieben, dass er dich mitbringt.« Er drückt noch einmal meine Hand. »Wir freuen uns, dich endlich kennenzulernen. Ich bin Jim.« Er sieht mich forschend an. »Ist alles in Ordnung?«

»Dad.« Miller verdreht die Augen. »Lass ihn in Ruhe, verdammt, was soll das denn?«

»Okay, okay.« Jim öffnet die Tür, geht voran ins Haus und bleibt vor der Treppe ins Obergeschoss stehen. »Ich meine ja nur, wenn es etwas gibt, worüber du reden willst, Jackson, ich bin da. Für dich natürlich auch, Miller.«

»Dad, niemand will einen Scheißgesprächskreis aufmachen«, brummt Miller und schiebt mich die Treppe hinauf. »Nev ist oben.« Er selbst bleibt am Fuß stehen und redet leise mit seinem Vater. Wahrscheinlich über mich. Aber es ist mir egal. Ich erklimme die Stufen und drücke oben angekommen die Tür zu Nevahs Zimmer auf. Sie liegt im Bett und ist mit einem Buch in der Hand eingeschlafen; obwohl es noch früh ist, brennt wie immer das Nachtlicht. Weil sie Angst im Dunkeln hat, selbst wenn sich die Nacht erst langsam herantastet. Sie sieht so verletzlich aus. Ich will, dass sie mir genug vertraut, um mir zu erzählen, was ihr zugestoßen ist. Ihr und Miller. Egal was ich dafür tun muss. Egal wie lange es dauert. Ich streife mir die Schuhe von den Füßen und rutsche hinter sie auf die Matratze. Die Arme schlinge ich um ihren Körper und halte sie. Ich klammere mich an ihr fest, atme ihren Geruch ein.

»Jax?«, murmelt sie verschlafen. In meinen Armen dreht sie sich zu mir und schlingt die Bettdecke um unsere Körper. Die Augen noch immer geschlossen. Sie zieht den Stoff über unsere Köpfe, sodass der Raum darunter alles aussperrt. Ein anderer Kosmos, in den nur das durch den Stoff gefilterte Licht von außen dringt und Nevahs Gesicht gerade so erhellt.

Sie berührt meine Wange und streicht immer wieder daran entlang und ich lasse es zu, lasse zu, dass sie sieht, wie fertig ich bin. Eigentlich ist alles so gut, wie es das unter den Umständen nur sein könnte. Und trotzdem fühlt es sich an, als wäre mein Leben eine bescheuerte Netflix-Serie, in die ein Autor die Top 5 der abgefucktesten Plottwists eingebaut hat.

»Ist alles okay?«

»Super«, sage ich und klinge sogar einigermaßen glaubwürdig, aber Nevah kann ich nichts vormachen.

Sie legt ihre Arme um mich und vergräbt ihr Gesicht an meinem Hals. »Bei mir musst du nicht der verdammte Fels sein«, flüstert sie. »Ich will wissen, wie es dir wirklich geht.«

Das mag sein. Aber ich hab Riesenangst, dass sie nicht damit klarkommt, wie kaputt ich bin. Und doch kann ich nicht nichts sagen. Weil ich sonst platze. Und weil ich ehrlich sein muss, wenn ich will, dass Nevah mir auch irgendwann genug vertraut. »Ich bin echt am Ende.« Ich räuspere mich, aber meine Stimme klingt noch immer brüchig. »Mein ganzes Leben ist auf apokalyptischer Ebene verdreht, weil es auf Lügen aufgebaut war. Alle dachten, es wäre besser für mich, die Wahrheit nicht zu erfahren. Ich weiß jetzt, warum. Und ich verstehe es sogar. Aber das macht es nicht besser. Es ändert nichts daran, dass ich wütend bin. Oder daran, dass ich das Gefühl habe, niemandem auf diesem Erdball trauen zu können.« Die besten Voraussetzungen für eine glückliche, gesunde Beziehung. Ich würde es verstehen, wenn Nevah jetzt aufsteht und mich bittet zu gehen. Ich schnaube frustriert. »Ich versuche echt runterzukommen. Das hinter mir zu lassen.« Ich atme bewusst ein und dann wieder aus. Es hilft. Oder vielleicht ist es auch Nevahs Nähe, die die Dinge in mir wieder etwas geraderrückt. Ihre Lippen, die an meiner Haut liegen, und ihr warmer Atem, der ruhig dagegen strömt. »Weil es jemanden gibt, dem ich vertrauen will.« Ich presse meine Lippen in ihr Haar. Ich will ihr vertrauen. Und es ist mir absolut egal, wie schwer das wird. »Ich will das hinkriegen.«

43
nevah

Er will das hinkriegen. Für mich. Für uns. Und das ist so viel besser als ein »Ich liebe dich«. Jax ist, was ich mir mein Leben lang gewünscht habe, ohne es zu wissen. Und obwohl es perfekt sein müsste, fühle ich mich schrecklich.

Er vertraut mir. Er denkt, ich wäre der einzige Mensch, der ihn nicht anlügen würde. Dabei ist meine ganze Existenz eine einzige Lüge. Er kennt nicht mal meinen richtigen Namen. Ich tue genau das, womit seine Eltern ihm das Herz gebrochen haben. Ich enthalte ihm die Wahrheit vor, weil ich denke, es wäre besser so. Tränen treten mir in die Augen.

Jax wischt sie mit dem Daumen fort, rahmt mein Gesicht mit seiner Hand ein, sucht meine Lippen und küsst mich. Nicht wild, besitzergreifend oder tief. Er legt einfach nur seine Lippen auf meine und verharrt so. Atmet meinen Atem und ich seinen. Es ist die Art von Kuss, die nichts fordert. Und es gerade dadurch unmöglich macht, sich nicht für immer hieran zu erinnern. Unmöglich, das Richtige zu tun.

Ich kann nicht ehrlich sein. Egal wie egoistisch es ist. Ich kann Jax nicht verlieren. Ich kann einfach nicht. Selbst wenn sie uns nicht umsiedeln, wird Jax mich dafür hassen, dass von der ersten Minute an alles an mir eine einzige Lüge war. Er hasst Lügner. Er hat deswegen mit seinen Eltern gebrochen.

Also halte ich mich an dem Einzigen fest, das stets echt war: meine Gefühle für ihn. Ich streiche durch seine Haare, genieße den leichten Druck seiner Lippen, während sein Atem nach und nach tief und regelmäßig wird.

Und erst als er vollkommen erschöpft eingeschlafen ist, flüstere ich: »Mein richtiger Name ist Haven. Ich bin Katy. Und Nevah. Ich bin @donttrustanybody. Und du bist der einzige Mensch, bei dem ich wieder ich bin. Einfach ich.« Das ist so schäbig und feige. Lautlos weine ich an seiner Brust. Ich bin das Letzte, aber ich habe einfach schon zu viel verloren, um das Richtige zu tun.

44
jackson

Die Hitze unserer Körper staut sich unter der Bettdecke. Meine Hand ist in Nevahs Haar vergraben, ihre Lippen liegen an meinen und Sonnenstrahlen fallen durch das riesige Giebelfenster auf das Bett. Ich muss die ganze Nacht tief und traumlos geschlafen haben. Ich will sie küssen. Dafür und einfach, weil sie da ist. Aber ein winziger, anständiger Rest von mir erinnert sich daran, dass sich ihre Eltern und ihr Bruder im selben Haus befinden. Deswegen presse ich nur meine Stirn gegen ihre und atme gegen das Verlangen an, das ihre Nähe in mir auslöst.

»Wie geht es dir heute?« Nevs Lippen bewegen sich an meiner Haut.

Im Vergleich zu gestern besser. Aber die Latte hängt auch extrem tief. »Es geht schon«, murmle ich und wünschte, ich würde heiler klingen. Nicht so verdammt bemitleidenswert.

»Was hat er dir über deine Mom erzählt?«

Dass sie das nie war – eine Mom. Dass sie so zugedröhnt war, dass sie mich entführt und fast verrecken lassen hat. Und dass ich wahrscheinlich nicht ganz sauber ticke, weil ich wünschte, ich könnte sie trotz allem kennenlernen. Aber das geht nicht mehr und das frustriert mich so sehr, dass ich denke, jeden Moment auszuflippen. Ich schiebe meine Hand in Nevahs Nacken und schüttle den Kopf. Ich kann nicht darüber reden. Weil ich dann heulen werde oder alternativ irgendetwas kaputt schlage. Und das will ich auf keinen Fall. Deswegen ist das Einzige, was ich fertigbringe, sie zu küssen.

Und Nevah scheint zu verstehen. Sie fragt nicht weiter nach, sondern erwidert den Kuss mit einer Intensität, die mir den Atem raubt. Die Art, wie ihre Zunge in meinen Mund dringt und ihre Hände unter mein Shirt gleiten, schiebt so ziemlich alles beiseite. Das ist genau, was ich will, aber … »Deine Eltern.« Ich stöhne, weil sie in diesem Moment den Bund meiner Hose überwindet und ihre Hand mit einem unschuldigen Lächeln um meinen Penis legt. Und weil das so heiß ist, dass ich sie nicht aufhalte.

»Meine Eltern schlafen«, seufzt sie leise und bewegt ihre Hand sanft an mir.

Als würde es dann okay sein. Sie sind im selben Haus. Miller liegt direkt nebenan. Wir sollten das hier definitiv nicht tun. Aber mein Hirn hat seinen Geist aufgegeben, sonst würde ich nicht zulassen, dass sie im nächsten Moment an meinem Körper hinabrutscht. Ihre Zunge zieht eine feuchte Bahn über meine Muskeln. Und dann trifft ihr heißer Atem auf die nasse Spur. Fuck.

»Nicht«, murmle ich und ziehe sie mit dem letzten Funken Selbstbeherrschung zurück an meine Brust.

»Ich wollte …« Sie bricht ab.

Mir helfen. Und dafür liebe ich sie. Ich liebe Nevah Hewitt. Es fällt mir schwer, das zuzugeben. Es macht mir Angst. Und es ist vermutlich ohnehin der schlechteste Zeitpunkt, ihr meine Gefühle zu gestehen. Sie wird denken, dass ich emotional so neben der Spur bin, dass es nichts zu bedeuten hat. Dabei bedeutet es alles. Mit einem frustrierten Schnauben lasse ich sie los.

Nevah rollt sich auf den Rücken. Den Arm legt sie über das Gesicht, was ihr Shirt gefährlich weit nach oben rutschen lässt. Der Mund, mit dem sie mich eben noch berührt hat, ist leicht geöffnet. Die Zähne leicht in die Unterlippe gegraben.

Eine kalte Dusche wäre jetzt hilfreich. Alternativ ginge auch eine Badewanne voll Eiswürfel. Auf jeden Fall brauche ich Abstand. »Ich gehe schnell ins Bad.«

»Miller hat wirklich recht, du bist ein Sadist«, lacht Nevah leise.

»Glaub mir, wenn überhaupt bin ich ein Masochist.« Ich verschwinde im Bad, wo ich mir so lange kaltes Wasser ins Gesicht spritze, bis ich sicher bin, mich wieder unter Kontrolle zu haben.

Nevah ist aufgestanden und bindet sich gerade die Haare zu einem Zopf zusammen, als ich zurückkomme. Sie hat sich ein frisches Shirt und Shorts angezogen. Die Klamotten verdecken mehr als das Schlafensemble. Gut so, sagt der Engel auf meiner Schulter. Verdammt, hält eine ganze Horde Teufel dagegen.

»Was meinst du, sollen wir Frühstück für alle machen? Wäre ein nettes Dankeschön dafür, dass ich gestern bleiben durfte.«

Sie pustet sich eine lose Haarsträhne aus dem Gesicht und sieht mich ernst an. »Das musst du nicht. Meine Familie erwartet keine Gegenleistung dafür, dass du hier geschlafen hast.«

»Ich weiß«, sage ich. »Aber ich möchte es gern.«

»Okay.« Sie zuckt die Schultern. »Aber ich warne dich, ich werde keine große Hilfe dabei sein.« Sie sieht mich entschuldigend an. »Miller weigert sich irgendetwas zu essen, was ich auch nur länger als zwei Minuten auf dem Herd beaufsichtigt habe.«

Ich lache. »Du musst nichts tun, außer mich für mein fantastisches Rührei zu bewundern.«

Sie schlägt mir spielerisch gegen die Brust, nickt dann und geht voraus in die Küche.

* * *

Der Tisch ist gedeckt und das Essen fertig, als Miller nach unten geschlurft kommt. Er sieht aus, als hätte er nicht nur schlecht geschlafen, sondern vor allem zu wenig.

»Greif zu, Dornröschen.« Ich schiebe den Stuhl neben mir nach hinten, damit er sich setzen kann, aber Miller dreht sich um die eigene Achse und sucht etwas.

»Keine Verpackung vom Lieferdienst oder dem Diner«, bemerkt er enttäuscht und setzt sich. »Danke, aber in dem Fall verzichte ich lieber. Auch wenn es nicht immer so aussieht, ich mag mein Leben.«

»Jax hat gekocht, nicht ich, Idiot.« Nevah schlägt ihm gegen die Schulter. »Du bist also außer Lebensgefahr.«

»Sieht aus, als hätte es echte Vorteile, wenn du hier pennst.« Mit dem Handballen reibt Miller sich über die Augenlider und schaufelt sich einen Berg Ei auf den Teller. Es folgen eine ebenso große Menge Speck und zwei Scheiben Toast. »Aber du musst Dad echt nicht besänftigen. Er ist begeistert, dass Nevah jemanden gefunden hat und nicht als alleinstehender Nerd sterben muss.« Er stopft sich rund ein Drittel des Essens auf seinem Teller auf einmal in den Mund.

Und bevor Nevah ihm eine Abscheulichkeit an den Kopf werfen kann, springe ich ein. »Dann muss er ja nur noch einen Prinzen mit Heckenschere für dich finden, Dornröschen«, erinnere ich Miller daran, dass er nicht unbedingt in der Position ist, über Nevahs Liebesleben zu lästern.

Er nickt und ich sehe, wie er über einen Konter nachdenkt, es am Ende aber bleiben lässt, wieder nickt und an dem Ei in seinem Mund vorbei nuschelt: »Geht's dir besser?« Er sollte keine Rücksicht nehmen, weil er denkt, ich würde sonst zusammenbrechen. Und er sollte mich das nicht fragen, weil ich sonst genau das tue.

»Bin so gut wie neu.« Ich habe Arts Chip aus meiner Hosentasche gezogen und balanciere ihn über meinen Handrücken. Als wäre diese Aktion gerade mindestens so wichtig wie der Weltfrieden.

Miller mustert mich und nickt. »Sehr gut. Genau wie das Rührei übrigens.« Er stöhnt und schaufelt sich genießerisch eine weitere Portion in den Mund.

»Brauchst du ein wenig Zeit allein mit dem Zeug?« Ich lache. Ein holpriges Lachen, aber immerhin ein Anfang. »Es ist nur Rührei, Kumpel.«

Miller lässt die Gabel sinken und sieht mich fassungslos an. »Dir ist klar, dass Leute schon für weniger blasphemische Äußerungen gehängt wurden?«

»Wenn du das sagst.« Ich grinse, fange den Chip auf und berühre Nevahs Handrücken mit dem Plastik. »Was machst du heute nach der Uni?«

»Nichts, denke ich.« Sie erzittert leicht, weil ich den Chip ein Stück ihren Arm hinaufbewege, bevor ich ihn fortziehe und in meine Hosentasche zurückstecke.

»Bedeutet, Beauvoir lernt. Nerd eben«, erklärt Miller und widmet sich wieder seinem Essen.

Ich ignoriere ihn. »Hast du nach der Uni vielleicht Lust auf einen Ausflug?« Ich muss heute die Arbeit bei Pete nachholen, die gestern liegen geblieben ist, und werde dafür die Uni schwänzen. Das ist nicht zu ändern, aber da ich dieses Semester sowieso nur wenige Kurse besuche und die im Grunde auch nur, um nicht exmatrikuliert zu werden, ist es auch keine Katastrophe.

»Wohin willst du denn?«

Ich lächle. Zu jemand ganz Besonderem. »Lass dich überraschen.«

»Nev hasst Überraschungen.« Miller sieht seine Schwester an, die entgegen seiner Behauptung total begeistert wirkt, und winkt ab. »Aber sie ist auch kein Fan von Wasser gewesen und hat Partys gehasst. Also, was weiß ich schon.«

»Ich habe halt einen guten Einfluss auf sie«, bemerke ich und boxe ihm gegen den Oberarm. »Ich hole dich von der Uni ab, Nev. Und wir trainieren, sobald ich zurück bin.«

Er nickt. »Wenn's sein muss, Sadist.«

»Idiot.«

Nevah schüttelt mit einem leisen Lachen den Kopf, schnappt sich einen Apfel und steht dann auf. »Wir müssen los. Ich warte im Wagen auf dich, Miller.« Mir gibt sie einen flüchtigen Kuss und verschwindet dann mit einem »Bis später«.

45
nevah

Jax hält seinen Pick-up vor dem in Holz und Glas gehaltenen Haupteingang des modernen Tillamook Bay Community Colleges. Ich verabschiede mich mit einer Umarmung von Blake und steige zu ihm in den Wagen.

»Hey.« Ich gebe ihm einen Kuss.

»Hey«, sagt er knapp, löst sich von mir, hebt die Hand, um Blake zu grüßen, und fährt los.

Sein Blick ist starr auf die Straße gerichtet, als wir uns vom Campus entfernen und er den Pick-up auf die Interstate 6 in Richtung Portland lenkt. Seine Stirn ist durch eine nachdenkliche Falte geteilt. Und das einzige Geräusch im Wagen ist das kaputte Radio, das sich mit einem Countrysong abmüht.

Er denkt über gestern nach. Ich wünschte, er würde mit mir reden. Damit wir gemeinsam jedes Wort analysieren können, das sein Onkel zu ihm gesagt hat. Ich will für ihn da sein.

Als ich meine Finger mit Jax' verflechte, sieht er kurz zu mir rüber und schenkt mir ein Lächeln. Dann macht er wieder dicht. Ich habe Angst, eine Grenze zu übertreten, kann ihn aber auch nicht länger mit dem allein lassen, was hinter seiner Stirn arbeitet. »Deine Mom – wie hieß sie?«

Er mustert mich kurz und konzentriert sich dann wieder auf die Straße. »Kristina«, sagt er schließlich und stößt die Luft aus. »Aber ich habe keine Ahnung, ob ihre Freunde sie Kris genannt haben. Oder Tina. Oder ganz anders. Ob sie ihren Spitznamen gehasst hat. Oder ihn gut fand. Wer ihn ihr gegeben hat.« Er pustet sich die Haare aus der Stirn. »Da sind so verdammt viele Lücken, die ich nicht füllen kann.«

Aber er will sie füllen. Ich verstehe das und gleichzeitig denke ich, dass wir hier über eine Frau reden, die ihn nicht wollte. Die nicht um ihn gekämpft hat. Einundzwanzig Jahre lang nicht. Und der er absolut nichts schuldet. Nicht einmal die Gedanken, die er sich macht. »Bist du gar nicht sauer auf sie?«

»Natürlich bin ich sauer.« Die Dunkelheit in seiner Stimme zeigt, wie sehr. »Aber sie ist trotzdem meine Mutter. Sie bildet meine Wurzeln. Das ist nichts, was ich mir ausgesucht habe, Nev. Nicht jeder kann so eine perfekte heile Familie haben wie du.« Er löst seine Hand aus meiner und geht auf Abstand, indem er das Lenkrad umklammert.

Ich werde mich nicht dafür entschuldigen, dass Mom und Dad mich lieben. Dass wir zusammenhalten, auch wenn es mehr als schwer war in den letzten Monaten. »Es tut mir leid, dass deine leibliche Mutter und deine Adoptiveltern dich so enttäuscht haben«, sage ich und wünschte, ich könnte ihn in den Arm nehmen und meine Nase an seinem Hals vergraben. »Aber es ist nicht fair, deswegen sauer auf mich zu sein.«

»Ich bin nicht sauer auf dich.« Er fährt sich durch die Haare. »Ich bin nicht sauer auf dich«, sagt er noch einmal.

Ich atme tief durch. »Ich hätte das über deine Mom nicht sagen sollen«, erwidere ich leise. »Ich weiß zu wenig über sie und die Umstände, um sie verurteilen zu können. Und das tut mir wirklich leid.«

Er nickt und fährt an den Straßenrand. Der Tillamook State Forest erstreckt sich links und rechts von uns und filtert das Sonnenlicht. Jax starrt in das unnatürliche Grün neben uns. »Sie hatte Probleme.« Die Luft entweicht aus seiner Lunge. »Echte Probleme. Und ich weiß, dass ich ihr dankbar sein muss, mich weggegeben zu haben. Weil mein Leben sonst wahrscheinlich eine echte Katastrophe gewesen wäre.« Er legt den Kopf auf dem Lenkrad ab und seine Schultern beben. »Ich weiß das, verflucht.«

Ich sitze still auf dem Beifahrersitz und warte, bis er sich etwas beruhigt hat.

Und tatsächlich beginnt er irgendwann zu erzählen. Von seiner leiblichen Mom. Von dem, was damals passiert ist. Dass er nicht sicher ist, was er denken oder fühlen soll. Ich stelle keine Zwischenfragen, berühre ihn nicht, obwohl ich es so gern würde. Aber dann wird er vielleicht nicht weiterreden und das muss er. Er muss all das loswerden, bevor es ihn vergiftet. Als er fertig ist, lehnt er sich in seinem Sitz zurück und starrt gegen das Dach des Autos. »Wenn du jetzt lieber nach Hause möchtest, würde ich das verstehen. Scheiße, ich würde sogar verstehen, wenn du schreiend im Unterholz verschwindest.« Er lächelt mich schief an.

Ich schüttle den Kopf und streiche ihm das Haar aus der Stirn. »Das Unterholz scheidet aus. Bei meinem Orientierungssinn finde ich nie wieder nach Hause und werde von einem Bären gefressen, bevor ich gerettet werde.«

Er lacht und nickt. »Okay, das kann ich unmöglich verantworten.«

»Nein, kannst du nicht.« Ich gebe ihm einen sanften Kuss. »Außerdem will ich unbedingt wissen, was das für eine Überraschung ist.« Vielleicht gelingt es mir dann endlich, die Stimme auszublenden, die mir zubrüllt, etwas würde sich gewaltig im Ungleichgewicht befinden, weil Jax sich mir komplett geöffnet hat und ich nicht dasselbe tue.

46
jackson

Als ich den Wagen vor dem Sandsteingebäude des Parkview halte, habe ich das Gefühl, ich wäre die Strecke gerannt, nicht gefahren. Ich bin körperlich am Ende. Aber ansonsten geht es mir wirklich besser. Und das habe ich Nevah zu verdanken. Sie hat mir zugehört, keine leeren Worthülsen ausgegraben, sondern einfach nur dagesessen und mir wirklich die Zeit gegeben, die ich brauchte. Sie war für mich da. Sie ist immer noch da, was wohl das eigentliche Wunder ist. Ich ziehe den Casinochip aus meiner Tasche und halte ihn zwischen uns hoch. »Du wolltest wissen, wieso er mir so viel bedeutet.« Ich zeige auf das Gebäude. »Der Freund, der ihn mir gegeben hat, heißt Arthur. Und er ist nicht nur ein bisschen älter, sondern deutlich älter. Er hat ihn mir gegeben. Als ich erfahren habe, dass meine Mutter tot ist. Er war da. An diesem Tag. Im Krankenhaus. Ich hatte nur ihren Namen und wusste aus dem Brief, den sie meinen Eltern geschrieben hat, dass sie hier im Krankenhaus behandelt wurde. Als ich sie in ihrem Zuhause nicht angetroffen habe, bin ich ins Portland General gefahren. Sie haben mir gesagt, dass sie zwei Wochen zuvor verstorben ist.« Ich reibe mir mit der flachen Hand über das Gesicht. »Zwei Wochen. Ich war zwei Wochen zu spät.« Ich lache tonlos und schiebe die Erinnerung beiseite. »Art war für mich da, als es kein anderer war. Und ist es seitdem immer. Ich könnte jetzt behaupten, ich besuche ihn, um etwas zurückzugeben. Aber Tatsache ist wohl eher, dass ich ihn brauche.« Ich schüttle die Schwere aus meinen Worten. »Vor allem, um vielleicht doch noch einen einigermaßen passablen Pokerspieler aus mir zu machen.« Ich öffne das Handschuhfach und ziehe mehrere Packungen Jammie Dodgers heraus. »Sie erlauben da drinnen nicht, dass wir um Geld spielen. Außerdem hätte ich wohl auch nicht genug, so oft, wie ich gegen den Mann verliere. Deswegen spielen wir um Kekse.«

Sie lacht und sieht die Jammie Dodgers an. »Miller hat ab und an mit mir und Dad gepokert. Aber nie um so leckere Beute.«

»Lust, den alten Kauz kennenzulernen und dein Glück zu versuchen?«

Sie nickt und wir steigen aus. Hand in Hand gehen wir ins Gebäude. Wie ein richtiges Paar. Was sich nicht halb so verrückt anhört, wie es sich anfühlt.

Vor Arts Tür bleibe ich stehen und klopfe. »Art, ich bin es.« Ich klopfe noch mal, weil er nicht aufmacht. Und weil ich es nicht abwarten kann, ihm Nevah vorzustellen.

»Falls es dir entgangen ist, ich bin steinalt«, brummt er, als er endlich öffnet. »Hetz mich nicht so.« Er schließt mich liebevoll in seine Arme. »Du hast jemanden mitgebracht.« Ich kann das Lachen in seinen Worten hören.

»Ich bin Nevah«, stellt sie sich vor, bevor ich das tun kann.

»Das Mädchen, für das unser Goldjunge überall hingehen würde, soso.«

»Art«, stöhne ich, während er ihre ausgestreckte Hand ignoriert und sie ebenfalls umarmt.

»War das etwa ein Geheimnis?« Er grinst. »Ich kann mir einfach nicht merken, was ich wem erzählen darf. Das Alter.« Er macht ein paar Schritte zurück ins Zimmer und lässt sich in seinen Sessel plumpsen, der am Fenster steht und aussieht, als wäre er aus den Zwanzigern hierhergebeamt worden.

»Schieb es nicht auf das Alter.« Ich ziehe zwei Stühle von der winzigen Essecke heran und platziere sie neben dem Sessel. »Dein Kopf funktioniert einwandfrei. Du liebst es einfach mich bloßzustellen.«

»Vielleicht.« Art grinst schelmisch. »Und das ist, was du am meisten an mir magst.«

»Nicht unbedingt am meisten, aber ja.« Ich unterbreche unser Geblödel und nehme Nevahs Hand in meine. Es hilft, mich an ihr festzuklammern, um Art die Neuigkeiten zu erzählen. »Ich habe mit meinen Eltern gesprochen.«

»Endlich.« Art deutet auf unsere Hände, die ich miteinander verflochten habe. »Ist alles gut?«

Ich beiße die Zähne zusammen. »Noch nicht. Aber es wird.« Was hauptsächlich Nevahs Verdienst ist.

»Möchtest du darüber reden?«

Und zum zweiten Mal innerhalb von zwei Stunden zusammenbrechen? Wirklich nicht. Ich schüttle den Kopf.

»Okay, was hältst du stattdessen von einer Runde Poker?« Art sieht sich bereits nach der Beute um.

»Hast du etwa Entzug, alter Mann?«

Er verpasst mir eine sachte Kopfnuss. »Wo bleibt dein Respekt vorm Alter?«

Ich lache. »Ich respektiere dich. Nur nicht deine manische Schwäche für Jammie Dodgers.« Trotzdem ziehe ich die Packungen aus der Jackentasche und öffne sie.

Nevah verteilt die Keks-Jetons an uns drei und albert dabei mit Art herum. Falls das überhaupt möglich ist, verfalle ich ihr in diesem Moment noch ein kleines bisschen mehr. Art ist meine Familie. Der Teil, den ich ihr vorstellen kann, mit dem es nicht katastrophal schiefgelaufen ist. Und erst jetzt wird mir bewusst, wie wichtig es mir ist, dass sie sich verstehen.

47
nevah

Es dämmert schon, als wir vor dem Strandhaus halten. Der Nachmittag bei Art war ein harter Kampf, den Jax und ich verloren haben. Wenigstens habe ich Widerstand geleistet und war eine Herausforderung für den alten Mann. Jax hingegen hat das mit dem Bluffen überhaupt nicht drauf.

»Kommst du noch mit rüber?« Ich sehe ihn fragend an. Aber er lehnt seine Stirn gegen meine und schüttelt den Kopf.

»Ich habe noch nie weniger von Sport gehalten als jetzt gerade, aber ich habe Miller versprochen, dass wir noch laufen gehen, bevor die Party steigt.«

Und er will ihm nicht absagen. Das zeichnet einen guten Freund aus und da ich will, dass er ein Freund für Miller bleibt, lächle ich. »Okay.«

»Hey.« Er umfasst mein Gesicht mit den Händen und küsst mich. »Aber wir sehen uns nachher auf der Party.«

Das habe ich ihm versprochen. Auch weil ich sonst allein zu Hause wäre, bis Mom und Dad von ihrem Date in Portland nach Hause kommen. Also nicke ich. Obwohl der Gedanke an so viele Menschen ein nervöses Flattern in meinem Magen auslöst.

Jax zieht sein Handy aus der Hosentasche und wählt Millers Nummer. »Hey, Dornröschen«, sagt er, nachdem Miller rangegangen ist. »Hier ist dein liebster Drill Instructor. Schaff deinen Hintern zum Strandhaus, damit wir noch eine ordentliche Einheit schaffen, bevor die Party losgeht.«

Ich höre nicht, was Miller sagt, aber im nächsten Moment

stolpert er bereits aus der Tür und zieht sich im Laufen die Schuhe über. Was dazu führt, dass er zweimal fast hinfällt. Dann erreicht er uns und schnauft, als würde der Sport schon hinter und nicht mehr vor ihm liegen. In der Hand trägt er Klamotten. »Hab mein Zeug für später schon mit. Wenn ich bei dir dusche, geht's schneller. Außerdem hast du diese Regendusche und ich nur ein Winz-Bad.« Er grinst einnehmend und wendet sich dann an mich. »Wie war der Ausflug? War die Überraschung etwas Versautes?«

»So richtig versaut.« Ich wackle mit den Augenbrauen. »Jax hat verbotene Dinge mit mir in einem Seniorenheim angestellt.«

Jax lacht so sehr, dass alles in mir summt.

»Das ist echt ... Eklig ist gar kein Ausdruck. Hat euch niemand Anstand beigebracht?«

Sagt der Mann, der schon mal versucht hat, Cheerios durch die Nase zu ziehen. Aber gut zu wissen, dass man Miller noch schocken kann.

Ich erlöse ihn nicht, indem ich ihm sage, dass der verbotene Teil mit Keksen und Glücksspiel zu tun hatte, nicht mit Sex. Stattdessen küsse ich Jax. »Viel Spaß dabei, ihn zu quälen«, murmle ich, drehe mich um und gehe über die Straße in Richtung Haus.

»Weiter quälen, meinst du wohl«, ruft Miller mir nach und stöhnt so mitleiderregend, dass Jax ihm gegen die Brust schlägt.

»Bis später.« Jax zieht Miller an der Schulter zum Strandhaus.

»Bis später«, murmle ich und laufe nach Hause. Drinnen angekommen werfe ich Schlüssel und Handy auf die Kommode. Die Schuhe streife ich mir vor der Treppe von den Füßen und ziehe mir auf dem Weg ins Bad die Kleidung aus. Das Wasser ist herrlich erfrischend, nachdem ich erst in der Uni saß und dann den halben Tag in Jax' Auto ohne Klimaanlage.

Nach der Dusche überlege ich, was ich mit meinen Haaren anstellen soll. Ich probiere einen geflochtenen Zopf, aber damit wirke ich total streng. Ein Messy-Bun, der aussieht, als hätte ich mir einfach keine Mühe gemacht. Offen nerven mich die Haare schon nach zwei Minuten. Mir ist klar, dass es hier nicht wirklich um die passende Frisur geht. Ich habe Angst vor der Party. Davor, mich durch eine Panikattacke vor Jax' Freunden lächerlich zu machen. Komisch angesehen zu werden, weil ich nicht so ausgelassen und fröhlich bin wie die anderen. Davor, nicht reinzupassen.

Prustend stoße ich die Luft aus. Wenn ich es nicht versuche, wird mich diese Angst nie loslassen. Außerdem will ich auf die Party, den Abend mit Jax verbringen und nicht in meinem Zimmer hocken und mir ausmalen, wie sie alle Spaß haben, während ich an meinem fehlenden Mut gescheitert bin. Okay, erst mal Klamotten, dann die lästige Frisurenfrage.

Ich habe gerade den Kopf und einen Arm in meinem Shirt versenkt, als mich ein Poltern zusammenfahren lässt. Das Haus ist alt, es summt und knarzt ständig. Das ist normal. Aber mein Herzschlag beruhigt sich nicht. Denn dieses Geräusch war anders. Es kam aus dem Garten. Und es gehört nicht hierher. Irgendetwas oder irgendjemand ist unter meinem Fenster. Direkt darunter. Leise schlüpfe ich ganz in mein Oberteil. Da ist es wieder. Ein Rascheln. Jemand bewegt sich durch die Blumenbeete. Sam. Er ist hier. Diese Gedanken sind nicht rational, versuche ich mich zu beruhigen. Wie sollte er uns denn gefunden haben? Aber was, wenn ich nicht spinne? Wenn ich mir das neulich auf der Straße doch nicht eingebildet habe? Wenn er uns schon seit Tagen beobachtet? Meine Muskeln schmerzen vor Anspannung. Lichtpunkte tanzen in meinem Blickfeld. Ich muss atmen. Atme, Nevah.

Mein Handy. Ich werde einfach Jax anrufen. Oder Miller. Sie werden rüberkommen und dafür sorgen, dass verschwindet, wer auch immer dort unten ist. Nur sind die beiden wahrscheinlich noch gar nicht vom Laufen zurück. Und falls doch, duschen sie gerade oder bereiten die Feier vor. Außerdem liegt mein Handy unten. Ich presse mir die Hand vor den Mund, weil ich jetzt Schritte höre. Und weil kein Waschbär dieser Welt, kein Streifenhörnchen oder Vogel solche Geräusche macht. Da unten ist ein Mensch. Und selbst wenn es nicht Sam ist, niemand schleicht im Dunkeln um fremde Häuser, weil er etwas Gutes im Sinn hat. Die Haustür! Der Gedanke schießt eiskalt durch meinen Körper. Ich habe sie nicht abgeschlossen. Wieso habe ich nicht abgeschlossen? Wie konnte ich so nachlässig sein? Ich schluchze und krieche auf allen vieren zu meiner Zimmertür, lösche das Licht. Sosehr ich die Dunkelheit hasse, sie verhindert, dass, wer auch immer da draußen ist, mich sehen kann.

Es ist Sam, brüllt meine innere Stimme. Und er kann einfach reinkommen. Weil ich so dumm, dumm, dumm war und vergessen habe, die Tür hinter mir zuzusperren. Mich sicher gefühlt habe, dabei gibt es selbst bei optimalen Bedingungen keine absolute Sicherheit. Das haben uns die Männer vom Marshals-Service immer wieder gesagt. Sie haben uns gewarnt. Und ich habe so viele Regeln gebrochen. Die Schritte nähern sich der Haustür. Bis nach unten, um die Schlösser zu verriegeln oder Hilfe zu rufen, schaffe ich es niemals. Nicht rechtzeitig. Und ich würde direkt vor ihm stehen, wenn er reinkommt. Verstecken. Ich muss mich verstecken. Tränen verschleiern meine Sicht. Leise schließe ich die Zimmertür und robbe zum Schrank. Dann hocke ich mich zitternd neben meine Reisetasche, ziehe die Beine an den Körper und verschließe die Schranktüren. Ich atme. Lausche. War das ein Knarzen der Verandadielen? Mein Atem stockt. Ich lausche. Nichts.

Ich weiß nicht, wie viel Zeit vergangen ist, wie lange ich schon kein verdächtiges Geräusch mehr gehört habe, als plötzlich die Haustür klappt. Panik steigt erneut in mir hoch. Mein Herz rast. Dann höre ich Jax' Stimme.

»Nevah?«

Miller ruft ebenfalls nach mir. Sie sind im Haus und laufen nach oben. Ich schluchze erleichtert auf. Benommen krabble ich aus dem Schrank. Meine Beine sind taub und zittrig vom langen Sitzen. Meine Haare ein zerfurchtes Chaos. Meine Schminke ist verlaufen. Ich trage nur Unterwäsche und ein verdammtes Shirt. Aber das ist mir alles egal. Ich reiße die Zimmertür auf und stolpere Miller in die Arme. Er kommt ins Straucheln, wohl auch weil er nicht mehr ganz nüchtern ist. Zum Glück ist Jax direkt hinter ihm und verhindert, dass wir fallen.

»Nev?« Er klingt bestürzt. »Du bist nicht rübergekommen und das Licht war aus. Es ist nie dunkel in deinem Zimmer. Deswegen wollten wir nachsehen, ob …«

»… ob du okay bist«, beendet Miller den Satz.

Ich könnte heulen, weil Jax das aufgefallen ist. Weil sie hier sind. Und ich nicht mehr allein. Nein, ich könnte nicht nur heulen. Ich tue es. »Da war …«, schluchze ich. »Da …« Ich kann nicht sprechen. Es nicht aussprechen. Vielleicht weil es dann real wird.

Miller schiebt mich so weit von sich weg, dass er mir in die Augen sehen kann. Er ist blass geworden und ich sehe, dass er Angst hat. Ich mache ihm Angst. »Was? Was zum Henker war da?«

Ich schüttle den Kopf und schluchze erneut. Die Haare kleben an meinen nassen Wangen, tanzen im Takt meines hektischen Atems vor meinem Gesicht und ich kann einfach nicht aufhören zu zittern.

»Verdammt, was ist passiert?«, fährt er mich an. »Reiß dich zusammen, Haven!«

Ich erstarre. Er hat mich Haven genannt. Mein Blick irrt

durch die sich ausbreitende Stille zu Jax. Er kneift die Augen zusammen, starrt mich an und macht einen Schritt rückwärts. Mir ist heiß, kalt, übel. Nein, nein, nein. Bitte nicht.

Er öffnet den Mund. Natürlich will er eine Erklärung. Aber ich werde niemals die richtigen Worte finden. Nicht jetzt. Nicht so, wie ich gerade drauf bin.

»Jetzt sag mir, verdammt noch mal, was passiert ist.« Miller packt mich am Arm und das bringt mich zumindest so weit zurück ins Hier und Jetzt, dass ich ihm endlich antworte.

»Da waren Geräusche in unserem Garten. Schritte«, flüstere ich tonlos. »Unter meinem Fenster.«

»Okay.« Miller strafft die Schultern. Er ist blass und seine Lässigkeit ist einer untypischen Anspannung gewichen. »Ich gehe nachsehen.«

»Nein.« Panisch greife ich nach meinem Bruder. Auf keinen Fall geht er da raus. Ich erwische Stoff, sein Shirt, und klammere mich daran fest.

»Lass mich los, Nev.« Er klingt wütend. Weil er Wut schon immer der Angst vorgezogen hat. Meine Finger rutschen von seinem Oberteil, als er sich losmacht, und greifen ins Leere.

»Kümmer dich um sie. Bin gleich wieder da.« Er klopft Jax auf die Schulter und im nächsten Moment ist er verschwunden.

Jax schließt seine Arme um mich. Seine Lippen berühren mein Haar und sein Herzschlag rückt alles zumindest wieder in die Nähe von normal. Bis er zu sprechen beginnt.

»Er hat dich Haven genannt.«

Der Ball liegt in meinem Spielfeld. »Er …« Ich presse meine Wange gegen seine Brust, um ihn nicht ansehen zu müssen. *Ich hasse Lügen.* »Miller hat getrunken.« *Ich hasse Lügen.* »Er hat sich einfach versprochen.« *Ich hasse Lügen.* »Ich meine, wir reden hier über meinen Bruder. Ich will gar nicht wissen, wie viele Bier er schon hatte.« Mir ist schlecht, so falsch fühlen sich die Worte an. All das hier. Ich will Jax die Wahrheit sagen. Aber das würde alles verändern. Es würde das Ende für uns bedeuten. Seine Eltern sind das beste Beispiel dafür, wie konsequent er Menschen aus seinem Leben streicht, die ihn angelogen haben. Selbst wenn er ihre Beweggründe kennt und sie vielleicht sogar nachvollziehen kann.

Miller kommt zurück. »Nichts«, stößt er atemlos hervor. »Da ist niemand im Garten.« Er beißt sich auf die Lippen, weil das nicht bedeutet, dass vorhin nicht doch jemand dort war. »Nev«, sagt er beschwörend. »Wahrscheinlich waren das nur irgendwelche Leute, die auf die Party wollten.«

Ich nicke. Er hat vermutlich recht. Ganz sicher sogar. Aber die Angst steckt mir in den Knochen und beharrt darauf, dass die Wahrheit nicht so harmlos ist.

Jax sagt die ganze Zeit über nichts, reagiert nicht auf Miller oder die Entwarnung, die er gibt. Er sieht nur mich an. »Wovor hast du solche Angst?«, fragt er schließlich.

Ich hasse Lügen. »Ich weiß es nicht«, flüstere ich.

48
jackson

Immer wieder höre ich Millers Stimme in meinem Kopf. Diesen Namen. Haven. Er hatte Angst um seine Schwester und in so einer Situation fällt man instinktiv auf das Vertraute zurück. Und denkt sich keinen Bullshit aus.

Nevah meinte, er wäre betrunken gewesen. Es hätte nichts zu bedeuten. Aber er hatte nur ein paar Bier. Das reicht definitiv nicht für den Verlust der Muttersprache, nicht um den Namen der eigenen Schwester zu vergessen.

Mit einer entschlossenen Handbewegung ziehe ich einen Busch vom Truckbett und hieve ihn auf die sterile Rasenfläche des Grayson-Hauses. Ich muss aufhören, darüber nachzudenken. Aufhören, Nevah zu misstrauen, nur weil Miller Mist geredet hat. Sie hätte keinen Grund, mich wegen so etwas wie ihrem Namen anzulügen. Ich will glauben, dass sie mir niemals etwas vormachen würde, aber die Zweifel nagen an mir.

Vermutlich werde ich diesen bescheuerten Rasen in ein botanisches Paradies verwandeln müssen, um mich so zu verausgaben, dass mein Hirn endlich aufhört, mir in die Suppe zu spucken. Seufzend befördere ich die pinke Azalee in das Loch, das ich geschaufelt habe, um genau das zu tun. Nevah hasst dieses Grundstück, das zugegeben eine Beleidigung für jeden Garten ist. Ich will das ändern. Für sie. Bevor sie heute aus der Uni kommt. Und vielleicht auch ein wenig für mich. Denn diese Arbeit rückt Dinge wieder in die richtige Perspektive. Wo ich ein verdammter Idiot mit Vertrauensproblemen bin. Und Nevah nichts falsch gemacht hat.

Ich richte mich auf und greife nach dem Spaten, um das nächste Loch auszuheben. Mein Blick fällt auf das Blumenbeet, das sich schmal und unauffällig an das Haus quetscht. Darin befinden sich nur Bodendecker, die genauso trostlos sind wie der Rest des Gartens. Und Fußspuren. Was zum Teufel? Ich lasse den Spaten fallen und hocke mich hin, berühre die Erde, in die sich das Profil von Sneakers gedrückt hat. Größe elf, vielleicht sogar zwölf. Definitiv Männerschuhe. Und die Spuren sind frisch. Sonst wären sie längst versandet.

Unwillkürlich muss ich an Nevahs Panik denken. Sie hat sich nicht nur gefürchtet. Sie war vollkommen fertig. Und hat sich selbst dann kaum beruhigt, als Miller Entwarnung gegeben hat. Ich beiße die Zähne so fest aufeinander, dass es knirscht. Sie hat mir noch immer nicht erzählt, was passiert ist, aber ich kann eins und eins zusammenzählen. Die Angst, jemand könnte sie im Dunkeln überfallen. Geräusche vor dem Haus, die sie so in Panik versetzen, dass sie zusammenbricht. Die Schlösser an der Tür. Weder Miller noch sie sind auf Social Media. Sie hat eine Therapeutin, weil ihr etwas so zusetzt, dass sie nicht allein damit klarkommt. Ich bin fast sicher, dass sie gestalkt wurde, und zwar nicht auf die Serien-am-Ende-ist-der-Bösewicht-doch-echt-sexy-Art. Es muss schlimm gewesen sein. Ich vermute, dass Miller dem Typen gezeigt hat, was er davon hält, und dass das nach hinten losgegangen ist. Ich kann ihn verstehen. Ich hätte dasselbe getan. Das Gesetz ist so lasch wie zwölf Stunden gekochte Spaghetti. Es hat sie nicht geschützt. Und nach Millers Aktion dürfte das Arschloch noch eine Schippe draufgelegt haben. Sonst wären sie wohl kaum aus Chicago geflüchtet und hätten alles hinter sich gelassen. Ich seufze. Es ist nur eine Theorie. Eine verdammt schlüssige. Die auch erklären würde, warum sie den Namen gewechselt hat. Allerdings nicht, warum sie mich deswegen belügen sollte.

Ich mache ein Foto von den Spuren und schicke es an Miller.

Bist du gestern durch das Beet unter Nevahs Fenster gerannt? Falls nicht, war doch jemand hier.

Und in dem Fall schreckt der Typ nicht davor zurück, eine deutliche Grenze zu überschreiten, was mir eine Scheißangst macht. Ich warte, dass Miller antwortet, aber obwohl er online ist, kommt minutenlang keine Reaktion.

War da etwa doch jemand? Wenn ja, sag es mir! Dann müssen wir das der Polizei zeigen. Das ist kein Spaß.

Endlich tippt er eine Antwort. Die drei Punkte schweben ewig in der Luft, bevor die Nachricht auf meinem Display aufploppt.

Das muss ich gewesen sein. War echt durch gestern. Außer mir war auf jeden Fall keiner da draußen. Also lass die Cops da raus.

Ich reibe mir über den Nacken. Hört sich nicht so an, als wäre er sich sicher.

Tust du mir bitte einen Gefallen? Wisch die Fußspuren weg, bevor Nevah noch einen Herzkasper bekommt, weil ich nicht aufgepasst habe, wohin ich trete.

Dieses Mal bin ich es, der nicht sofort antwortet. Ich starre die Spuren an, bevor ich mich hinknie und sie mit den Händen verwische. Das Ergebnis schicke ich Miller als Foto.

Er sendet einen Daumen hoch zurück und ich verdränge das ungute Gefühl, ich hätte das Falsche getan und Nevah damit nicht beschützt, sondern hintergangen, ihre Ängste nicht ernst genug genommen, um die Polizei zumindest einen Blick darauf werfen zu lassen. Aber dann erinnere ich mich wieder an die Angst in ihrem Blick und auf keinen Fall will ich, dass es ihr noch einmal so dreckig geht, nur weil ich mein Kopfkino nicht ausschalten kann.

* * *

Als Nevah am späten Nachmittag die Seaside Lane zum Haus hinabläuft, bin ich verschwitzt, dreckig, habe aber immerhin meinen Kopf besiegt. Und den Rasen.

Sie kommt auf mich zu und bleibt in der Auffahrt stehen. »Jax.« Mehr sagt sie nicht. Sie steht einfach nur da und schlägt die Hand vor den Mund. Tränen glitzern in ihren Augen.

»Gefällt es dir?« Ich gehe zu ihr und gebe ihr einen sanften Kuss. Mehrere Mahonien grenzen den Feuerplatz ein. Azaleen, Oregon Iris und Wilder Ingwer erweitern die vorhandenen Blumenbeete. Sogar eine kleine Hemlocktanne konnte ich dem Gärtner günstig aus dem Kreuz leiern. Sie bewacht jetzt die vordere Hausecke und grenzt das Grundstück von der Straße ab, ohne die Sicht auf den Ozean zu mindern. In einigen Wochen werden die Wildblumen sprießen, die ich auf der Rasenfläche ausgestreut habe. Weil Nevah es bunt mag. Und lebendig.

»Wo hast du deinen Bruder gelassen? Und das Auto?«, frage ich und trete einen Schritt zurück, um sie nicht einzudrecken.

»Portland«, stößt sie hervor, den Blick noch immer auf den völlig veränderten Garten gerichtet. »Qualitätszeit mit meinen Eltern. Da findet ein Songwriting-Workshop statt. Mom und Dad dachten, es könnte ihm guttun, wieder mit dem Gitarrespielen anzufangen. Sie bleiben bis morgen Abend. Er wollte erst partout nicht, dass ich allein hier bin. Wegen gestern. Aber ich denke, es hilft ihm, wenn er mal was mit Mom und Dad unternimmt. Egal was. Und ich komme schon klar.« Sie pustet sich die Haare aus der Stirn, als wäre sie sich da absolut nicht sicher. »Wann hast du das alles gemacht?«, wechselt sie abrupt das Thema, schlingt ihre Arme um mich und kümmert sich überhaupt nicht darum, dass ich verschwitzt und dreckig bin. »Und warum?«

Ich zucke die Schultern. »Nach der Arbeit.« Die Antwort nach dem Warum ist entweder kitschig oder irre, also halte ich meine Klappe.

Aber Art hat recht. Man sieht in meinem Gesicht, was ich denke. Und das ist nicht nur beim Pokern ein Problem.

Nevah blickt mich an. Dann auf den Boden und lächelt. »Willst du mit reinkommen? Was trinken?«

Ich sollte zuerst duschen. Und genau das will ich ihr sagen, aber Nevah legt mir ihre Hand auf den Arm.

»Bitte.« Sie mustert mich. Mit diesem Blick, für den ich weit mehr tun würde, als ungeduscht auf der Couch ihrer Eltern zu sitzen. »Ich will nicht allein sein.« Ihre Stimme ist fest, aber mir ist trotzdem klar, dass sie aus Angst fragt.

Eines Tages werde ich dem Typen, der dafür verantwortlich ist, ein Bad im Ozean schenken. Ohne Neoprenanzug. Und ich hoffe, dass die Haie Appetit auf seinen schockgefrorenen Körper haben.

Nevah schließt die Haustür auf. Drei Schlösser. Dann die Alarmanlage. Ich habe sie für übertrieben gehalten. Aber mittlerweile verstehe ich, warum ihr Dad sie einbauen lassen hat. Sie geben Nevah Sicherheit. Vermutlich allen Hewitts. Also bin ich hochoffiziell ein Fan von dem Kram. Ich folge ihr nach drinnen, warte, bis sie die Anlage im Zuhause-Modus scharf gestellt und hinter uns abgeschlossen hat.

»Ist das zu schräg?« Sie sieht mich unsicher an und deutet auf die Tür.

Ich schüttle den Kopf. Es stört mich nicht, dass sie uns einschließt. Es würde mich nicht mal stören, wenn sie den verdammten Schlüssel wegwirft. Es ist dämmrig im Flur. Nur durch das Milchglas dringt Helligkeit ins Innere. Ich berühre das wenige Sonnenlicht auf Nevahs Haut. Und unter meinen Fingerkuppen breitet sich Gänsehaut aus. Verdammt, davon bin ich ein noch größerer Fan.

Sie stupst mich an und zerbricht damit den Moment. »Coke oder Dew?« Sie dreht sich um und geht in die Küche.

»Coke«, sage ich etwas zu spät und so laut, dass sie mich hören kann, obwohl wir nicht mehr im selben Raum sind. Einen Moment bleibe ich noch im Flur stehen und wappne mich. Um mit ihr zu reden. Über gestern. Über Chicago. Wir sollten über uns reden und was Nevah von mir braucht, damit es ihr besser geht.

Als ich die Küche schließlich betrete, wirft sie mir eine Dose zu. Sie selbst nippt bereits an einem Mountain Dew. Und ich weiß nur zu gut, wie es schmeckt, wenn ich sie danach küsse. Zitronig, frisch, perfekt.

Bevor ich mein Getränk öffne, rolle ich die Dose über meine Stirn. Und das kühlt zumindest die Hitze der Sonne, die den ganzen Tag auf meine Haut gebrannt hat. Ich lehne mich ihr gegenüber an die Arbeitsplatte und eine Weile trinken wir schweigend.

»Was war gestern los?«, platzt es schließlich aus mir heraus. Das war echt subtil, Scott. Und so einfühlsam.

Nevah trinkt, sieht mich an, nimmt noch einen Schluck und beginnt mit dem Ausatmen zu reden. »Ich habe Angst. Meistens kriege ich es in den Griff. Aber nicht immer.«

»Wovor?« Ich sollte sie einfach reden lassen. So wie sie es getan hat, als ich gestern meinen ganzen Mist vor ihr ausgebreitet habe.

»Vor den Dingen, die in Chicago passiert sind.« Sie zuckt hilflos mit den Schultern. »Manchmal denke ich, dass sie mir hierher gefolgt sind. Es fühlt sich real an. Ich weiß, das ist Quatsch, aber ich kann nichts dagegen tun.« Sie blinzelt die Tränen weg, die in ihren Augen schwimmen.

Ich nicke. Wenn es um meine leibliche Mutter geht, reagiere ich auch alles andere als rational. Ich mache einen Schritt auf sie zu und wische mit dem Daumen eine Träne weg, die sich auf ihre Wange verirrt hat. »Das wollte ich nicht«, flüstere ich. Sie sollte nicht meinetwegen weinen. Denn das ist ungefähr dreitausend Meilen weit entfernt von ›Ich will, dass es ihr besser geht‹. »Wenn du nicht darüber reden willst, musst du das nicht.« Ich hätte es einfach gut sein lassen sollen. Sie nicht drängen, gleichzuziehen. Nur weil ich ihr alles über meine Eltern und meinen Besuch bei Gary erzählt habe. »Ich möchte nur, dass du weißt ... Du kannst mir alles erzählen. Egal was es ist, wie schlimm es ist.« Ich fahre mir durch die Haare und lächle. »Ich werde deswegen nicht schreiend im Unterholz verschwinden.«

»Wir sind am Strand.« Sie lächelt schwach. »Da gibt es kein Unterholz.«

Ich gebe ihr einen sanften Kuss, weil ihr verkrampftes Lächeln was von Pennywise hat und ich Schiss vor Horrorfilmen. Und weil ich eine Grenze erkenne, wenn man sie mit Neonmarker unter meine Nase malt.

Nevah nagt an ihrer Unterlippe, als ich sie wieder freigebe. »Wenn du möchtest, könntest du hier duschen. Sachen kannst du von Miller haben. Und danach könnten wir einen Film gucken.«

Wir hatten weltverändernden Sex. Ich habe sie nicht nur komplett nackt gesehen, sondern auch so ziemlich jeden Flecken ihrer Haut berührt. Sie hat mich berührt. Überall. Mit den Händen, ihrem Körper, dem Mund. Und jetzt wird sie rot? Bei der Frage, ob ich in ihrem Haus duschen will? Ich lache leise, aber es klingt rau. Dabei geht es hier nicht um meine amoklaufende Fantasie, in der sie zusammen mit mir in der Dusche steht.

»Ich mache in der Zeit Popcorn.«

»Popcorn«, wiederhole ich wie eine Platte mit Sprung. Natürlich macht sie Popcorn und spielt nicht die Duschszene von ›365 Days‹ nach. Es geht ihr noch immer nicht gut. Sie will nicht allein sein. Das ist der Grund, warum sie mich gebeten hat mit reinzukommen, warum sie will, dass ich bleibe. »Gute Idee.« Ich werde ihr verdammt noch mal geben, was sie braucht, nicht was mein Körper will.

49
nevah

Er hat geduscht. Lange. Als Jax endlich mit einem Handtuch um die Hüften aus dem Bad kommt, stehe ich unmittelbar vor der Tür. Vielleicht hätte ich ihm die sauberen Klamotten, die ich aus Millers Schrank genommen habe, einfach aufs Bett legen und dann unten warten sollen.

Aber in dem Fall säßen wir jetzt im Wohnzimmer. Angezogen. Auf der Couch. Und er würde bestimmt reden wollen, die Dinge klären. Doch ich kann nicht darüber sprechen. Nicht jetzt. Vielleicht nie. Also bin ich hier. Bin ihm so nah, dass ich seine Brust streife, als ich den Arm ausstrecke, um ihm die frischen Sachen hinzuhalten.

Er nimmt sie nicht, sieht mich nur eindringlich an, sodass jede meiner Zellen vibriert. Ich lasse die Klamotten fallen und lege meine Hand auf seinen nackten Bauch. Lege sie einfach nur dorthin und fühle, wie sich sein Atem beschleunigt.

Ich mache noch einen halben Schritt auf ihn zu und küsse seine Brust, streife mit meinen Lippen seine Schulter, reibe mit meiner Nase über seine Haut, erreiche den Hals und fahre mit meiner Zungenspitze hoch bis zu seinem Kinn.

Sein Atem geht jetzt schwerer und er ist hart. Das Handtuch ist echt mies darin, das zu verbergen.

»Nev«, murmelt er rau. Und in diesem Moment liebe ich meinen neuen Namen. Einfach nur, weil er ihn so in den Mund nimmt. Ich stelle mich auf die Zehenspitzen, schlinge meine Arme um seinen Nacken und verharre so nah an seinen Lippen, dass mich sein heißer Atem seufzen lässt.

Einen Moment lang zögert er noch, aber dann trifft sein Mund auf meinen. Seine Lippen öffnen sich und ich schmecke seine Zunge. Hitze schießt mir in den Unterleib und ich verkralle meine Hände in seinem Haar, stöhne, als er auch noch meinen Hintern umfasst und mich mit einem Ruck hochhebt.

Ich wimmere leise, schlinge meine Beine um seine Hüften und klammere mich an seinen Schultern fest.

Mit wenigen Schritten trägt Jax mich zum Bett, rettet aber erst das Popcorn und meinen Laptop, bevor ich endlich sein Gewicht auf mir spüre. Seine Erektion presst sich gegen meine Mitte und meine Nervenenden geraten vollkommen durcheinander. Das Handtuch hat sich gelöst und ich schiebe es ungeduldig ganz weg.

Sein Brustkorb stößt in einem fieberhaften Rhythmus gegen meinen, während er sich an mir reibt, mich streichelt. Ich habe noch immer meine Klamotten an und Jax' Lippen umschließen durch den Stoff meine Brustwarzen. Das ist zu viel. Ich wölbe mich ihm entgegen und zerre mir die Kleider vom Körper, sodass er seinen Mund direkt auf meine erhitzte Haut senken kann. Er leckt, saugt und knabbert, und ich kann einfach nicht mehr stillhalten. Stöhnend bewege ich mich unter ihm und bringe Jax dazu, mich tief und besitzergreifend zu küssen.

Nur kurz zieht er sich zurück, um sich das Kondom überzustreifen. Dann schiebt er sich zwischen meine Schenkel und ich keuche auf, als er in mich eindringt. Jeder Inch von ihm macht mich so dermaßen an, dass ich in diesem Moment alles vergesse. Meine Vergangenheit, die bescheuerten Lügen, die das hier kaputtmachen könnten, Sam Vaughler. Einfach alles. Es gibt nur uns.

Ich vergrabe mein Gesicht an seinen Hals, presse mich seinen Stößen entgegen, die schnell und so intensiv sind, dass ich die Augen schließe. Atemlos. Weil ich es nicht mehr aushalte. Und als wir beide kommen, trifft sein Stöhnen meine Haut.

Sein Zucken mein Herz. Es dauert lange, bis ich in der Lage bin, ihn anzusehen, ohne irgendetwas Dummes zu sagen. Etwas Kitschiges, das ihn unter Druck setzen würde, das mit uns zu benennen. Ich weiß, dafür steht zu viel Ungesagtes zwischen uns.

Ohne sich wirklich von mir zu lösen, gleitet er von mir hinunter. Und ich starre ihn nachdenklich an.

»Was?«

»Nichts«, erwidere ich rasch, verloren in den Emotionen, die in mir toben.

Jax lächelt und presst seine Lippen gegen meine Schläfe. »Ich werde nicht aufgeben, bis du mir sagst, was da drin vor sich geht.«

»Ich …« Ich liebe dich. »Ich habe nur überlegt, ob dein Ego wohl eine eigene Postleitzahl braucht, wenn ich dir sage, wie schön das war.«

»Einen eigenen Planeten.« Er lacht leise. »Vermutlich.«

Eine ganze Weile sehen wir uns nur an. Die Lippen so nah beieinander, dass es ein Kuss wäre, würden wir uns regen.

Aber dann atmet Jax geräuschvoll aus und wirkt mit einem Mal angespannt.

»Was?«, frage ich leise.

Und seine Antwort ist die gleiche wie meine zuvor.

»Nichts.« Er stützt seinen Kopf auf den Arm und mustert mich, zögert, bevor er seine Antwort neu formuliert. »Um ehrlich zu sein, kann ich nicht aufhören über gestern Abend nachzudenken.«

Die Aussage detoniert zwischen uns, entzieht dem Moment die Magie, die Wärme, den Sauerstoff. Ich rücke von ihm ab und setze mich auf. Die Beine ziehe ich eng an den Körper.

»Ich weiß, ich wollte dir Zeit geben. Aber es lässt mir einfach keine Ruhe. Warum hat dein Bruder dich Haven genannt?«

»Miller war betrunken. Das habe ich doch schon gesagt.« Ich zucke die Schultern, halte den Blick aber gesenkt.

Natürlich glaubt er mir nicht. Zu Recht. Ich kann ihn ja nicht mal ansehen. Ich rutsche von der Matratze und schlinge das Laken um meine Mitte. »Ich muss kurz ins Bad«, murmle ich und lasse ihn allein zurück.

»Idiot«, flüstert er sich selbst zu, als ich die Tür hinter mir zuziehe. »Verdammter Idiot.«

Und dass er denkt, es wäre seine Schuld, gibt mir den Rest. Ich klammere mich am Waschbecken fest, drehe das Wasser auf und breche in Tränen aus. Er hat nichts falsch gemacht. Ich bin das Problem. Und ich werde ihn deswegen verlieren. Es dauert lange, bis ich mich wieder einigermaßen im Griff habe.

Als ich schließlich aus dem Bad zurückkomme, zieht Jax sich gerade die Jogginghose von Miller über, die vorhin auf dem Boden gelandet ist. Er hält kurz inne und streift sich dann auch noch Millers Shirt über.

»Es tut mir leid, dass ich wieder davon angefangen habe«, murmelt er. »Ich sollte jetzt besser gehen.« Er zuckt mit den Schultern. »Meinst du, du kommst allein zurecht? Dann haue ich mich drüben ein paar Stunden hin.« Er kommt zu mir und drückt mir einen Kuss ins Haar. »Ich will das mit uns nicht gegen die Wand fahren. Aber ich bin so müde, dass ich genau das gerade tue. Weil ich meinen Scheiß in der Verfassung nicht sortiert bekomme.«

Es ist nicht seine Schuld. Es ist meine. Er ist nicht ohne Grund misstrauisch. Sein Bauchgefühl funktioniert hervorragend und ihm vorzumachen, es wäre anders, ist furchtbar.

Aber ihm alles zu sagen, bringt nicht nur mich in Gefahr. Das betrifft auch Mom, Dad und Miller. Ich nehme ihnen ihr neues Leben wieder weg. Etwas, wofür ich Miller so lange gehasst habe. Wie könnte ich jetzt dasselbe tun? Also schweige ich.

»Okay.« Er klatscht kraftlos in die Hände.

Als hätte er darauf gehofft, ich würde ihm widersprechen. Aber das kann ich nicht. Ich kann ihn nicht bitten zu bleiben und ihm die Wahrheit sagen.

»Dein Vater würde mich vermutlich sowieso umbringen, wenn ich schon wieder hier penne«, flüstert er resigniert und fährt sich durch die Haare. Er sieht mich noch einmal eindringlich an und geht dann vor mir her die Treppe hinunter zur Tür. Ich lasse ihn hinaus, schließe ab, stelle die Alarmanlage wieder an und lehne mich dann vollkommen fertig gegen die Wand.

Nach einer Weile schaffe ich es irgendwie zurück ins Zimmer. Die Stirn lehne ich gegen das kühle Glas des Giebels. Ich sehe auf das hell erleuchtete Strandhaus hinunter. Jax ist dort drüben. Nur hundert Yards entfernt. Er hat gesagt, er wolle schlafen. Aber er ist wach. Die Musik ist bis hierher zu hören. Er denkt sicher über uns nach. Über mich. Und ich habe Angst, zu welchem Schluss er kommen wird.

Aber bevor ich weiter darüber nachgrübeln kann, lässt eine Bewegung am Rande des Grundstücks meinen Atem stocken. Ein Schatten drückt sich hinter die Hemlocktanne. Mein Herz beginnt sofort hart und schnell zu schlagen. Das ist dieselbe Gestalt wie neulich Morgen. Dieselben Bewegungen. Dieselben Umrisse. Diese Kapuze. Ich drifte. In die Panik hinein. Ich schließe meine Augen. Das ist nicht echt. Die Gefahr gestern Abend war nicht echt. Miller hat nachgesehen. Es war niemand im Garten. Keine Spur von irgendwem. Nichts. Es war einfach nur ein Geräusch, das mein emotional angeschlagenes Hirn zu einer Gefahr verdreht hat. Und genau dasselbe passiert gerade wieder. Ich drehe durch. Die Augen noch immer fest zusammengekniffen, atme ich ein. Halte die Luft fünf Sekunden an und lasse sie langsam wieder entweichen. Das Ganze wiederhole ich dreimal, bis ich das Gefühl habe, etwas gefasster zu sein. Erst dann öffne ich die Lider wieder.

Aber die Gestalt ist noch immer da. Sie bewegt sich aus dem Schutz der Tanne und sieht zu mir nach oben. Ich zittere, schließe die Augen erneut. Atme. »Das ist nicht real.« Ich muss es laut aussprechen. »Das ist nicht real«, wiederhole ich flüsternd. Und als ich dieses Mal die Lider öffne, liegt der Garten dunkel und verlassen vor mir.

50
jackson

Warum habe ich Nevah nicht gleich an den Kopf geknallt, dass ich ihr nicht traue. Um uns frontal gegen eine Betonmauer zu manövrieren, hätte ich nicht den Umweg gehen müssen, auf Millers Versprecher herumzureiten.

Das Beste, was ich tun konnte, war zu gehen, bevor ich noch mehr kaputt mache. Fühlt sich nur nicht besser an. Ich sitze am Küchentisch und starre auf meine Uni-Unterlagen. Als könnte ich mich auch nur drei Sekunden auf die Aufzeichnungen für angewandte Energieökonomik konzentrieren. Ich sollte schlafen gehen. Oder laufen. Das Haus ist hell erleuchtet. Die Anlage brüllt ›Long, Long Way from Home‹ von Foreigner aus den Boxen und verhindert, dass sich auch nur ein Wort auf dem Blatt vor mir in den Kontext ordnen lässt. Gedankenverloren male ich Muster und Buchstaben auf das Papier. Dieselben Buchstaben, die mich seit gestern nicht loslassen. Haven. Mehrmals fahre ich die Linien nach, schreibe aus einem dämlichen Impuls heraus Nevahs Namen direkt darunter und halte mitten in der Bewegung inne. Fuck. Das … kann nicht wahr sein. Ich kneife die Augen zusammen, als würde das irgendetwas ändern. Ausgesprochen klingen die beiden Namen vollkommen unterschiedlich, aber geschrieben springt es einen an wie ein verdammter Horrorclown.

Nevah.

Haven.

Umgedreht ergibt ein Name den jeweils anderen. Ein Scheißpalindrom.

Ich spinne nicht. Miller hat sich nicht einfach nur versprochen. Das war kein Zufall. Nevah hat mich tatsächlich belogen. Was ihren Namen angeht und was weiß ich, was sie mir noch alles verschweigt. Es sollte mich wahrscheinlich beruhigen, dass nicht mein Hirn das Problem ist. Aber ich bin meilenweit davon entfernt, ruhig zu sein. Ich laufe zur Tür, will nach drüben rennen und sie zur Rede stellen. Aber ich zwinge mich, erst mal runterzukommen, mich zu sortieren. Ich habe in der ersten blinden Wut schon einmal emotionale Brücken abgerissen. Und die Beziehung zu Mom und Dad wird sich vermutlich nie davon erholen.

Ich stütze die Hände auf die Arbeitsplatte. »Verflucht, Nev.« Wenn sie wegen ihres Namens gelogen hat, wegen was dann noch?

Ich drehe den Stuhl verkehrt herum, setze mich rittlings darauf und reiße den Laptop aus dem Stand-by-Modus. Das Internet soll mir sagen, dass nur ihr verdammter Name fake ist. Damit könnte ich leben. Vielleicht. Irgendwie.

Aber egal was ich eingebe, Haven, Nevah, die Namen ihrer Eltern, Millers, kein einziger Treffer wird angezeigt. Social-Media-Profile hat keiner von ihnen. Und es gibt auch keine Einträge auf LinkedIn oder anderen beruflichen Plattformen. Vielleicht ist das schlau, wenn man versucht, dem kranken Stalker der Tochter keine Angriffsfläche zu bieten. Immer vorausgesetzt, meine Theorie ist richtig. Doch auch bei den Gewerbeeinträgen von Chicago gibt es keine Firma, die den Hewitts gehört. Ihre Eltern stecken noch mitten im Verkauf. Und ein Firmeneintrag würde keinen Hinweis darauf geben, wo die Familie jetzt lebt. Warum sollten sie ihn also verbergen? Ich dehne meine Nackenmuskulatur. Das muss noch nichts heißen. Selbst Google ist nicht unfehlbar. Es muss eine absolut dämliche, aber einleuchtende Erklärung für alles geben. Es muss.

Ich lache tonlos, weil ich dasselbe tue wie damals bei Mom und Dad. Ich suche Ausreden, die die Realität weniger scharfkantig machen. Doch das hat schon bei ihnen nicht funktioniert.

Unwillkürlich taste ich nach dem Casinochip in meiner Hosentasche, drehe ihn, aber selbst dieser Anker versagt. Vielleicht muss ich einfach tiefer graben. Mich mehr anstrengen, um das Puzzlestück zu finden, das alles wieder geraderückt. Aber egal wie lange und gründlich ich suche, es ist, als hätten Nevah und ihre Familie vor dem Auftauchen in Rockaway Beach nie existiert. Das ist mehr als ein ungutes Gefühl. Es ist die verdammte Realität.

Stunden später klappe ich den Laptop zu und verberge mein Gesicht in den Händen. Der Atem, den ich ausstoße, prallt gegen meine Handflächen. Ich bin nicht mehr wütend. Jedenfalls nicht nur. Eher verzweifelt. Und enttäuscht. Definitiv enttäuscht. Keine Ahnung, ob das eine bessere Grundlage für das Gespräch ist, das wir führen müssen. Länger warten kann ich jedoch auf keinen Fall. Mechanisch stehe ich auf und gehe zur Haustür. Ich mache mir nicht die Mühe, die Tür hinter mir zu schließen, und laufe rüber zum Haus der Hewitts. Die Veranda ist mit einer feinen Sandschicht überzogen. Ich starre auf die Körner, die im Wind über das Holz tanzen, während eine Frage in meinem Schädel hämmert wie ein Vorschlaghammer: Warum hat sie das getan? Sie wusste, wie wichtig mir Ehrlichkeit ist. Sie hatte keinen verdammten Grund, mich anzulügen. Ich habe ihr gesagt, dass ich warten kann, bis sie bereit ist, mir von Chicago zu erzählen, habe sie nicht gedrängt. Also, warum? »Warum?«, flüstere ich.

Ich klopfe. Hinter der Tür bleibt es still. Ich klopfe noch mal. Aber nichts rührt sich. Am liebsten würde ich einfach die Tür aufreißen und in Nevahs Zimmer stürmen. Aber gegen die Sicherheitsschlösser komme ich wohl kaum an. Und selbst wenn ich sie bezwingen könnte, wäre da noch die Alarmanlage, und ich habe wirklich keine Lust, der Polizei zu erklären, warum ich dieses mehr als eindeutige Nein von Nevah nicht akzeptieren kann.

Aus dem Haus ertönt kein Laut. »Nevah?« Ich klinge gestresst. Verdammt, ich bin gestresst. Durch diese verfluchte Milchglasscheibe sieht man zu wenig. Keine Ahnung, ob sie überhaupt noch da ist. Andererseits, wo sollte sie um diese Uhrzeit sein? Ich ziehe mein Telefon aus der Tasche und wähle ihre Nummer. Nach dem fünften Klingeln geht die Mailbox ran. Ich drücke auf Wahlwiederholung. Dieses Mal lande ich direkt bei der Ansage. Ich versuche es erneut. Ich bin ein verdammter Masochist. Wieder werde ich direkt zur Mailbox geleitet. Ich will keine verdammte Nachricht hinterlassen. Wütend stopfe ich das Telefon zurück in die Hosentasche. Was soll ich jetzt tun? Aufhören mich wie ein Irrer zu benehmen, wäre eine Option. Endlich zu schlafen eine weitere, die Möglichkeit eins wahrscheinlicher macht. Also drehe ich mich um und gehe nach Hause. Aber anstatt mich hinzulegen, streife ich mir Sportsachen über und laufe dem Meer entgegen.

51
nevah

Ich kann Jax nicht aufmachen. Wenn ich das tue, werde ich ihm alles erzählen. Weil ich ihn nicht ansehen und weiter lügen kann. Und dann? Ich bringe meine Familie dadurch in Gefahr. Ich beende unser Leben hier in Rockaway Beach. Und das kann ich auf keinen Fall tun, ohne vorher mit meinen Eltern und Miller zu sprechen. Ich brauche ihr Einverständnis. Ihr Okay, dass sie die möglichen Konsequenzen mittragen. Und ich brauche sie, wenn Jax das mit uns beendet.

Miller hat behauptet, Jax würde schon verstehen, warum ich ihm nichts sagen konnte, sollte er es je erfahren. Er käme ganz sicher damit klar. Aber das ist Quatsch. Wenn ihn schon die Sache mit meinem Namen derart aus der Bahn wirft. Wie sehr wird er dann erst ausflippen, wenn er begreift, dass alles an mir eine Lüge war? Alles, bis auf meine Gefühle für ihn.

Bewegungslos sitze ich hinter der Kücheninsel auf dem Boden. Ein einzelner Cheerio liegt verwaist in der Ecke neben mir. Ich presse mir die Hand vor den Mund, konzentriere mich auf den Staub, der an der Zuckerschicht kleben geblieben ist. Es hilft nicht, Jax' Klopfen und sein Rufen auszublenden. Mein Handy vibriert. Sein Name ist auf dem Display zu sehen. Ich lasse es klingeln, bis die Mailbox rangeht. Dreimal. Erst dann gibt er auf.

Seine Schritte entfernen sich und ich wähle mit zittrigen Fingern Millers Nummer.

»Hm«, grunzt mein Bruder statt einer Begrüßung.

»Miller?«

»Nein, der Osterhase.« Er ächzt. Hört sich an, als würde er sich umdrehen und dabei mit der Bettdecke kämpfen. »Du hast mich angerufen. Wen hast du denn erwartet?«, knurrt er. »Ich hoffe, du hast einen verdammt guten Grund hierfür, denn du rufst deutlich vor dem Aufstehen an.«

»Ich muss es Jax sagen«, stoße ich hervor und schluchze. Bis ich es laut ausgesprochen habe, war mir nicht klar, wie ernst es mir damit ist.

»Hey, jetzt mal langsam«, sagt Miller und klingt alarmiert.

Gut so. Schließlich handelt es sich hier um eine echte Katastrophe.

»Was ist los, Nev?«

»Er weiß, dass ich gelogen habe. Wegen der Haven-Sache. Dein Versprecher«, füge ich hinzu, als Miller nichts sagt. »Er fragt immer wieder nach. Und ich kann ihm die Wahrheit nicht länger verschweigen.«

Wasser rauscht und ich höre, wie Miller sich etwas davon ins Gesicht spritzt. »Okay.« Er seufzt.

»Okay?« Nichts ist okay.

»Du sagst ihm, dass ich dich schon als Kind ständig mit dem Palindrom aufgezogen habe. Ich bin ein Arschloch. Das wird er dir glauben und auch, dass ich das besoffen wieder getan habe.«

»Du weißt, was ein Palindrom ist?«

»Ja, stell dir vor, ich lese. Und zwar nicht nur Comics«, erwidert er genervt.

Ich schüttle den Kopf. Das wird nicht ausreichen, um Jax' Zweifel auszulöschen. Und ich will so nicht weitermachen. Selbst wenn er es schlucken sollte. Ich muss von Miller hören, dass es richtig ist, Jax alles zu sagen und ich mit der Wahrheit nicht unser neues Leben aufs Spiel setze. Dass Jax nicht durchdrehen und uns in Gefahr bringen wird. Dass wir nicht wegmüssen. Und Sam Vaughler uns nicht finden wird. Er soll mir versichern, dass ich es Jax sagen kann und dadurch nichts verlieren werde. »Er bedeutet mir wirklich viel«, flüstere ich.

»Du kannst es ihm trotzdem nicht sagen, Nev. Das geht verdammt noch mal nicht. FBI-Zeugenschutz-Regeln. Du weißt schon, diese humorlosen Anzugträger, die man besser nicht verärgert, weil sie einen sonst nach Arkansas oder einen noch langweiligeren Scheißort verfrachten.«

»Jax würde uns nicht verraten.« Mich vielleicht schon. Weil er mich hassen wird. Aber er ist Millers Freund. Er mag meine Eltern. Ihnen würde er das nicht antun.

Miller brummt. »Würde er vermutlich nicht, aber das wird den Feds vollkommen egal sein. Das Risiko, ihm könnte aus Versehen etwas rausrutschen, werden sie nicht eingehen. Du hast ja gesehen, wie schnell das passiert.« Er atmet geräuschvoll aus. »Wir müssten es den Marshals sagen, sie bringen uns weg und zack ist das alles hier vorbei. Wir verlieren unser hübsches kleines Leben. Du würdest Jax verlieren. Ist es das echt wert?«

Ich bin bereits dabei, ihn zu verlieren. Durch all diese verdammten Lügen. Ich schließe die Augen und wische mir die Tränen fort, die darunter hervorquellen. »Ja«, sage ich leise, auch wenn mein Verstand Nein schreit.

»Okay, du meinst das ernst. Ich bin …« Miller flucht. »Warum rufst du mich an? Warum nicht Mom und Dad? Ich bin verdammt schlecht darin, das Richtige zu sagen, aber wenn du mich fragst, hast du gerade eine verfluchte Panikattacke, Nev. Du willst alles richtig machen. Aber die Wahrheit ist nun mal nicht immer das Richtige.«

»Dein Ernst?«, frage ich tonlos. Wie kann die Wahrheit nicht richtig sein? Ich verstehe, was da dranhängt, dass es schwer wird, dass es mich und Jax unmöglich machen könnte, dass wir alles verlieren könnten. Aber es ist doch trotzdem richtig. »Deine Ratschläge sind echt unterirdisch.«

»Du hast mich als Hotline ausgewählt, wenn ich dich erinnern darf. Zu einer unmöglichen Uhrzeit, nebenbei bemerkt.« Er seufzt. »Pass auf, ich sage Mom und Dad, dass ich keinen Bock mehr auf den Workshop heute habe. Dann sind wir gegen Mittag zurück. Warte wenigstens, bis wir wieder zu Hause sind. Dann sehen wir weiter, okay?«

Ich nicke, aber kein Ton kommt über meine Lippen. Weil kein Gespräch der Welt meine Meinung ändern wird.

»Nev?«

»Okay«, sage ich dennoch und schlucke trocken.

52
jackson

Nevah müsste in der Uni sein. Sie verpasst nie einen ihrer Kurse. Deswegen bin ich hingefahren. Ich wollte sie zwischen ihren Seminaren abfangen und zu dem Gespräch bewegen, dem sie aus dem Weg geht. Aber sie ist nicht aufgetaucht. Die Message ist schon seit heute Morgen klar, als sie mir nicht aufgemacht hat. Sie will mich nicht sehen. Dass ich nach der Uni jetzt auf dem Farmers' Market, im Grumpy Pie und in der Bücherecke des Little Crow nach ihr suche, ist so stalkermäßig, dass ich mich dafür schäme. So ein Verhalten dürfte Nevah triggern. Und obwohl ich wütend bin und mit ihr reden muss, ist das das Letzte, was ich will. Resigniert gehe ich zurück zum Pick-up, ohne auch noch nachzusehen, ob sie vielleicht im Diner sitzt.

Ich ziehe die Fahrertür auf, nur um sie direkt wieder zuzuknallen. Ich kann nicht nach Hause fahren und meine Gedanken wie eine kaputte Schallplatte um die immer gleiche Frage kreisen lassen. Ich presse meine Hände gegen die Karosserie und lasse den Kopf zwischen meinen Armen baumeln. Einen Atemzug lang, zwei, drei. Dann stoße ich mich vom Wagen ab und schlage den Weg zum Strand ein. Ich konzentriere mich auf die Weite des Ozeans, spüre den Wind in meinem Haar. Die Sonne bricht sich in den Wellen. Am Wasser zu sein hilft. Zumindest ein wenig. Und auch wenn sie die letzten Nachrichten nicht einmal gelesen hat, zerre ich mein Handy aus der Hosentasche und rufe meinen Chat mit @donttrustanybody auf. Mag sein, dass Miller recht hat und sie tatsächlich ein fünfzigjähriger Typ ist, der im Keller seiner Mutter lebt oder Klopapier in seinem Truck durchs Land chauffiert. Vielleicht sind ihr Name und das Foto nicht echt und sie hat mich genauso belogen. Aber ich habe sonst niemanden, mit dem ich über Nevah sprechen kann. Bis zu Art sind es zwei Stunden Fahrt, die ich gerade einfach nicht packe. Maddie befindet sich auf einem anderen Kontinent. Und Miller ist dafür die denkbar schlechteste Adresse. Immerhin geht es um seine Schwester.

Keine Ahnung, ob das hier überhaupt Sinn ergibt. Meine letzten Nachrichten hast du nicht gelesen. Aber ich könnte gerade einen Freund gebrauchen. Jemanden, der mir sagt, dass alles in Ordnung kommt. Da ist dieses Mädchen. Ich stecke bis zum Hals in dieser Sache mit ihr. Eigentlich nicht nur bis zum Hals, sondern kopfüber, mit allem, was ich habe. Doch ich bin mir ziemlich sicher, dass sie nicht ehrlich zu mir ist. Und das ist ein echtes Problem. Normale Menschen würden ihr wahrscheinlich einfach verzeihen und die Sache vergessen, weil sie bestimmt einen guten Grund hatte. Tja, ich bin nicht normal. Ich kann so etwas nicht einfach verzeihen und vergessen. Und ich habe eine Scheißangst, dass uns mein innerer Moralapostel das Genick brechen wird.

Ich bin verzweifelt genug, dass ich die Nachricht tatsächlich abschicke. Obwohl das echt jämmerlich ist. Ich lasse das Telefon sinken und kicke in den Sand. @donttrustanybody hat seit Wochen nicht geantwortet und es gibt keinen Grund, warum das heute anders sein sollte. Weiß der Henker, was ich mir davon verspreche. Ich will gerade das Telefon wegstecken, als die drei Punkte auftauchen, tanzen, verschwinden, wieder tanzen. Den Blick starr auf das Display gerichtet, laufe ich weiter. Instinktiv schlage ich den Weg zu meinem Baumstamm ein.

Hey. Wenn du meinen Rat willst: Sei nicht wütend, bevor du dir angehört hast, was los ist. Vielleicht sind ihre Gründe so gut, dass du es schaffst, ihr zu verzeihen. Vielleicht geht es ihr mit der Situation sogar genauso schlecht wie dir und die Umstände haben sie dazu gezwungen. So etwas passiert manchmal. Vertrau ihr.

Das Problem ist doch, dass Nevah genau das nicht tut. Sie vertraut mir nicht. Nicht genug, um mir die Wahrheit zu sagen. Und wie kann das zwischen uns richtig sein, wenn es so verdammt einseitig ist? Aber @donttrustanybody hat recht, ich sollte ihr zuhören und zumindest versuchen, es zu verstehen, bevor ich uns einfach aufgebe.

Ich will mich bei @donttrustanybody bedanken und sie fragen, wie es ihr geht, als ich eine Bewegung auf dem Baumstamm wahrnehme. Mit der Hand schirme ich die Sonne ab. Nevah.

Sie sitzt auf einem der Äste. Kopfhörer in den Ohren, ein Buch neben sich und ihr Handy in der Hand, den Blick auf das Wasser gerichtet. Und jede verdammte Zelle meines Körpers reagiert auf sie. Illoyale Mistdinger.

Ich habe den ganzen Vormittag nach ihr gesucht. Ich wollte dieses Gespräch. Und jetzt habe ich keinen Plan, was ich sagen soll. Wie damit umgehen, dass ich sie am liebsten anschreien und schütteln würde. Und sie gleichzeitig in die Arme ziehen und festhalten will. Ich erinnere mich an @donttrustanybodys Tipp, es mit Geduld und Vertrauen zu versuchen.

Doch ich tue das genaue Gegenteil. Ich mache einen Schritt in Nevahs Sichtfeld, hebe die Hand und sage leise: »Hi.«

53
nevah

Meine Beine baumeln von dem ausgewaschenen Holz des Baumstamms. Unseres Baumstamms. Seines. Die Wellen schlagen stetig gegen den Strand und der Wind zerrt an meinem Shirt. Das letzte Mal, als wir zusammen hier waren, saß Jax neben mir und wir haben gemeinsam auf die Twin Rocks geschaut. Jetzt begleitet mich nur seine Musik. Die Songs von seiner Playlist helfen mir, meine Gedanken zu sortieren. Wäre ich zu Hause geblieben, bis meine Familie zurückkommt, wäre ich sicher durchgedreht. Und in der Uni hätte ich sowieso nichts mitbekommen.

Das Telefon in meiner Hand vibriert. Und mein Herz macht einen ungesunden Hüpfer. Jax. Seine Nachricht ist aber nicht wie die Male zuvor an mich gerichtet. Sie liegt in @donttrustanybodys Postfach. Seit Wochen hat er meinem anderen Ich keine Nachrichten mehr geschrieben. Er hat damit aufgehört, nachdem ich sie nicht mehr gelesen habe.

Es hätte sich nach Verrat angefühlt. Daran hat sich nichts geändert. Aber ich bin verzweifelt genug, dieses Mal das Instagram-Postfach zu öffnen und nachzusehen. Vielleicht geht es in seiner Nachricht um uns. Vielleicht … Ich lese und atme erleichtert aus. Er empfindet also noch immer genug für mich, um kopfüber drinzustecken. Aber die nächsten Sätze zwingen mein Herz zu Boden. Er zweifelt daran, ob er mir verzeihen kann. Egal was er empfindet, er denkt nicht, dass er damit umgehen kann, dass ich gelogen habe.

Ich müsste die Nachricht ignorieren wie all die anderen zuvor. Aber ich kann nicht. Die Antwort zu tippen fühlt sich an, als würde ich ihn hintergehen. Schon wieder. Und trotzdem tue ich es. Ich schreibe ihm, rate ihm, mir zuzuhören, uns eine Chance zu geben. Ich seufze frustriert, weil mir klar ist, das hier ist weit entfernt von richtig. Ich überlege, ob ich die Nachricht zurückrufen sollte. Aber er hat sie bereits gelesen. Und dann schiebt sich Jax' Körper plötzlich vor die Aussicht auf die Twin Rocks und ich lege ertappt das Handy weg. Verkehrt herum auf das Buch. Er ist hier. Natürlich ist er hier. Dieser Baumstamm ist sein Zufluchtsort, wenn die Dinge schlimm werden. Seiner, nicht meiner.

Er hebt die Hand und seine Lippen formen ein »Hi«, das ich nicht höre, weil noch immer Musik in meinen Ohren dröhnt. Aber das bloße Erinnerungsecho dieses Geräuschs raut mein Inneres auf. Es wärmt mich. Kurz. Bis mir klar wird, warum er hier ist.

»Hey«, murmle ich und ziehe mir in derselben Bewegung die Kopfhörer aus den Ohren, sodass sie um meinen Hals baumeln. Die Musik endet abrupt und wird vom Rauschen der Wellen abgelöst. Ich schlinge die Arme um meine Mitte.

»Ich habe dich angerufen.« Er macht einen Schritt auf mich zu. »Dir geschrieben.« Mit der Hand zerfurcht er seine Haare. »Verdammt, rede mit mir, Nev.«

Ich will nichts anderes, als genau das zu tun. Ihm etwas geben, damit er nicht länger an uns zweifelt. Aber wie kann ich das, ohne entweder schon wieder zu lügen oder meine Familie in Gefahr zu bringen? Unsicher, was ich tun oder sagen soll, rutsche ich vom Baumstamm.

Und reiße das Telefon an den verfluchten Kopfhörern zu Boden, die noch immer um meinen Hals baumeln. Es landet zwischen uns im Sand. Oh, mein Gott, nein! Der Chat mit @donttrustanybody ist noch geöffnet. Er darf das nicht sehen. Nicht auf diese Weise erfahren, dass ich hinter dem Account stecke. Ich will es aufheben, aber Jax ist schneller. Er zieht es aus dem Sand, klopft notdürftig den Dreck ab und will es mir reichen. Doch dann fällt sein Blick auf das Display und er erstarrt.

Genau wie ich. »Jax«, flüstere ich, weiß nicht, was ich sonst sagen kann.

Er reagiert nicht auf mich, umkrampft das Handy und liest unseren Verlauf, wieder und wieder. Und als er mich endlich ansieht, ist sein Blick düster.

Ich will es ihm erklären, aber wie? Wie erklärt man, dass man zu feige war, um das Richtige zu tun?

»Hast du mich die ganze Zeit nur verarscht?«, presst er schließlich durch zusammengebissene Zähne. Anstatt mir das Handy zurückzugeben, legt er es wie eine scharfe Bombe neben sich. »Hast du?« Er klingt bitter.

»Nein!« Gefühlt stimmt das. Objektiv betrachtet aber wohl eher nicht.

Tonlos lacht er auf. »Nicht? Ich denke nämlich, dass es genauso war.« Er sieht wütend zum Telefon und dann wieder mich an. »Hast du dich kaputtgelacht? War das alles ein Riesenscherz für dich? Denn, verdammt, Nev, ich habe wirklich geglaubt, das zwischen uns wäre etwas Besonderes.«

»Das war es.« Tränen legen sich über meine Worte. »Ist es.« Ich will, dass es das noch immer ist. Wir sind etwas Besonderes. Das kann doch nicht einfach so verschwinden. »So war das nicht geplant, das musst du mir glauben.«

»Du hattest einen Scheißplan?« Er atmet so heftig, dass ich Angst habe, seine Lunge könnte bersten.

»Ich … Ich brauchte jemanden zum Reden …«, stammle ich. Ich sehe ihm nicht in die Augen, sondern klammere mich an dem Bild seiner vom Wind zerzausten Haare fest. »Sonst wäre ich in den ersten Wochen hier untergegangen. Unter meinem eigenen Namen konnte ich keinen Account anlegen.

Also habe ich einen erfunden. Und dann haben wir angefangen zu schreiben und es hat mir gutgetan. Du hast mir gutgetan. Das war, bevor ich dich richtig kannte. Ich konnte doch nicht wissen, dass wir …« Ich zucke verzweifelt mit den Schultern.

»Wieso zum Henker konntest du nicht deinen eigenen Namen benutzen? Wieso hast du mir nicht spätestens davon erzählt, als das zwischen uns ernst wurde? Warum erzählst du mir nichts über dich? Zum Beispiel, dass dein verdammter Name nicht Nevah ist, sondern Haven.«

Weil ich Angst hatte, ihn zu verlieren. Weil ich Angst hatte, dass genau das hier passieren würde. »Weil …« Meine Stimme bricht. »Ich habe aufgehört, die Nachrichten zu lesen.« Als würde das irgendetwas wiedergutmachen.

Jax verschränkt die Hände im Nacken. »Ist das dein Ernst? Die letzte Nachricht hast du vor nicht mal zwei Minuten gelesen. Und mir als Katy geantwortet. In welcher Welt ist so etwas normal?« Er schüttelt den Kopf. »Ist mir egal, ob du mich jetzt für einen Stalker hältst, aber ich habe nachgeforscht.« Seine Kiefer mahlen. »Es gab nie eine Nevah oder Haven Hewitt in Chicago. Es hat dich gar nicht gegeben, bevor du hergezogen bist. Keinen von euch.«

Ich schlucke gegen die Tränen an, überlege fieberhaft, was ich sagen kann, wie viel, ohne ihn oder meine Familie in Gefahr zu bringen. Und mache es dadurch noch schlimmer. Das sehe ich in Jax' Augen.

»War überhaupt irgendetwas an dir echt? Irgendetwas?«

Wir. Wir waren echt.

»Irgendetwas«, brüllt Jax mich an und schlägt mit der Faust gegen den Baumstamm. Blut rinnt über seine Fingerknöchel, aber er beachtet es gar nicht.

»Jax«, schluchze ich und strecke meine Hand nach ihm aus, aber er weicht zurück.

»Nicht«, sagt er und ist so kalt und bestimmt, dass er mich genauso gut hätte schlagen können. Das würde vermutlich weniger wehtun. Ein bitterer Zug liegt um seine Lippen. Und dann dreht er sich um und läuft mit langen Schritten davon.

54
jackson

Nevah weint, aber sie widerspricht mir nicht. Da kommt kein Ich-würde-dich-nie-Belügen. Kein Ich-heiße-nicht-Haven, kein Ausräumen meiner Zweifel. Sie steht einfach da und sieht mich mit Tränen in den Augen an. Tränen, die mir zubrüllen, dass ich recht hatte. Recht, an uns zu zweifeln. Recht, ihr nicht zu vertrauen. Und noch nie hat sich Rechthaben so beschissen angefühlt.

Trotzdem lasse ich sie nicht einfach stehen, sondern warte wie ein Idiot und hoffe immer noch auf ein Wunder.

Erst als sie die Hand nach mir ausstreckt, weiche ich zurück. »Nicht«, stoße ich hervor, drehe mich um und gehe. Fort von ihr. Und das ist schwerer, als es sich anhört. Bei jedem Schritt bricht der Sand unter meinen Füßen weg, was so verflucht sinnbildlich ist, dass ich frustriert schnaube.

Ich erreiche den Pick-up, quetsche mich hinters Steuer und jage ihn zurück zum Strandhaus. Ich mache mir nicht die Mühe vernünftig einzuparken, sondern stelle den Wagen einfach quer vor dem Eingang auf Dads piekfeinem Rasen ab.

Miller sitzt auf der Veranda und zupft an den Saiten seiner Gitarre herum. Er sieht mich und den Pick-up, der Dads Heiligtum aufgewühlt hat, und steht alarmiert auf.

Ich verschwinde im Haus, bevor er auf die Idee kommt, etwas zu sagen. Er hat genauso gelogen wie sie. Die Tür knalle ich so fest hinter mir zu, dass Arielle mit Schnurrbart gefährlich erzittert. Wenn sie runterfallen würde, könnte ich wenigstens ihr den Hintern aufreißen. Aber sie fängt sich in der Stille, die das Haus fest in ihrer Hand hat. Ich schließe ab, nur für den Fall, dass Miller es nicht kapiert und rüberkommt. »Verdammte Scheiße!«, brülle ich Arielle an. Warum hat Nevah das getan? Das ist die falsche Frage. Denn egal was in Chicago passiert ist, ob es ein Stalker war, Cybermobbing oder ob ihr Darth Vader höchstpersönlich das Leben schwer gemacht hat, Nev hätte alle belügen dürfen, aber nicht mich. Sie hätte mit mir reden müssen. Ich drehe die Anlage auf. So laut, dass ich die Bässe in meinen Knochen spüre.

Ich sollte froh sein, dass ich es jetzt erfahren habe. Nicht erst in einigen Wochen oder Monaten, wenn ich emotional noch tiefer in der Sache mit Nev dringesteckt hätte. Falls das überhaupt möglich ist. Doch ich bin kein Stück erleichtert. Weil es jetzt keinen Funken Hoffnung mehr gibt, ich könnte mich geirrt haben. Oder es wäre nur eine winzige Notlüge, über die man irgendwann lacht, die ich hätte verzeihen können. Das, was sie getan hat, hält locker mit dem mit, was Mom und Dad abgezogen haben.

Meine Hände umklammern die Granitplatte der Küchenzeile. Ich brülle die Dinge darauf an und fege sie im nächsten Moment auf den Boden. Glas splittert, Frühstücksflocken und Moms Rezeptbücher verteilen sich auf den Holzdielen, eine Flasche Öl und der Smoothiemixer krachen zu Boden. Es ist mir egal. Ich habe verdammt noch mal jedes Recht dramatisch zu sein. Als Nächstes ist die Kücheninsel dran, dann der Esstisch. Aber die Genugtuung bleibt aus. Verflucht, müsste es mir nicht besser gehen? Deswegen macht man so etwas doch.

Mein Blick gleitet zur Tür von Dads Arbeitszimmer. Ich erinnere mich an den schweineteuren Whiskey, den er dort in einem Regal aufbewahrt. Für besondere Anlässe. Das hier ist definitiv ein besonderer Anlass. Ein besonders beschissener. Vielleicht kriegt Alkohol das hin, was all die zerbrochenen

Dinge nicht geschafft haben. Nevah soll aus meinem Kopf verschwinden. Es soll aufhören, sich anzufühlen, als würde meine Brust nur von Kaugummi und Glassplittern zusammengehalten.

Unter meinen Füßen knirschen Lucky Charms, als ich den Wohnraum durchquere, das Arbeitszimmer betrete und eine volle Flasche Whiskey aus dem Regal ziehe. Ich trage sie in die Küche und setze die Flasche direkt an. Aber bevor ich den ersten Schluck nehmen kann, klopft jemand an die Haustür.

»Fuck, Jax, mach auf.«

Miller. Ich will ihn nicht sehen.

»Lass uns reden, Alter!«, brüllt er gegen die Musik an.

Und erst recht will ich nicht reden. Ich starre auf die goldene Flüssigkeit in der Flasche und verfluche Miller, der kein bisschen besser ist als seine Schwester. Und der ausgerechnet in dem Moment hier auftauchen musste, in dem ich mich abschießen wollte. Durch mein Zögern findet mein Hirn auf einmal jede Menge Argumente dagegen, mich zu verhalten wie damals nach dem Tod meiner leiblichen Mutter. Als mit Mom und Dad alles den Bach runterging und ich genauso sehr wie jetzt wollte, dass es aufhört. Einfach alles. Ich war wochenlang kaum ansprechbar, die meiste Zeit dicht. Geholfen hat es kein Stück.

Mit einem frustrierten Schnauben stoße ich die Flasche in die Spüle. Der Inhalt fließt ins Becken. Dad kriegt einen Herzinfarkt, wenn ich das Zeug nicht rette. Er liebt diesen Whiskey. Aber ich stehe einfach nur da und sehe zu, wie der Single Malt im Ausguss verschwindet. Das Telefon in meiner Tasche beginnt zu vibrieren. Ich reagiere nicht auf den Anruf. Auch beim zweiten Mal nicht. Und beim dritten Mal. Aber wer auch immer das ist, er ist penetrant und gibt nicht auf.

Bei Versuch Nummer vier ziehe ich das Handy schließlich aus der Hosentasche. Nicht um ranzugehen. Ich will es zu dem

Whiskey in die Spüle werfen. Probleme kann man vielleicht nicht in Alkohol ertränken, Telefone hingegen schon. Aber es ist nicht Nevahs Nummer, die auf dem Display aufleuchtet. Auch nicht Millers, den ich gerade ums Verrecken nicht um mich haben will. Es ist das Parkview.

55
nevah

Nichts hat sich verändert. Der Ozean rollt noch immer an den Strand. Die Wolken tanzen über diesen furchtbar schön azurblauen Himmel. Der Wind verwirbelt stoisch meine Haare. Und doch ist alles anders. Einfach alles.

In meinem Brustkorb sitzt ein Alien und quetscht mein Herz zusammen, wenn ich an Jax' kühles »Nicht« denke. Das war das Letzte, was er zu mir gesagt hat. Und dann ist er einfach gegangen.

Mein Blick folgt seinen Spuren, die längst nicht mehr sind als winzige verwehte Täler im Sand, und bleibt an einer Gestalt hängen, die auf den Klippen steht und zu mir herunterstarrt. Und diesmal ist sie keine Einbildung, denn gerade wird sie von einem Jogger gegrüßt, der an ihr vorbeizieht und dann hinter der nächsten Kurve verschwindet. Doch die Gestalt wendet ihren Blick nicht von mir. Panik kriecht unter meine Haut und breitet sich kalt in meinem Körper aus. Ich schlinge die Arme um mich. Emotionale Bodenwellen triggern meine Ängste. Und gerade befinde ich mich in einem Krater. Natürlich denke ich, er wäre es.

Ich will flüchten, nur raus aus der Situation, aber meine Beine gehorchen mir nicht. Und außerdem würde mir dieses Gefühl überallhin folgen. Ich muss nur atmen. Die Augen schließen. Die giftigen Gedanken stoppen. Mein schwer klopfendes Herz beruhigen.

Als ich die Augen wieder öffne, steht er noch immer an der Steilkante. Zu nah am Abgrund, unbeweglich. Das bedeutet nichts. Er ist niemand. Nur ein Tourist, der sich die Kapuze seines Sweatshirts tief ins Gesicht gezogen hat und den Ausblick auf die Twin Rocks genießt. Doch egal wie sehr ich mir das einrede, ich glaube mir nicht. Obwohl die einzige Bedrohung hier ich bin. Ich allein habe alles kaputtgemacht.

56
jackson

Ich parke den Pick-up vor dem Portland General, springe aus dem Wagen und renne auf den Haupteingang zu. Der riesige Gebäudekomplex ist hell erleuchtet. Wie ein Leuchtturm, der Sicherheit verspricht.

Für mich war dieser Ort jedoch kein Licht in der Dunkelheit, als ich hergekommen bin, um meine Mutter kennenzulernen. Sie war tot und ich fühlte mich, als stünde ich am Abgrund einer Klippe. Art war der Einzige, der verhindert hat, dass ich abstürze. Art. Ich muss mich davon überzeugen, dass es ihm gut geht. Stella hat versucht, mich zu beruhigen, dass es sich bei der Einweisung ins Krankenhaus um eine reine Vorsichtsmaßnahme handelt. Sie sagte, ich bräuchte nicht zu kommen. Er hätte lediglich einen Schwächeanfall gehabt. Sie wollte mich nur informieren. Aber er ist zusammengebrochen, verdammt. In dem Alter und mit seinen Vorerkrankungen ist es vielleicht schlimmer, als er zugibt. Ich muss mit eigenen Augen sehen, dass er sich wieder berappeln wird. Vielleicht brauchte ich aber auch nur einen guten Grund, um vor meinen eigenen Problemen wegzurennen. Zwei Stunden zwischen mich und dieses ätzende Gefühl zu legen. Zwei Stunden Abstand zu Nevah zu bekommen.

Ich fahre mir über das Gesicht und betrete das Krankenhaus. In Filmen und Serien ist es immer voll, laut und chaotisch. Die Realität des Portland General ist allerdings eine provozierend gemächliche Ruhe. Im Wartebereich sitzen eine Handvoll Patienten und harren mit schlechtem Kaffee und

Zeitschriften aus, bis sie aufgerufen werden. Hinter dem Empfangstresen hockt ein junger Typ und nippt an einem Becher. Tee. Kein Kaffee. Das steht zumindest auf der Seite.

»Guten Abend«, begrüßt er mich fröhlich. »Wie kann ich Ihnen helfen?«

»Ich suche Arthur Holland. Er wurde heute hier eingeliefert.«

Der Typ nickt mitfühlend und tippt Arts Namen ein. »Er wurde stationär aufgenommen und liegt auf der Inneren. Sie können gern hochgehen. Dritter Stock, Zimmer 308.« Er lächelt freundlich. »Besuchszeit ist noch bis sechs Uhr.«

Eine Stunde. Das reicht hoffentlich, um das ungute Gefühl in meinem Inneren zu beruhigen. Sie haben ihn aufgenommen. Das tun sie nicht aus reiner Vorsicht. Aber ich darf den Teufel nicht an die Wand malen. Bei Nevah allerdings habe ich mir selbst immer wieder eingeredet, dass ich Gespenster sehe, und damit verdammt falschgelegen. Vielleicht sollte ich also doch meinem Bauchgefühl trauen. Und das sagt mir, ich werde Art verlieren. Früher, als ich dazu bereit bin.

Ich nehme die Treppen anstelle des Aufzugs, aber der Versuch, durch körperliche Anstrengung etwas runterzukommen, misslingt. Auf der Station suche ich Arts Zimmer, klopfe leise und trete ein, ohne auf sein »Herein« zu warten.

Vier Betten sind in den winzigen Raum gequetscht. Art liegt in dem direkt am Fenster. Wenigstens kann er nach draußen sehen, wenn ihm das Elend seiner Zimmergenossen zu viel wird.

Er wirkt zu schmal, zu blass und der hässliche Krankenhauskittel, den sie ihm angezogen haben, macht sein Erscheinungsbild auch nicht gerade besser. Eine Maske bedeckt sein halbes Gesicht und beschlägt bei jedem Atemzug. Ich hebe die Hand und lächle zuversichtlich. Es ist anstrengend. Leise durchquere ich den Raum, um die anderen nicht zu stören, und ziehe mir einen der zwei Stühle heran, die an der Wand stehen.

»Hey, Art.«

Er begrüßt mich, wie er es immer tut, aber seiner Umarmung fehlt die Kraft.

»Was machst du nur für Sachen, alter Mann?«

Er winkt ab. »Ich dachte, ich sehe mal, ob die hier auch so hübsche Schwestern haben wie im Parkview.« Er grinst unter der Maske. »Du weißt doch, etwas Abwechslung hat noch nie geschadet.«

Er hört sich immer noch an wie Art. Erleichtert stoße ich die Luft aus. »Irgendwann verklagt dich mal eine der Schwestern wegen Nötigung.«

»Ich bin kein Grapscher. Ich verachte Männer, die so etwas tun, aber gegen die Komplimente eines Gentlemans hat niemand etwas. Im Gegenteil, den Frauen sollten viel mehr davon gemacht werden. Und da komme ich ins Spiel.« Er zieht sich die Maske vom Gesicht und mustert mich aufmerksam. »Und jetzt erzählst du mir, wieso du schlechter aussiehst als ich.«

»Das ist …« Ich weiche seinem Blick aus und fahre mir durch die Haare. »Das ist nichts. Hab nur schlecht geschlafen.«

Art lacht leise. »Du warst schon immer ein schlechter Lügner, Jackson.« Er hustet und schiebt sich die Maske wieder über Mund und Nase. Ich helfe ihm dabei. »Also, was ist los?«, wiederholt er seine Frage.

»Vollkommen unwichtige Probleme.« Zumindest im Vergleich zu der Tatsache, dass er im Krankenhaus liegt und eine Maske braucht, um vernünftig atmen zu können. »Ich werde dich jetzt ganz sicher nicht mit meinem Liebesdrama zutexten.«

»Ich sterbe sicher nicht daran, dass ich zu viele Jammie Dodgers für meine alternde Insulinproduktion gegessen oder zu wenig getrunken habe. Wenn ich draufgehe, dann weil ich mich hier drinnen zu Tode langweile. Meine Zimmergenossen pokern nicht mal«, flüstert er und verdreht die Augen. »Dein angeschlagenes Liebesleben wäre eine willkommene Abwechslung.«

Seufzend lehne ich mich auf dem Stuhl zurück. Wahrscheinlich gebe ich mich zu schnell geschlagen, aber ich muss tatsächlich dringend mit jemandem darüber reden. Und zwar nicht mit irgendjemandem. Ich will mit Art sprechen. Seine Meinung dazu hören. »Das Mädchen, mit dem ich dich besucht habe«, beginne ich stockend. »Nevah.« Wie kann es so verdammt wehtun, ihren Namen zu sagen?

Art nickt und lacht. »Die, die du angesehen hast wie ein schwer verliebter Albatros?«

Zweifelnd hebe ich eine Augenbraue. »Du vergleichst mich mit einer Möwe?«

»Albatros, nicht Möwe. Sie sind größer und erhabener. Zumindest Ersteres trifft auf dich zu.« Er lacht und schlägt mir sachte gegen den Oberarm. Doch ich tue ihm nicht den Gefallen mitzulachen. »Was ich sagen will: Die Vögel sind wie du.« Er zuckt die Schultern. »Wenn sie sich verlieben, dann Hals über Kopf. Und für immer.«

»So bin ich nicht.« Ich schließe die Augen, weil es nicht stimmt. »So ist das nicht zwischen uns.« Nicht mehr. Und wahrscheinlich war es das nie. Ich wollte das mit uns unbedingt. Während sie nur jemanden gebraucht hat, der dumm genug war, sich verarschen zu lassen. »Sie hat mich belogen.«

»Und warum?«

Das ist genau die Frage, die unaufhaltsam Kreise in meinem Kopf zieht und die eigentlich keine Rolle spielen sollte. »Ist nicht wichtig«, knurre ich. »Macht keinen Unterschied.«

Art zieht die Augenbrauen nach oben.

»Was?«, frage ich genervt.

»Ich dachte, nach der Sache mit deinen Eltern hättest du kapiert, dass es sehr wohl einen Unterschied macht. Die Welt ist nicht schwarz-weiß. Und die Liebe erst recht nicht. Manchmal gibt es gute Gründe, aus denen man das Falsche tut. Und wenn ich mir dich so anschaue, wette ich, dass du dir nicht mal angehört hast, was sie zu sagen hatte.« Er gibt mir eine Kopfnuss und obwohl kaum Kraft in der Berührung steckt, fühlt es sich an, als würde er mich damit auf die Bretter schicken.

»Ich …«, setze ich an.

»Du liebst sie«, unterbricht er mich. »Du kannst es ruhig abstreiten, aber dadurch wird es nicht weniger wahr. Ihr seid beide total vernarrt ineinander. Das habe selbst ich gesehen und meine Sehkraft ist nun wirklich nicht mehr die allerbeste. Klär das.«

»Sie vertraut mir nicht, Art. Was hätte das alles also für einen Sinn? Ja, vielleicht bin ich *vernarrt* in sie.« Sogar mehr als das. »Aber wenn sie nicht bereit ist, mir die Wahrheit zu sagen, obwohl sie weiß, wie ich zu Lügen stehe …« Ich zucke die Schultern. »Das ist nichts, was ich einfach hinnehmen kann.« Auch wenn ich wünschte, ich könnte es. Und jetzt will ich nicht weiter darüber reden. »Was hältst du von einer Runde Poker?«

»Hörst du mir eigentlich zu?« Art sieht mich entgeistert an. »Du sollst um dein Mädchen kämpfen, anstatt auf deinen blöden Prinzipien und irgendwelchem verletzten Stolz rumzureiten. Und ganz sicher solltest du nicht mit mir altem Zausel pokern. Weißt du, Vertrauen muss man sich verdienen. Du hast doch gar keine Ahnung, was dahintersteckt, was für Gründe sie hat. Vielleicht lag diese Entscheidung gar nicht bei ihr. Und hast du ihr überhaupt die Chance gegeben, dir zu vertrauen? Oder könnte es vielleicht sein, dass du es ihr aufgrund deiner eigenen Probleme und deiner Skepsis besonders schwer gemacht hast?«

Es ist genau, was Nevah mir als @donttrustanybody geraten hat. *Vielleicht sind ihre Gründe so gut, dass du es schaffst, ihr zu verzeihen. Vertrau ihr.* Und ich will ihr so gern glauben. Art glauben, dass es so einfach ist. Aber ich habe verdammte Angst. Noch eine Bruchlandung überstehe ich vielleicht nicht.

»Es geht dir nicht gut«, wende ich ein, auch wenn mir klar ist, dass ich seinen Zustand benutze, um mich dahinter zu verstecken. »Ich sollte hier sein. Bei dir.«

»Erinnerst du dich, wie du mir gesagt hast, dass du für sie überall hingehen würdest? Das bedeutet nicht nur Strand bei kitschigen Sonnenuntergängen, sondern auch dranzubleiben, wenn es wehtut. Mir geht es prima. Also verschwinde und krieg das mit euch hin. Versau es nicht, Jackson.«

Kein Druck. Ist ja schließlich eine Kleinigkeit, dieses verfluchte Chaos zu entwirren. Und total risikoarm für mein Herz. Trotzdem kapituliere ich, weil ich weiß, dass Art recht hat. Weil ich es schon wusste, bevor ich zu ihm gefahren bin. Ich wusste, dass ich uns nicht aufgeben kann. Nicht einmal nachdem sie mich belogen hat. Ich drücke Arts Schulter, verspreche ihm, morgen wiederzukommen, und verlasse das Zimmer. Müde fahre ich mir über die Augen und stoße die Luft aus.

In meinem jetzigen Zustand schaffe ich die Strecke nach Rockaway Beach nicht. Außerdem fühle ich mich nicht bereit für ein Gespräch, von dem so viel abhängt. Wenn ich mich nicht vorher ausruhe, werde ich es vermasseln.

Aber das ist nicht der einzige Grund, aus dem ich den Wagen wenig später vor dem Haus meiner Eltern halte. Ich kann Nevah unmöglich vergeben, dass sie mich belogen hat, solange ich meine Eltern für dasselbe Verhalten noch immer aus meinem Leben verbanne.

57
nevah

Jax hat jedes Recht, mich zu hassen. Ich wusste, dass es falsch ist, ihn anzulügen, und habe es trotzdem getan.

Dafür gibt es keine guten Gründe. Nicht mal schwer bewaffnete US-Marshals, die keinen Spaß verstehen, oder einen Psychopathen, der uns umbringen will. Ich hätte ihm vertrauen und alles erzählen müssen. Natürlich hätte ich Mom, Dad und Miller eingeweiht. Das Ganze geht sie genauso viel an wie mich. Aber außerhalb unserer Familie hätte niemand davon erfahren müssen. Das Risiko wäre gering gewesen. Geringer als das, ihn durch diese verdammten Lügen zu verlieren.

Ich sollte ihn in Ruhe lassen. Das wäre selbstlos. Und sollte Liebe nicht genau das sein?

Mir ist klar, was es über mich aussagt, dass ich das nicht hinbekomme. Ich muss mit ihm reden. Ich will ihm alles erklären. Selbst wenn das jetzt nichts mehr ändern würde und es ihm nur noch mehr wehtun wird zu erfahren, welches immense Ausmaß die Lügen hatten. Dass nichts an mir echt war. Aber ich kann ihn nicht kampflos aufgeben. Das habe ich schon bei meinem alten Leben getan.

Die Fensterfront des Strandhauses reflektiert die tief stehende Sonne, als ich über den Strand darauf zugehe. Normalerweise stehen die Schiebetüren immer offen. Die hellen Vorhänge blähen sich im Wind, der über die Bucht weht. Doch heute wirkt das Haus wie eine verschlossene Muschel. Aus dem Inneren dringt kein Laut. Die Vorhänge versperren den Blick in die Zimmer.

Ich klopfe, aber Jax öffnet nicht. Dabei muss er hier sein. Egal wie sauer er ist, er wird das mit mir klären wollen. Er ist nicht der Typ, der einfach verschwindet. Es sei denn, etwas trifft ihn mit der Wucht einer Abrissbirne. Wie der Verrat seiner Eltern. Wie das hier. Mein Herz hämmert – und sackt mir bis in die Hose, als ich das Haus umrunde. Denn sein Wagen steht nicht davor und auch nicht irgendwo am Rand der Straße. Er ist weggefahren. Ohne mit mir zu reden. Ohne mir eine Chance zu geben. Und vielleicht ist das schlauer als mein stures An-uns-Festhalten.

Aber es tut weh. Eine Weile stehe ich unschlüssig auf dem Gras vor dem Strandhaus. Die Reifenspuren haben eine tiefe Narbe in den ansonsten penibel ordentlichen Rasen gezogen. Und ich mache mir Sorgen. Weil es zeigt, wie aufgewühlt Jax gewesen sein muss, als er losgefahren ist. Und weil ich dafür verantwortlich bin. Was, wenn er so neben sich steht, dass er einen Unfall baut? Miller würde sagen, jetzt sei nicht so überdramatisch, Nev.

Ich sehe auf. Mein Bruder sitzt auf der Veranda und trommelt mit den Fingern auf die Gitarre. Sie sind wirklich früher zurückgekommen. Mechanisch stolpere ich auf ihn zu.

»Du hast es ihm gesagt.« Ein leiser Vorwurf schwingt in Millers Worten mit.

Ich schüttle den Kopf. »Er hat es ganz allein herausgefunden.« Miller holt Luft, um etwas zu sagen, aber ich bedeute ihm mit einer Handbewegung still zu sein. »Bitte, keine Sprüche, keine Fragen. Ich …« Ich wische mir die Tränen weg, die unkontrolliert über meine Wangen laufen. Als könnte ich so Haltung bewahren, obwohl ich bereits schluchze.

Miller sieht mich sekundenlang an, bevor er etwas tut, mit dem ich absolut nicht rechne. Er steht auf und zieht mich wortlos in seine Arme.

Und ich reagiere, wie ich es noch vor wenigen Wochen für

unmöglich erachtet habe. Ich kralle mich in seinem Shirt fest und lasse zu, dass er mich hält. Ich weine lange. So lange, bis ich keine Tränen mehr habe, bis nur noch Leere in meiner Brust ist. Und Miller weicht keinen Inch zurück.

58
jackson

Ich parke den Pick-up in der Auffahrt hinter Dads Mercedes. Der Bewegungsmelder springt an und beleuchtet Teile des Rasens und der Auffahrt. Der Rest des Grundstücks liegt in der einbrechenden Dunkelheit. Und genauso fühle ich mich. Der Großteil von mir ist dämmriges Zwielicht.

Bevor ich aussteige, öffne ich das Handschuhfach und greife nach Kristinas Brief. Ich sehe ihn mir nicht an. Das habe ich bereits so oft getan, dass ich jeden Wasserfleck, jede verfärbte Faser auf dem Umschlag in- und auswendig kenne. Nur geöffnet habe ich ihn nicht. Und das tue ich auch jetzt nicht. Ich schiebe ihn in meine Gesäßtasche und steige aus.

Das Geräusch der zuschlagenden Autotür zerreißt die Stille der perfekten Vorstadtidylle. Ein Hund bellt und schreckt einen Schwarm Vögel auf. Wie eine schwarze Wolke steigen sie in den Himmel auf und ich sehe ihnen nach.

Hinter mir öffnet Dad die Tür. Ich weiß, ohne hinzusehen, dass er es ist. Vielleicht ist es die Art, mit der er sie aufzieht. Vielleicht der Geruch seines Rasierwassers. Oder seine Schritte, deren Klang ich immer und überall erkennen würde.

»Hi.« Ich drehe mich um. Und habe absolut keine Ahnung, was ich sagen soll. »Ich hätte anrufen müssen.« Ich klinge so erbärmlich unsicher. Wahrscheinlich weil mir mehr nach Heulen zumute ist. Weil ich alles falsch mache. Wieder und wieder.

»Du musst nicht anrufen.« Dad streckt den Arm nach mir aus, lässt ihn aber sinken, bevor er mich berührt.

»Ich war in der Gegend und bin ziemlich fertig. Kann ich mich ein paar Stunden oben hinlegen, bevor ich nach Rockaway Beach zurückfahre?« Nicht exakt das, was ich eigentlich sagen müsste, aber es ist ein Anfang.

Dad nickt, ohne zu überlegen. »Immer. Das hier ist dein Zuhause.«

Ich blinzle. Das kam so schnell und selbstverständlich, dass es mein schlechtes Gewissen triggert. Sie hätten allen Grund, mich zum Teufel zu jagen, nachdem ich sie so lange aus meinem Leben ausgeschlossen habe. Aber Dad zögert nicht mal. Ich schiebe mich an ihm vorbei in den Flur. »Danke.« Ich will ihn umarmen, aber etwas hält mich zurück. Vielleicht die letzten Monate. Die Dinge, die gesagt wurden. Und die, die wir nie ausgesprochen haben.

»Alles in Ordnung, Jackson?«

Ich schüttle den Kopf. »Aber ich komme klar.« Sicher bin ich zwar nicht, aber ich kann auch nicht darüber reden. Mit der Hand deute ich die Treppe hinauf. »Ich bin echt fertig.«

»Sicher. Ruh dich etwas aus. Deine Mutter ist noch unterwegs, aber sie würde sich bestimmt freuen, wenn du noch eine Kleinigkeit mit uns isst, bevor du später fährst. Nur wenn das in Ordnung für dich ist.«

Ich nicke und schleppe mich die Treppe in den ersten Stock hinauf. Mein Zimmer liegt am Ende des Flurs. Darin ist noch alles so, wie ich es vor über einem halben Jahr zurückgelassen habe. Selbst das Bett ist frisch bezogen. Ich war seitdem nicht mehr hier, aber Mom hat den Raum hergerichtet, als würde ich jeden Moment zurückkehren. Ich schlucke, mache mir nicht die Mühe, das Licht anzumachen und lasse mich auf die Matratze fallen. Ich schließe die Augen, atme, spüre die Schwere, die meinen Körper erfasst. Ich taste nach dem Brief und ziehe ihn aus meiner Tasche. Der Umschlag knistert, als ich ihn öffne und das Papier darin auseinanderfalte. Einige

Minuten halte ich den Brief nur in der Hand, bevor ich schließlich die Nachttischlampe anmache und mich zwinge hinzusehen. Ein einfaches Blatt. Ausgerissen aus einem handelsüblichen Notizblock. Was habe ich denn erwartet? Briefpapier mit Luftballons oder Herzchen? Mit einem Schnauben konzentriere ich mich auf die Buchstaben, die Worte, die sie bilden, den Inhalt dessen, was meine leibliche Mutter mir noch sagen wollte, bevor sie ein zweites Mal aus meinem Leben verschwunden ist. Für immer.

Lieber Jackson,

wenn du das hier liest, bist du bei meinem Bruder aufgetaucht und hattest Fragen. Ich werde nicht mehr lange genug da sein, um alle zu beantworten. Die wichtigste dürfte sein, warum ich dich weggegeben habe. Ich würde gern sagen, dass ich gezwungen wurde. Von meiner Familie. Den Behörden. Den Umständen. Aber das wäre eine Lüge. Und ich will wenigstens jetzt ehrlich sein.

Ich war einfach nicht stark genug. Ich konnte keine Mom sein. Nicht einmal für dich. Obwohl ich dich von dem Moment an geliebt habe, als ich die zwei blassen Striche auf dem Schwangerschaftstest gesehen habe. In meinen klaren Momenten habe ich dich sogar mehr geliebt als die Vorstellung unserer kleinen Familie. Deswegen habe ich dich weggegeben. Die Scotts sind genau das, was ich mir immer für dich erhofft habe. Sie wollten dich so sehr. Sie haben für dich gekämpft, dich beschützt. Sie lieben dich. Bedingungslos. Das war das einzig Richtige und Gute, was ich je für dich getan habe. Ich schäme mich nur dafür, dass ich nicht stark genug war, an dieser Entscheidung festzuhalten. Und ich wünschte, ich wäre nie zurückgekehrt und hätte versucht dich ihnen wegzunehmen.

Dabei wusste ich immer, dass ich dir nicht das bieten kann, was sie dir gegeben haben. Ein Zuhause voll Wärme und die Chance auf eine glückliche, sorgenfreie Zukunft. Sie haben dich zu einem guten Menschen gemacht. Frei von all dem Dreck, der an mir haftet.

Es ist merkwürdig, dir zu schreiben und zu beten, dass du diese Zeilen nie lesen wirst. Denn das würde bedeuten, deine Eltern haben alles richtig gemacht und du weißt nichts von mir. Es wäre genau, wie es sein soll. Und ich müsste nichts bereuen. Solltest du jedoch erfahren, was ich getan habe, hoffe ich, dass du mir irgendwann verzeihen kannst.

In Liebe
Kristina

Ich lese den Brief dreimal. Keine Ahnung, was ich erwartet habe, aber das Stück Papier gibt mir keinen inneren Frieden. Oder etwas vergleichbar Zufriedenstellendes. Vielleicht habe ich ihn genau deswegen bisher nicht gelesen. Weil ich geahnt habe, er würde mir kein Stück helfen. »Fuck«, flüstere ich in die Stille des Zimmers und wische mir mit dem Handrücken über die Augen. Das letzte Mal, dass ich so geheult habe, war im Krankenhaus, in Arts Armen. Aber Art ist nicht hier. Und Dad zu zeigen, wie sehr mich ein paar hingekritzelte Worte meiner leiblichen Mutter aus der Bahn werfen, fühlt sich falsch an.

Mein Telefon klingelt und ich ziehe es aus der Hosentasche. Nevah. Ich bin so erleichtert, dass mein erster Impuls ist ranzugehen. Ich will ihr sagen, dass ich sie liebe. Und dass es mir egal ist, ob sie gelogen hat oder nicht.

Aber dann erinnere ich mich daran, wie wir auseinandergegangen sind, wie es gerade zwischen uns steht. Dass es eben nicht egal ist. Wir müssen die Dinge klären und wenn ich jetzt heulend ans Telefon gehe, wird das nicht passieren. Nicht mit dem nötigen Abstand, weil Nevah herkommen, mich in den Arm nehmen und mir sagen wird, dass ich in dieser Situation nicht der Fels sein muss. Was perfekt wäre und genau deswegen ein Problem. Nevah darf nicht noch epischer werden. Denn dann bekomme ich sie gar nicht mehr aus meinem Herzen und das Ende würde umso schlimmer, wenn wir das mit uns nicht wieder hinbekommen. Also warte ich, bis das Klingeln erstirbt, obwohl es so verdammt schwer ist.

Im Erdgeschoss höre ich, wie Mom ins Haus kommt und sie und Dad miteinander reden. Leise. Aus Rücksicht auf mich. Sie denken, ich schlafe, und wollen mich nicht wecken. Vielleicht war Kristinas Brief nie dazu gedacht, mich mit ihr auszusöhnen. Vielleicht sollte er mir immer nur zeigen, wer meine wahre Familie ist. Möglicherweise hat meine leibliche Mutter unrecht und die Adoption ist nicht das einzig Selbstlose, was sie für mich getan hat. Eine ganze Weile liege ich einfach nur auf dem Bett, lausche den Geräuschen meiner Eltern. Als Dad die Nachrichten einschaltet, höre ich auf zu weinen. Und als er den Fernseher eine halbe Stunde später wieder ausschaltet, schaffe ich es, aufzustehen und nach unten zu gehen.

Dad steht in der Küche und kramt im Besteckfach.

»Hey, Mom.« Sie sitzt am Tisch und ich gebe ihr einen Kuss auf die Wange. Weil ich denke, es gibt vielleicht keine richtigen Worte hierfür. Ihr steigen Tränen in die Augen, die sie hastig fortwischt. Aber es sind gute Tränen. Die Art, die ein warmes Lächeln begleiten. Ich nehme Dad das Besteck ab, mit dem er sich zu uns umdreht, und decke den Tisch, wie ich es früher immer getan habe. Mein Friedensangebot. Wir werden über alles reden müssen. Aber nicht jetzt. Heute Abend reicht es, dass wir zusammen an einem Tisch sitzen und eine Familie sind.

59
nevah

Im Wohnzimmer ist es so still, dass man eine Stecknadel fallen hören könnte. Dad fährt sich immer wieder über seinen Bart, den er seit Neuestem wachsen lässt. Für den verwegenen Westküsten-Look. Mom behauptet, das wären die ersten Anzeichen einer Midlife-Crisis. Ich denke, sich optisch zu verändern, ist vielleicht Dads Art, mit all den Umstellungen in seinem Leben umzugehen, die sich einen Dreck um die Pläne scheren, die er für sich und uns hatte.

»Okay, wir müssen das auf jeden Fall dem Marshals-Service melden.« Er seufzt. »Sie sollten wissen, dass jemand im Netz Nachforschungen über uns angestellt hat. Keine Ahnung, ob dieser Mistkerl uns dadurch finden kann. Aber das ist nichts, was wir verschweigen können.«

»Dad«, widerspricht Miller schwach und wird von einem strengen Blick zum Schweigen gebracht.

»Dieser Typ ist zu gefährlich, als dass ich irgendein Risiko eingehen werde. Die Marshals überprüfen die Sicherheitslage und entscheiden dann, was getan werden muss. Und wir werden machen, was sie für richtig halten.«

Ich schließe die Augen. Wir werden hier wegmüssen. Warum konnte ich nicht einfach weiter lügen? So sehr zu Nevah werden, dass es sich irgendwann wahr angefühlt hätte? »Ich könnte noch mal mit Jax reden.« Er hat auf keinen meiner Anrufe reagiert, was dagegenspricht, dass er jemals wieder Kontakt haben will. Muss ich wirklich noch einen draufsetzen und unser erstes Gespräch nach dieser Katastrophe mit der Bitte beginnen, uns nicht zu verraten? Er wird denken, das ist alles, was mich interessiert.

Miller nickt. »Endlich mal ein produktiver Vorschlag. Er ist ein guter Typ und wird dir versprechen, die Klappe zu halten. Krise abgewendet.«

»So einfach ist das leider nicht«, sagt Mom und streicht sich über den Unterarm. »Selbst wenn er sich bemüht, ist es ein Risiko, das wir nicht einschätzen können. Irgendwann rutscht ihm vielleicht doch etwas raus. Und er hat bereits im Netz nach uns gesucht. Ich will genauso wenig von hier weg, wie ich New York verlassen wollte. Aber viel wichtiger als dieser Ort ist mir, dass ihr in Sicherheit seid. Wir alle.«

»Jax lebt allein in diesem Kaff. Allein in dem verfluchten Haus. Er hat keine engen Freunde, soweit ich weiß. Nevah ist seine Freundin. Wem sollte er denn schon von uns erzählen?«

Ex-Freundin. Ich schlucke schwer an den Tränen, die schon wieder in mir hochsteigen.

»Er geht zur Uni, veranstaltet Partys, hat einen Job.« Dad sieht Miller entschuldigend an. »Ich werde mich dafür einsetzen, dass wir trotz dieser neuen Entwicklungen bleiben können, aber im Zweifelsfall halten wir uns an die Empfehlungen der Verantwortlichen.«

Miller springt auf und läuft aufgebracht durch den Raum. »Fuck, das ist doch scheiße«, stößt er hervor.

»Wir wissen, wie schwer das für euch ist. Es geht uns nicht anders. Aber gemeinsam schaffen wir das. Das haben wir schon einmal.« Mom drückt meinen Arm und ich wünschte, ich könnte ihre Zuversicht teilen, doch gerade fühlt es sich nicht so an, als könnte ich all das noch mal bewältigen, diesen Ort und Jax einfach hinter mir lassen. Vergessen, was er in mir ausgelöst hat.

60
nevah

Mom, Dad und Miller sind gleich nach dem Frühstück nach Beaverton aufgebrochen, wo sich das Office des US-Marshals-Services befindet. Ich wollte nicht mitkommen. Nicht hören, was die Verantwortlichen zu sagen haben. Nicht noch einmal erleben, wie es ist, in einem unpersönlichen Raum zu sitzen und einer wildfremden Person dabei zuzusehen, wie sie einen Schlussstrich unter unser Leben zieht.

Das Holz der Verandastufen ist von der Sonne aufgeheizt. Ich mag, wie die Wärme durch meine Shorts dringt. Ich mag dieses Haus, das Rauschen des Ozeans, den wolkenlos blauen Himmel. Dafür, dass ich nichts an diesem Ort mögen wollte, ist das verdammt viel. Und es gibt da Dinge, die ich nicht nur mag, sondern liebe.

Jeder verdammte Gedanke endet bei Jax. Selbst der ans Wetter. Ich starre zum Strandhaus hinüber. Bis jetzt ist er nicht wieder aufgetaucht und ich mache mir langsam Sorgen. Bei Art im Seniorenheim kann er nicht über Nacht geblieben sein. Die haben Besuchszeiten. Zu seinen Eltern hat er keinen Kontakt. Maddie ist in Frankreich. Und Miller ist gerade ein ebenso rotes Tuch wie ich. Außerdem war mein Bruder die ganze Zeit bei uns.

Ich habe mir eingeredet, dass er einfach nur herumgefahren ist, um den Kopf freizukriegen. Vielleicht hat er irgendwo am Strand geschlafen. Oder im Auto, um mir aus dem Weg zu gehen und sich zu sortieren. Das wäre möglich. Aber er müsste längst zurück sein. Seine Schicht bei Pete fängt bald an und wenn er die letzte Nacht draußen verbracht hat, muss er sich vorher duschen und umziehen. Er würde niemals seinen Job riskieren, indem er einfach nicht auftaucht. Dafür ist er ihm zu wichtig. Seine Existenz oder zumindest seine Eigenständigkeit hängt davon ab.

Er könnte einen Unfall gehabt haben. Oder verletzt sein. Ich könnte ihn verlieren. Auf eine noch endgültigere Art als bisher. Ich beiße die Zähne so fest aufeinander, dass es schmerzt. Schon wieder loszuheulen ist nicht hilfreich.

Ein Wagen hält in unserer Auffahrt und wirft einen monströsen Schatten auf den Rasen. Mein Herz macht einen erleichterten Satz, aber es ist nicht Jax' Pick-up. Eingängige Countrymusik lässt den Wagen der Tillamook Ranch erzittern und erstirbt, bevor Blake aus dem Auto steigt und mich anlächelt.

»Hey.«

»Hey.« Ich sollte vermutlich mehr sagen, sie hereinbitten, ihr etwas anbieten, aber ich bleibe einfach sitzen.

»Darf ich?« Sie deutet auf die Stufen und lässt sich neben mich fallen, als ich nicke.

»Was machst du hier?« Blake hat so viel zu tun, dass die Frage berechtigt ist. Sie ist nicht der Typ, der tatenlos auf Verandastufen hockt.

»Ich bin vorbeigekommen, weil du heute auf der Ranch helfen wolltest und nicht aufgetaucht bist. Ich hab mir Sorgen gemacht.« Blake knufft mich in die Seite. »Was ist los?«

Mist, wie konnte ich das vergessen? Auch wenn es kein offizieller Arbeitstermin war, hatte ich Blake zugesagt. Ich hätte da sein müssen. Egal was gerade privat bei mir los ist. »Es tut mir so leid. Ich wollte dich nicht hängen lassen. Normalerweise bin ich nicht so«, sage ich zerknirscht. »Ich würde total verstehen, wenn du mit jemand so Unzuverlässigem nicht mehr arbeiten willst.«

Blake sieht mich verständnislos an. »Ich bin doch nicht sauer. Und ich bin auch nicht als deine Chefin hier, sondern als Freundin. Weil mir mein Bauchgefühl gesagt hat, dass du vielleicht eine brauchen könntest. Und wie es aussieht, hatte ich recht. Also, was ist passiert?«

Ich binde meine struppigen Haare zu einem festen Knoten auf dem Kopf zusammen. Das verbessert mein Aussehen vermutlich nur marginal, aber es beruhigt mich. »Es gab Probleme. Mit meiner Familie.« Ich schlucke trocken. »Und …«

»… mit Jackson«, beendet Blake meinen Satz.

»Woher weißt du davon?« Bei unserem Streit waren wir allein am Strand und seitdem habe ich das Haus nicht verlassen. Und Jax ist abgehauen und auch gar nicht der Typ, der so etwas in die Welt hinausposaunt.

»Eileen, eine der Bedienungen aus dem Grumpy Pie.« Blake zuckt die Schultern. »Ich dachte, du wärst vielleicht dort, weil es dein Lieblingsversteck vor deinem Idioten-Bruder ist. Eileen hat mir erzählt, dass Jax gestern dort war und nach dir gesucht hat. Sie wollte Informationen, aber sie ist eine bescheuerte Tratschtante, ich würde ihr nicht mal erzählen, wenn sie was Fieses zwischen den Zähnen hat.«

Blake sieht mich nicht an, als sie das sagt, und ich bin sicher, dass sie Eileen nicht ohne Grund verabscheut. Irgendwann sind wir vielleicht so gute Freundinnen, dass sie mir davon erzählt. Schmerzhaft bohrt sich die Erkenntnis in meine Brust, dass es dazu wahrscheinlich nie kommen wird. Sie werden uns vorher hier wegbringen.

»Was hat er angestellt?«

Ich blinzle die Tränen weg und ziehe die Beine an den Körper. »Nicht er ist das Problem, sondern ich.« Das klingt wie aus den Top 5 der klischeehaftesten Schlussmachsprüche.

»Und ich dachte, du könntest nicht mal einem Streifenhörnchen gefährlich werden. Furchtbar lästige, süße Viecher«, sagt sie gedankenverloren und konzentriert sich dann wieder auf mich. »Aber anscheinend steckst du voller Überraschungen.«

Wenn sie wüsste, wie viele es tatsächlich sind. »Ich war nicht ehrlich zu ihm, was die Gründe für unseren Umzug angeht. Was mich angeht«, füge ich leise hinzu.

»Und das kann er dir nicht verzeihen, habe ich recht?« Blake schüttelt den Kopf und schnaubt, und ich liebe sie dafür, dass sie nicht nachfragt, um was genau es bei unserem Streit ging. Als würde sie spüren, dass ich nicht darüber reden kann. »Ich kenne ihn nicht gut, aber Maddie hat mir ein bisschen was erzählt. Scheint ein echter Sturkopf zu sein. Mit einem ganzen Sack voll Probleme im Gepäck. Und einer Abneigung gegen Unehrlichkeit. Warum, weiß der Geier. Das hat er nicht mal Maddie erzählt und die beiden sind echt gute Freunde.«

Mir schon. Mir hat er alles gesagt. Sich geöffnet. Mein Brustkorb zieht sich schmerzhaft zusammen. Und ich konnte nicht dasselbe für ihn tun.

»Rede mit ihm, Nev. Er wird schon nicht wegen einer kleinen Notlüge Schluss machen. Ich meine, ich habe euch zusammen gesehen. Selbst wenn er Unehrlichkeit so sehr hasst wie ich Gewürzgurken und stur ist wie ein altes Berg-Yak, wäre er bescheuert aufzugeben, was ihr hattet.« Sie zwinkert mir zu.

»Es war keine kleine Notlüge«, erwidere ich dumpf und kicke in den sandigen Boden unter meinen Schuhen. »Das alles hat eher die Größe des Foley Peaks.« Ich sehe zu dem Berggipfel, der im Hinterland gegen den Himmel aufragt. »Ich habe echt Scheiße gebaut, Blake. Er war zu Recht wütend, stand total neben sich und dann ist er weggefahren. Ich hab versucht ihn zu erreichen, aber …« Ich schüttle den Kopf. »Er hätte längst wieder hier sein sollen. Er muss arbeiten, doch er ist wie vom Erdboden verschluckt.«

»Und du machst dir Sorgen?«

»Ich drehe durch«, gebe ich zu. Entweder er erträgt es nicht einmal, in derselben Straße zu sein wie ich. Oder es ist etwas passiert. Beides nimmt mir die Luft zum Atmen.

»Okay.« Blake steht auf und klopft sich die Hose ab. »Fahren wir.«

Ich sehe sie fragend an.

»Na, wir suchen ihn.« Sie lässt den Schlüssel in ihrer Hand klimpern und grinst breit. »Wahrscheinlich hängt er bei einem seiner Surfkumpels rum und leidet, weil er sich mit seinem Sturschädel selbst im Weg steht. Wir fahren hin und wenn er dort ist, klärt ihr das.«

Bei Blake klingt das alles so einfach.

»Ich wollte schon immer mal Amor spielen.« Sie steigt bereits ein und ich folge ihr, weil es unhöflich wäre, ihr Angebot auszuschlagen. Weil ich lieber mit Blake durch die Gegend fahre und Jax suche, anstatt noch eine Minute länger auf der Veranda zu sitzen und zu versuchen, Jax durch bloße Willenskraft zu materialisieren. Ich will ihn finden und mit ihm reden. Weil ich es Mom und Dad versprochen habe. Weil das bedeutet, er ist gesund. Und weil ich eine zweite Chance will.

Aber egal wo wir nach ihm suchen, Jax ist weder bei seinen Freunden noch bei Pete, der sehr ausgefallene Verwünschungen findet, um die Misere zu beschreiben, in die Jax ihn durch sein Fehlen bei der Arbeit gebracht hat. Gemeinsam fahren wir zur Fairytale Cove, aber auch dort ist er nicht. Genauso wenig wie am Baumstamm oder auf einer seiner Joggingrouten, bei Marsha oder im Dollar General, um sich mit einer Überdosis Geschmacksverstärker und Zucker in Slushy-Form zu betäuben.

Mir gehen die Ideen aus, wo wir noch suchen könnten. Deswegen überredet mich Blake zu einer Kaffeepause auf dem Pier.

Als wir uns gerade setzen wollen, klingelt ihr Telefon. »Es ist Mom. Da muss ich kurz rangehen.«

Ich nicke.

»Hey, Mom, was gibt es?« Das ist alles, was sie sagt. Ansonsten hört sie nur zu und ihre Gesichtszüge verfinstern sich mit jeder Sekunde.

»Was ist los?«, frage ich, als sie schließlich auflegt und ihren noch halb vollen Kaffeebecher in den Mülleimer wirft.

»Ich würde dir so gern helfen, Jax weiter zu suchen, aber ich muss leider weg.« Sie zuckt entschuldigend die Schultern. »Farm-Drama. Die Rinder sind durch den Zaun gegangen und gönnen sich gerade ein Festmahl auf den Feldern unseres Nachbarn.« Sie geht zum Wagen, der neben dem Pier parkt, und ich folge ihr. »Unseres streitlustigen Nachbarn. Ich bring dich noch nach Hause, aber dann muss ich die Viecher zurück auf unseren Grund und Boden bekommen.«

Sie wirft sich die zu einem Zopf geflochtenen Haare auf den Rücken und wir steigen ein. »Der Typ ist ein echter Stinksack. Versucht uns bei jeder Gelegenheit das Leben schwer zu machen. Gerade diskutiert er mit Mom, ob und wie er sie dafür verklagen kann.« Sie verdreht die Augen. »Als hätte sie nichts Besseres zu tun. Zum Beispiel die Rinder aus seinem Feld zu bugsieren.«

»Vielleicht kann ich helfen.« Das würde mich ablenken und gleichzeitig könnte ich mich dafür revanchieren, dass Blake stundenlang mit mir nach Jax gesucht hat.

»Bist du sicher?«

Kein Stück. Trotzdem nicke ich.

Blake grinst. »Okay, ein Cowgirl mehr ist perfekt.«

»Also, ich unterstütze euch gern, aber ein Cowgirl bin ich echt nicht«, warne ich sie vor. »Bisher habe ich immer darauf geachtet, dass sich zwischen mir und allem, was größer als ein Meerschweinchen ist, ein Zaun befindet.«

Jetzt lacht Blake. »Wir finden etwas mit Zaun für dich.«

61
jackson

Ich habe lange geschlafen. Zu lange, wenn ich mir den Stand der Sonne ansehe, die durch das Fenster auf mein Bett fällt. Dürfte schon nach Mittag sein. Und ich habe Nev noch immer nicht zurückgerufen. Oder auf eine ihrer Nachrichten reagiert, dass ich mich melden soll. Die mit jedem Mal dringlicher wurden. Sie macht sich Sorgen.

Ich hätte gestern einfach rangehen sollen. Aber ich war so fertig, dass ich keinen klaren Gedanken fassen konnte. Außerdem ist das nichts, was ich am Telefon klären kann. Ich will ihr in die Augen sehen, wenn wir darüber sprechen, was verdammt noch mal passiert ist. Ich will ihr sagen, dass ich sie nie hätte am Strand stehen lassen dürfen. Dass ich dämlich war und direkt mit ihr hätte reden müssen. Dass ich sie brauche.

Schnaubend stoße ich die Luft aus. Ich werde ihr definitiv nicht stecken, dass ich ein Albatros bin, obwohl Art recht damit hat. Ich habe mich in Nevah verliebt. Hals über Kopf. Restlos. Ich würde überall für sie hingehen, egal wie sehr es wehtut. Und das vergeht nicht. Nicht einmal, wenn sie etwas wirklich Bescheuertes tut, wie mich anzulügen.

Am liebsten würde ich sofort aufbrechen, aber bevor ich zu ihr fahre, will ich noch mit Mom und Dad sprechen. Die Situation zwischen uns zu stabilisieren, ist etwas, was ich ebenso sehr möchte, wie die Sache mit Nevah in Ordnung zu bringen.

Ich schreibe ihr eine Nachricht, in der ich sie bitte, mich später am Strandhaus zu treffen, und schäle mich dann aus dem Bett, um zu duschen.

Ein Teil meiner Klamotten befindet sich noch immer hier im Haus meiner Eltern. Nachdem ich mich abgetrocknet habe, ziehe ich frische Boardshorts und ein Shirt an und laufe nach unten. Mom und Dad sitzen in der Küche und unterhalten sich leise.

»Hey«, begrüßt Mom mich. »Du siehst besser aus.«

»Es geht mir auch besser«, bestätige ich und grinse schief. Der Moment hier mit ihnen ist seltsam vertraut und gleichzeitig so wacklig, dass ich fürchte, eine Unachtsamkeit könnte uns erneut ins Aus katapultieren. Trotzdem gehe ich dem nicht länger aus dem Weg. Ich nehme den Kaffee entgegen, den Dad mir reicht, und setze mich zu ihnen.

»Ich wollte mit euch reden, bevor ich fahre.« Ich stoße die Luft aus und suche nach Worten. Perfekten Worten. Aber vielleicht müssen sie gar nicht perfekt sein, nur ehrlich. »Ich war bei meinem Onkel. Ich weiß, wie viel Überwindung es euch gekostet hat, mir von ihm zu erzählen.« Ich deute auf Dad. »Mir die Adresse zu bringen. Aber ich habe diesen Besuch bei ihm gebraucht, um alles zu verstehen.« Ich sehe Mom und Dad direkt an. »Denn das tue ich jetzt. Ich werde Zeit benötigen, um alles sacken zu lassen und darüber reden zu können, aber ich kann nachvollziehen, warum ihr mich beschützen wolltet. Warum ihr mir nicht von ihr erzählen wolltet.«

Dad räuspert sich. »Du solltest lieber gar kein Bild von deiner Mutter haben als ein schlechtes, das dich in deinen Grundfesten erschüttert, in deinem Selbstbild.« Er senkt den Blick. »Aber das ist nicht alles. Diese Entscheidung war nicht nur selbstlos und zu deinem Wohl, obwohl wir es so vor uns gerechtfertigt haben. Wir hatten auch Angst, dich an sie zu verlieren. Selbst als sie tot war. Das war egoistisch und es tut uns leid.«

»Sie war nie eine Konkurrenz für euch.« Sie sind meine Eltern. Und das wird sich nicht ändern. »Ich wünschte einfach, ich hätte es früher gewusst. Alles. Und dann selbst entscheiden können, ob ich sie treffen will.«

Mom nickt und legt ihre Hand auf meine. »Manchmal trifft man aus Liebe wirklich verrückte Entscheidungen.« Sie wischt sich die Tränen aus den Augen und dieses Mal bin ich es, der nickt. Weil ich sie verstehe.

62
nevah

Die Tillamook County Ranch liegt eingebettet zwischen sanften Hügeln. Eine breite Auffahrt zieht sich von dem Tor mit Emblem und Namen der Farm bis zu dem Haupthaus, den Stallungen und Koppeln. Links und rechts neben der Auffahrt erstrecken sich weitläufige Weideflächen. Auf einer dieser Wiesen grasen die Rinder, die Blake, ihre Mom Rose und ich wieder eingefangen haben. Eigentlich haben die beiden den Großteil der Arbeit gemacht. Blake hat Wort gehalten und mich zur Bewachung des Gatters eingeteilt, sodass ich immer einen Zaun zwischen mir und den wirklich mächtigen Rindern hatte. Sobald sie eine kleine Herde zusammengetrieben hatten, habe ich das Gatter geöffnet und hinter den Viechern wieder verschlossen, während Blake und Rose erneut losgedüst sind, um nach und nach alle hundertvierundvierzig Tiere zurück auf die Weide zu bekommen.

Ich hätte nicht gedacht, dass es so befriedigend sein kann, Cowgirl zu spielen. Ich lehne am Zaun, eine Flasche Coke in der Hand, betrachte die Rinder und sehe Blake dabei zu, wie sie das Pferd ihrer Mom absattelt.

»Du hast dich wirklich gut geschlagen. Wenn du nicht aufpasst, plant Mom dich noch für weitere Arbeiten auf der Ranch ein.« Blake grinst breit, als könnte sie sich nichts Schöneres vorstellen.

Ich ziehe zweifelnd eine Augenbraue hoch. »Wohl kaum. Es hat echt Spaß gemacht, aber deine Mom hat Augen im Kopf und ich bin ein echt talentfreies Greenhorn.«

Blake legt den Sattel auf die oberste Zaunlatte und ergreift ihre Cokeflasche, die sie im Gras abgestellt hatte. Mit einem leichten Klingen stößt sie sie gegen meine, ohne zu widersprechen. Wir wissen beide, dass ich recht habe.

»Trotzdem danke für die Ablenkung. Hat gutgetan.« Weil ich während der gesamten Zeit so damit beschäftigt war, nicht von den Neunhundert-Kilo-Monstern zertrampelt zu werden, dass ich gar keine Gelegenheit hatte, an Jax zu denken. Was definitiv für die Rancharbeit spricht, auch wenn meine Fähigkeiten woanders liegen.

Blake sieht mich an. »Hat er sich immer noch nicht gemeldet?«

Ich schüttle den Kopf. Das Telefon in meiner Hosentasche hat keinen Pieps von sich gegeben. Dabei hatte ich es extra auf laut gestellt, um mitzubekommen, sollte sich Jax melden.

»Könnte auch an dem schlechten Empfang hier draußen liegen. Ich habe nur im Haus durchs WLAN Netz. Aber Jax ist bestimmt okay.« Blake pustet sich die Haare aus der Stirn und dreht sich dann zu dem Motorengeräusch und der Staubwolke um, die sich die Auffahrt hinaufschiebt. Darin eingehüllt der Volvo meiner Eltern mit Miller am Steuer.

»Mein Taxi«, sage ich.

»Der Gatorade-Killer.« Blake verdreht die Augen und umarmt mich eilig. Wahrscheinlich damit Miller nicht denkt, es wäre nötig auszusteigen. »Danke noch mal für deine Hilfe. Und melde dich, wenn du was von Jackson hörst. Müsste ich nicht ungefähr drei Meilen Zaun reparieren, würde ich weiter mit dir suchen und dich nicht deinem Idioten-Bruder überlassen.«

»Eigentlich ist er gar nicht so schlimm.« Die Anspannung wegen Jax bringt mich hingegen um. Zum zehnten Mal in der letzten halben Stunde ziehe ich mein Telefon aus der Hosentasche. Das Display zeigt einen wackligen Balken an. Das Netz auf der Ranch ist wirklich grottenschlecht, aber ein Balken sollte doch ausreichen, um eine Nachricht zu übermitteln, oder? Ich schiebe das Telefon frustriert zurück in meine Tasche.

»Er wird sich melden.«

Das glaube ich nicht. Und ich versuche, nicht über mögliche katastrophale Gründe dafür nachzudenken, aber mein Hirn ist echt kreativ.

»Hätte dich gar nicht für ein Pferdemädchen gehalten.« Miller ist ausgestiegen und mustert Blake, das Pferd, das sie noch immer hält, und grinst. »So mit allem, was dazugehört, rosafarbene Satteldecke, geflochtene Zöpfchen.«

Die Satteldecke ist tatsächlich rosa. Und der Schweif des Pferdes eingeflochten, damit er bei der Arbeit nicht im Weg ist, wie Rose mir erklärt hat.

»Die totale Cowgirl-Romantik.« Miller macht eine Reitbewegung, die ins Obszöne abdriftet, und ich stöhne unterdrückt. Vor zwei Minuten habe ich Blake noch gesagt, dass Miller gar nicht so schlimm sei, aber ich revidiere diese Meinung. Blake ist meine Chefin, meine Freundin. Sie war für mich da, hat mir geholfen und er benimmt sich wie das letzte Arschloch.

Blakes Augen verengen sich. Sie gibt dem Pferd einen Klaps, schickt es auf die Weide und verschließt das Gatter hinter ihm. »Wenn du mich schon kategorisieren willst, Beachboy-Idiot, dann bitte als Motocross-Mädchen.« Ihre Stimme klingt zuckersüß. »Ich stehe definitiv auf mehr als ein PS. Und meine Maschine ist alles andere als rosa.« Sie geht zu dem martialisch wirkenden Dirt-Bike hinüber, das sie nach der Arbeit auf der Auffahrt abgestellt hat, und lässt dessen Motor aufheulen. »Wir sehen uns, Nev. Melde dich, sobald du was hörst.« Von Miller verabschiedet sie sich, indem sie ihn in eine Staubwolke hüllt.

Und schon wieder hat sie es geschafft, ihn sprachlos zurückzulassen, und ich feiere sie dafür. Das hat er so was von verdient.

»Können wir endlich los?«, knurrt er. »Hab schließlich keinen Bock, hier verdammte Wurzeln zu schlagen.« Und obwohl er das sagt, dreht er sich einmal um die eigene Achse und nimmt jedes Detail der Ranch in sich auf, bevor er einsteigt.

Ich schiebe mich auf den Beifahrersitz. »Die Farm ist wunderschön.« Ein Fleck, der wie aus der Zeit gefallen wirkt. Und an dem selbst mein unstetes Herz etwas Ruhe gefunden hat.

Miller prustet, als hätte ich nicht mehr alle beieinander, weil ich so etwas sage. Er wendet und beschleunigt genauso ruppig wie Blake eben. »Wenn man auf verdammtes Nichts, noch mehr Nichts und Kuhmist steht.«

Offensichtlich kommt sein Ego nicht mit Blake klar und er verflucht deswegen nicht nur sie, sondern gleich das ganze Anwesen. Soll er ruhig. »Ich mag es.«

»Du bist ja auch merkwürdig.« Er lächelt.

»Was haben die vom Marshals-Service gesagt?« Der Wechsel von Small Talk hin zu diesem lebensverändernden Thema war zugegebenermaßen abrupt und wischt Millers Lächeln sofort weg.

»Dass sie nichts sagen können.« Miller haut gegen das Lenkrad. »Das sind solche Scheiß-Paragraphensäcke. Mitgefühl? Fehlanzeige.« Er verstellt seine Stimme. »Wir prüfen den Sachverhalt und geben Ihnen dann Bescheid.« Er fährt sich durch die Haare. »Dad meint, es sieht ganz gut aus. Keine verdammte Ahnung, wie er darauf kommt.«

Weil sie uns im Fall einer unmittelbaren Gefahr direkt von hier weggebracht hätten. Es ist keine Entwarnung, aber ein Silberstreif am Horizont. Ich schließe die Augen und atme erleichtert aus. Fürs Erste dürfen wir bleiben. Ich lächle. »Hat sich Jax bei dir gemeldet?«, frage ich leise.

Miller schnaubt. »Nein, verflucht, und das wird er auch nicht, nachdem du ihm gesteckt hast, dass wir ihn beide belogen haben.« Er holt tief Luft. »Tut mir leid. Nicht deine Schuld, ich weiß. Er ist allein dahintergekommen. Aber das ist alles einfach so … fucking scheiße«, bringt er es auf den Punkt. »Ich habe es vorhin noch mal bei ihm versucht, er ist nicht rangegangen. Wahrscheinlich kommt er nie mehr aus seinem Strandhaus.«

Ich sehe auf und mein Herzschlag beschleunigt sich. »Er ist im Strandhaus?«

Miller nickt. »Wo soll er sonst sein?«

Ich lache erleichtert auf. Er ist zurück. Hatte offenbar keinen Unfall. Es geht ihm zumindest körperlich gut. Das ist erst mal das Wichtigste.

»Ist mit dir alles klar?« Miller sieht mich besorgt an. »Wenn du nämlich einen hysterischen Zusammenbruch hast, kenne ich nur eine Möglichkeit, das zu beenden, und die wäre, dir eine zu scheuern.«

»Ich habe keinen Anfall, also mach dir keine Hoffnung.« Ich boxe ihm gegen den Oberarm und lasse nur von ihm ab, weil in diesem Moment eine Nachricht auf meinem Handy eingeht. Die Zivilisation hat mich wieder, das Netz zeigt vollen Empfang.

Ich weiß, du vertraust niemandem. Der Name deines Profils war kein Zufall. Und ich habe dir auch keinen Grund gegeben, das zu ändern, als ich bei der ersten Schwierigkeit einfach abgehauen bin. Aber bitte, Nev, wir müssen darüber reden, was passiert ist. Ich bin heute Nachmittag zurück.

Er hat die Mitteilung schon vor über zwei Stunden verschickt.

»Jax?«

Ich nicke. »Er will mit mir sprechen«, sage ich leise. Das ist alles, was ich mir seit dem Moment am Baumstamm wünsche.

Ich will ihm alles erklären und eine zweite Chance. Aber es macht mir auch Angst. Sucht er dieses Gespräch vielleicht nur, um einen sauberen Schlussstrich zu ziehen? Um mir zu sagen, dass er nicht damit klarkommt, dass ich unehrlich war? Und selbst wenn er so sehr zu uns zurückfinden möchte wie ich, ist möglicherweise zu viel geschehen und es ist trotz aller Bemühungen zu spät. Die Marshals könnten unsere Chance torpedieren, weil sie uns doch noch fortbringen. Was, wenn ich ihn verliere, egal was ich tue?

* * *

Als ich das Haus umrunde, sitzt Jax mit gesenktem Kopf am Lagerfeuer, das einen Raum schafft, der ihm gehört, nicht mir. Ich zupfe an der Flagge der melancholischen Beachboys, die den Zutritt markiert. »Darf ich das Clubhaus betreten?«

Jax sieht auf und lächelt schwach. Mein Herz reagiert direkt darauf, auf ihn, aber ich warte, bis er nickt.

»Du bist hier«, sagt er leise.

»Ich bin hier.« Und ich bin unsicher, ob ich mich neben ihn setzen soll, um ihm nahe sein zu können. Oder besser auf die andere Seite des Feuers, weil diese Art von Gespräch womöglich Abstand erfordert.

Jax nimmt mir die Entscheidung ab, weil er etwas sagt, mit dem ich nicht rechne. »Ich habe ihren Brief verbrannt.«

Ich weiß sofort, von welchem Brief er spricht. Ich sinke neben ihm in den Sand. »Warum?«

Er zuckt die Schultern. »Vielleicht um endlich loszulassen.«

Die Aussage poltert durch mein Innerstes, stößt gegen meine Eingeweide, mein Herz. Er will endlich loslassen. Und da er nichts weiter sagt, denke ich, er meint damit nicht nur seine leibliche Mutter. »Ich …« Habe ihm so viel zu sagen und keine Ahnung, wo ich beginnen soll. Weil die Wahrheit nicht dafür sorgen wird, dass er es sich anders überlegt.

»Lass mich zuerst«, unterbricht er mich. »Bitte.« Er vergräbt seine Füße im Sand und sieht auf die Körner, die uns voneinander trennen. »Ich war so ein verdammter Idiot. Nicht nur mit dir. Auch mit meinen Eltern. Ich war bei ihnen und wir haben geredet. Das hat vieles in die richtige Perspektive gerückt.« Er nickt und schüttelt dann den Kopf. »Ich hätte nie so durchdrehen dürfen. Egal was passiert ist, ich hätte uns niemals infrage stellen dürfen, dich nicht drängen sollen, mir Dinge zu erzählen, als du einfach noch nicht bereit dazu warst.« Er fährt sich durch die Haare und sieht mich eindringlich an. »Es tut mir leid. Hätte ich nicht nachgebohrt, sondern dir die Zeit gegeben, die du brauchst, wärst du nie gezwungen gewesen zu lügen. Dass du mir nicht genug vertraut hast, um mir alles zu erzählen, hat mich fertiggemacht. Tut es immer noch. Weil es mich wegen meiner Eltern triggert, aber ich darf das nicht vermischen.« Er stockt. »Denn eins ist mir seit unserem Streit klar geworden. Es ist mir egal. Es ist mir egal, warum du gelogen hast. Dass du gelogen hast. Es ist vollkommen gleichgültig, was vorgefallen ist oder wann du bereit sein wirst, mir davon zu erzählen. Ob du es je sein wirst. Welchen Namen du trägst oder woher du wirklich stammst. Weil … ich dich liebe.«

Er zuckt unsicher mit den Schultern, als wäre das etwas, das eine unumstößliche Tatsache ist. Etwas, das er selbst dann nicht ändern könnte, wenn er wollte. Und ich will ihm so gern glauben, aber … »Du kannst niemanden lieben, den du gar nicht wirklich kennst«, flüstere ich.

»Doch.« Das kam zu schnell, als müsste er nicht nur mich überzeugen, sondern auch sich selbst. »Ich kenne dich. Egal ob du Nevah heißt oder Haven oder meinetwegen auch Elmo.« Er grinst schief und legt mir seine Hand auf den Arm. »Ich weiß, dass du deine Haare immer zu einem Knoten zusammenbindest, wenn du dich unwohl fühlst. Dass du Angst im Dunkeln hast. Du liebst die Natur, aber du bist kein Fan vom Baden. Ich vermute, Miller hat dich einmal zu oft untergetaucht. Überraschungen sind nichts für dich, weil du dafür zu ungeduldig bist. Du hast Pläne und Listen für alles. Sogar Pläne für Pläne. Ich weiß, dass du deinen Bruder am liebsten zehnmal am Tag auf den Mond schießen würdest und regelmäßig zum Ninja-Kampfzwerg mutierst, um ihm in den Hintern zu treten, aber ihn trotzdem so sehr liebst, dass du alles für ihn tun würdest. Selbst deinen furchtbaren Nachbarn mitten in der Nacht aus dem Bett klingeln, um Miller nach Hause zu schleppen. Du bist schlagfertig und stark.« Er hält inne und sieht mir tief in die Augen. »So stark, dass du es bis hierher geschafft hast, was auch immer in deinem Leben passiert ist.« Ein schiefes Lächeln stiehlt sich auf sein Gesicht. »Dafür kannst du überhaupt nicht kochen und magst keine Slushys, was wirklich gegen dich spricht.«

Seine Finger liegen noch immer auf meiner Haut und üben leichten Druck aus, der in winzigen Schockwellen durch meinen Brustkorb brandet.

»Nev, du hast mein Leben erhellt und, verdammt, das hatte es echt bitter nötig. Also, egal was du sagst oder was in deinem Leben schiefläuft, ich kenne die Person, die gerade vor mir sitzt. Und ich liebe sie. Ich liebe dich.« Sanft legt er seine Lippen auf meine und für einen Moment gebe ich dem Kuss nach, verliere mich in seinen Worten, die tief in mir nachwirken. Er sieht mich. Mich. Nicht Nevah, nicht Haven. Nicht das Mädchen, das ich gern wäre. Nicht die Person, die ich war. Er sieht mich. Und ich will nichts mehr als meinen Gefühlen nachgeben und ihm sagen, dass ich ihn auch liebe. Aber es wäre nicht fair, so etwas zu sagen, bevor er weiß, worauf er sich einlässt.

Vorsichtig lege ich meine Finger an sein Kinn und halte ihn davon ab, mir noch näher zu kommen und damit all die Dinge auszuradieren, die ich ihm sagen muss. »Du hast mich gefragt, was passiert ist, bevor wir herkamen.« Nervös beiße ich mir auf die Lippe und verstumme, zögere.

»Du musst es mir nicht erzählen.« Jax sieht mich eindringlich an. »Es spielt keine Rolle.«

»Doch.« Mein Herz tobt. »Doch, tut es. Ich will, dass du die Wahrheit kennst, mich kennst, bevor du mir noch mal sagst, dass du mich liebst und das hier willst.«

Er lächelt schwer. »Okay, aber das wird nichts an meinen Gefühlen ändern. Nichts an meiner Entscheidung für dich. Für uns.«

Wieso findet er immer die richtigen Worte? Ich schließe die Augen. »Ich habe dir nichts über mein früheres Leben erzählt, weil ich es nicht durfte«, beginne ich und atme bebend ein. »Ich war gezwungen zu lügen. Eine Unwahrheit zieht die nächste nach sich und ehe man sich's versieht, steckt man in diesem Lügenchaos fest und verletzt Menschen. Menschen, die einem wichtig sind.«

Jax streicht mir beschwichtigend über den Arm. »Du wolltest das nicht, was ziemlich beruhigend ist. Also ...« Er zuckt die Schultern.

»Trotzdem hat es dich verletzt, oder?«

Er nickt, zieht seine Hand weg und die Wärme zerfasert wie eine Erinnerung in der kühlen Luft. Ich wünschte, er würde seine Hand zurücklegen.

»Ich durfte dir nichts erzählen. Ich darf dir nichts erzählen«, verbessere ich mich. »Weil es das Risiko erhöht, dass sie uns wieder hier wegbringen. Ein neuer Ort, neue Menschen. Ein neues Leben. Ich hatte Angst, dich zu verlieren. So wie ich auch schon Hanna verloren habe.«

Er zieht die Augenbrauen zusammen. »Ich dachte immer, dass ihr aus Chicago weg seid wegen irgendeines Internetspinners, der euch das Leben zur Hölle gemacht hat, oder echt fiesen Stalkings.« Er schüttelt den Kopf. »Keine Ahnung, aber ich habe nie angenommen, dass man euch gezwungen hat.«

»New York«, sage ich leise. »Wir kommen aus New York. Und wir hätten unser Leben dort niemals freiwillig aufgegeben.«

»Wer hat euch das angetan?« Seine Muskeln spannen sich an, als wollte er sich jedem in den Weg stellen, der auch nur den Versuch wagt, so etwas noch mal zu tun.

»Das organisierte Verbrechen. Das FBI.« Ich zucke hilflos die Schultern. Jax hat sich Gedanken gemacht, was hinter alldem stecken könnte, aber die Ausmaße überwältigen ihn, das kann ich sehen. »Wir sind im Zeugenschutzprogramm.«

Er reibt sich über das Kinn und atmet hörbar aus. »Was ist passiert?«

»Miller war zur falschen Zeit am falschen Ort. Er ist in New York ziemlich vom Weg abgekommen. Eines Abends ist er mit seinem besten Kumpel um die Häuser gezogen, nachdem wir uns gestritten hatten. Ich wollte, dass er zu Hause bleibt. Er hatte Mom und Dad versprochen, unter der Woche einen Gang runterzuschalten und die Uni ernster zu nehmen. Ich habe ihn daran erinnert und …« Ich stelle eine Explosion mit meiner Hand nach, die die Ausmaße des Konflikts ganz gut umreißt. »Er ist die ganze Nacht mit Austin unterwegs gewesen. Sie waren betrunken und hatten kein Geld mehr für ein Taxi. Deswegen sind sie gelaufen, was total bescheuert war, weil man von der Bronx aus Stunden bis zu uns braucht. Unter einer Brücke haben sie eine Auseinandersetzung zwischen zwei Typen mitbekommen. Plötzlich zog einer der Männer eine Waffe und hat dem anderen in den Kopf geschossen. Einfach so. Ohne zu zögern.«

»Haben sie den Typen erwischt?«, fragt Jax schockiert.

Ich schüttle den Kopf. »Miller und Austin waren Augenzeugen und haben ihre Aussage bei der Polizei gemacht. Die konnte den Täter als Sam Vaughler identifizieren. Aber er ist untergetaucht. Bis heute. Austin und mein Bruder sollten vor Gericht aussagen, sobald er gefasst würde.«

»Und zur Sicherheit haben sie euch hierhergebracht.«

Ich wische mir die aufsteigenden Tränen aus den Augen. »Sie haben den beiden Polizeischutz gewährt, aber das war es. Obwohl es um viel mehr ging als um Sam Vaughler, einen relativ kleinen Fisch. Die Beamten hofften, mit seiner Verhaftung auch den Rest der Organisation zu Fall zu bringen. Die Beweise gegen den Typen waren so erdrückend, dass sie davon ausgingen, er würde gegen seinen Boss und den Rest auspacken. Ohne Austin und Miller hatten sie jedoch nichts in der Hand und trotzdem haben sie sie nicht besser geschützt.«

»Was ist passiert?« Jax versucht Ruhe auszustrahlen, weil er sieht, wie sehr mir die Geschichte zusetzt, aber seine Faust bohrt sich in die Sandkörner unter uns.

»Eines Abends bekam Miller eine Nachricht von Austin, dass er sich verfolgt fühlen würde. Kurz darauf eine zweite, in der er ihn bat, bei ihm vorbeizukommen. Ich habe Miller hingebracht, weil er etwas getrunken hatte und nicht mehr in der Lage war, selbst zu fahren.« Ich schlinge die Arme um meine Mitte, als würde mich wie damals der schwere New Yorker Februarwind erfassen. »Nachdem ich ihn abgesetzt hatte, wollte ich eigentlich direkt wieder weg, aber Hanna hatte mir ein Video von ihrem neuen Freund geschickt. Ich habe es angesehen und stand deshalb noch auf dem Parkplatz, als Miller anrief. Ich habe mich gewundert, was er wollte. Immerhin hatte ich ihn gerade erst rausgeschmissen.« Ich schließe die Augen und die Erinnerungen katapultieren mich zurück in den Wagen. Ich sehe mich ans Telefon gehen, höre Millers unzusammenhängende Wortfetzen, die Panik in seiner Stimme. »Mir war sofort klar, dass etwas nicht stimmte. Austin war verletzt, so viel konnte ich verstehen. Ich sollte ihm helfen.

Natürlich bin ich sofort losgerannt. Auf dem Weg ins Haus habe ich den Notruf abgesetzt. Austin wohnte im obersten Stockwerk. Der Weg durchs Treppenhaus fühlte sich an wie diese Albträume, in denen man rennt und rennt und doch nie ankommt. Ich hatte es erst halb nach oben geschafft, als ich einen Knall hörte. Dann noch weitere. Zunächst habe ich nicht begriffen, dass das Schüsse waren, nur dass etwas passiert ist, was die Realität verrückt. Austin war zu diesem Zeitpunkt bereits tot. Der Polizist, der zu seinem Schutz abgestellt worden war, ebenfalls. Und Sam Vaughler wollte auch Miller ermorden. Er hat ihn mit einer Nachricht von Austins Telefon in die Wohnung gelockt und dort auf ihn geschossen. Einigen Kugeln konnte er ausweichen. Zwei haben ihn schwer verletzt. Er wäre fast gestorben.« Ich schluchze leise und Jax legt seinen Arm um mich, zieht mich an seine Brust und presst seine Lippen in mein Haar. Wie damals in seinem Schlafzimmer. Und wie damals hilft mir seine Nähe.

»Ich stand wie erstarrt auf der Treppe, konnte mich nicht bewegen«, fahre ich leise fort und meine Worte prallen gegen sein Shirt. »Als ich wieder hochgesehen habe, kam der Typ bereits direkt auf mich zu. Ich habe ihn sofort wiedererkannt. Von dem Fahndungsfoto. Aber etwas war anders. Da war Blut. Überall Blut. Auf seinem Gesicht. Auf der Kleidung.« Ich atme zitternd aus. »Ich dachte, er hätte meinen Bruder umgebracht. Ich dachte, er würde mich umbringen. Aber dann ist er einfach verschwunden. Später haben sie mir gesagt, es wären die Sirenen gewesen, die ihn verscheucht haben. Wenn ich nicht den Notruf gewählt hätte, wäre ich jetzt tot. Miller wäre tot. Und vielleicht sind wir das sogar auf die ein oder andere Weise. Ich meine, ich habe ein Stück von mir in diesem Treppenhaus zurückgelassen. Ich musste jemand anderes werden. Und ich habe es gehasst. Ich habe Miller für alles verantwortlich gemacht, ihn dafür verdammt, dass er an diesem Tag nicht zu Hause geblieben ist, sondern einen draufmachen musste. Dafür, dass er hier viel schneller Fuß gefasst und doch nichts geändert hat. Doch dann habe ich dich kennengelernt und es ging mir besser. Du hast Sam Vaughler aus meinen Träumen vertrieben, die Dunkelheit erträglicher gemacht. Aber das Verrückte war, dass ich mich nicht deswegen in dich verliebt habe. Sondern weil du du bist. Und weil ich bei dir ich sein konnte. Ich wollte dir alles erzählen. Mehr als einmal. Aber die Regeln sind streng und die Konsequenzen so endgültig. Ich wollte dieses Leben nicht. Und dann wollte ich es irgendwann nicht mehr verlieren. Dich nicht verlieren.«

Jax nickt und streicht mir unablässig übers Haar.

Ich schließe die Augen. »Meine Eltern mussten melden, dass du im Netz nach uns gesucht hast. Dass du Bescheid weißt. Sie machen eine neue Gefahreneinschätzung. Dad denkt, dass die Chancen gut stehen, dass wir bleiben dürfen. Sam Vaughler scheint untergetaucht zu sein. Seine Leute verhalten sich derzeit ruhig. Solange sie uns hier nicht aufspüren, dürfen wir bleiben. Aber die Lage kann sich jederzeit ändern. Ein Anruf und wir müssen verschwinden. Ich verstehe, wenn du dich deswegen lieber nicht auf mich einlassen willst.« Jeder Tag, den wir miteinander verbringen, wird das Ende schwerer machen.

»Ich habe mich längst auf dich eingelassen. Komplett.« Jax atmet tief ein und ich sehe, wie ihn allein die Vorstellung quält, dass wir wieder getrennt werden könnten. »Also werde ich damit leben«, sagt er entschlossen und ich liebe seinen Sturkopf in diesem Moment so unfassbar. Er umrahmt mein Gesicht mit seinen Händen und küsst mich. »Niemand weiß, was in einem Tag sein wird, richtig? Oder in einer Woche, einem Monat, einem Jahr. Vielleicht gerate ich unter einen Laster. Oder mir fällt Marshas Regenrinne auf den Kopf. Und ja, es kann sein, dass uns der Zeugenschutz auseinanderreißt. Aber vielleicht auch nicht. Alles, was ich weiß, ist, dass wir jetzt hier sind. Wir beide. Und ich nutze jeden Moment. Und wenn sie euch wirklich irgendwann fortbringen, werde ich dich suchen. Und ich werde dich verdammt noch mal wiederfinden. Ich finde dich. Weil ich dich liebe.«

Und dieses Mal bin ich es, die Jax küsst, und an seinen Lippen flüstere ich die Worte, die ich schon einmal zu ihm gesagt habe. Als er geschlafen hat. Und schon damals war ich mir sicher. »Ich liebe dich auch.«

63
nevah

Der Wind zerrt an meinem Shirt, fährt darunter und würde mich sicher frösteln lassen, würde Jax nicht hinter mir stehen und mich wärmen. Seine Brust an meinen Rücken gepresst, die Arme fest um mich geschlungen. Er hat sich etwas hinuntergebeugt und sein Kinn liegt auf meiner Schulter. Ich kann sein Lächeln fühlen und das macht alles in mir leicht.

»Bist du aufgeregt?«, fragt er und es tut gut, sich nur um das bevorstehende Essen mit seinen Eltern sorgen zu müssen.

Es hat zwei Tage gedauert, bis die Marshals Entwarnung gegeben haben. Sam Vaughler ist untergetaucht. Laut Quellen des FBI vielleicht sogar tot. Selbst für das organisierte Verbrechen ist es so gut wie unmöglich, an Informationen über den Aufenthalt des Zeugenschutzes zu kommen. Deswegen ist es für Sam Vaughlers Organisation eine einfachere Variante, das Risiko zu minimieren, indem sie *ihn* aus der Gleichung nehmen. Wenn die Polizei ihn nicht fassen kann, können sie ihn auch nicht als Druckmittel gegen seinen Boss einsetzen. Miller und ich können mit unserer Aussage nur Sam Vaughler belasten, nicht die Hintermänner. Ich sollte vielleicht nicht erleichtert darüber sein, dass womöglich ein Mensch gestorben ist. Aber ich bin es.

Die Lage wurde mittlerweile als ungefährlich eingestuft. Wir dürfen bleiben. Und zum ersten Mal seit diesem Abend in Austins Apartmentkomplex fühle ich mich tatsächlich sicher. Auch wenn es nach wie vor eine wacklige Sicherheit ist. Die Albräume sind guten gewichen. Die meiste Zeit. Ich sehe keine

Bedrohung mehr hinter jeder Ecke oder in jeder Person, die ihre Kapuze zu tief in die Stirn zieht. Es geht mir gut. Zumindest solange ich nicht an das Essen mit Jax' Eltern denke.

Sie wollen mich kennenlernen. Es freut mich, dass Jax zugestimmt hat und damit einen weiteren Schritt auf seine Eltern zugeht. Ich bin aus dem Häuschen, weil er unsere Beziehung so ernst nimmt, dass er mich ihnen schon nach so kurzer Zeit vorstellen will. Aber ich drehe durch, wenn ich daran denke, was alles schieflaufen könnte. Ich bin bestimmt nicht das, was sie sich für ihren Sohn gewünscht haben. Er hat sehr deutlich gemacht, dass sie hohe Ansprüche haben. Und ich rede zu viel und habe unbequeme Meinungen, die sicher nicht mit den Einstellungen seiner Eltern kompatibel sind. Da wäre zum Beispiel das Minenfeld meiner umweltpolitischen Ansichten. Ich atme geräuschvoll aus.

Jax löst sich von mir und schaut mich fragend an. »Hey.« Er wartet, bis ich seinen Blick erwidere und schief lächle, um ihm zu zeigen, dass ich okay bin. »Das sieht gruselig aus.« Er streift mit seiner Nase mein Gesicht, lacht und küsst mich sanft. »Mach dir keinen Kopf, okay? Solange du nicht gerade so eine Grimasse ziehst und meinem Dad erzählst, dass er ein skrupelloser, verachtungswürdiger Wirtschaftshai ist, werden sie dich lieben. Vergiss es, selbst dann werden sie dich lieben. Weil ich dich liebe. Ganz einfach.«

Ich stöhne gequält. Musste er mich daran erinnern, dass sein Dad der Typ auf dem Cover der Wirtschaftszeitschrift war, gegen den ich so vernichtende Argumente gefunden habe? Und dass dieses Treffen deswegen ganz sicher nicht leicht wird? Ich hoffe wirklich, er wird nicht von seinem Beruf anfangen, weil ich meine Meinung leider nicht verstecken kann. So ist die neue Nevah nämlich. Einhundert Prozent ehrlich. Zumindest zu mir und Jax. »Bist du überhaupt nicht nervös?«

Er schüttelt den Kopf. »Wenn es schwierig wird, konzentriere ich mich einfach auf dich. Im Grunde sehe ich sowieso nichts anderes.« Er lacht und streckt auffordernd die Hand nach mir aus. »Wir sollten los.«

Er hat recht. Wir sollten zum Strandhaus zurücklaufen. Aber statt seine Hand zu ergreifen und Seite an Seite mit ihm am Ozean entlangzuschlendern, bleibe ich stehen. »Wäre es okay, wenn ich gleich nachkomme? Ich brauche nur zwei Minuten.«

Jax nickt und ich liebe ihn dafür, dass ich mich nicht erklären muss.

Er küsst mich und wie jedes Mal wirbelt er mit dem Druck seiner Lippen all meine Zellen durcheinander. Sein Atem streift meine Wange und das ist kein Sturm mehr in meiner Brust, sondern ein Hurrikan. »Bis gleich«, murmelt er an meinem Ohr und braucht prickelnde Sekunden, bevor er sich losreißen kann. Er fährt sich durch die Haare, geht rückwärts und dreht sich erst um, als er bereits halb hinter einer der Sanddünen verschwunden ist.

Ich klettere auf unseren Baumstamm. Der Ozean liegt ruhig vor mir. Nicht still. Als ich das erste Mal hier saß, war ich stinkwütend auf Miller, weil er scheinbar mühelos neu angefangen hatte. Ich dachte, ihm würde das alles hier so verdammt leichtfallen, während ich kein Stück weiterkam. Aber mittlerweile ist mir klar, dass das Gegenteil der Fall ist. Ich habe meinen Neubeginn, während Miller noch immer stillsteht. Vielleicht hilft es ihm, dass ich glücklich bin und er sich meinetwegen keine Vorwürfe mehr machen muss. Ich vermisse Hanna, Teile meines alten Lebens. Das werde ich auch weiterhin, doch ich kann das Gefühl jetzt besser ertragen, die Erinnerungen festhalten und nach vorn sehen, in eine Zukunft. Hier. Mit Jax. Nicht in eine Vergangenheit, die Sam Vaughler für immer zerstört hat.

Den Blick auf den Ozean gerichtet, das Herz ruhig wie die

Wellen, die stetig gegen den Strand schlagen, ziehe ich mein Handy aus der Hosentasche. Ein letztes Mal rufe ich Hannas Instagram-Profil auf. Der neueste Post zeigt sie mit Freunden auf dem Campus, lachend, wie nur Hanna lachen kann. Sie ist glücklich. Der Gedanke, dass sie das ohne mich ist, ist nicht leicht, aber es ist okay. Ich berühre ihre Hand und spüre doch nur das kalte Display des Handys. Ich spreize meine Faust zu einer angedeuteten Explosion. So wie wir es immer getan haben, als wir die Welt noch gemeinsam unsicher gemacht haben. »Vergiss mich nicht«, flüstere ich, schließe ihr Profil, gehe in die Einstellungen und lösche mit wenigen Klicks @donttrustanybodys Account. Ich lasse los. Mein altes Ich. Die Zwischenlösung, die ich so lange war. Ich bin kein Kiesel mehr, den man einfach in den Ozean geworfen hat und der haltlos herumtrudelt. Ich habe endlich festen Grund gefunden.

64
sam

Die Steilküste von Rockaway Beach erhebt sich wie das zerklüftete Maul eines Giganten über den Ozean. Ich stehe an der Kante und sehe zu, wie Sand und winzige Geröllstücke in die Tiefe fallen. Der Wind zerrt an mir, aber er hat keine Chance. Genauso wie Haven keine Chance haben wird. Unverwandt starre ich sie an. Sie nennt sich jetzt Nevah und steht unten am Strand. Sie kümmert sich um ihren Typen. Als gäbe es nichts Wichtigeres als ihre College-Romanze. Nichts Wichtigeres als ihr kleines Fake-Leben.

Ich verschränke die Arme vor der Brust und warte, bis der Kerl ihr einen Kuss auf die Wange gibt und über den Strand davongeht. Haven bleibt allein zurück. An einem ansonsten menschenleeren Strand. Sie wäre leichte Beute. Ein Schaf, das den Wolf erst bemerkt, wenn es zu spät ist. Aber ich muss mich gedulden. Ich brauche einen Plan. Und Carver, oder Miller, wie er sich jetzt nennt. Töte ich nur einen von beiden, wird der Rest der Familie untertauchen. Die Cops bringen sie woanders hin und meine Chance wäre vertan. Das werde ich nicht riskieren. Das hier ist der einzige Weg zu überleben. Der einzige Weg zurück nach Hause. Kriegen mich Frank und seine Leute, bevor ich meinen Fehler wiedergutgemacht habe, bin ich tot. Erwischen mich die Cops, überlebe ich keine drei Tage im Gefängnis. Frank wird nicht zulassen, dass sie mich weichklopfen und ich ihn am Ende verrate. Er hat überall Leute.

Noch weiß niemand, dass ich in Oregon bin. Das verschafft

mir genug Zeit, den perfekten Moment abzuwarten. Keine Pannen mehr.

Tief atme ich die salzige Meeresluft ein und lächle. Endlich ist es so weit. Das hier ist mein Neuanfang. Und das Ende von Haven und Carver.

nevah und jackson
Soundtrack

Broken * Jonah Kagen
Smells Like Teen Spirit * Kina Grannis
I Can't * Caitlyn Smith
Astronaut in the Ocean * Masked Wolf, DDG, G-Eazy
Fade Away * Rob Baird
Slow Down * Paul Cauthen
Nice to Meet Ya * Niall Horan
Me Without You * Havelin
Wonderwall * Ryan Adams
Willow * Taylor Swift
Acoustic * Billy Raffoul
Falling * Harry Styles
What You're Running From * Jamie Grey
Therapy * VOILÀ
Heart-Shaped Box * Nirvana
Lonely Ones * LOVA
Better * Billy Raffoul
Something in the Orange * Troy Ramey

danksagung

Zuallererst möchte ich all denen danken, die nicht an mich geglaubt haben. Danke. Ihr habt mir das »Jetzt erst recht« gegeben, das mich stur durchhalten lassen hat, sodass ich heute meinen Traum lebe.

Lasse, danke für die Einblicke in die Notaufnahme des Tillamook General Hospital, auch wenn du dir den Ausflug sicher schmerzfreier gewünscht hättest. Aus Sicht der Recherche war es ein Hauptgewinn, auch was den netten Cop inklusive Criminal Suspect hinter dem Vorhang anging. Danke, dass du mein Sohn bist. Ich habe dich lieb.

Linus, dir habe ich dieses Buch gewidmet. Weil du so einzigartig bist wie der Weg zu der Entstehung dieser Geschichte und die Protagonisten darin. Jackson erinnert mich in seiner Art so sehr an dich. Ich habe dich lieb.

Louis, du musst noch bis Band 2 für eine absolut uncoole und superpeinliche Widmung von deiner Mama warten. Aber auch hier schon ein Danke, dass es dich gibt und ich deine Mama sein darf. Ich habe dich lieb.

Meinen Eltern dafür, dass ich eine Ronja Räubertochter mit Buchfimmel sein durfte und keine Prinzessin sein musste.

Meiner Schwester danke ich dafür, dass sie mich seit meiner Geburt lieb hat, egal was ich anstelle, und dafür, dass sie noch immer nicht genug von mir hat. Dass wir uns gemeinsam totlachen können oder die Köpfe einschlagen wie Nevah und Miller. Aber egal was es ist, wir halten immer zusammen.

Danke an Jana für das Erkunden jeden Quadratzentimeters

von Rockaway Beach, für das Tillamook-Eis über dem Pazifik auf unserem Hotelbalkon. Für die Fotosession am Tillamook Community College, das Suchen von Blakes Ranch, das Singen von Countrysongs, den Besuch der Twin Rocks, das Essen im Old Oregons Smokehouse und den Besuch in Rockaway Beaches Little Crow. Für den Roadtrip, der diesem Buch Leben eingehaucht hat. Danke für deine Freundschaft und all die Abenteuer.

Lucie, Kris, danke, dass ihr mit Jana und mir eine Hasengang bildet, die selbst ›The Shining‹-Hotelkorridore TikTok-tauglich macht, und für all den Spaß, die immer offenen Ohren, Schreibauszeiten, das Lachen, die ernsten Gespräche und eure Freundschaft.

Rici und Maja, ich danke euch für WhatsApp-Hörbücher in allen Lebenslagen, Frühstückstreffen bis in den Abend hinein, eure Freundschaft und eure Sicht auf meine Texte.

Kathinka, Julia, Kyra, Viola, Sophie, Nikola, Valentina, Tonia, danke, dass es euch gibt und wir den Autorenalltag gemeinsam rocken.

Ilona für das Kopf-Freilaufen, jeden guten Rat, die Auszeiten, deine Freundschaft und dass ich bei dir immer ich sein darf, fröhlich und zu laut, traurig und schlecht drauf, verrückt, still, egal zu welcher Uhrzeit oder an welchem Tag.

Meiner Lektorin Luzie Bischoff für das Schleifen des Textes, die guten Ideen und Vorschläge, die Nevahs und Jacksons Geschichte erst zu der gemacht haben, die sie ist.

Susanne Stark für das Glauben an meine Projekte und die Überzeugung, dass sie Erfolg haben werden.

Meiner Agentin, Leonie Schöbel, der Literatur- und Filmagentur Marcel Hartges, die nicht nur sinnbildlich immer die Orientierung behält, was nicht zu meinen Kernkompetenzen zählt, für das Runterholen, wenn die Ungeduld mit mir durchgeht, das Freuen, abendliche Gute-Nachrichten-Mails, obwohl eigentlich nur noch Uno gespielt werden sollte und Regenbogen. Ganz besonders für die Regenbogen und das Glauben an meine Projekte.

Und zu guter Letzt möchte ich allen Leser*innen danken. Ohne euch dürfte ich nicht tun, was ich am meisten liebe. Danke für eure Begeisterung und so viel Liebe für meine Bücher. Ihr seid der beste Rückenwind ever.

LEONIE LASTELLA

SEASIDE
HIDEAWAY

unseen

LESEPROBE
BAND 2

1
miller

So eine verfluchte Scheiße! Ich drehe den Schlüssel noch einmal. Als hätte ich das nicht bereits sieben Mal getan. Aber der Motor gibt nur ein ungesundes Geräusch von sich und dann ganz auf. Dampf steigt durch die Ritze der Motorhaube und vermischt sich mit dem Nebel zwischen den Bäumen. Für einen Moment lege ich den Kopf gegen den zerschlissenen Sitz und atme tief durch.

»Du hättest Jax mitnehmen sollen, dann hätten sie dich beim Kauf vielleicht nicht über den Tisch gezogen.« Meine Schwester sieht mich vorwurfsvoll an, weil ich meine letzten Kröten aus New York für einen vom Salzwasser zerfressenen Jeep ausgegeben habe, der uns jetzt mitten im Nirgendwo hängen lässt. Das kann Nevah gut – vorwurfsvoll gucken. Meistens liegt sie damit richtig. Zumindest was mich angeht. Trotzdem macht es mich wütend.

»Der Wagen war in einem super Zustand«, brumme ich. Das hat der Käufer zumindest geschworen und ich habe ihm geglaubt. Jetzt ist es kurz nach sechs Uhr morgens, noch dunkel und wir stecken mitten im Tillamook Forest irgendwo zwischen der Küste und Portland fest, was beweist, dass ich ein Idiot bin und der Typ ein verdammter Lügner. Die Bäume, die die Straße säumen, ragen in die Dunkelheit auf. Sieht aus wie eine Szene aus ›Texas Chainsaw Massacre 2‹. Ich hasse Horrorfilme. Und ich hasse den Tillamook Forest. Jedenfalls jetzt gerade. Weil ich aussteigen und nachsehen muss, ob ich den Jeep wieder zum Laufen bekomme, obwohl ich eine Scheißangst habe. »Fuck.« Ich fahre mir durch die Haare und reiße die Tür auf. Bringt ja nichts es noch länger hinauszuzögern. Nevah hat Angst vor der Dunkelheit und dazu braucht sie nicht mal diesen Horrorwald, der das Ganze noch schlimmer macht. Da es meine Schuld ist, dass wir liegen geblieben sind, werde ich sie bestimmt nicht bitten, an meiner Stelle da rauszugehen.

Ich laufe zur Kühlerhaube, versuche dabei, mich nicht panisch umzusehen, öffne sie und ziehe mein Handy aus der Hosentasche, um in den Motorraum zu leuchten. Jede Menge Dreck, Kabel und Schläuche. Keine Ahnung, was ich gehofft habe zu finden. Irgendetwas offensichtlich Loses vielleicht. Aber selbst dann hätte ich nicht gewusst, wie ich es reparieren soll. Ich klappe die Kühlerhaube wieder zu und sehe auf mein Handy. Kein Netz. Großartig. Der dichte Wald schluckt jedes Signal. Und um diese Uhrzeit kommt auch niemand hier lang. Ich werde laufen müssen. *Wir* werden laufen müssen. Denn ganz sicher trennen wir uns nicht. Immerhin sprechen wir hier von einer Autopanne in einem düsteren Wald, mitten auf einer einsamen Landstraße, ohne jeden Handyempfang.

Ich will gerade zur Beifahrerseite gehen und Nevah sagen, dass sie aussteigen soll, als mich Scheinwerfer blenden. Ich hebe meinen Arm, um das grelle Licht abzuschirmen. Es gibt also doch einen Gott.

Der Wagen hält ein Stück hinter uns, mit laufendem Motor. Aus dem Inneren ist aggressiver Punk zu hören.

Ich hebe die Hand, um zu signalisieren, dass wir Unterstützung brauchen. Aber der Fahrer steigt nicht aus. Warum steigt er nicht aus? Meine Kopfhaut prickelt und mein Herz schreit: »Renn!« Aber mir ist klar, das ist einfach nur irre. Immerhin will ich Hilfe. Es geht keine Gefahr von ihm aus. Keine. Vermutlich ist es nur irgendein Spießer, der sich zu schade ist, sich seine gestärkten Hemden schmutzig zu machen, wenn er mit anpackt. Und selbst wenn der Typ Pennywise höchstpersönlich wäre, wegrennen und Nevah mit ihm allein lassen, ist keine Option.

»Alles okay?« Meine Schwester öffnet die Tür einen Spalt breit und ich sehe Angst in ihren Augen. Natürlich hat sie Angst. Die Situation ist ein Scheißalbtraum in 3D. Trotzdem nicke ich und garniere das Ganze mit einem zuversichtlichen Lächeln. »Wir haben Glück. Es hat sich noch jemand um diese Uhrzeit auf den Weg nach Portland gemacht. Vielleicht kann uns der Kerl mitnehmen. Wenigstens bis Hillsboro. Dort gibt es sicher eine Werkstatt.«

Nevah runzelt die Stirn und will aussteigen, aber ich schüttle den Kopf.

»Bleib im Wagen, okay?« Ich warte ihre Antwort nicht ab, schließe die Tür und sehe, wie sie sich auf dem Sitz umdreht, um alles im Blick zu behalten, als ich auf das andere Auto zugehe.

Ich mache ein paar Schritte, bevor ich zögernd am Heck des Jeeps innehalte, weil der Fahrer sich im selben Moment aus dem Wagen schält.

Er bleibt neben der Autotür stehen. Der Motor läuft immer noch. Die Musik brüllt wütend in die Stille des Waldes.

»Hey«, grüße ich. Laut genug, dass er mich über die Beats hinweg hören kann, und hebe die Hand, um ihm zu zeigen, dass ich keine Bedrohung bin. Leichte Beute für jeden Irren, der seine Opfer auf verlassenen Landstraßen sucht. Shit, diese Art des Kopfkinos ist ja wirklich extrem hilfreich. Ich schnaube nervös und würde meinen Gedanken am liebsten den Saft abdrehen. Denn sie geben nicht auf, mir einzureden, dass irgendetwas ganz und gar nicht stimmt. Wahrscheinlich weil der Typ nur neben dem Wagen steht und verflucht noch mal nicht antwortet. Er hält den Kopf leicht gesenkt und hat die Kapuze seines Hoodies tief in die Stirn gezogen, sodass ich sein Gesicht nicht erkennen kann. So viel zum Thema gestärkte Hemden. Mein Blick irrt weiter über seine dunkle Jacke, die Jeans bis zu seinen Schuhen. Etwas verknotet sich in mir, schlägt wie ein Granitbrocken in meinem Magen auf. Weil mein Hirn Bilder zusammenfügt, die nicht zusammengehören. Diese Schuhe auf abgewetztem Parkett. In einer Wohnung in Queens. Neben Austins totem Körper.

Reiß dich verdammt noch mal zusammen, Hewitt!

Es funktioniert nicht. Vielleicht weil das nicht mein Name ist. Vielleicht weil es aussichtslos ist, meinen Kopf davon überzeugen zu wollen, dass es bloß stinknormale Sneakers sind, wie sie millionenfach in den USA verkauft werden. Sie sehen nur genauso aus wie in meiner Erinnerung. Ein dummer Zufall. Nicht mehr. Aber mein Kopf glaubt nicht an Zufälle. Und deswegen stehe ich kurz vor einem beschissenen Herzinfarkt.

»Kannst du vielleicht die Musik ausmachen?«, frage ich gereizt. »Ist echt laut.« Ich zwinge mich zu einem Lächeln, aber ich bin ziemlich mies darin, so etwas zu faken.

Der Typ hat noch immer nichts gesagt. Aber jetzt macht er einen Schritt auf mich zu. Und obwohl wir dringend Hilfe brauchen, will ich in diesem Moment einfach nur, dass er sich umdreht, in sein Auto steigt und verschwindet. Ich weiß, wie bescheuert das klingt. Er ist unsere einzige Chance, in den nächsten Stunden hier wegzukommen, wenn wir nicht zu Fuß durch den dunklen Wald irren wollen. Angespannt lecke ich mir über die Lippen. »Wir hatten eine Panne.« Ich deute über die Schulter. »Vielleicht könntest du uns bis Hillsboro mitnehmen.« Ich starre auf seine Schuhe. Keine Ahnung, ob ich es schaffe, zwanzig Meilen mit diesen Schuhen in einem Auto zu hocken. Dreck sprenkelt das Weiß. Sieht aus wie Blut.

Ich schließe die Augen. »Wenn du uns einfach bei einer Werkstatt mit Abschleppdienst rauslässt …« Ich klammere mich an der Karosserie meines Verräterwagens fest. »Handyempfang würde auch reichen. Dann rufe ich meinen Dad an und er regelt das.« Ich quatsche. Um mein verfluchtes Leben.

Er verringert die Distanz um weitere zwei Schritte. Scheiße, das fühlt sich zu nah an.

Und dann greift er in die Innentasche seiner Jacke. So langsam, als hätte jemand den verdammten Film auf Zeitlupe gestellt, während ein Dröhnen an meine Ohren dringt. Ein zweiter Wagen, der auf meiner Höhe zum Stehen kommt. Erleichterung überschwemmt mich, ich spüre die Hitze des Motorblocks, höre das leise Brummen des Leerlaufs, doch ich sehe nicht hin. Dann müsste ich den Typen aus den Augen lassen. Und das schaffe ich nicht.

»Hey, alles okay?«, höre ich eine Stimme neben mir. Sie klingt dumpf und zu weit weg. Ich reagiere nicht, starre noch immer das Auto an, den Kerl, der mir eine Scheißangst macht, einfach weil er unbeweglich neben seinem Wagen steht. Wenn ich mich nicht zusammenreiße, kotze ich. Oder klappe zusammen. Vielleicht beides. In genau der Reihenfolge. Mein Herz hämmert unbeständig und heftig gegen meine Rippen.

Aber gerade als ich denke, ich halte die Anspannung nicht mehr aus, wendet der Kerl sich plötzlich ab und schwingt sich in sein Auto. Der Motor heult auf und Sekunden später schießt er an den beiden parkenden Wagen vorbei. Ich erkenne den Arches Steinbogen auf dem Nummernschild, Utahs Wahrzeichen.

»Ist bei euch alles klar?«, fragt die Stimme neben mir noch einmal.

Ich kenne sie. Wie in Trance drehe ich mich um. Blake hat ihren Arm stirnrunzelnd in das hinuntergelassene Fenster gestützt.

»Blake!« Nevah springt aus dem Wagen und umarmt ihre Freundin durch das Fenster. Eine adäquate Reaktion, während ich sie nur anstarre, als hätte ich nicht mehr alle beieinander.

– Leseprobe –

Ihre Augen sind so blau wie das Wasser, das an Oregons Küste schlägt, und sie anzusehen und an die Weite des Ozeans zu denken, sorgt dafür, dass ich wieder atmen kann, auch wenn mein Puls noch immer rast. Ich sollte ihr vermutlich endlich auf die Frage antworten, ob wir okay sind. Aber die Antwort wäre zumindest in meinem Fall erbärmlich und mein Hirn kriegt es einfach nicht auf die Kette.

»Was machst du hier?«, fragt meine Schwester und tippt mit dem Finger gegen das Logo der Tillamook Ranch auf der Fahrertür.

»Ich komme aus Hillsboro. Musste vor der Uni noch Futter holen. Teures Spezialzeug für Moms Stute.« Sie sieht von meiner Schwester zu mir und wieder zurück. »Die viel interessantere Frage ist, was ihr hier macht.«

Nevah verzieht das Gesicht. »Ich hab dir doch von dem Aufbaukurs an der Portland State erzählt. Der beginnt heute früh.«

Jax' Eltern wollen, dass er zurück an die Portland State geht. Und da Nevah und er wie siamesische Zwillinge sind, versucht meine Schwester, auch einen Platz dort zu bekommen, gemeinsame Wohnung und Poloshirts im Partnerlook inklusive. Ich finde den Plan zum Kotzen.

»Miller wollte mich fahren. Selbstlos wie er ist.« Nevah verdreht lächelnd die Augen, deutet auf meinen rostigen Jeep. »Allerdings hat sein tolles neues Spielzeug den Geist aufgegeben und dann kam da dieser merkwürdige Typ.« Sie schüttelt sich. »Ist der jetzt echt abgehauen? Ziemlich schräg, oder?«, wendet sie sich an mich.

Ich nicke wortlos und glotze Blake an. Weil sie anzusehen dafür sorgt, dass sich mein Puls irgendwo zwischen »Normal« und »Ich reagier auf sie« einpendelt. Was bedenklich ist, aber weit entfernt von Todesangst und damit ein echter Gewinn.

»Gatorade-Killer, bist du noch anwesend?« Blake sieht mich

halb besorgt, halb belustigt an und wedelt mit ihrer Hand vor meinem Gesicht.

Wenn es eins gibt, was ich noch weniger will, als in diesem Wald von weißen Sneakers verfolgt zu werden, dann ist das Blake Wyatts Mitleid. »Nee, du redest mit einem verfluchten Hologramm«, knurre ich und klinge wie ein Arschloch.

»Es spricht also doch.« Sie steigt aus dem Pick-up. »Dachte schon, du hättest einen Kurzschluss im System, aber ganz so schlimm kann es ja nicht sein. Immerhin fällt dir noch auf, wie eindimensional du bist.«

Nevah lacht. Ich fasse es nicht. Es ist eine Sache, dass wir ständig miteinander streiten, aber vor anderen sollte sie loyal sein, verdammt. »Wenn ich Taschentücher dabeihätte, würde ich jetzt ganz bestimmt eine Runde weinen.« Ich presse meine Handfläche gegen die Brust, als hätte mich ihr Kommentar mitten ins Herz getroffen.

Blake streicht sich eine Strähne hinters Ohr, die aus ihrem unordentlich geflochtenen Zopf gerutscht ist. Sekundenlang legt sie den Kopf in den Nacken, holt tief Luft, als bräuchte es eine besondere Atemtechnik, um mich nicht zu vierteilen. Im selben Wald wie ich zu stehen scheint schon eine Zumutung zu sein. Trotzdem kann ich meinen Blick genauso wenig von ihr losreißen wie damals von Kurt Cobains 1959-Martin-Akustikgitarre, die für über sechs Millionen Dollar verkauft wurde.

»Was hat der Wagen denn für ein Problem?« Die Frage stellt sie Nevah, die gerade zurück auf den Beifahrersitz krabbelt.

»Mich brauchst du nicht zu fragen.« Meine Schwester zuckt die Schultern. »Ich kann einen Schlüssel umdrehen, aber dann erschöpfen sich meine Kenntnisse über Autos.«

Blake verdreht die Augen. »Okay, dann geht die Frage an dich, Gatorade-Killer: Was fehlt dem Strandbuggy?«

Ich stoße mich von dem hinteren Kotflügel ab und verschaffe mir so zwei Sekunden, um klarzukommen, ehe ich antworte. »Vielleicht ist er beleidigt, weil du ihn Strandbuggy nennst.« Ich seufze, weil mir bewusst ist, dass Blake nicht der Feind ist. Sie ist unsere Rettung. Und ich sollte dringend aufhören mich wie ein Arsch zu benehmen, bevor sie uns hier stehen lässt. »Er lief einwandfrei, aber dann hat der Motor sich überhitzt und seitdem geht gar nichts mehr. Keine Chance, ihn wieder in Gang zu kriegen.« Und das gilt nicht nur für den Wagen …

Happiness comes in waves
in Rockaway Beach

Happiness comes in waves
in Rockaway Beach